Vallen

Jackie van Laren bij Boekerij:

De *Q*-serie
Zin
Lief
Ziel

Vallen
Opstaan

www.boekerij.nl

Jackie van Laren

VALLEN

Voor je het weet ben je verliefd...

BOEKERIJ

Eerste druk 2016
Tweede, herziene druk 2017
Derde druk 2017
Vierde druk 2017

ISBN 978-90-225-8114-8
ISBN 978-94-023-0679-8 (e-book)
NUR 301

Omslagontwerp: Johannes Wiebel | punchdesign
Omslagbeeld: Shutterstock en Xenia Gromak/Photocase.de
Zetwerk: CeevanWee, Amsterdam

Deze uitgave kwam tot stand door bemiddeling van Marianne Schönbach Literary Agency B.V.

Falling, yes I am falling
And she keeps calling me back again

– The Beatles, 1965

Proloog

Er was lang op gewacht en er was al veel over geschreven: Road Rage ging weer op tournee. De feestelijke aftrap bestond uit een kort concert op de overkapping van de ingang van een veelsterrenhotel, gevolgd door een lange persconferentie in een van de grootste zalen binnen; er waren journalisten en fotografen van alle belangrijke wereldmedia en buiten op straat was het afgeladen met hysterisch enthousiaste fans. Sommigen van hen hadden er een halve wereldreis op zitten om dit miniconcert live te kunnen meemaken, want de band had nog steeds een grote, trouwe fanbase die echt niet overtuigd hoefde te worden van het feit dat Road Rage nog steeds waanzinnig was.

De lobby van het hotel was super-de-luxe en tot de nok toe gevuld met mensen gekleed in loeidure rock-chic en Anne Miller stapte voorzichtig over de drempel. Ze probeerde niet op te vallen in haar simpele, lange groene linnen jurk en haar leren sandalen: bij het aankleden had ze nog gedacht dat het vast aardig zou staan bij haar donkerrode krullen en bleke, sproetige huid, maar slechts één blik op de menigte in de lobby was genoeg om haar dat afschuwelijke, maagzinkende vlag/modderschuitgevoel te bezorgen, waarbij ze niet precies kon uitmaken of ze nou de vlag was of de schuit.

Hoe dan ook, er was niets meer aan te doen. Ze haalde dus maar even flink diep adem en mengde zich in de menigte.

Anne kon niet anders dan verbaasd zijn dat er zo ontzettend veel mensen op de been waren gekomen. Ze was zo mogelijk nog iets verbaasder dat zijzelf deel uitmaakte van het officiële gevolg van dit illustere muziekgezelschap, want wie had dat in godsnaam ooit kunnen denken? Zij, keurige, een beetje verlegen Anne, die een bescheiden boterhammetje verdiende met het schrijven van eenkoloms artikeltjes over obscure films, tweederangsbandjes of armlastige theaterproducties. Ze werkte dan wel op de redactie van *Uncover Magazine – UM*, stond er levensgroot op het glanzende omslag van het blad; ze had zich altijd afgevraagd of nou niemand zag dat dat toch best een gekke naam voor een blad was – maar dat wilde nog niet zeggen dat ze zomaar dagelijks bij allerlei wereldberoemdheden aanschoof.

Dus hoe had het nou zomaar kunnen gebeuren dat ze hier stond? Want hallo, wie kende de Rage nou niet? De anthem-achtige nummers, de stomende, legendarische optredens... en na de optredens natuurlijk dat al even legendarische, klassieke rockbandgedrag in al zijn gruwelsensationele vormen. Meubilair uit het raam – of dóór het raam als niemand eraan gedacht had eerst het raam te openen; drugs en drank in grootverbruik en gefluisterde urban myths over orgieën met honderden vrouwen. Allemaal op naam van vier van die stoer uitziende gasten die een enorme lijst wereldhits op hun naam hadden staan.

Ze hadden al zeker vijf jaar geleden hun officiële afscheidsconcert gegeven, omdat de leadzanger, die met zijn achtendertig jaar nog steeds te boek stond als wereldwijd een van de smakelijkste mannelijke beroemdheden, een acteercarrière in was gerold waarin hij al even succesvol bleek als in het schrijven van hits en het spelen op grote podia. Hij had onderweg ook nog een bijzonder mooie actrice getrouwd en een kind met haar gemaakt, en toen had hij natuurlijk prompt niet meer zo veel tijd om rond te toeren, op te treden in stadions en zich te misdragen in hotelkamers.

Het kind in kwestie trok aan Annes hand.

'Wat is er, lieverd?' zei ze tegen Rowland, die met zijn drie jaar oud angstwekkend veel op zijn vader leek.

'Gaat pap spelen?' Hij keek naar haar omhoog door zijn wilde, rossig bruine krullenbos. Zijn haar was naar Annes smaak een beetje aan de lange kant, maar ja, wat kon je ook verwachten met zo'n ouder als voorbeeld?

'Ja, strakjes. Ze moeten eerst even naar buiten om foto's te maken. Zullen wij maar even hier wachten en door het raam kijken? Het is zo druk buiten.'

'Oké,' zei de kleine man cool.

Hij was echt om op te vreten, maar desondanks hadden zijn ouders het niet voor elkaar gekregen om hun sterrenstatus met enig huiselijk geluk te laten samengaan. Ze waren al net zo spectaculair gescheiden als dat ze getrouwd waren, in ware Hollywoodstijl en met zo veel mogelijk aandacht in de pers. Met als bijkomend resultaat dat de beroemdste en beruchtste rockband ter wereld helemaal terug was en klaarstond om weer eens lekker ouderwets rotzooi te schoppen.

De leadzanger stapte de aircokoelte van het hotel uit en het brandende zonlicht in om snel even te poseren met de juichende fans op de achtergrond. Hij zag eruit als de typische onweerstaanbare rockster: leren broek; ongekamd, schouderlang hazelnootbruin haar en donkere zonnebril. Aan zijn arm hing een onwaarschijnlijk mooi fotomodel, type blond, slank en buigzaam. Camera's flitsten en klikten, het publiek ging uit z'n dak en Anne glimlachte voor het eerst sinds ze haar Londense voordeur achter zich had dichtgetrokken. Hier gebeurde iets bijzonders: hier werd muziekgeschiedenis geschreven. En zij was erbij, zij was getuige. Ze voelde de aanstekelijkheid van de juichende menigte, de magie van het moment, en plotseling maakte het haar niets meer uit wat er voor haar vertrek thuis allemaal was voorgevallen.

1
Beginnen

Vijfde dag onderweg alweer en ik heb nog geen woord op papier gekregen! Ik zit op bed in een hotel in Kansas City, het is bijna halfacht 's morgens en naast me ligt Rowie, diep in slaap. Ik MOET op de een of andere manier zien te beginnen aan mijn artikel; als ik nou zachtjes typ dan kan die kleine hopelijk nog even een beetje doorslapen.

Anne keek peinzend voor zich uit. Ze had echt de hele tijd geprobeerd een momentje te vinden om aan haar artikel te werken, maar het was gewoon allemaal te raar en te hectisch geweest tot nu toe. Ze had niet eens kans gezien om meer dan twee keer naar huis te bellen. Maar met een beetje geluk had ze nu een uurtje. De bus ging om negen uur rijden, Row was nog steeds in dromenland, de rest van het reizende gezelschap was dat waarschijnlijk ook; niemand die haar kon storen.

Dit was haar kans.

Dan moest ze alleen wel eerst zien te stoppen met piekeren. Ze had het grootste deel van de nacht wakker gelegen; het had niet meegevallen om weer in slaap te komen na Rowlands angstaanval. Hij was om drie uur 's nachts wakker geworden, had een hem volkomen onbekende babysitter in zijn kamer zien zitten en – klabam, totale paniek. Anne lag een hotelkamer verderop te slapen, maar ze zat natuurlijk meteen rechtop in bed toen hij begon te brullen. Ze was direct naar hem toe gerend om hem te troosten, maar zodra ze haar hoofd om de hoek stak had de babysitter haar tas gepakt en was de hotelkamer uit gevlucht.

Row was tekeergegaan alsof de wereld verging en het enige wat Anne had kunnen bedenken was hem meenemen naar haar kamer en hem naast zich in bed leggen. Het was niet echt wat er in haar functieomschrijving stond, maar uiteindelijk had het gelukkig wel geholpen.

Althans, voor Row.

Zijzelf had dus geen minuut meer geslapen.

Niet te geloven toch, mopperde ze in stilte. En waar was zijn vader? Die optredens duren echt niet de hele nacht, hij had toch rond twaalven vannacht makkelijk weer hier kunnen zijn? Het arme kind zal zich wel helemaal van god en alle mensen verlaten hebben gevoeld. Het zal wel rock-'n-roll zijn, slapen naast het kind van een van 's werelds meest bedweepte rocksterren. Rustgevend is het in ieder geval niet, ook al is het best een eer om min of meer geadopteerd te zijn als favoriete wildvreemde volwassene...

Ze keek nog even vertederd naar de lange wimpers die op zijn zachte, ronde wangetjes rustten, helemaal vredig weer, en greep zichzelf toen bij de mentale lurven.

Aan het werk.

Ik vraag me af: zou iemand enige notie hebben van hoe een gemiddelde dag voor Road Rage op tournee eruitziet? Ik had zelf geen idee hoe het eraan toe zou gaan, maar het is een soort *Spinal Tap*, of *Rock Star*, alleen dan dus echt.

Vijf persconferenties en drie fotosessies later heb ik blijkbaar gratis en voor niets een spoedcursus leven-als-een-rockster gekregen, in de woorden van de roadmanager. Ik wist eigenlijk niet eens precies wat een roadmanager was, sterker nog, ik wist niet dat je bij zoiets als dit zowel een roadmanager als een tourmanager kon hebben, en dat die allebei iets heel verschillends (en heel noodzakelijks) doen.

Blijkt dus dat, zoals ze het op deze tournee hebben ingericht, de tourmanager de baas is over het hele bandvervoer- en optreedgedeelte, terwijl de roadmanager verantwoordelijk is voor het vervoer van de spullen, de opbouw van het podium en de techniek. De roadies reizen een paar dagen voor de band uit en ze slapen ook in andere hotels en dergelijke. De hele tournee is in feite ingedeeld op basis van hoe lang het duurt om alle spullen van A naar B te krijgen.

Die arme roadies moeten dus altijd rijden, terwijl wij nog wel eens met het vliegtuig mogen. Wij zitten ook in veel luxere hotels – o, nu ik het er toch over heb: waar ik ook nog steeds aan moet wennen is dat die band met entourage hele verdiepingen van zo'n tophotel over kan nemen.

Idealiter krijgen we een portie hotel toebedeeld dat min of meer af te sluiten valt voor de rest van het publiek. Als dat afsluiten dan eenmaal voor elkaar is, voelt iedereen zich zo veilig dat niemand zijn deur op slot doet. Een heleboel mensen doen hun deuren zelfs niet eens dicht. Iedereen rent toch de hele tijd bij elkaar naar binnen, dus het is in feite nogal onzinnig, dat dichtdoen, maar waar ik nog niet aan gewend ben is dat allerlei mensen ook *slapen* met de deur open. Die deur gaat volgens mij alleen maar dicht voor een potje wilde seks; zelfs rocksterren verlangen blijkbaar toch nog enige privacy bij hun wilde seks.

Volgens mij moet ik al met al mijn handen dichtknijpen dat ik met de band mee mag en niet bij de roadies gestald ben. Dat ik in luxe hotels mag slapen, met mijn deur open, hoewel ik toch van harte nee zal zeggen als zich iemand aandient voor een potje wilde seks.

De reden voor die handendichtknijperij lag nog steeds vredig naast Anne te snurken, terwijl ze zachtjes op haar laptop zat te typen. Als ze niet voor *UM* naar die press junket met Rowlands vader had gemoeten, en als Rowland niet midden in haar vijf-minuten-exclusief-met-de-ster een joekel van een angstaanval had gekregen, en als het Anne toen niet volkomen onverwachts gelukt was om het arme kind te kalmeren en te troosten, dan had ze nu nog in Londen gezeten.

Ze keek op het klokje op haar beeldscherm.

Om precies te zijn, ze had op de redactie van *UM* gezeten, om slappe derderangs paginavulling te typen. In plaats daarvan was ze nu hier, om eindelijk eens iets van enige betekenis te doen. Althans, dat hoopte ze maar.

Met een frons schreef ze verder.

Eerst maar even een paar achter-de-schermenopmerkingen over de bandleden. Ze zijn dus allemaal wereldberoemd, maar ook allemaal, als ik heel eerlijk ben, behoorlijk raar. En soms vind ik ze zelfs een beetje eng. Axe, Mad, Blade en Roar, wie kent ze niet, hoewel dat natuurlijk niet hun echte namen zijn. Ik vraag me af of de gemiddelde *UM*-lezer hun echte namen eigenlijk wel kent. Misschien moet ik gewoon een paar blokjes maken met uitleg per bandlid.

1. Henning Axelsson, Scandinavische voorouders, roepnaam Axe, de beste rockdrummer ooit; grote vent met een enorme eetlust. De eerste keer dat ik hem zag ontbijten vergat ik zelf te eten, zoveel werkt hij naar binnen. Ik heb even meegeschreven:

- vier gebakken eieren (liefst met nog natte dooiers, die hij dan met veel lawaai uitslurpt)
- zeker een half wit aan geroosterd brood
- een stapeltje bacon van een centimeter of drie
- een stuk of drie, vier worsten
- de hele boel overgoten met een grote klodder ketchup
- een grote bak – of kleine emmer, hangt van je perspectief af – yoghurt met ontbijtgranen en een paar bananen (hier geen ketchup overheen, anders had ik hem echt voor gek verklaard).
- zowat zo'n hele plastic jerrycan met melk, en ook nog een paar koppen koffie – o, en soms ook nog een pak jus d'orange, als hij in een gezonde bui is.

Zoals je kunt verwachten bij zo'n eetlust is hij echt groot. Twee meter twee, en dan ook nog een enorme kleerkast met zulke brede schouders dat hij ongeveer zijwaarts door de deuropening moet. Witblond haar tot midden op zijn rug en van die schrikbarend blauwe ogen; ik kan me hem zo voorstellen met een enorm zwaard, of een bijl, een helm met hoorns en een tuniek van beestenvellen, maar verrassend genoeg is hij heel rustig in de omgang. Hij heeft een soort stil gevoel voor humor en is dol op kleine Rowland.

Ik weet dat hij en Rows vader beste vrienden zijn, maar ik voel me toch iedere keer een beetje ongemakkelijk als ik die Viking en dat kleine ventje samen zie spelen in de tourbus. Axe is toevallig wel berucht om hoeveel hij kan drinken en hoeveel andere ongezonde chemische middelen hij allemaal kan innemen voordat hij omvalt, en om hoe hij al die jaren als een grasmaaier door zijn vrouwelijke fans heen is gegaan. Volgens mij heeft hij eigenhandig de speed-seriële monogamie uitgevonden.

Volgende bandlid.

2. De bassist. Hij heet Mad en hij kan ongeveer net zo goed spelen als speed slikken. Hij is graatmager en altijd bloednerveus, en hoewel ze eigenlijk geen van allen mijn type zijn – verre van, kan ik wel zeggen – vind ik hem met stip de minst aantrekkelijke van het setje.

Hij lijkt wel een soort van stabiel te zijn in zijn drugsmisbruik. De onderhoudsdosis is hoog maar gelijkmatig, en hoewel hij eruitziet alsof hij ieder moment over de rooie zou kunnen gaan, doet hij het eigenlijk nooit. Hij blijft gewoon de hele tijd onrustig en beweeglijk. Ook dat is een vorm van stabiel.

Axe vertelde me gisteren in de bus dat Mad altijd zo is geweest; hij is blijkbaar nooit veranderd sinds de oprichting van de band, een dikke twintig jaar geleden. Ik had net gezien hoe hij een handvol pillen wegwerkte met een ferme slok uit een halveliterblik bier (mijn ogen zullen wel zo'n beetje uit hun kassen gesprongen zijn) en toen mompelde Axe in mijn oor dat hij zeker wist dat als Mad ooit met die pillen zou stoppen, hij binnen een week dood neer zou vallen.

Ik heb eigenlijk nog niet met Mad gepraat [ik weet zijn echte naam niet, dat moet ik even Googelen] omdat, nou... In alle eerlijkheid ben ik dus een beetje bang voor hem.

Ik vind het blijkbaar ongemakkelijk, het idee dat deze mannen iets zo potentieel gevaarlijks voor de gezondheid (om maar niet te spreken van illegaals en strafbaars) als drugsmisbruik zien als een soort onschuldig tijdverdrijf. Oké, terwijl ik dit schrijf voel ik me meteen een ongelooflijk frikkerige provinciaal; er waren op school natuurlijk ook wel klasgenoten die van alles wilden proberen, maar ik hoorde niet bij dat kliekje. En daarbij: daar groei je als verstandige volwassene toch overheen?

[Mijn persoonlijke mening over drugsgebruik is waarschijnlijk niet bruikbaar voor het artikel. Vooruit, volgende muzikant.]

3. Blade, de beroemde – of liever gezegd: beruchte – leadgitarist, die volgens zijn paspoort Eugene Bowie heet, schijnt zijn bijnaam zelf te hebben gekozen toen hij zeven werd, een tweedehands eiersnijder van een gitaar voor zijn verjaardag kreeg en ter plekke besloot dat hij een extreem goede gitarist zou worden.

Blade is gespierd en ziet er uitstekend geconserveerd uit. Hij is het oudste Rage-lid, met zijn vijfenveertig jaar, maar dat zou je niet zeggen als je hem ziet. Er zijn mensen die hem overmatig behaard noemen, met zijn eeuwig gebronsde huid, lange bos donkere krullen en standaard stoppelbaard, maar dat deert Blade niet. Hij draagt altijd T-shirts met afgescheurde mouwen, om met zijn biceps en zijn interessante tatoeages te pronken, maar ik geloof dat hij zijn harigheid ook graag tentoonspreidt. Hij vindt het blijkbaar heerlijk om achterover te leunen, een arm achter zijn hoofd te leggen en zijn struikvormige okselhaar fier de lucht in te steken.

Minder vind ik dan weer dat hij een beangstigend groot jachtgeweer bezit, waarmee hij graag op borden langs de weg schiet. Vanuit het dakluik van de rijdende bus, de idioot.

Anne fronste naar haar beeldscherm. Ondertussen werd het wel tijd voor het ontbijt, als ze tenminste niet achtergelaten wilde worden in het hotel terwijl de karavaan verder trok.

Precies op tijd begon Row naast haar in bed te bewegen. Ze zette haar laptop op het nachtkastje en veegde voorzichtig het haar uit zijn gezichtje. Wat zag hij er toch ontzettend lief uit; ze voelde haar hart helemaal warm worden. Ze wenste dat ze hem niet wakker hoefde te maken; het arme kind, hij had al zo weinig rust in zijn leven.

'Hé, Row... oehoe, Rowland, oogjes open, kleine knuffelbeer, tijd om op te staan...'

'Ik ben geen knuffelbeew,' mompelde hij.

'Jawel hoor, je bent een lekker klein beertje en we moeten een beetje opschieten, anders krijgen we geen ontbijt. Kom, opstaan.'

Het beertje dacht er anders over. Hij sloeg zijn armpjes om haar middel en zei nog slaperig: 'Vasthouden...'

Daar kon Anne niet tegenop. Ze trok hem tegen zich aan en knuffelde en kietelde hem totdat hij echt wakker was en giechelde en kraaide van de pret.

En toen schrok ze zich een hoedje omdat de deur bijna uit zijn scharnieren vloog en Rowlands vader onbeheerst naar binnen stormde. Hij was dan wel de roemruchte zanger van Road Rage en een gelauwerd filmacteur, maar op dit precieze moment had hij maar bitter weinig weg van een wereldster; hij zag er eerder uit alsof hij in een vlaag van blinde paniek zo zijn bed uit was geschoten. Zijn haar stond recht omhoog, zijn ogen waren theeschotelgroot en het enige wat hij aan zijn lijf had was een onderbroek die zo oud en rafelig was dat Anne zich afvroeg of dit nou daadwerkelijk een man was met miljoenen op zijn bankrekening.

'Istie bij jou?' kraakte hij verwilderd.

'Pap!' riep Row blij, en hij hield zijn armpjes in de lucht om opgetild te worden.

'Goedemorgen,' zei Anne stijfjes. Ze bloosde zo hard dat ze bijna licht gaf, terwijl Rory Maquary, beter bekend als Roar, zijn zoon met één beweging uit het bed viste en hem een woeste knuffel gaf.

'Aaah, pap, je plet me,' klaagde Row.

'O man, het spijt me zo dat ik er niet was vannacht...' Roar plofte op de rand van Annes bed. Hij leek totaal niet gehinderd door ook maar een fliedertje ongemak. Hij hield Row stevig vast en snuffelde aan hem.

Row begon meteen te wurmen en riep: 'Waaah!'

'Hij zal wel naar de wc moeten,' zei Anne, terwijl ze voorzichtig om vader en zoon Maquary heen uit bed klom. Toen ze eenmaal stond kon ze alleen maar hopen dat haar blos een beetje was gezakt, alleen al omdat hij zo vreselijk zou afsteken bij die überbleke, met miljarden sproeten bespikkelde benen die onder haar oversized slaapshirt uit staken. En dan had ze zich nog niet eens zorgen gemaakt over haar haar, dat meestal als een soort wijnrood vogelnest op haar hoofd zat als ze net wakker was.

Ze klom zo snel als ze kon in haar spijkerbroek. Toen trok ze haastig tien vingers door haar vogelnest, propte haar mobiel in haar zak en probeerde een gezicht op te zetten alsof het voor haar de normaalste zaak van de wereld was dat er 's morgens vroeg semi-blote beroemdheden haar hotelkamer in kwamen rennen en op de rand van haar bed gingen zitten.

'Sorry, Annie, dat ik zo bij je binnen scheur, maar ik dacht dat Rowie lekker lag te snurken in zijn eigen mandje, met die babysitter van het hotel erbij. Stak ik mijn kop om de hoek, zag ik niks – geen Rowie, geen babysitter.' Roar schudde zijn hoofd. 'Man, ik werd even helemaal gek.'

Hij had toch maar een raar accent, vond Anne. Het was gelukkig geen Amerikaans Engels, dat vond ze zo vreselijk, maar netjes Brits was het ook niet. Het leek een beetje Australisch, maar dan zei hij soms ineens weer iets wat eerder Schots klonk. Ze hechtte er waarde aan als mensen zorgvuldig met hun taal omsprongen, maar dat kon ze bij Roar wel vergeten: hij gaf niks om zijn uitspraak en kon vloeken als een tempelier. Hij was zo'n ongewone mix van allerlei dingen dat Anne werkelijk geen idee had wat de correcte manier zou zijn om op hem te reageren.

Daar zat hij, op de rand van haar bed, naar haar te kijken met die glitterende grijsgroene ogen. Hij veegde nonchalant wat van zijn bruine manen uit zijn gezicht terwijl Row van zijn schoot gleed, en Anne kon er niet over uit dat iemand zonder het blijkbaar door te hebben er zo fotogeniek uit kon zien. Hij was weliswaar niet haar type, maar ze zag wel degelijk dat hij erg goed gelukt was en ze vertrouwde het niet. Knappe mannen, mannen die precies wisten hoe ze hun hoofd een beetje schuin moesten houden om dan zo half stoer, half schattig over te komen, mannen die precies wisten hoe ze door hun warrige haar heen moesten kijken om dat achteloze waar ze nooit een goed woord voor over had er plotseling oer en wild en aantrekkelijk en toch ook een beetje lief uit te laten zien... Daar moest zo'n man toch urenlang voor de spiegel op geoefend hebben?

Ze rukte haar ogen los van Roar, haalde diep adem en zei snel, voordat ze de moed verloor: 'Het zal me wel niets aangaan, maar waar was je precies? Wat was er in 's hemelsnaam zo belangrijk dat je Row alleen hebt gelaten met iemand die hij nog nooit eerder had gezien? Je had mij toch kunnen vragen in plaats van een wildvreemd mens dat er direct vandoor ging toen hij in paniek raakte? Ik dacht dat de afspraak was dat ik op hem zou passen. Het arme kind schrok vreselijk toen hij wakker werd en jij er niet was; hij moest zo ontzettend huilen dat ik hem maar bij me in bed heb genomen.'

Ze had de hele nacht naast Rowland liggen piekeren over Roar. Ze had het helemaal voor zich gezien: hoe hij op een of andere drank-en-drugsorgie terecht was gekomen na het concert, zich had volgegooid met wat hij dan ook maar te pakken had kunnen krijgen en door het lint was gegaan. Natuurlijk was hij helemaal vergeten dat hij ook nog een kind had dat op hem wachtte. Het was het soort schandalig gedrag dat ze ondertussen verwachtte van de leden van Road Rage, vooral omdat het eerste concert in LA precies zo'n afterparty had gehad.

Hoewel... Ze moest toegeven dat zijzelf die bewuste nacht vroeg naar bed was gegaan, dus ze was er niet bij geweest. Ze had alleen maar verhalen gehoord. Maar die verhalen, van de mensen die er wel bij waren geweest, logen er echt niet om; en waar rook is, tenslotte, is meestal vuur.

Roars scherpe blik flitste naar Annes gezicht en even vroeg ze zich af of haar gedachten op haar voorhoofd leesbaar waren. Ze wilde dat ze haar mond had gehouden.

'Het gaat je inderdaad geen donder aan, mop, waar ik gisteravond was, maar vooruit, laat ik ook 'es wat over mezelf vertellen.' Hij leunde naar Rowland, die naast zijn knie stond, en kuste hem op zijn krullenbol. Toen keek hij weer op, recht in Annes ogen.

Haar binnenste gaf iedere keer een klein bibbertje als hij dat deed; dat kwam vast doordat ze hem al net zo gevaarlijk en onberekenbaar vond als de rest van de band.

'Ik kreeg een belletje voor de een of andere bijeenkomst met een stelletje filmbobo's van Pantheon; waren toevallig in de stad, wilden met me praten. Gaat over een film over de band, zo'n biopic-ding. Kunnen we wel gebruiken, de promotie is goed, zit er voor iedereen weer wat geld in, blijven we een beetje aan de gang. Ik bedoel, de enige reden dat we deze hele tour gefinancierd hebben gekregen is vanwege mijn filmwerk, en die Oscarnominatie, weet je wel? Maar jezus, ik speel al twintig jaar met die gasten en zij kunnen het werk gewoon goed gebruiken. En, eh, ik weet niet of ik het moet zeggen, misschien zet je dat allemaal wel zo in dat verdomde artikel van je straks, maar ík kan het werk goed gebruiken. Als ik eerlijk ben.'

Anne knipperde met haar ogen: hij had sinds het begin van de tour nog niet vaak zoveel achter elkaar tegen haar gezegd, en al helemaal niet van die persoonlijke dingen. Ze stotterde van schrik: 'Maar... eh, ik, eh, ik dacht dat je, eh, multi-multimiljonair was?'

Rowland stak zijn armen naar haar op en ze tilde hem op, blij met de kans zich achter zijn kleine, warme lijfje te verschuilen.

'En ik begrijp nog steeds niet waarom je je kind bij een wildvreemde achterlaat en ik begrijp óók niet waarom je dan niet even bij hem hebt gekeken toen je eenmaal binnenkwam.'

'Ik was al terug van het optreden, klaar om in m'n mand te donderen, toen dat belletje van die filmlui kwam. Het was half twaalf. Row sliep, jij sliep, ik wilde jullie niet wakker maken; die babysitdienst leek me wel te doen voor een uurtje of zo. Alleen, die filmbazen gingen maar door, Annie. Ze bleven maar lullen en drank bestellen; ik was verdomme al kapot na de show...' Hij stopte even om nog een lok haar weg te vegen en zijn hoofd te schudden. 'Kwam ik eindelijk binnen, twee uur geleden dus, hè, toen ik eindelijk met goed fatsoen weg kon, dacht ik: effe plat, viel ik natuurlijk meteen als een blok in slaap. Ik weet ook wel dat ik eerst bij Rowie had moeten kijken, maar ik... ik was gewoon...'

Hij kamde met zijn vingers de rest van zijn haar naar achteren en keek even een beetje glazig voor zich uit. Toen zuchtte hij. 'Oké. Moet je horen, ik wil niet dat je hierover gaat schrijven, maar ik heb een verdomd grote berg poen moeten neerleggen bij m'n scheiding. Ik wilde dat het een beetje snel ging, weet je wel, voor Rowie?' Nog een diepe zucht. 'Ik moest en zou de voogdij krijgen. Het was allemaal al klote genoeg; mijn ex is een kreng en zo gek als een deur, en ze wilde mijn laatste cent nog hebben als ze 'm kon krijgen. Bijna gelukt ook, maar ik heb gelukkig m'n mannetje, de rest maakt me geen donder uit. Alleen heb ik sindsdien wel moeten werken als een gek om weer een beetje wat pegels op de bank te krijgen. Snap je?'

'O, goh... jeetje,' zei Anne, meteen bezorgd. 'Ik had geen idee. Dus je bent, eh... blut?' Ze wiegde een beetje heen en weer met Rowland in haar armen en genoot stilletjes van het gevoel van zijn armpjes om haar nek.

'Teleurgesteld?' zei Roar fronsend.

'Eh, um, nou, nee, dat niet, ik bedoel, het is natuurlijk bijzonder vervelend voor je, maar het is mijn zaak niet, dus ik zou niet, eh... Maar ik dacht, met al die liedjes die je hebt geschreven, en de royalty's en zo, dat je...'

'Nou, ze heeft me niet helemáál het vel over m'n oren getrokken, en ik heb heus nog wel... Het is gewoon dat ik... verantwoordelijkheid voor dingen heb, kosten die doorlopen, en, eh... verdomme.' Hij ademde ongeduldig uit door zijn neus en mompelde erachteraan: 'Krijg ook de zenuwen', en schudde nog een keer zijn hoofd.

Anne beet op haar lip en verplaatste Row naar haar andere arm. Hij was al aardig zwaar.

Roar stond abrupt op en leunde naar haar toe om Row een kus te geven; hij kwam zo dichtbij dat Anne hem kon ruiken. Zijn huid, en zijn haar: het was een fris, gezond, nog een beetje slaperig maar onmiskenbaar mannelijk soort luchtje. Lekker, rook hij.

Ze stapte verlegen naar achteren en op dat moment fluisterde Rowland in haar oor: 'Annie, ik moet plassen.'

'Ach ja, natuurlijk, kleine man. Waar is je Wall-E?' Anne zette Row op zijn voetjes en keek op het bed, op zoek naar het een beetje droevig uit zijn oogjes kijkende knuffelrobotje waar Row zo dol op was. Ha, daar lag het, half onder het kussen. Ze nam Row bij de hand en liep met hem de gang in, op weg naar zijn eigen kamer en zijn eigen badkamer.

'Je mobiel gaat,' zei Roar tegen Annes schouder. Hij liep zo dicht achter haar dat ze zijn lichaamswarmte kon voelen, en hij kwam ook nog mee de badkamer in.

Ze negeerde haar opkomende blos even hard als het gezoem in haar broekzak en zette Row snel op de wc. Daarna trok ze hem zijn slaaphemdje uit en draaide de douche open. 'Vind je het heel erg om hem...' zei ze tegen Roar, maar hij onderbrak haar.

'Doe normaal. 't Is toch mijn kind? Ik ben niet hulpeloos of zo.' Hij fronste en hield Anne met één oog in de gaten terwijl ze haar mobiel uit haar broekzak viste.

'O, het is, eh, mijn vriend, Ian... Ik kan maar beter...' zei ze ongemakkelijk, met een stapje richting de badkamerdeur.

'Van mij hoef je niet weg, hoor. Verdomme, Row, sta stil, anders krijg je zeep in je ogen.'

Anne slikte nerveus, twijfelde nog even en drukte toen toch maar op 'terugbellen'. Met een onverwacht snel bonzend hart luisterde ze hoe de telefoon overging.

'Hallo, Anne, ben jij dat?' Ians beheerste stem en keurige articulatie klonken koud en ver weg. 'Wat zijn dat voor vreemde geluiden op de achtergrond?'

'O, ik, eh... sta in de badkamer, met Rory en Rowland; Rowland staat onder de douche.' Terwijl ze het zei wist ze dat haar toon verontschuldigend was en dat ze niet had moeten bellen vanuit de badkamer, maar Roar gaf haar op dat moment van over zijn schouder zo'n doordringende blik dat ze zich nauwelijks durfde te bewegen.

'Wát zeg je?' kraakte Ian in haar oor, 'je bent in de bádkamer met die man? Wat is dat voor onzin? Geef hem aan de lijn, nu meteen.'

'Ian, asjeblieft, ik heb je toch gezegd dat...'

'Geef hem aan de lijn, Anne.'

Het was dat ze nog op haar blote voeten was, anders had ze lood in haar schoenen gehad. Het lood was waarschijnlijk ter hoogte van haar maag blijven steken, want ze voelde daar iets hards en zwaars en ellendigs zitten toen ze Roar haar mobiel toestak. 'Mijn vriend zou je graag even spreken.' Ze herkende haar eigen stem bijna niet, zo ongemakkelijk voelde ze zich, en eigenlijk wist ze niet waar ze zich nu het hardst voor schaamde: voor Roar, met wie ze in een badkamer stond, voor haar eigen stommiteit om niet eerst naar buiten te lopen voordat ze had teruggebeld, of voor Ian, die zijn oordeel natuurlijk al klaar had.

Roar wierp haar nog zo'n blik toe over zijn schouder, draaide vervolgens op zijn dooie gemak de kraan dicht en viste een handdoek van de stapel. Met zijn ene hand gaf hij haar de handdoek en met zijn andere nam hij haar mobiel aan.

'Hallo?' zei hij, volkomen onbewogen.

Anne tilde Row uit het bad, rolde hem in de handdoek en probeerde kalm te blijven; als Ian nou maar niet alles wat hij tegen haar al had gezegd toen ze deze opdracht aannam, nog eens dunnetjes over ging doen tegen Roar... Ze wreef Rowlands haar droog en voelde dat Roar naar haar keek. Ze concentreerde zich zo hard mogelijk op het afdrogen, tot Roar sappig, en hoorbaar sarcastisch, begon te grinniken.

'Christus, doe normaal. Je maakt een geintje,' zei hij in de mobiel. 'Kijk, ik begrijp best dat je bezorgd bent; grote boze buitenwereld en zo. Maar het gaat gewoon prima met 'r, niemand raakt 'r ook maar met één vinger aan, en ik al helemaal niet. Waar zie je me verdomme voor aan; zo wanhopig ben ik nou ook weer niet. Wat een achterlijk idee. Nou, ik ga hangen; ze belt je later wel weer 'es een keer. De mazzel hè, gast.' Hij trok een gezicht, gaf Annes mobiel weer terug, en zonder verder iets te zeggen nam hij het afdrogen van zijn zoon van haar over.

Het duurde even voordat ze de moed had verzameld om te vragen: 'Wat wilde Ian nu precies?'

'Huh?' zei Roar. Hij leek het hele telefoongesprek alweer vergeten te zijn.

'Pap?' Dat was Row, vanuit de grote handdoek.

'Mmm?'

'Annie is lief hè, veddomme.'

'Je moet geen verdomme zeggen, Rowie.'

'Waawom niet? Jij zegt het ook de hele tijd.'

'Omdat ik groot ben en jij niet. Als jij groot bent mag je ook verdomme zeggen.'

'Ik ben al gwoot.'

'Nee, je bent nog klein, en je moet verdomme wel een r zeggen, gast.'

Roar pelde de handdoek af en werkte Row in zijn kleertjes.

'Rory, alsjeblieft, wat zei Ian nou tegen je?' Anne wilde dat ze niet zo wanhopig klonk.

'Pap, Annie weet een vehaaltje ovew een spin die alleen maaw chocomel lust.' Row sprong op en neer.

'Wat zeg ik nou over die r,' zei Roar stoïcijns.

Ze zuchtte en pakte een borstel. 'Sta eens even stil, kind,' zei ze zachtjes. Row stopte met springen en leunde tegen haar been terwijl ze zijn haar borstelde. 'Rory, moet jij ook niet iets aantrekken, of ga je straks zo de bus in, in je rafelige ondergoed? Dat zal de pers leuk vinden.'

Roar keek even peinzend naar zijn boxershort en trok er een draad af. 'Annie, jij bent de pers hier.'

'Ja, maar ik ga niet over jouw onderbroeken schrijven, daar kun je alvast van opaan,' zei ze, met zoveel cool als ze onder de omstandigheden kon verzamelen.

Hij rekte zich uit, rolde zijn schouder, en zei toen langs zijn neus weg: 'Hij wilde weten of ik met je in bed lag.'

'Ík lag met Annie in bed, pap,' zei Rowie meteen verontwaardigd.

Roar grinnikte en Anne wist niet zeker of dat nou door Rows opmerking kwam of door haar eigen, waarschijnlijk ondertussen tastbare ongemakkelijkheid. Voordat ze zichzelf had kunnen tegenhouden was ze al aan het uitleggen: 'We hadden er ruzie over vlak voordat ik vertrok, over... over deze klus, dat ik mee zou reizen met de band... Het is echt idioot, maar Ian denkt dus blijkbaar...' Ze bloosde nu zo hevig dat ze waarschijnlijk geen druppel bloed meer in haar tenen had zitten. 'Hij denkt dat ik, eh, dat ik, nou, een eh, dinges heb voor jou, dat – dat ik je zeg maar leuk vind!' Ze keek Roar aan zo lang ze kon. Dat was niet zo heel erg lang.

'Ha!' barstte hij uit in een halve lach, terwijl hij Row van de grond tilde. 'Nou, we weten allebei wel dat dat dus een belachelijk idee is. Kom op, Rowie, we gaan. Ik moet een broek en een shirt aan, en dan gaan we wat te eten scoren.'

De heren Maquary verdwenen de gang in en Roar riep nog zacht over zijn schouder: 'Schiet op, Annie, pak je zooi bij mekaar, dan regel ik wel een bak koffie voor je.'

2
Rijden

Anne rende de ontbijtzaal in, gepakt, gezakt en met haar haren netjes in het gelid, met nog precies tien minuten de tijd om de kop koffie leeg te drinken die Roar haar had beloofd. De man zelf schitterde door afwezigheid en Rowland was ook in geen velden of wegen te bekennen, maar de koffie stond er, pontificaal op een tafeltje, met twee suikerklontjes op het schoteltje en een croissant op een bordje ernaast. Er lag een servet bij waar met een dikke stift ANNIE op gekalkt was, maar in plaats van zich te ergeren aan het feit dat haar naam verkeerd geschreven was, dacht ze: niet te geloven! Rory Maquary heeft onthouden dat ik twee klontjes in mijn koffie heb!

Haastig werkte ze de croissant naar binnen en bluste die af met de koffie. Toen gooide ze nog even snel twee appels en een banaan van het ontbijtbuffet in haar tas; het paste er nog net bij, naast haar laptop, haar borstel en Rowlands Wall-E-knuffeltje.

En toen maakte het hele circus zich klaar voor de reis.

De hoeveelheid mensen die op weg ging was bizar, als je bedacht dat de band uit maar vier mannen bestond. Je had de tourmanager, een klein clubje vaste beveiligers, een sportmasseuse (voor Blade), een aromatherapeute (voor Mad – en Anne had een vermoeden dat die vriendelijke dame in lange wijde rok en batik T-shirt eigenlijk Mads vriendin was), een eskader assistenten in zeer gewilde shirtjes met achterop de tekst CREW, buschauffeurs en chauffeurs voor de volgauto's, een jonge, stille, efficiënte publiciteitsmedewerkster van de platenmaatschappij die alle fotoshoots en persconferenties met strakke hand regisseerde... en één journalist met bijkomende babysittaken. En dan waren er nog allerlei woest uitgedoste mensen zonder duidelijk omschreven taak, die om de een of andere reden ook absoluut mee moesten.

Anne had zich vast nog veel erger misplaatst gevoeld dan ze al deed, als ze Rowland niet had gehad om op te passen. Hij was natuurlijk af en toe een stout en eigenwijs peutertje dat niet wilde luisteren, maar hij was veel vaker een schatje. En hij was helemaal dol op haar, met die onverklaarbare, vertederende, ontwapenende vasthoudendheid van een driejarige. Het verraste haar dus niet toen, terwijl iedereen zich zo'n beetje verzamelde in de hal van het hotel, klaar om in de bus of in een volgauto te stappen, hij plotseling uit het niets op haar af kwam rennen en bezitterig zijn armpjes om haar been sloeg.

'Annie, ik wil bij jou zitten.'

'Dat is goed, lieverd,' zei ze. 'Kom, dan gaan we een plekje zoeken. Maar ik moet wel een beetje op mijn laptop werken, ik kan niet de hele weg spelletjes met je doen.'

Axe kwam net op tijd aankuieren om die laatste woorden op te vangen. 'Ik wil wel met je spelen, hoor, mannetje,' zei hij met een toegeeflijke grinnik. 'Wil je op m'n nek?'

Row gilde natuurlijk van ja.

Axe leek wel een reus vergeleken met Rowland, zeker toen hij hem met een grote zwaai van de grond tilde en in één beweging op zijn schouders zette. Vervolgens marcheerde hij de deur uit, waarbij hij netjes een stukje door zijn knieën ging zodat Row zijn bolletje niet zou stoten.

Anne liep glimlachend achter ze aan, maar werd buiten staande gehouden door de tourmanager. Ze heette Terri, kwam nogal bazig over, was altijd heel druk bezig met van alles regelen en ging op het moment door voor Axe' vriendinnetje. Of was dat alweer verleden tijd? Ze zag er in ieder geval verdacht chagrijnig uit.

'Juffrouw Miller, in een van de volgauto's,' zei ze abrupt; het was Anne eigenlijk niet eens helemaal duidelijk of Terri nou tegen of over haar had gesproken. 'Je kunt met Gemma en Bibi meerijden.'

O, het was dus tégen mij, dacht Anne, te overdonderd om Terri direct van repliek te dienen. Ze had verder niets tegen Gemma, de stille pr-manager, of Bibi, de sportmasseuse-annex-Blades scharrel; ze waren tot nu toe allebei vriendelijk genoeg tegen haar geweest. Hoewel... Bibi had eigenlijk wel iets beangstigends: ze was zo belachelijk strak dat je er bijna als vanzelf onzeker van werd en ze verpakte haar superfitte lichaam in stretchy sportoutfits zo miniem dat ze niet zouden misstaan op een paaldanseres in een kleverig, slecht verlicht mannenhol.

Maar dat was allemaal niet de reden waarom er bij Anne vanbinnen iets begon te borrelen. De reden was een klein, wit gezichtje achter het raam van de bus, een gezichtje dat naar haar keek. Ze haalde diep adem. 'Maar ik zou onderweg toch ook op Row passen? Dan moet ik toch ook...' Ze gebaarde naar de bus.

'Juffrouw Miller, de tourbus is voor bandleden en hun directe assistenten, en aangezien je overduidelijk geen van beide bent...'

'Wat lul je nou.'

Roar verscheen onverwachts naast Anne. Ze maakte nog net geen sprongetje van schrik en keek snel opzij; hij stond erbij alsof hij met vakantie was. Volkomen zorgeloos met zijn oude, verwassen AC/DC-shirt, zijn gebleekte jeans met slijtgaten en zijn teenslippers.

'Luister, Annie past op m'n jongen totdat ik een nieuwe kindermeisje heb. Dat weet jij net zo goed als ik, Terri, dus lig nou niet de hele tijd zo te zeiken met je volgauto. We hebben dit gesprek gisteren en eergisteren ook al gehad en ik heb er verdomme wel genoeg van. Annie zit bij ons in de bus en je houdt er gewoon je smoel over. Klaar. Ja?' Hij zei het zonder stemverheffing, maar met een ondertoon van staal.

'Maar ik...' zei Terri nog, heen en weer kijkend tussen Anne en Roar.

Roar leunde naar Anne toe en mompelde in haar oor: 'Klim d'r maar in, mop.' Zijn warme adem streek langs haar wang, waardoor ze direct weer bloosde tot in haar haarwortels, en om het nog erger te maken legde hij een hand op haar rug en gaf haar een zacht duwtje in de richting van de bus.

Anne struikelde naar voren. Vlak voordat ze instapte keek ze nog even over haar schouder, maar Roar was haar al vergeten; hij had zich op Terri gericht en was zo te zien druk bezig haar eens even flink de waarheid te vertellen.

Anne klom snel de bus in en waadde door het voorste gedeelte, dat eruitzag als een lange, smalle, rommelige woonkamer. Row, die bij Axe op de bank zat, keek vol aandacht toe hoe Axe een kaartenhuis aan het bouwen was. Hij was al bij de derde verdieping en het geheel zou ongetwijfeld spectaculair instorten zodra de bus wegreed, maar zolang Row lekker bezig was liep Anne verder naar achteren, langs een klein keukentje, naar het verhoogde achterste gedeelte van de bus. Daar waren aan één kant bankjes voor twee personen, bijna zoals in een gewone bus, en aan de andere kant van het gangpad een viertal losse luxe stoelen die in de slaapstand gezet konden worden. Ze schoof op het eerste bankje tot ze bij het raam zat en haalde haar laptop uit haar tas.

Ze herlas wat ze die morgen had geschreven en zat een beetje te broeden op hoe ze verder zou gaan, toen Roar en Terri, blijkbaar klaar met ruziën maar allebei nog met een gezicht op onweer, aan boord kwamen door de zijdeur vlak voor Annes zitplaats. Terri marcheerde meteen naar voren om met de chauffeur te overleggen en Roar schonk zichzelf nog een kop koffie in in het keukentje, waarna hij peinzend naar zijn zoon bleef staan kijken.

En als laatste, maar misschien had ik eigenlijk beter met hem kunnen beginnen, typte Anne toen het haar eindelijk was gelukt haar ogen los te rukken van Roars rug, heb je nummer 4: de vocalist. Rory Maquary, beter bekend als Roar, posterboy aller rockzangers. Vroeger moet hij reuze wild zijn geweest: drank, drugs, vrouwen, hotelkamers in puin achterlaten, paparazzi in elkaar beuken, door vier agenten overmeesterd moeten worden omdat hij de arrestatiewagen niet in wil, ik hoef maar een beetje te googelen en de wandaden stapelen zich op.

Totdat hij ging trouwen met Meilane DeLucca. Volgens de artikelen die ik heb kunnen vinden was het echte liefde; hij stopte in ieder geval meteen met dat puberale rocksterrengedrag toen hij met haar samen was. En toen ze Rowland kregen, in het tweede jaar van hun huwelijk, leek het erop dat 'Roar' eindelijk volwassen genoeg was geworden om een verantwoordelijke vader te zijn.

Vorig jaar kwam aan dat sprookje een einde. Toen ze trouwden was het hét celebrityhuwelijk van het jaar, maar de scheiding was nog spraakmakender. Er werd flink gespeculeerd, maar de ware reden waarom het fout ging is nog steeds niet helemaal duidelijk, vooral omdat zowel Roar als zijn ex tot nu toe de lippen stijf op elkaar hebben gehouden over de achtergronden.

[persoonlijke observatie]
Het lijkt erop dat Rowlands angstaanvallen zijn begonnen nadat zijn ouders uit elkaar zijn gegaan. Al moet ik wel zeggen dat Rory (wat is Roar toch een infantiele bijnaam, ik ga echt geen 'brul' tegen hem zeggen, wat een malligheid) anders lijkt dan ik had verwacht. Ik had gedacht dat hij moeilijker zou zijn, meer een diva, of in ieder geval dat hij een korter lontje zou hebben. Maar hoe meer ik van hem meekrijg, hoe meer ik moet toegeven dat hij helemaal niet zo past in het beeld dat de media altijd van hem hebben geschetst. Hij is wel nogal ongepolijst, en niet bereid om concessies te doen aan de wellevendheid. Maar tegelijkertijd is hij dol op zijn zoon, en echt lief voor hem, hoewel hij met zijn taalgebruik nu niet echt een goed voorbeeld geeft. En hij

gaat heel goed om met de andere bandleden. Hij heeft met Axe op school gezeten; ze zijn nog steeds beste vrienden. Hij lijkt op een bepaalde manier bijna op mensen te willen passen. Zelfs een beetje op mij, met zijn twee klontjes en die croissant.

Op dat moment gooide Roar, die zijn koffie op had, zijn bekertje in een vuilniszak en draaide zich om, en voordat Anne zich goed en wel realiseerde wat hij van plan was plofte hij op het bankje naast haar neer.

Ze klapte snel haar laptop dicht.

'Staatsgeheim?' vroeg hij met een vermoeide maar toch nog een beetje ondeugende grijns. Hij strekte een plagende vinger uit naar de laptop op haar schoot, alsof hij van plan was hem weer open te klappen als ze hem de kans zou geven.

'O, eh, nou...' Anne hield meteen op met praten toen ze – alweer! – een agressieve blos voelde uitbarsten op haar wangen, en ze moest wel twee keer ademhalen voordat ze zichzelf weer in de hand had. 'Het, eh, het is meer dat het nog, eh, zo rauw is, als ik het net heb opgeschreven; ik moet er niet aan denken dat iemand nu zou zien wat er staat. Ik zou me dood schamen.' En helemaal als hij nou net zou lezen wat zij nou net over hem had zitten typen, natuurlijk; het leek haar stug dat er schaamte bestond waar je nóg pijnlijker van dood zou gaan.

'Mm,' zei hij bedachtzaam, 'snap ik wel.' Hij keek voor haar langs uit het raam terwijl de bus wegreed. 'Ik heb dat ook wel, als ik weer 'es wat nieuws heb bedacht. Ik gooi het gauw op papier, voordat het weer weg is, en dan ziet het er eerst uit als een soort goddelijke waarheid, en het brandt, alsof het brandt in je handen, weet je? En hier, hier brandt het...' Hij tikte met twee vingers tegen zijn slaap. 'En dan kan ik het eerst ook aan niemand laten zien, of het voor niemand spelen... Maar na een tijdje komt die keus, weet je wel: of het is rotzooi, of je moet het opengooien.'

'Als mijn artikel af is mag je het wel lezen,' zei Anne zachtjes. En terwijl de woorden over haar lippen kwamen dacht ze: wat kraam ik nu weer voor onzin uit! Natuurlijk gaat hij het lezen als het af is, hij zal het toch moeten goedkeuren? Mijn god, wat een onprofessionele opmerking. Maar voordat haar blos op volle sterkte terug kon keren verbaasde Roar haar opnieuw toen hij 'okidoki,' zei, zijn ogen dichtdeed en zo, van het ene op het andere moment, in slaap viel.

Ondanks de koffie die hij net naar binnen had geklokt.

Blijkbaar was hij nog steeds moe van zijn filmbazenbespreking. Als het tenminste een filmbazenbespreking was geweest, want Anne was, vertelde ze zichzelf met kracht, écht niet zo naïef als ze eruitzag. Ja, die man had natuurlijk het volste recht om in zijn eigen tourbus een dutje te doen, maar had hij dan niet veel beter een van die stoelen aan de andere kant van het gangpad kunnen nemen? Was het nou echt noodzakelijk dat hij naast haar zat, en dat hij nu zijn hoofd zo opzij draaide dat hij bijna in haar oor zat te slapen? En moest dat dan ook met zo'n snurkje, zo'n klein snurkje dat eigenlijk, ja, behoorlijk vertederend was? En jemig, wat rook die man lekker, naar dure zeep en, en hemzélf, met een vleugje koffie...

Anne zuchtte, schoof een klein stukje bij hem vandaan en klapte voorzichtig haar laptop weer open. Zo zachtjes als ze kon begon ze weer te tikken:

[streamers toevoegen: dagindeling, huwelijk Rory/Meilane, geschiedenis Road Rage]

Hoe ziet een dag uit het leven van een band als Road Rage eruit? Uitwerken.

[Besluiten: hoe persoonlijk moet dit artikel eigenlijk worden? Misschien in een kadertje iets over hoe ik de gelukkige ben geworden die dit hele festijn mocht meemaken?]

Ik had dus een afspraak voor zo'n persmomentje met Rory Maquary; hij zat in een hotelkamer interviews te geven omdat zijn meest recente film *Beyond the Gates* net uit was in de UK. Hij heeft in drie films gespeeld de afgelopen twee jaar, hij heeft een Oscarnominatie op zijn naam staan en deze nieuwe film, over een ter dood veroordeelde crimineel die tegen alle verwachtingen in liefde, verlossing en vrijheid hervindt, heeft alles in zich om heel groot te worden, zowel voor het publiek als in de ogen van de recensenten.

Ik was de laatste in een lange rij journalisten die allemaal vijf minuten hadden gekregen om interessante vragen te stellen. Wat een farce, die arme man was al uren bezig zichzelf te herhalen. Hij zag er dan ook aardig uitgewrongen uit toen ik eindelijk tegenover hem zat.

Ik had drie vragen voorbereid en thuis had ik allang gezien dat er meer dan genoeg informatie in het perspakket zat om een stuk van minstens 2000 woorden te schrijven, maar ik was natuurlijk toch bloednerveus. Ik bedoel, de man heeft nogal een reputatie. Nu verwachtte ik niet dat hij me meteen een dreun op mijn neus zou geven als hij mijn vragen niet interessant genoeg zou vinden, maar ik was wel bang dat hij vervelend tegen me zou zijn. Onvriendelijk, of cru, of heel cynisch of grof.

Het leek al met al eigenlijk wel goed te gaan. Hij was inderdaad moe en nauwelijks enthousiast – daar had ik best begrip voor – maar hij bleef professioneel. En verrassend vriendelijk. Hij maakte zelfs een sarcastisch grapje over dat hele promotionele circus rondom een grote film. Hij leek er wel op een soort gezonde, afstandelijke manier in te staan; hij was in ieder geval niet zo zelfingenomen als ik had verwacht.

Ik ben zelf nooit fan van Road Rage geweest en ik heb de carrière van Rory Maquary dus ook nooit bewust gevolgd, maar over één ding moet ik het wel eens zijn met de algemene opinie. Die man fotografeert ontzettend goed, met dat bruine, halflange haar en die grijsgroene ogen. Op sommige foto's lijken zijn ogen wel licht te geven, en hoewel ik altijd heb gedacht dat dat gefotoshopt was, kreeg ik toen ik hem eenmaal in levenden lijve zag toch de indruk dat het bij hem echt is.

En verder is hij ook niet verkeerd: brede schouders, gespierde armen, goed gebouwd. Hij ziet er aan alle kanten, tja, *stevig* uit, als een goed gewortelde boom die niet snel om zal waaien. Het is vreemd, want normaal gesproken zou ik niet echt omkijken naar zo'n weinig beschaafde man, maar ik geloof dat als ik hem onder wat normalere omstandigheden was tegengekomen, gewoon in het café of zoiets, ik hem misschien toch wel enigszins leuk had gevonden.

[Oké, dit kan ik dus zéker niet in het artikel opnemen.]

Ze voelde haar wangen gloeien en gooide de laatste alinea weg, maar bedacht zich direct en zette hem weer terug. Ze had zich tenslotte voorgenomen om al haar indrukken en gedachten vast te leggen. Dit waren blijkbaar haar indrukken en gedachten, al werd ze er wel een beetje door overvallen en vond ze ze behoorlijk ongemakkelijk.

Met haar hoofd tegen het raam van de bus geleund vroeg ze zich af waar dit allemaal toch in 's hemelsnaam vandaan kwam. Ze had het al een beetje gevoeld toen ze hem had geïnterviewd, die rare aantrekkingskracht die er van die man uitging. Ze viel toch juist altijd op nette heren, in keurige pakken? Heren die zich wisten te gedragen in het openbaar en die niet iedere lang genoeg stilstaande vrouw met 'mop' aanspraken? Die niet op teenslippers liepen, en die hun haar kamden, en het lieten knippen! Die niet vloekten. En die niet zo naar haar keken met van die ogen die recht bij haar naar binnen schoten, alsof haar kwetsbare ziel de maat werd genomen tot haar maag een salto maakte. En die niet naast haar in slaap vielen, met van die snurkjes.

Hemeltjelief.

Ze viel niet op dat soort mannen.

Ze gluurde even naar het schoolvoorbeeld van 'dat soort mannen', nog steeds vredig onder zeil naast haar op het bankje. Haar hart maakte een klein maar onmiskenbaar sprongetje.

Rowland was ondertussen ook in slaap gewiegd door het rijden van de bus; hij lag languit op de grote bank voorin en Axe had een fleecedekentje over hem heen gelegd. Axe zat ernaast en Blade zat ertegenover met een gitaar op schoot. Terri zat voorin bij de chauffeur en Mad had blijkbaar besloten samen met zijn aromatherapievriendin in een volgauto te gaan zitten. Het was rustig in de bus – rustig genoeg om te slapen, of je te verliezen in rare gedachtekronkels.

Had ze nou iets laten merken toen ze Roar had geïnterviewd? Ze hoopte maar van niet. Hij had zijn sarcastische grapje gemaakt en had vervolgens twee van haar drie vragen met professionele distantie en verrassende beleefdheid beantwoord, totdat hij onderbroken werd door kindergehuil uit de kamer ernaast. Toen het weer stil werd had hij zich vermand en de draad van zijn antwoord weer opgepakt, maar toen het gehuil opnieuw begon, was hij plotseling uit zijn stoel gesprongen om de kamer uit te stormen.

Even later kwam hij terug, met zijn zoontje op de arm. Hij leek wel een ander mens. Weg was de bonkige rocker, weg was de knappe filmster, weg was de professionele houding, ondanks de vermoeidheid. Hij was niets meer dan een bezorgde vader die zijn kind probeerde te troosten. En het leek te werken: het arme kind kroop lekker weg bij hem en liet zich sussen door het geluid van zijn vaders zachte stem in zijn oortje.

En toen was Roars vriendin Noëmi de kamer binnengekomen.

Anne zat ineens rechtop op haar bankje in de bus en onderdrukte een volkomen irrationele rilling. Noëmi Cummings was een top tien internationaal model met een perfecte huid, prachtig dik, korenblond haar en ogen zo blauw als het hemelgewelf op een wolkeloze zomermorgen. Ze was slank, elegant en in alle opzichten perfect om de lege plaats aan Roars zijde op te vullen. Er was geen enkele reden om te rillen alleen al bij de gedachte aan die vrouw, en toch was dat precies wat Anne het liefst zou doen. Waarom kon ze met geen mogelijkheid zeggen of beargumenteren; ze wist alleen voor honderd procent zeker dat er iets aan

Noëmi niet klopte. Ze kón toch gewoon niet zo'n perfect uiterlijk hebben en dan ook nog enige diepgang hebben, of simpelweg lief zijn?

Schaamte vocht in Annes binnenste met de rillingen: Noëmi had tenslotte niets verkeerds gedaan. Het was heel erg niet netjes om iemand te véroordelen op basis van vóóroordelen, maar Anne kreeg het niet voor elkaar om Noëmi aardig te vinden. Het lukte haar niet eens om dan maar gewoon niets van haar te vinden.

Misschien had ze wel zo veel moeite met Noëmi vanwege Row. Het was pijnlijk duidelijk geworden dat hij niets van Noëmi moest hebben zodra ze was binnengekomen en op Roar af was gelopen. Rowland had zich van zijn vaders schoot af gewurmd en was, opnieuw huilend, zo de kamer door gerend, zonder ook maar te kijken waar hij naartoe ging.

Recht Annes armen in.

Ze had hem natuurlijk opgetild en geknuffeld, zonder er ook maar een seconde over na te denken, en Rowland had zijn armpjes om haar nek geslagen en haar vastgehouden als een drenkeling een stuk wrakhout. En terwijl ze het snikkende kind tegen zich aan had gedrukt en over zijn ruggetje had geaaid totdat hij weer een beetje rustig werd, had ze gedacht, in een klein, donker hoekje achter in haar hoofd, dat je hart toch brak bij de gedachte dat er links en rechts allemaal kinderen van de rekening tussen de rokende puinhopen van al die beroemdhedenhuwelijken moesten zitten. Je zou toch denken dat je iets beter je best kon doen om er wat van te maken, als je zo'n lief klein mannetje op de wereld had gezet?

Het antwoord op die vraag kwam voor Anne geen meter dichterbij, ook al denderde de bus gestaag voort over de snelweg.

Er was er wel iets anders wat onverwachts een stuk dichterbij kwam, en dat was minstens net zo verwarrend: de bus helde een klein beetje in de flauwe bocht van de weg en Roar, in het diepst van zijn slaap ondertussen, zakte met de zwaartekracht mee zo tegen haar aan. Met zijn voorhoofd tegen haar wang.

3

Praten

Meestal gebeurt er tijdens de lunch ongeveer het volgende. De bus, met zijn stoet volgauto's erachteraan, houdt halt voor een onschuldig uitziend restaurant dat kort tevoren door Terri telefonisch is gewaarschuwd. De inhoud van bus en volgauto's stapt uit, en voordat je je twee keer hebt kunnen omdraaien is het onschuldige restaurant met keurig uitziende locals in flanellen blokjeshemden veranderd in een gekkenhuis vol woeste rockkapsels, beangstigende tatoeages en gescheurde spijkerbroeken.

Soms hebben er toch nog wat fans lucht gekregen van Road Rage's lunchlocatie, ondanks Terri's pogingen tot strikte geheimhouding, en dan kan er wel eens wat gedrang ontsta

'Jezus, wat is het, Nationale Typedag?' vroeg Blade, terwijl hij naast Anne op het bankje schoof. De lunchplek van de dag zag eruit alsof hij zo uit een schilderij van Hopper kwam: troosteloos licht, serveersters in blauw gestreept uniform, eeuwigdurende gratis slappe koffie.

Ze keek verschrikt op.

'Ik zie je al de hele dag met je lekkere bekkie achter dat ding zitten; ik zou bijna denken dat je je zit te verstoppen voor me.' Blade had eerder bij de counter wat cd's gesigneerd en voor een paar foto's geposeerd en hij had ook nog, met een dikke zwarte permanent marker in zijn hand en een sappige grijns om zijn lippen, het decolleté van een meisje van een jaar of zeventien van zijn naam voorzien.

Hij hing nu onderuitgezakt op het bankje, benen wijd, arm achter zijn hoofd, okselhaar vol in beeld. Zijn zelfingenomenheid had blijkbaar zo'n opsteker gekregen van het fanmomentje dat deze op het punt stond een eigen persoonlijkheid te ontwikkelen en een plaats aan tafel op te eisen.

Anne schoof voor de zekerheid maar vast een klein stukje op. Ze voelde zich betrapt, al wist ze niet waarom. Want al zat ze de hele dag te typen, wat dan nog? Ze was toch journalist? Maar voordat ze haar tong aan de leiband kon leggen rolde er al een verdediging vanaf: 'Nou, eh, ik heb, eh, niet zo veel kunnen doen de afgelopen dagen, dus ik moet de schade wel een beetje inhalen. Ik kon almaar niet de tijd of de rust vinden om even te gaan zitten en schrijven; alles was zo vreselijk hectisch, dus nu pak ik ieder moment aan om even iets te doen, eh...'

Blade knikte begrijpend.

Anne zag dat iedereen intussen zo'n beetje klaar was: gegeten, gedronken, sanitaire stop gemaakt en de benen gestrekt; de hele groep begon zich weer klaar te maken voor vertrek. Ze klapte dus haar laptop dicht, stopte hem terug in haar tas en nam snel de laatste, al afgekoelde slok sokkenwaterkoffie.

'Het is altijd een zooitje, hoor, zo aan het begin van zo'n tour, met al die foto's en die interviews en zo. Maar volgens mij beginnen we er wel weer in te komen.' Blade grinnikte goedmoedig naar Anne; zijn zelfingenomenheidsaanval leek iets te zakken en hij ging gelukkig ook weer wat normaler zitten. Hij zag er meteen een stuk gezelliger uit en Anne wist zeker dat het meisje van het decolleté waarschijnlijk ter plekke zou zijn gesmolten tot een plasje geluk aan Blades voeten als ze zo'n onbevangen grinnik van hem had mogen ontvangen.

Ze grinnikte terug. Misschien was Blade toch niet zo heel erg. Ze vond het in ieder geval bewonderenswaardig dat hij dag in dag uit minstens een uur met zijn gitaar op schoot in de bus zat, om zijn vingervlugheid op peil te houden. Hij was twee jaar op rij verkozen tot de snelste gitarist ter wereld, en hij was niet bereid zonder slag of stoot zijn eerste plaats af te staan aan een of ander zeventienjarig Jimi Hendrix-imitatortje.

'Dus, Annie. Gooi de boel eens even open. Wat speelt er nou precies tussen jou en mijn maatje Roar? Je houdt het toch wel een beetje netjes, hè, met die kleine jongen en zo?' Blades knipoog was moddervet van de schunnigheid.

Hij was wél erg. Hij was vreselijk, de gluiperd; hij deed het erom. Haar wangen gloeiden brandweerrood. 'Niets, wat bedoel je, er speelt helemaal niets, hoezo, waar heb je het eigenlijk over; hij viel alleen maar in slaap in de stoel naast me,' sputterde ze vertwijfeld.

En natuurlijk, hoe kon het ook anders, precies op het moment dat haar wangen op hun allerroodst waren zag ze vanuit haar ooghoek dat Roar samen met Row uit de toiletten kwam.

'Ja, hoor, niks aan de hand, hij viel alleen maar in slaap. Narcoleptische idioot. Met z'n kop recht op je schouder. Schrok je zeker wel van, hè? Híj schrok zich in ieder geval het lazarus als je 't mij vraagt; hij sprong omhoog alsof hij in z'n reet werd gebeten toen hij wakker werd.' Nog een grinnik en een vette knipoog, en Blade riep dwars door de diner: 'Yo, Roar! Niet als een ouwe lul gaan liggen pitten boven op de journalist, hè? Je hebt wel een reputatie hoog te houden: seks, drugs en de hele reut.'

Roar, halverwege de uitgang, keek verstoord Blades kant uit en stak meteen zijn middelvinger op. Toen werkte hij snel Row de deur uit. Blade schoot in de lach en sloeg met zijn vlakke hand op tafel, hard genoeg om het deksel van de suikerpot te laten springen.

'Dus,' zei hij weer, toen hij eenmaal bedaard was. 'Laat me eens even denken. Roar en jij, dat gaat zeker niks worden, dan. Gezien hoe jij net reageerde, en hij meteen met z'n fuck you-vinger in de aanslag. Ik kan er dan zeker wel van uitgaan dat je niet op zijn, eh, lijst staat, hm?' Hij bekeek haar op z'n gemak, van haar kruin tot haar handen die op de tafel rustten.

Anne moest zich beheersen om stil te blijven zitten onder die blik; ze had ineens een veel duidelijker beeld bij de uitdrukking 'iemand met de ogen uitkleden'. Het was een ongemakkelijke gewaarwording. 'Op zijn, eh, lijst?' kraakte ze uiteindelijk.

'Yep,' zei Blade. Hij leunde ineens naar voren en haalde zijn wijsvinger zachtjes maar uiterst suggestief over de bovenkant van haar hand. 'Wil je op de mijne? Ik stel dat niet zomaar aan iedereen voor, hoor.'

'Ja, eh, hallo, wacht eens even, ik sta niet op een lijst, ik wíl ook helemaal niet op een lijst; ik heb een vriend, in Londen! Ik bedoel, houden jullie echt lijsten met vrouwen bij? Wat is dat nou weer voor een idioot, chauvinistisch...'

'Rustig, rustig,' zei Blade, zichtbaar genietend van Annes ongemak. 'We hebben het hele lijstensysteem al zo'n beetje sinds midden jaren negentig in de lucht en het werkt als een zonnetje: we krijgen nooit meer problemen met elkaar over pussy.'

'Mijn god.' Anne was geschokt; ze wist heus wel dat de leden van Road Rage er niet vies van waren, maar dat ze zover zouden gaan om de beschikbare dames onderling te verdelen door middel van lijsten, dat was toch wel het toppunt van walgelijk middeleeuws testosterongedrag.

Blade schoot prompt nog een keer in de lach. Er sneuvelden geen suikerpotten deze keer, maar hij zat te schudden van de pret. 'Rustig, zei ik toch? Ik zit je op te naaien, ik lach me dood zeg. Je had je eigen gezicht moeten zien. Natuurlijk houden we geen lijsten met vrouwen bij, dat zou toch ziek zijn? Maar,' hij werd ineens een stuk serieuzer, 'het is wel zo dat het altijd weer anders gaat op zo'n tour dan je denkt. Je voelt het: er kan altijd van alles gebeuren. Meestal gebeurt het gewoon ook. Londen is ver weg; wen er maar aan.'

'Eh, moet dat echt?' zei Anne, die ondertussen zo in de war was dat ze nauwelijks meer wist wat ze moest denken.

'Niks moet, meissie, het is maar een stukje advies, krijg je gratis van me. Doe ermee wat je wilt.' Blade klonk ineens vermoeid. 'Maar wacht 'es effentjes, voordat we nou weer in die bus klimmen; ik wil je dus eigenlijk al de hele tijd een echte vraag stellen.'

Anne keek bedenkelijk.

'Nee, serieus, ik dol je niet; ik wil weten waar Annie voor staat. Wat je eigenlijke naam is. Anne-nogwat? Annabel? Anastacia? Of is het gewoon Anne?' Hij zei de laatste naam met een uitgestreken gezicht en een niet helemaal goed gelukt bekakt Brits accent, wat zo enorm detoneerde bij zijn bewust ongeschoren langharigheid dat Anne bijna tegen wil en dank in de lach schoot.

'Het is,' zei Anne toen ze zichzelf weer in de hand had, 'het is, nou, ik ben er een beetje onzeker over, eigenlijk...'

'Shit, mens, doe normaal, je gaat toch niet onzeker zitten wezen tegen een gast die Eugene als voornaam in zijn paspoort heeft staan? Ik háát mijn voornaam; je wil niet weten hoe ik ermee getreiterd ben op school, en wáág het niet,' hij zwaaide met een dreigende vinger, 'om dat in je artikel te gooien, want ik pak je. Ik vertel je dit in strikt vertrouwen. Dus. Vooruit, gooi het op tafel.'

Anne glimlachte. Blade was toch wél leuk; hij was alleen een beetje een practical joker. Maar als hij zijn charme aanzette was hij aardig onweerstaanbaar; zelfs zij kon niet ontkennen dat er een flinke dosis charisma van hem af straalde.

'Nou, vooruit dan maar, Eugene. Mijn volledige naam is Angharad. Ik ben een kwart Welsh; mijn grootmoeder komt uit Wales en ik ben naar haar vernoemd.'

'Angharad! Krijg nou tieten,' zei Blade, onder de indruk. Hij sprak haar naam ook nog eens precies goed uit. 'Dat vind ik nou nog eens mooi. Waarom noem je jezelf in godsnaam Annie?'

'Nou, allereerst noem ik mezelf Anne, niet Annie, want eigenlijk vind ik dát dus vreselijk, maar het is vooral omdat Anne prettiger is voor de meeste mensen. Minder vervreemdend, minder exotisch; bijna niemand kan Angharad in één keer behoorlijk uitspreken.' *En het is omdat ik liever niet al te veel aan mijn Welshe familie herinnerd wil worden*, fluisterde haar binnenste.

'Ik wel,' zei Blade dwars door haar gedachtefluister heen, 'ik kan het uitspreken.'

'Dat is waar.'

'Dus ik kan je voortaan gewoon Angharad noemen?'

'Als je erop staat,' zei Anne. Hij grijnsde er zo breed bij dat er geen bezwaar tegen bestand was.

'Ik sta erop. Nou, vooruit, Angharad, opstaan, we moeten die bus weer in.'

Het tweede deel van de busreis voerde langs immense akkers, met in de verte beboste heuvels. Omaha, gingen ze niet naar Omaha? Vijf dagen onderweg en Anne raakte al overal los van. Wat voor dag was het vandaag ook alweer? Het enige wat ze deed was trouwhartig in en uit de bus stappen wanneer dat de bedoeling was, en proberen zo veel mogelijk tourneesfeer op te zuigen. Maar, in alle eerlijkheid, wie hield ze voor de gek: ze zoog helemaal niets op, ze was de afgelopen dagen te overweldigd geweest om ook maar één coherente gedachte te kunnen formuleren. Laat staan dat ze al die indrukken had kunnen omvormen tot tekst.

Tot vandaag.

Nationale Typedag, misschien nog wel meer uit schuldgevoel dan uit daadwerkelijke inspiratie. Eigenlijk was ze doodmoe van al die indrukken en had ze niets liever gedaan dan eerst een paar dagen slapen om alles te laten zakken.

Het viel dan ook niet mee om haar ogen open te houden; de lunch had haar rozig gemaakt en de zon die door de ramen scheen maakte het nog een graadje erger. Rowland lag ook alweer onder zeil op het bankje naast haar: hij had als een dolle rondgerend tijdens de lunchstop, maar zodra de bus op gang kwam waren zijn oogjes weer dichtgezakt. Het moest voor hem ook vreselijk vermoeiend zijn, dat constante gereis, en zo'n angstaanval vrat natuurlijk ook energie. Ieder beetje rust dat het arme kind kon krijgen was meegenomen.

Anne keerde zich naar hem toe en trok voorzichtig het lichte fleecedekentje dat ze over hem heen had gelegd recht. Ze veegde zachtjes zijn haar uit zijn gezicht en keek nog even, een warm gevoel in haar binnenste. Wat een lieverdje was het toch, zeker als hij zo vol overgave lag te slapen.

Ze voelde iets prikken: dat gevoel dat iemand je observeert. Ze keek op en zag dat Roar vanaf de andere kant van de bus naar haar zat te kijken; hij zat op de grote bank voorin, zo ver bij haar vandaan als de bus toeliet, en plukte een beetje doelloos aan de westerngitaar op zijn schoot. Toen hun blikken elkaar kruisten keek hij onmiddellijk weg, zijn mondhoeken gingen naar beneden alsof hij iets onplezierigs had gezien, en hij concentreerde zich volledig op zijn gitaar.

Goed. Dat was dus duidelijk. Wat het dan ook was dat maakte dat ze bij het minste geringste knalrood werd zodra ze zich binnen een straal van vijftig meter rondom die man bevond, ze wist nu in ieder geval honderd procent zeker dat hij er geen last van had.

Toen Rows vorige kindermeisje twee dagen voordat de tournee zou beginnen onverwachts haar ontslag indiende, had het geleken alsof Roar welgemeend blij was dat Anne zich op zo'n korte termijn vrij kon maken om mee te reizen met de tournee, in ieder geval totdat er een nieuw kindermeisje kon beginnen. En hoe had ze in godsnaam ook nee kunnen zeggen, als ze als bonus een exclusief artikel voor *UM* kon schrijven?

Voor Anne was het de kans van haar leven. Voor Roar was het waarschijnlijk een tijdelijke oplossing voor een vervelend logistiek probleem, niet meer en niet minder.

Hij deed zijn uiterste best om er niets van te laten merken, maar Roar was nog steeds aan het bijtrekken van het onaangename feit dat hij zomaar in slaap was gevallen naast Anne, en dat hij vervolgens min of meer kwijlend op haar schouder weer wakker was geschrokken. Het voelde als een magistrale afgang, een onvergeeflijk verlies van cool en controle. Hij was als de dood dat Anne nu zou denken dat hij wat van haar moest, hoewel dat zo'n idioot idee was dat hij er hardop om had kunnen lachen als hij zich er niet zo rottig over had gevoeld. En dan had hij nog niet eens helemaal uitgedacht wat het dan was, wat hij van haar moest. Of wat zij zou dénken dat hij van haar moest, of...

Zijn hoofd tolde ervan.

Het was ook gewoon niks voor hem om ineens zo close, zo knuffelig te doen. Hij was niet knuffelig. Nou ja, hij knuffelde Row natuurlijk wel, maar dat was zijn kind. Bij volwassenen had hij een hekel aan van dat overdadige klefbekken of handjes vasthouden. En hij vond het al helemáál niks als het ook nog in het openbaar moest.

Noëmi bleef erover klagen: ze wilde de hele tijd aan zijn hand hangen of op zijn schoot zitten of zoiets, of hij moest zo nodig een arm om haar heen slaan. Het was trouwens wel verstandig, nu hij er toch aan dacht, om Miss Onderhoudsgevoelig meteen even een belletje te geven. Axe was verantwoordelijk voor die bijnaam, hij was Noëmi vrijwel direct zo gaan noemen toen Roar een paar maanden geleden iets met haar was begonnen. Eerst had hij het weggelachen, maar natuurlijk moest hij toegeven dat Axe het goed had gezien. Zoals gewoonlijk.

Met een onbewuste zucht viste hij zijn mobiel uit zijn zak en veegde hij door zijn contactgegevens tot hij bij Noëmi's nummer kwam. Iedere keer bedacht hij zich dat hij het in zijn favorieten moest zetten, dan hoefde hij niet zo te zoeken als hij haar belde, maar hij vergat het steeds.

Terwijl hij luisterde naar het belsignaal dreef zijn blik bijna als vanzelf Annes kant uit.

Ze zat alweer naar hem te kijken.

Shit, shit.

Hij wist niet wat het was, maar iets aan die vrouw maakte dat zijn gedachten ongeordend door zijn hersens stuiterden, alsof iemand een emmer pingpongballen had leeggegooid onder zijn schedeldak. Het maakte dat zijn vel niet helemaal lekker om hem heen zat, het maakte dat zijn hoofdhuid kriebelde. Het gaf hem zo'n oncomfortabel gevoel dat hij maar één ding kon verzinnen: zo hard mogelijk doen alsof er niks aan de hand was.

En het was nou ook weer niet zo dat zij over haar voeten struikelde om hem te laten weten hoe leuk ze hem vond. Roar was ervan overtuigd dat ze hem helemáál niet leuk vond, maar te beleefd was om dat duidelijk te laten merken. Ze was beleefd, ja, en terughoudend, en zo godvergeten normáál. Hij ontmoette nooit normale vrouwen. En waarom zou hij ook: na ieder optreden zat zijn kleedkamer vol met strakke, gretige groupies in van die easy-access-kleren. Hij kon ze allemaal zó op hun rug leggen als hij daar zin in had. Een voor een, en misschien ook nog wel meer dan een tegelijk, als hij een beetje zijn best deed. Hij wist precies hoe hij één wenkbrauw op moest hijsen en stormachtig door zijn haar moest kijken, en hoe hij zijn stem precies zo kon laten klinken dat vrouwen er de rilbibbers van kregen.

Alleen bij Anne werkte het niet.

Of... dat klopte ook niet helemaal; hij wist eigenlijk niet of het wel of niet werkte. Het was meer dat hij het gevoel had dat hij ontzettend voor lul stond, als hij zich bij haar zo aanstelde. Alsof ze dwars door hem heen keek en voortdurend op het punt stond hem keihard te veroordelen om zijn goedkope trucjes.

Hij was natuurlijk nog steeds ontzettend blij dat ze zo, zonder enige terughoudendheid, had gezegd dat ze mee zou gaan op tournee toen hij haar vroeg. Maar aan de andere kant: het had niks met hem te maken dat ze ja had gezegd, het was gewoon een carrièremove die ze niet had kunnen laten liggen. Mooi meegenomen dat het win-win was: hij had zijn oppasprobleem geregeld en zij kon naam maken als popjournalist op een manier waar een ander alleen maar van kon dromen.

Roar fronste en probeerde zijn aandacht bij het geluid van

Noëmi's stem te houden toen ze opnam en tegen hem begon te ratelen. Hij zei 'uh-huh, ja hoor, oké, tuurlijk' op de juiste momenten, puur op intuïtie, maar hij registreerde er geen woord van. Vanuit zijn ooghoek zag hij hoe Anne met haar hoofd tegen het raampje van de bus leunde en hoe haar mooie bruine ogen dichtvielen.

Ze werd pas weer wakker toen de bus voor het hotel du jour stopte. Het zag er groot uit, en nieuw, en volkomen inwisselbaar met de hotels waar ze tot nu toe hadden verbleven. Ze streelde zachtjes door Rowlands haar.

'Hé, mannetje, oogjes open, we zijn er.'

Row wreef met zijn vuistjes in zijn ogen; Anne hees hem overeind en trok zijn opgekropen shirtje naar beneden.

'Ik neem hem wel.' Roars stem, ineens van veel te dichtbij, liet haar schrikken, maar hij wachtte niet op antwoord, hij leunde een beetje voorover – Anne kreeg meteen gratis en voor niets nog twee neusgaten vol van hoe lekker hij rook – en hij tilde Row met dekentje en al op. Neuriënd in een klein, roze oortje klom Roar uit de bus, terwijl Row over zijn schouder nog slaperig naar Anne keek.

Ze liep er vlak achteraan met een niet te onderdrukken glimlach; lief kind met stoere vader maakte toch maar mooi een behoorlijk onweerstaanbaar plaatje.

'Juffrouw Miller.'

Ach jee, daar was Terri weer. Anne draaide zich met tegenzin om; zou ze nou nog een keer beginnen over het wel of niet met de bus mee rijden? Maar tot haar verrassing trad Terri haar met een stralende glimlach tegemoet. Anne dacht even na: toen ze wakker werd had ze Terri niet gezien in de bus, maar ze had er wel degelijk in gezeten en was toch echt vlak na Anne uitgestapt.

En nu ze erover nadacht: Axe had ze ook niet zien zitten...

Zacht rinkelend in de namiddagzon viel er een kwartje bij Anne. De bus was aan de achterkant, waar de stoelen en bankjes waren, verhoogd. Onder het verhoogde deel zat een keurig chemisch toilet, en daarachter was precies genoeg ruimte voor een luxueuze slaapkamer, die geheel was uitgevoerd in een kleur die Blade hoerenkastrood noemde. Alles was rood: de vloer, de muren, het plafond, de satijnen lakens, de sprei... Het enige minpuntje was dat het plafond nogal laag was, maar Anne had zo het idee dat dat voor Axe en Terri en hun hoogstwaarschijnlijk horizontaal georiënteerde activiteiten niet echt erg was.

Ze verwachtte eigenlijk een soort van jakkesgevoel bij het idee dat, terwijl zij in haar stoel zat te slapen, er direct onder haar twee mensen gepassioneerd aan het gymnastieken waren geweest, maar tot haar verrassing vond ze het eigenlijk helemaal niet zo erg. Sterker nog, als het Terri in zo'n goed humeur had gebracht dat ze vanuit haar tenen liep te glimlachen, dan kon er toch weinig mee mis zijn?

'Heb je gezien dat we morgenmiddag naar Denver vliegen?' zei Terri. 'Met een turboprop.'

'Ik heb het reisplan bekeken, inderdaad,' zei Anne nog een beetje gereserveerd, hoewel ze zich van harte verwonderde over het immense verschil tussen een humeurige en een glimlachende Terri. Ze was eigenlijk ontzettend leuk om te zien als ze zo blij keek.

'Ik wilde alleen maar even checken, gezien hoe het eergisteren ging met Rowland. Het arme kind. Ik dacht dat je misschien extra voorbereidingen zou willen treffen.'

Het stond Anne nog levendig voor ogen wat er de vorige keer was gebeurd, toen ze van Dallas naar Kansas City vlogen. Roar was zichtbaar gespannen geweest toen hij aan boord kwam met een verdrietige Rowland op de arm. Eerst had het geleken alsof Row alleen maar een beetje huilerig was, alsof hij net uit zijn slaapje kwam, maar het werd alleen maar erger en zo'n drie kwartier nadat ze waren opgestegen was het geëscaleerd tot een volwaardig drama. Zelfs Anne had Row niet kunnen kalmeren, hoewel hij zich gillend aan haar vastklampte, tranen stromend over zijn gezicht, strak van de stress en vrijwel onbereikbaar in zijn allesoverweldigende angst. Ze was wanhopig geweest: hoe kon ze in vredesnaam drie hele weken meereizen om op het arme kind te passen als ze al niet eens wist hoe ze hem rustig moest houden op een vlucht van nog geen drie uur?

Toen ze eenmaal in hun hotel in Kansas City waren aangekomen, was ze direct naar Roar toe gegaan: ze wist zeker dat ze het helemaal verkeerd had aangepakt, en het kon niet anders of hij zou woedend zijn. Maar tot haar verbijstering vond hij dat ze het juist goed had gedaan. Row had op haar gereageerd, ook al was het minimaal, en hij had duidelijk bij haar willen blijven zolang ze in de lucht waren.

Hoewel Roar er afgepeigerd uitzag, had hij de moeite genomen om aan Anne uit te leggen dat Rows uitbarsting in het vliegtuigje in feite betrekkelijk mild geweest was. Het had nog veel en veel erger gekund en hij was ervan overtuigd dat Anne juist erger had voorkomen. Hij gaf zichzelf de schuld: vlak voor het boarden had hij Noëmi aan de telefoon gehad en hij had geprobeerd Row zover te krijgen dat hij hallo tegen haar zou zeggen. Of was het zo verkeerd van hem was dat hij graag wilde dat zijn vriendin en zijn zoon het goed met elkaar konden vinden?

Natuurlijk was dat niet verkeerd; ze had hem daar in alle toonaarden van verzekerd. Zijn onverwachte kwetsbaarheid had haar doen smelten waar ze stond en voordat ze het wist had ze beloofd toch maar te zullen blijven voor de afgesproken drie weken. En toen keek hij zo vreselijk opgelucht dat ze bijna dacht dat hij om nog andere redenen blij was dat ze bleef.

Bijna.

Maar niet helemaal.

'Ik heb wel al nagedacht over de turboprop van morgen,' zei ze nu tegen Terri, 'maar in ieder geval dank je dat je me helpt herinneren. Ik ga natuurlijk mijn uiterste best doen om goed voor Rowland te zorgen, en ik denk ook wel dat het deze keer beter zal gaan. Alleen al omdat ik er beter op voorbereid ben.'

Terri legde haar hand op Annes arm en zei, met onverwachte warmte: 'Voor wat het waard is, ik vind dat je het echt geweldig doet met die kleine. Zoveel geduld, en je bent zo lief voor hem... Dat heeft hij echt nodig.'

Hemeltje, dacht Anne, het lijkt wel of ze aan het ontdooien is! Kijk toch eens wat een beetje rock-'n-roll-achtige gymnastiek een positief effect op iemands algehele weltevredenheid kan hebben, zeg!

Haar gedachtegang werd bruut onderbroken toen, dwars door de draaideur van het hotel, plotseling het woeste gehuil van Rowland hoorbaar werd. Terri en Anne keken elkaar even aan en liepen in dubbel tempo naar de ingang.

In de lobby stond Roar, met in zijn armen een worstelend, brullende kind. Naast hem stond Noëmi in al haar fotogenieke perfectie.

'Dag, Rowland,' zei ze, en haar overdadig vriendelijke stem viel bijna helemaal weg in de herrie. 'Hallo, kleine jongen, weet je nog wie ik ben?'

Row wriggelde als een slang in zijn vaders armen, met een vertrokken gezichtje doorblèrend alsof de wereld op het punt stond te vergaan.

'Shit, Noëmi, ik moet hem eerst effe naar boven brengen, want dit gaat nergens over. Ik zie je zo in de bar, ja?' Roar moest zijn best doen om niet met kind en al tegen de vlakte te gaan. 'Rowie, jezus, doe 'es effe normaal, gast!' riep hij uit, 'hou op met dat gesodemieter!' In de worsteling om Rowland onder controle te krijgen botste hij bijna tegen Anne aan.

'Ik breng hem wel naar boven,' zei ze rustig. Ze probeerde Row over te nemen, maar het duurde even voordat hij in de gaten had wiens armen er naar hem uitgestrekt werden. Toen het eenmaal tot zijn oververhitte hersentjes doordrong riep hij, betraand en smartelijk: 'Annie!' en klom hij zo ongeveer in haar.

'Ja, rustig nou maar, kleine man,' zei Anne in zijn oor, kalm en precies streng genoeg om overwicht te hebben, 'je maakt een enorme toestand over niets. Hier, hou me vast, armpjes om mijn nek, en nu stil zijn.' Ze streek over zijn rug en zei nog een paar keer 'shhh' in zijn oor.

'Goed, ik neem hem mee naar boven, ik doe hem in bad, en daarna kunnen hij en ik wel even samen iets eten. Daarna stop ik hem in bed en blijf ik bij hem. Dan kun jij rustig bijpraten met je vriendin, en je voorbereiden op het optreden van vanavond.'

Ze merkte dat ze op bijna dezelfde toon tegen de vader sprak als tegen de zoon, maar Roar leek het helemaal niet erg te vinden dat hij zo gemanaged werd. Eerder het tegenovergestelde: hij ontspande een beetje en zei, met één oog op Noëmi: 'God, Annie, ben ik effe blij dat je bij de hand bent als Row ineens besluit uit z'n plaat te gaan.' En toen liep hij naar de receptiebalie, met die abrupte willekeurigheid van hem. Daar rommelde hij even, deed net alsof hij iets zocht, kwam weer terug, maar zorgde daarbij wel dat hij precies zo stond dat hij iets tegen Anne kon zeggen zonder dat Noëmi het kon horen.

'Vind ik echt oké van je, mop, dit.' Hij leunde onopvallend iets naar haar toe om bijna recht in haar oor te kunnen praten. Ze kreeg er kippenvel van; zijn gruizelige stem zo heel dichtbij was raar intiem. Gelukkig had ze Rowie, warm en zacht in haar armen; hij was zo moe van zijn huiluitbarsting dat hij in een halve doezel zijn hoofdje op haar schouder had gelegd.

'Ik had echt geen idee dat ze hier ineens voor mijn snufferd zou staan. Was bedoeld als een verrassing, blijkbaar; ben ik mooi klaar mee. Als ik het verdomme nou geweten had, had ik Rowie een beetje kunnen voorbereiden, had-ie nog effe aan het idee kunnen wennen...' Roars schouder raakte die van Anne, heel even, heel licht, maar het voelde alsof ze een elektrische schok kreeg.

'Eh, Roar, gaan we dan nu gewoon meteen naar de bar?' vroeg Noëmi zwoel.

Roar reageerde meteen met een kort, verontschuldigend 'Ik kan maar beter...' en een hoofdgebaar naar zijn onwerkelijk mooie vriendin, en Anne kon nog net tegen hem zeggen dat hij zich geen zorgen hoefde te maken.

Row keek op van Annes schouder en vroeg, nog een beetje verstopt, 'Pap, kom je me voollezen?'

'Je moet wel een r zeggen, Row,' zei zijn vader zachtjes. 'Ik steek mijn kop nog wel even om de hoek voordat we gaan spelen, ja? Morgenavond hebben we vrij en dan kan ik je heel lang voorlezen.' Hij gaf Anne een laatste vermoeide blik en opnieuw zag ze die kwetsbaarheid.

Het was steeds weer onverwacht; bij zo'n succesvolle artiest, een man met zo'n ruige reputatie en zo'n onmiskenbare eigenheid, verwachtte je toch een emotionele constitutie van gewapend beton. Wat je niet verwachtte was zo'n blik waar een niet helemaal gedefinieerd mengsel van verwarring en pijn en het-ook-niet-weten uit sprak, en juist dat maakte hem verdorie zo onweerstaanbaar. Ze voelde haar hart naar hem uitgaan en één onbewaakt moment lang zag ze zichzelf niet alleen Row, maar ook hem mee naar boven nemen. Ze wilde ook hem badderen en eten geven, en zijn schouders masseren, en haar vingers door zijn haar laten glijden, zachtjes over zijn hoofdhuid, tot alle spanning uit zijn lichaam was verdwenen en hij helemaal ontspannen en zorgeloos was. En dan, en dan...

Toen ze in de lift stond met Row op de arm, en de deuren waren dichtgezoefd, moest ze haar hoofd schudden om haar gedachten weer een beetje op nummer te krijgen. 'Ik moet echt nodig Ian bellen,' zei ze ernstig tegen de verder lege liftcabine.

4
Binnenkomen

'Ian? Hoi, ik ben het.' Ze wist dat ze behoedzaam klonk, maar dat was niet zo gek: ze kon moeilijk claimen dat alles koek en ei was. En daarbovenop kwam nog eens dat ongemakkelijke telefoongesprek van die morgen. Anne bloosde weer van haar tenen tot haar haarwortels bij de gedachte alleen al, maar die oncomfortabele gewaarwording maakte wel dat ze de hele badkamerscène nog een keer tot in detail voor zich zag.

Zou Ian nou écht aan Roar gevraagd hebben of hij met haar naar bed was geweest? Het was niets voor hem om zo direct te zijn; hij zou het hoogst ongepast vinden om zoiets intiems te bespreken met een wildvreemde. Als er iets was wat Ian als man definieerde, dan was het wel correctheid. Perfecte omgangsvormen; dat was wat ze altijd zo aantrekkelijk aan hem had gevonden. Pas toen ze inging op Roars aanbod om mee te gaan op tournee, had ze een barst in Ians borstkuras van beleefdheid ontdekt: hij was het er niet mee eens dat ze zou gaan en eiste min of meer dat ze er alsnog vanaf zou zien. Toen ze dat weigerde kregen ze hooglopende ruzie en zag ze plotseling een kant van haar vriend die ze nog niet kende, en die ze misschien ook wel niet nader zou wíllen kennen...

'Anne, heb je überhaupt wel enig besef van de tijd?' Ians stem klonk slaperig en geërgerd.

Ze telde snel op haar vingers. Het moest bij hem rond middernacht zijn, hij lag vast al in bed. Hij was niet zo'n nachtdier; als je hem in het begin van zijn slaap wakker maakte was hij meestal verschrikkelijk humeurig.

'O jeetje, heb ik je wakker gebeld? Dat spijt me heel erg, maar dit is zo'n beetje het eerste rustige moment van de dag. Ik had je beloofd dat ik terug zou bellen, toch, en ik wilde gewoon zo graag nog even je stem horen...'

'Is er iets wat je me moet vertellen? Is er... iets gebeurd?'

'O, ontzettend veel. Ik heb volgens mij een halve dag nodig om alles wat je nog niet weet te vertellen, maar ik heb gewoon de kans nog niet gekregen. Ik ben in een zakenvliegtuig geweest, een turboprop, heel chic vanbinnen, alleen kreeg Rowland een angstaanval tijdens de vlucht, dus het was nogal een gedoe om hem weer rustig te krijgen. En gisteravond kreeg hij er wéér een, toen moest ik hem bij me in bed nemen omdat echt niets anders nog hielp. Je begrijpt natuurlijk wel dat ik superslecht heb geslapen, maar vanmorgen toen je belde was gelukkig alles weer goed met hem en...'

Door Ians ijskoude stilte aan de andere kant van de lijn besefte ze dat hij niet op Rowland en zijn problemen had gedoeld. Ze schraapte haar keel. 'Eh, meneer Maquary vertelde me wat je hem had gevraagd, vanmorgen. Ik vroeg me eigenlijk af, geloofde je me niet toen ik zei dat...'

Hij aarzelde een fractie van een seconde voordat hij haar onderbrak, maar het was meteen duidelijk dat hij klaarwakker was. 'Het is geen kwestie van geloven, Anne. Ik wilde die man alleen maar heel duidelijk maken dat jij geen meisje van de straat bent waar hij maar mee kan doen wat hem goeddunkt. Hij is gevaarlijk, dus het is erg belangrijk dat hij terdege beseft dat jij een partner hebt die jouw veiligheid in de gaten houdt. Je weet dat ik geen voorstander van deze reis was, want ik ken je: je bent naïef. Veel te goed van vertrouwen. Die muziekfiguren zijn allemaal volkomen moreel corrupt; het enige waar ze op uit zijn is hun eigen gewin of genot. Ik weet zeker dat die Maquary geen haar beter is;

hij zal wel proberen je over te halen tot... dingen; ik kan me niet eens voorstellen wat voor dingen, drank, drugs, orgieën, en vertel me niet dat je ongevoelig bent voor zijn charmes, want ik zag het toen je je voorbereidde op dat interview met hem. Je was volledig geabsorbeerd door de foto's in dat perspakket.'

Anne bleef even stil. 'Dus... je hebt hem niet gevraagd of hij met me naar bed was geweest?' vroeg ze uiteindelijk, haar hart in haar keel.

'Anne!' Hij klonk gechoqueerd. 'Ik vroeg hem of ik er met enige zekerheid van uit kon gaan dat je veilig was tussen al die, die... rock-'n-rollpersonen.'

Anne haalde diep en bibberig adem. Hoewel ze aan de ene kant opgelucht was dat het gesprek tussen Ian en Roar een stuk onschuldiger was geweest dan Roar had gezegd, moest ze tegelijk ook concluderen dat Roar haar grandioos voor gek had gezet met zijn opmerking. Hij vond het vast hilarisch dat ze natuurlijk weer had gebloosd als een stoplicht met een persoonlijkheidsstoornis. Ze was zó ontzettend niet het soort vrouw waar hij ooit iets mee zou kunnen hebben; hij registreerde waarschijnlijk niet eens dat ze een vrouw wás. Daarom vond hij het natuurlijk een belachelijk idee. Dat had hij gezegd, een belachelijk idee.

Tot haar eigen verbazing was Anne ineens woedend. Woedend op Roar én Ian. 'We hebben het er al over gehad voordat ik wegging,' zei ze snibbig. 'Ik ben een volwassen vrouw, ik ben in staat om mijn eigen keuzes te maken en ik heb géén zwak voor Rory Maquary. Ik weet niet hoe vaak ik het nog moet herhalen. Die man is een eersteklas ongelikte beer, ook al is hij de zanger van een wereldberoemde band. Dat ik een artikel over die band kan schrijven is een geweldige kans voor mij en ik ben er dankbaar voor, ook al zit ik tegen wil en dank drie weken tussen mannen met nog minder manieren dan holbewoners. Ik had zo gehoopt...' Haar stem werd zachter. 'Ian, ik zou het zo fijn vinden als je een beetje blij voor me zou kunnen zijn; je weet hoe veel mijn werk voor me beteke–'

Ians gesnuif onderbrak haar. Ze wist maar al te goed dat hij haar carrière niet serieus nam. Ze waren vrij snel gaan samenwonen nadat ze haar journalistieke opleiding had afgerond en hij had haar vanaf het begin duidelijk gemaakt dat het lovenswaardig was dat ze iets met haar studie probeerde te doen, maar dat hij wel van haar verwachtte dat ze, als ze eenmaal getrouwd waren, het reportertje spelen aan de wilgen zou hangen.

Relationele chantage, zo noemde Annes kostschoolvriendin Maxine het altijd.

'Ian, ik vind het nu eenmaal belangrijk. En volgens mij ben ik er ook nog best goed in.'

'Wees in godsnaam eens een beetje realistisch. De enige reden waarom je bent waar je bent is omdat je goed bent met kleine kinderen. Die Maquary heeft het mooi geregeld: hij heeft een paar weken een gratis babysitter. Je bent geen journalist, je bent een bediende. Het verbaast me dat je zo goedgelovig bent. Die man is steenrijk, hij kan toch wel een professional betalen om voor zijn nageslacht te zorgen? Het zal wel een vreselijk creatuur zijn, dat kind; ik kan me niet voorstellen dat zo iemand in staat is iets van structuur, manieren, een ópvoeding mee te geven. Het zegt voor mij veel over de vader als hij een kind van drie meeneemt op een wereldtournee.'

Anne zat rechtop met haar rug in de kussens op het bed waar het vreselijke creatuur in lag. Hij was tegen haar been aan gekropen en had zijn zeesterretje van een handje op haar bovenbeen gelegd. Ze aaide voorzichtig over zijn krullen, voelde iets van de spanning van het telefoongesprek uit haar wegvloeien en haar stem werd zachter.

'Rowland is zo'n schatje, je hebt geen idee. Hij heeft het zwaar gehad en ik denk dat hij wel een trauma heeft overgehouden aan de scheiding van zijn ouders. Hij is ontzettend gevoelig voor sfeer, voor mensen... dan is het niet gek dat het hem hard geraakt heeft. Ik weet niet waarom hij zo dol op mij is, maar ik heb wel echt het gevoel dat ik hem kan helpen, alleen al door er nu voor hem te zijn. Volgens mij helpt het ook met zijn angstaanvallen, dat er iemand in de buurt is die hij zelf graag om zich heen heeft, naast zijn vader...'

'Voor mij is het alleen maar meer bewijs dat van die beroemdheden helemaal niet aan kinderen zouden moeten beginnen. Die huwelijken gaan altijd stuk, en zie maar wat voor tragedies dat oplevert. En jij kunt het ook niet oplossen, Anne, hoewel ik weet dat je het goed bedoelt. Je wilt altijd maar iedereen redden van de ondergang, alleen zou ik wensen dat je eens volwassen genoeg werd om goed om je heen te kijken en het te zien voor wat het waard is. Kom naar huis. Laat dat blaadje waar je voor werkt voor wat het is. Over ruim drie weken heb ik mijn speech, en de receptie en het diner erna, en ik heb juist vandaag bevestigd gekregen dat de premier ook aanwezig zal zijn. Het is juist nu ongelooflijk belangrijk voor mijn carrière dat alles goed gaat, dat ik een goede indruk maak op de juiste mensen. Ik kan toch mijn verloofde, de roddeljournaliste, niet zo aan de premier voorstellen?

'Entertainment, niet roddel,' zei Anne met een zucht.

Precies op dat moment maakte haar telefoon een sprongetje in haar hand. Ze schrok ervan; ze bleef maar vergeten dat die telefoon dat deed als zich een tweede beller aandiende. Een snelle blik op het scherm leerde dat het Maxine was, met haar ingebakken gevoel voor timing: een perfect excuus om te voorkomen dat ze Ian nu direct van een antwoord moest voorzien.

'Ian, ik krijg nog een belletje binnen, van Maxine, en ik zou dat gesprek graag aannemen; ik heb haar al een tijdje niet meer gesproken. Zal ik je straks nog even terugbellen?'

'Midden in de nacht? Dat lijkt me niet, Anne, en ik zou het overigens ook zeer waarderen als je de volgende keer dat je belt eerst even nadenkt over het tijdverschil.'

Anne kon nu een lange, geërgerde zucht niet langer binnenhouden. 'Ja. Natuurlijk. Welterusten, Ian; ik bel je weer zo snel ik...' maar hij was al weg; vervangen door Maxines enthousiaste, licht geaffecteerde stemgeluid in haar oor.

'Anne? Anne, ben jij dat? Was je net met Ian aan de lijn? Ik belde je bij *UM*, maar toen hoorde ik van de secretaresse, god hoe heet ze ook alweer, dat je embedded zit? Bij Road Rage? Ik kan het gewoon niet geloven! Ik dacht dat ze alleen aan journalisten embedden deden in oorlogsgebieden, maar het was toch echt wat ze zei. Zeg, wist je dat ik hier ben? Ik bedoel hier in Omaha? Ik moest voor mijn werk naar Dallas, extreem saaie bankiersconferentie; als ik niet naar een of ander slaapverwekkend zakendiner had gemoeten, had ik naar het Rage-concert in Dallas gekund. Dan had het tenminste nog iets van zin gehad dat ik de halve wereld over ben gevlogen om een of andere hoge bankbobo te ondersteunen met het maken van zijn powerpoints en het strikken van zijn das.'

Maxine was een heel dure, heel gewilde PA in de City; ze kende alle topbankiers en was al een paar keer zo opportunistisch van baan veranderd dat ze nu even veel verdiende als een succesvolle broker, maar zonder de hartverlammende stress van de handelsvloer.

'Hoe dan ook,' ging ze door, 'ik heb een paar dagen vrij genomen nu ik toch eenmaal in de States ben, en nu dacht ik dus dat ik dan hier het concert zou meepakken. Ik wil die kans gewoon niet missen, natuurlijk; ik ben al fan sinds school, weet je nog die poster die ik boven mijn bed had in de slaapzaal, en die we steeds moesten verstoppen als Generaal Pardon op inspectie kwam?'

Generaal Pardon heette eigenlijk Juffrouw McMahon, ze was de lerares Frans en haar inspectierondes zorgden voor nachtmerries gedurende Anne en Maxines tienerjaren op de dure meisjeskostschool.

'Ik heb echt de lippen van Roar op die poster er ongeveer af gekust, zo'n fan was ik. Ik ga natuurlijk nog een keer naar het concert als ze in Londen zijn, maar als ik twee keer kan dan zeg ik geen nee. Het is toch de droom van iedere fan, dat je favoriete band weer bij elkaar komt en gaat toeren? Anne, vertel, ziet Roar er nog steeds zo geweldig uit? Hallo? Ben je er nog?'

Anne grinnikte zachtjes en zag dat Row, die langzaam in slaap begon te vallen, mee glimlachte. Maxine was precies wat ze nodig had om het onaangename gevoel dat ze had overgehouden aan het gesprek met Ian kwijt te raken.

'Kom op, vooruit, vertel, ik wil echt alles weten,' zei Maxine gretig in haar oor. 'Ik wil ieder gruizig detail: is hij nog steeds met die Noëmi Dinges, dat supermodel? Is hij nog steeds zo...' ze liet haar stem zakken tot zwoele diepte, 'zo ontzéttend lékker?'

'Wat ben je toch een mal mens, ik ben toch niet zo'n fan als jij? Nooit geweest ook, dus volgens mij zie ik het allemaal in een iets ander licht dan jij. Voor zover ik het kan beoordelen kun je Rory Maquary nog steeds een aantrekkelijke man noemen, maar hij is niet mijn type. Veel te wild en te onconventioneel. Ik begrijp niets van mannen zoals hij. Van die muzikanten. In zo'n band. Je kent me, ik hou van mannen zoals Ian: betrouwbaar, rustig, voorspelbaar...' De bekende riedel rolde gemakkelijk haar mond uit, hoewel ze, als ze heel eerlijk was, op dit moment helemaal niet zo vreselijk veel voelde als ze aan Ian dacht.

Maxine was nauwelijks onder de indruk. 'Saai, flauw, middelmatig, is bereid zijn leven op te offeren aan Whitehall, ouderwets en waarschijnlijk ook nog een vrouwenhater. Die Ian? Kom op, je dolt me. Roar is toch veel spannender? Vertel me trouwens eens, ben je vanavond bij het optreden? Ik heb zin om iets met je te drinken, even bij te kletsen, en ik wil dus al je roddels horen.'

'O god, ja, dat zou echt supergezellig zijn,' verzuchtte Anne zachtjes, 'maar ik pas vanavond op Rowland, het zoontje van meneer Maquary. Ik mocht dit namelijk doen omdat ik heb beloofd op Row te passen; om de een of andere reden vindt hij het fijn als ik bij hem in de buurt ben. Hoewel ik nog steeds niet helemaal begrijp waar dat nu door komt.'

'Meneer Maquary!' zei Maxine met een gilletje. 'Jezus, Anne, ik kan me nauwelijks voorstellen dat je het over Roar hebt; míjn Roar. En nee, het verbaast me niets dat zijn zoontje jou best graag in de buurt wil hebben; jij was altijd al zo'n beredderend, zorgzaam type. Het kind zal er vast behoefte aan hebben om een beetje bemoederd te worden; die actrice met wie Roar getrouwd was is toch helemaal niet meer in the picture?'

'Eh, ja, nou,' zei Anne onhandig en blozend. Het grootste deel van haar vroege jeugd had ze bij haar tante gewoond en ze voelde zich altijd vreselijk inadequaat als alleen al het wóórd 'moeder' voorbijkwam: ze had simpelweg geen ervaring, noch met het hebben van een moeder, noch met het zijn ervan. Ze begon haastig te praten: '... eh, weet je, Maxine, ik heb Row dus net in bed gestopt, ook al wilde hij er eerst nog niet in, maar gelukkig is hij toch in slaap gevallen, ondanks mijn geklets aan de telefoon, eerst met Ian en nu met jou, maar, eh, waarschijnlijk is het toch beter als ik even ergens anders ga zitten; ik zou het niet zo leuk vinden als ik hem per ongeluk weer wakker praatte net nu hij is weggezakt. Blijf even hangen, hoor.'

Ze klom heel voorzichtig van het bed af en sloop door de dubbele deuren de andere kamer van de suite in. Daar stond haar laptop op een klein rond tafeltje met één stoel erbij. Ze ging zitten. 'Zo, dat is beter, nu ben ik een beetje uit de buurt. Dat praat toch wat fijner. Wil je weten hoe ik hier terechtgekomen ben? Nou, ik had dus voor *UM* zo'n vijfminuteninterview over Beyond The Gates...'

'Wát? Je zat met hem in een hotelkamer? Alleen? Zei hij nog iets... bijzonders? Keek hij naar je bombonella's?'

Het was altijd een puntje tussen hen: Maxine was zo slank dat het bijna mager was en kon werkelijk alles dragen; Anne was gezegend met vrouwelijke rondingen die misschien niet honderd procent modieus waren, maar waar Maxine soms erg jaloers op kon zijn.

'Wacht nou, nee, malle, natuurlijk keek hij niet naar mijn "bombonella's" – en wat is dát nu weer voor woord. Maxine, hou nou even op en laat me het verhaal van voor naar achter vertellen.'

'Oké, goed, ik ben een en al oor. Vertel op!'

‘Jij, een en al oor, ik geloof het pas als ik het zie. Nou, vooruit, het ging dus zo, ik zat daar voor het interview met Rory – ik noem hem wel Rory als je het niet verdraagt dat ik “meneer Maquary” zeg, want Roar vind ik zo’n idiote bijnaam...’

Anne vertelde over het interview, Noëmi’s entree en Rowlands blinde hysterie.

‘Ze ziet er prachtig uit, maar Rowland wil echt niets van haar weten.’

‘Zo klein en nu al goede smaak. Ik vind haar ook een griezel, maar om een andere reden. Vertel verder.’

‘Nou goed. Ik til Row op om hem te troosten en Noëmi gaat bij Rory op schoot zitten en begint hem uitgebreid te zoenen. Alsof Row en ik er niet zijn. Ik gêneer me dood, zo met een blèrende, doodongelukkige peuter in mijn armen, en vervolgens neemt Rory haar mee de kamer uit. Ze blijven best lang weg, zeker een kwartier of zo, maar gelukkig heb ik het arme kind tegen die tijd weer een beetje getroost en zitten we samen op mijn schrijfblok te tekenen...’

‘Oké. Dus jij zit te tekenen met het zoontje van de Rockgod en Hijzelf ligt even een potje te jeweetwellen met zijn bloedmooie fashionmodelvriendin in de kamer ernaast.’

‘Jeetje, dat hoop ik niet! Maxine, wat kun je toch vreselijke dingen beweren.’ Ze kneep even haar ogen dicht en probeerde zich te herinneren hoe het was gegaan. Zou het gekund hebben? Dan had hij wel razendsnel moeten zijn, en dan had hij ook wel een plaatstalen pokergezicht moeten hebben. Toen hij weer binnen was gekomen had hij er helemaal niet verhit uitgezien, of... Nou ja, zoiets zou je toch moeten kunnen zien aan mensen?

‘Jezus, Anne, dat had je toch zelf ook wel kunnen bedenken? Hoe naïef ben je?’

‘Begin jij nou niet ook; Ian maakte me al voor naïef uit vlak voor je belde. Een keer per dag is echt genoeg, alsjeblieft dankjewel. Nou, zal ik de rest van het verhaal nog vertellen?’

'Natuurlijk, en je bent niet naïef, alleen een beetje... te gemakkelijk van vertrouwen af en toe.'

Anne zuchtte. 'Ja, dat zei Ian dus óók al. Nou, Rory kwam dus naar buiten, zonder Noëmi, en hij zag er werkelijk helemaal niet uit alsof hij zojuist had... nu ja. Hij was zakelijk maar vriendelijk; hij bedankte me voor het oppassen en verontschuldigde zich dat het langer had geduurd dan was afgesproken. Dus ik zei: "Geen probleem." En Row was zo'n schatje, hij wilde dat ik hem nog eens optilde; dus dat deed ik en toen sloeg hij heel stevig zijn armpjes om mijn nek. Ik smolt helemaal, de tranen stonden in mijn ogen.'

'Weekdier.'

'Niet. O, nou, oké, eigenlijk wel, maar we hadden echt een soort klik. Row en ik bedoel ik, niet zijn vader. Uiteraard. Dus na die dikke knuffel geef ik Row terug aan zijn vader, ik ga de kamer uit, doe de deur achter me dicht, en ik hoor dat het arme kind weer begint te huilen. Ik was bijna weer naar binnen gegaan, maar dat was natuurlijk erg onbeleefd geweest, dus ik vermande me en ging naar huis. Een paar uur later ging mijn mobiel – en wat denk je? Het was Rory.'

'Hij belde jou. Op je mobiel. Serieus.'

'Hij belde mij. En nu ik erover nadenk, heb ik hem dus nooit gevraagd hoe hij aan mijn nummer kwam, stom hè? Ik was ook zo verbaasd. Eerst dacht ik dat hij iets te zeggen had over het interview; ik kon bijna niet geloven dat hij dan zelf zou bellen, ik bedoel, daar heeft zo iemand toch een assistent voor?'

'Zou je denken ja. Maar god, als hij mij belde zou ik ook geen vragen stellen.'

'Toen bleek dat het helemaal niet over het interview ging; het ging over Rowland. Ik hoorde hem brullen op de achtergrond; hij krijgt af en toe enorme angstaanvallen. Dan gaat hij uren door met gillen; soms is het enige wat helpt hem iets geven om rustig te worden, of wachten tot hij zichzelf zo heeft uitgeput dat hij in slaap valt. Rory belde nogal in paniek: Row zat midden in zo'n aanval en zijn kinderoppas had er plotseling helemaal genoeg van. Had zo per direct haar ontslag ingediend, twee dagen voordat de tournee ging beginnen. Stel je voor! Hij zei dat het het eerste was wat hem was ingevallen. Mij bellen, dus. Idioot hè? Ik was natuurlijk gevleid; stom, maar waar. Ik kon gewoon geen nee zeggen.'

'Helemaal niet stom, geweldig! Allicht dat je geen nee kon zeggen, mens, ik zou ongeveer door die mobiel heen zijn gekropen om bij hem te komen als hij mij had gebeld!'

'Nou, ik kreeg er wel meteen vreselijke ruzie over met Ian,' zei Anne een beetje bedrukt. 'En we zijn er nog niet helemaal uit met elkaar, dus ik vraag me af en toe wel af of ik de juiste keuze heb gemaakt. Maar ja, als ik dan naar Row kijk, en als ik hem dan kan troosten als hij verdrietig of bang is... Dat is toch ook veel waard?'

'Ach, laat Ian het heen en weer krijgen. Hij moet gewoon leren dat er meer dingen tussen hemel en aarde zijn dan zijn broze mannenegootje. Hoe lang ben je al weg van huis?'

'Zeven dagen.'

'Hoe kan dat nou, de tournee is nog maar vijf dagen geleden begonnen.'

'Ja, maar ik was toch al eerder op Row aan het passen? Die middag dat Rory belde, toen moest hij naar de Graham Norton Show, dus ik kon eigenlijk meteen beginnen. Ik ben nog één keer even thuis geweest, om een grotere koffer te pakken, maar dat was het. En toen was Ian op zijn werk.'

'Nou. Luister. Het is simpel: geef het nog een week en Ian mist je zo vreselijk dat hij je voeten likt zodra je over de drempel stapt.'

'Denk je?' Anne probeerde het zich voor te stellen. 'Bah, volgens mij zou ik het niet fijn vinden als hij – of wie dan ook – mijn voeten likte. Onder wat voor omstandigheid dan ook. Moet dat trouwens niet voeten kússen zijn?'

'Likken, kussen, wat maakt het uit; nu je het zegt zou ik ook niet willen dat Ian met zijn tong in de buurt van mijn voeten kwam. Als het nou Roar was...'

'Maxi-hien!'

'Wat nou Maxi-hien, je wilt niet weten hoe jaloers ik op je ben. Ik haat je, nee, ik hou van je, natuurlijk, maar ik haat je.'

'Ja, ja, ik weet het,' zei Anne lachend. 'Ik ken je ondertussen lang genoeg om te weten wat voor een rare smaak jij hebt als het om mannen gaat. Ik zit trouwens te denken: Terri is volgens mij nogal in een goed humeur, en als ik nou eens...'

'Wie is Terri?'

'De tourmanager. En ik geloof ook Axe' vriendinnetje, soort van. Ze kan behoorlijk moeilijk zijn, maar vanmiddag was ze ineens heel aardig tegen me. Als ik haar nou eens bel en vraag of ze een goed kaartje voor je kan regelen? Ik bel je zo terug, goed?'

Maxine gilde als een opgewonden tiener in haar oor.

Vijf minuten later, na een kort overleg met Terri, kon Anne terugbellen met de boodschap dat Maxine een codewoord moest geven bij de kaartcontrole, en dan zou ze een speciale pas krijgen. Ze kreeg een plek in het persvak, helemaal vooraan, en na het concert had ze niet alleen backstage-toegang, ze mocht zelfs helemaal tot in de kleedkamers van de band. Dat ontlokte Maxine zo'n extatisch gebrul dat Anne haar mobiel een eindje van haar oor af moest houden om geen blijvende schade aan haar trommelvlies op te lopen. Ze wenste Maxine een geweldige avond en maakte maar snel een eind aan het gesprek.

Na een snelle check of Row niet uit zijn bed was gevallen door Maxines vreugdekreten ging Anne achter haar laptop zitten.

> [voor mezelf]
> Het lijkt wel of de drukte van de tournee het gemakkelijker maakt om het naar de achtergrond te dringen, maar doordat ik Ian aan de lijn had kwam het allemaal weer boven. En het heeft natuurlijk niets met het artikel te maken, maar toen ik daarnet met Maxine telefoneerde merkte ik ineens hoe hard ik iemand nodig heb om mee te praten. Iemand die

me kan helpen mijn gedachten op een rijtje te krijgen. Misschien helpt het als ik het allemaal voor mezelf opschrijf?

Die ruzie.

Ik zat thuis op de bank, met Rory aan de telefoon, stomverbaasd dat hij me belde natuurlijk. Ik hing op, ik legde uit aan Ian wat er aan de hand was en wat ik wilde doen, en hij ontplofte. Zomaar, midden in de woonkamer. Dat had hij nog nooit gedaan. Stemverheffing – dan moet het echt wel héél erg zijn – en hij werd rood als een tomaat. Ik was een beetje bang dat hij erin zou blijven; ik heb altijd gedacht dat hij zo Brits was dat hij niet gebouwd was op het ervaren van extreem meeslepende emoties. Ik dacht in het begin zelfs nog even dat hij een grapje maakte.

Maar niet dus.

Hij bleef almaar herhalen dat ik 'een ding' voor Rory moest hebben. Het maakte niet uit wat ik zei, hij was niet van zijn standpunt af te brengen.

Onzin, natuurlijk.

Ik bedoel, oké, Rory is niet bepaald lelijk uitgevallen, en ik zei ook heel eerlijk tegen Ian dat, als ik een normaal iemand die er ongeveer uitzag als Rory in het café tegen zou komen, ik die man dan misschien best leuk zou kunnen vinden. Maar hij is niet normaal. Hij is een wereldberoemde muzikant en acteur, en hem leuk vinden is gewoonweg absurd. Punt. Vervelend alleen dat Ian proberen ergens van te overtuigen altijd is alsof je tegen de Chinese Muur staat te praten.

Na een tijdje gaf ik het dus maar op. En toen ben ik op een goed moment gewoon gegaan. Ik stond op, pakte een kleine tas, nam mijn jas van de kapstok en liep het huis uit. Geen idee waar ik het doorzettingsvermogen vandaan haalde; ik ben normaal gesproken toch de push-over van de eeuw. Ian zegt meestal hoe hij het wil hebben, en negen van de tien keer vind ik dat wel best. De tiende keer vind ik het misschien niet best maar doe ik het toch maar, om de lieve vrede te bewaren. En daarnaast

De deur ging open en Roar stak zijn hoofd om de hoek. 'Mag ik binnenkomen?' vroeg hij, en direct daarna deed hij het ook, zonder op antwoord te wachten.

Anne stond van schrik in één keer naast haar stoel. Ze fronste: hij had haar tenslotte die ochtend expres onzeker gemaakt, de gemenerd; ze voelde zich nog steeds een sullige, goedgelovige provinciaal als ze eraan terugdacht en ze stond op het punt in een furieuze blos uit te breken, alleen al bij de herinnering.

Maar iets hield haar tegen.

Nu ze nog eens goed keek zag ze dat er iets raars aan de hand was met Roar: zijn bewegingen waren schokkerig in plaats van die soepele, moeiteloze manier van doen van hem en zijn grijsgroene ogen waren donker en rusteloos.

'Rory, gaat het?' Ze zette bezorgd een stapje dichterbij.

'Mmm,' zei hij, zijn aandacht op zijn voeten. Zijn haar viel naar voren. 'Gaat prima met me, hoor, tiptop in orde ben ik, helemaal super-de-luxe. Ik kwam even kijken bij mijn kleine man. Slaapt hij al?' Hij keek op, maar zijn blik vloog meteen weer van haar gezicht en schoot daarna onrustig heen en weer door de kamer.

Anne keek nog eens goed naar zijn gezicht; wat was er nou zo anders aan hem? Ze zag een klein spoor van iets wits, net boven zijn bovenlip.

A-ha.

'Je bent high,' zei ze zachtjes.

Nu stelden zijn ogen zich wel scherp; ze landden op haar gezicht als parallelle lichtbundels.

'Ja, en? Ik moet toch iets om die godverdomde avond door te komen? Staat mijn vriendin ineens voor mijn snufferd, daar moet ik dan meteen van alles mee, en straks natuurlijk ook nog spelen... Beetje Colombian marching powder van Blade gepikt. Ik heb nog wat, wil je ook?'

Anne zei niets.

Roar wiebelde op zijn voeten, veegde zijn neus af, snufte en mompelde uiteindelijk: 'Jezus, kijk niet zo naar me.'

'Eh,' zei Anne ongemakkelijk, 'Row ligt al te slapen, zullen we even kijken? Moeten we wel zachtjes doen.'

Roar schraapte zijn keel. 'Heb je nog last met 'm gehad?'

'Nee, eigenlijk niet, toen hij eenmaal uitgehuild was, heb ik hem even gebadderd en daarna hebben we samen gegeten. Ik kreeg hem in bed met een verhaaltje, hoewel hij eerst niet wilde, en ik moest naast hem blijven zitten, maar terwijl ik aan de telefoon zat met Ian is hij zo in slaap gevallen. Row bedoel ik, niet Ian.'

Roar grinnikte vreugdeloos. 'Moest er nog bijkomen, dat-ie in slaap viel terwijl je hem aan de lijn had. Dan had ik hem wel even teruggebeld om hem te vertellen wat een zak het is.'

Anne trok in gedachten een wenkbrauw op: dat was geen tekst die ze verwachtte van iemand die haar diezelfde ochtend nog met zoveel genoegen voor gek had gezet. Ze begreep werkelijk helemaal niets van deze man.

Verward liep ze dan maar snel en zachtjes naar het bed. 'Sst,' fluisterde ze, 'kijk, hoe lief hij slaapt.'

Roar stapte dichterbij en leek van binnenuit te verstillen toen hij naar zijn slapende kind keek. Hij trok het laken recht, aaide Rowland heel zachtjes over zijn bolletje en keek Anne toen recht aan, met een bijna tastbare intensiteit. 'Hij is het belangrijkste wat me ooit is overkomen, weet je dat?' Zijn stem schraapte zacht in zijn keel. 'De muziek, acteren, beroemd zijn, wat dat verdomme dan ook is; het enige wat echt telt in mijn leven is Rowie.'

Hij stapte heel dicht naar Anne toe en leek meer te willen zeggen, maar in plaats daarvan legde hij een heerlijk warme hand in het holletje van haar rug en wreef met zijn neus zachtjes over haar wang.

Het overviel haar, zo innig, zo teder dat gebaar, zo gewoon ook; alsof hij het elke dag deed, met zijn neus tegen haar wang wrijven. Dat hele kleine beetje huidcontact voelde ze ongeveer door haar hele lijf, en wat rook hij toch lekker. Haar hand ging als vanzelf omhoog, ze raakte even zijn haar aan, hij trok haar nog wat dichter naar zich toe. De spanning was bijna tastbaar.

'Rory... wat gebeurt er?' fluisterde ze tegen zijn schouder, bang om hem recht in de ogen te kijken.

'Shit, weet ik veel, eh, god, jezus, sorry...' Hij knipperde met zijn ogen, liet haar los, stapte snel naar achteren en liep toen meteen door naar de andere kamer. Bij de deur hield hij even in, vol zichtbaar ongemak zoekend naar iets om nog te zeggen, totdat hij op zijn horloge keek en uitbarstte: 'Oké, dus, eh, oké, ik moet nou echt wegwezen, we spelen over... twee uur, maar ik wil er eerder zijn vanavond. Ik wil een hele grote sound- en lichtcheck; gisteren kreeg ik gigantisch de pest in over allerlei technische klotezooi tijdens het spelen en daar wil ik niet nog een keer door worden afgeleid, dus, eh... dan, eh, zie ik je dus, eh, morgen weer, Annie, eh, verdomme... shit.'

En hij stapte de gang op en was weg.

Anne liet zich langzaam in haar stoel zakken en staarde nog lang naar de deur, die op een kier was blijven staan.

5
Feesten

Ze wist niet wat ze moest schrijven. Na een voor haar gevoel eeuwigdurende staarsessie met als hoofdonderwerp de deur, die haar geen enkel dieper inzicht had opgeleverd, richtte ze haar blik op het beeldscherm – met als enige resultaat dat de letters voor haar ogen begonnen te dansen en ze nog steeds geen grip op de situatie had. Haar hoofd was een op hol geslagen stoomdraaimolen van gedachten.

Aan de ene kant: Ian, in Londen, slapend in zijn bed. Rustige, betrouwbare, altijd correcte Ian, die onverwacht een jaloerse, onredelijke vreemdeling was gebleken toen ze na Roars verrassende telefoontje had besloten Rowlands tijdelijke oppas te worden. Ian had simpelweg niet kunnen geloven dat het enige waar ze op dat moment aan dacht die arme, huilende peuter was, en niet zijn charismatische, wereldberoemde vader.

Maar aan de andere kant: daar was hij dan toch: ongrijpbare, onbegrijpelijke, onbetrouwbare, onrustig en onzeker makende Rory Maquary, die ineens zo dichtbij kwam. Die haar twee klontjes suiker had onthouden. Die zo lekker rook dat het verboden zou moeten worden. Die haar net bijna...

Ze voelde haar wangen opgloeien, schudde haar hoofd en legde snel haar handen op het toetsenbord.

In geval van twijfel, typte ze achter de zin waar Roars binnenkomst haar had onderbroken, lach. Lach zo lang en zo hard als je kunt. En, jongens, wat ben ik aan het twijfelen; als dat een indicatie is voor hoe hard ik moet lachen om de boel weer een beetje in balans te krijgen, zou ik er zo ongeveer in kunnen blijven.

Volgens mij ging Rory me daarnet bijna kussen. Niet zo van smek op de wang, maar vol op de mond en vervuld van intense bedoelingen. Ik twijfel niet zozeer of hij dat nou wel of niet zou hebben gedaan, want in alle eerlijkheid was er nauwelijks genoeg ruimte voor twijfel tussen zijn gezicht en het mijne, maar ik kan maar niet bedenken hoe ik me erover moet voelen.

Nee, dat klopt niet.

Ik denk eigenlijk dat ik heel goed weet hoe ik me erover voel: ik denk dat ik het helemaal geen vervelend idee vond om door hem gekust te worden.

Helemaal.

Geen.

Vervelend idee.

O god.

Help.

Ik dacht dat ik hem best aantrekkelijk zou vinden als ik hem in het café zou zijn tegengekomen, maar volgens mij is dat a. zacht uitgedrukt (ik zou nog net niet kwijlen) en b. ook als hij niet in een café gewoon staat te zijn vind ik hem leuk. Hij, nu, zoals hij is, wíé hij is, vind ik dus, eh, nogal leuk.

Mijn god, ik lijk wel gek.

Ben ik nou een groupie? Hoe beschamend zou dat zijn? En dan te bedenken dat hij het niet eens echt dééd, me kussen: hij wreef alleen met zijn neus over mijn wang. Dat ziet er behoorlijk onromantisch uit, als ik het zo uittyp, maar toch, dat is wat hij deed, en hopla, mijn knieën werden van havermoutpap! En hij deed het ook nog met zoiets idioots bezitterigs, alsof het zo hoorde! En dat maakte het nóg fijner!

Ze beet op haar lip en gaf zichzelf een standje. Hij was natuurlijk high geweest, anders had hij het vast nooit gedaan. Hij vond het toch een belachelijk idee dat hij iets met haar zou kunnen hebben als hij broodnuchter was?

Nou dan.

Ze kon deze episode maar beter zo snel mogelijk vergeten: als íéts belangrijk was, dan was het zorgen dat het allemaal weer een beetje op orde kwam tussen haar en Ian. Haar eerste neiging was om zo snel mogelijk naar huis te gaan, Ian te vertellen dat hij volkomen gelijk had, dat zij het op alle mogelijke fronten verkeerd had gehad, alles, alles om er maar voor te zorgen dat het weer werd zoals het eerst was. Dat ze tenminste wist waar ze aan toe was.

Maar dat was alleen maar haar eerste neiging.

Als ze ook maar heel even wachtte dan begon er iets bij haar te borrelen, te bruisen, te rebelleren, even heftig als die allereerste avond toen ze, tot haar eigen stomme verbazing, haar tas had gepakt en naar Roars hotel was vertrokken. Het was een ongemakkelijk, onaangenaam gevoel en het was uitermate ongewoon voor haar, maar eenmaal aanwezig was het niet meer te onderdrukken.

Ze schoof heen en weer op haar stoel en legde een hand tegen de wang waar Roars neus haar huid had geraakt. Dat gaf haar zo'n onverwachte schok dat ze ineens naast haar stoel stond, en precies op dat moment klonk er vanuit het bed in de kamer ernaast een verschrikt geluid, gevolgd door een angstige huil.

Ze rende de kamer in, naar Rowlands bed, nam hem op schoot en wiegde hem, terwijl ze zijn ruggetje streelde en fluisterde: 'Sst, stil maar, alles komt goed, je bent niet alleen, stil maar, stil maar,' maar hij liet zich niet meteen kalmeren. Pas toen ze de dekens over hen beiden heen had gelegd en hij een handvol van haar T-shirt tegen zijn gezicht had getrokken, zakte zijn hysterische huilbui heel langzaam af tot zo nu en dan een rilling of een hikje.

Wat een lieverdje toch, hij lag als een klein aapje tegen haar aan gedrukt. Ze kon zich totaal niet voorstellen hoe zijn moeder hem af had kunnen staan. En voor geld nog wel; hoe kon iemand zo harteloos zijn?

Ondertussen had hij een vuistje in zijn mond gepropt. Nu haalde hij dat er even uit om te vragen: 'Vehaaltje, Annie? Van Hendwik de spin?'

'Die vond je leuk, hè? Nou, vooruit dan maar. Ben je er klaar voor?'

Row knikte en stopte zijn vuistje weer terug.

Hendrik de spin, misschien ken je hem wel
Die dronk de hele tijd chocomel.
Tot de andere beesten in het huis
zeiden: jij hoort hier niet langer thuis.
Je ogen, je haren
je voeten, vier paren,
van je tenen tot je kruin
ben jij ondertussen chocomelbruin.
Dus vooruit, Hendrik, geen gezeur,
Daar is het gat van de keukendeur.
Wil je zo nodig een bruine kop,
Hang dan maar een web in het zonnetje op.

Het vuistje kwam er weer even uit en de kleine man zei: 'Nongkeew?'

Anne had hem ondertussen lang genoeg meegemaakt om te weten dat dat "nog een keer" betekende, dus begon ze opnieuw aan het spinnengedicht, half zingend en hem wiegend in de maat. Ze had het zelf bedacht toen ze in een van de hotels onderweg een keer in de badkamer een joekel van een spin waren tegengekomen. Row was op een angstige manier gefascineerd geweest.

Hij mompelde al een paar woorden mee, ook al had hij zijn vuistje nog half in zijn mond. Anne streelde zacht zijn oogleden en zijn haren toen die voorbij kwamen in het gedicht en hij grinnikte alweer voorzichtig.

'Ha, moet je alweer een beetje lachen, kleine man? Hoor ik dat goed?' Anne wandelde met spinnenvingers over zijn arm en hij riep lachend: 'Nongkeew, Annie, nongkeew!'

'Vooruit, maar dit is echt de laatste keer. Het is al zo laat, en kleine mannen hebben een groot slaapje nodig. We doen nog één keer Hendrik, en dan gaat het licht uit.'

'Annie?' Rowlands stemmetje was ineens zo zacht dat ze het bijna niet meer hoorde.

'Wat is er, lieverd,' fluisterde Anne terug.

'Bij jou slapen...' mompelde hij verlegen.

'Moet je niet in je eigen bedje? Je bent toch groot genoeg om in je eigen bedje te slapen?' Anne aaide hem over zijn rug.

'Bij jou slapen,' herhaalde hij, met een klein beetje angst in zijn stem. Hij greep een nieuwe vuist vol T-shirt.

'Sssst, rustig maar, mannetje, het is goed, je mag vannacht wel bij me blijven. Geen zorgen maken, ik ga nog een keer Hendrik doen. Komt-ie. Hendrik de spin, misschien ken je hem...?'

'Wel,' zei Rowland netjes.

Ze maakten samen het gedicht af en hij wist alle woorden die ze wegliet, al vond hij 'chocomelbruin' wel erg moeilijk om uit te spreken.

'Daar moeten we nog wel even op oefenen, hè?' zei Anne, zachtjes lachend. 'Maar het gaat goed komen, hoor, dat beloof ik je. Zelfs die vervelende r.'

Toen het versje uit was kroop Anne samen met Rowland lekker onder de dekens. Ze stopte hem in en reikte naar het lichtkoord bij het hoofdeind. 'Lekker slapen nu, hè?' fluisterde ze nog in het donker, en ze gaf hem een zachte kus op zijn kruin.

Het geluid drong langzaam haar droom binnen. Het kreeg de vorm van honderden beangstigende creaturen die eruitzagen alsof ze waren weggelopen uit het meest vervreemdende schilderij van Jeroen Bosch, om luid langs het voeteneinde van haar bed te komen paraderen.

'Nee, stil nou, straks wordt Row nog wakker,' riep ze wanhopig tegen de lawaaiige horde, maar niemand hoorde haar in het steeds maar aanzwellende geluid.

Anne werd met een schok wakker en merkte dat, hoewel de wezens weg waren, het geluid nog volop aanwezig was. Het klonk als een nogal heftige afterparty, met zeker een man of vijftig. Er werd door de gangen gerend, gelachen, op deuren gebonsd. Voorzichtig ging ze rechtop zitten. Row sliep gelukkig zoet door en leek er niets van te merken.

Dat zijn vast z'n rock-'n-roll-genen, dacht Anne met een glimlachje van maar één mondhoek. Ze gleed uit bed en liep in het donker naar de andere kamer van de suite. Roar had de deur niet helemaal goed dichtgedaan en ze moest er niet aan denken dat er straks ineens een setje groupies zou binnenvallen, op zoek naar een bandlid om onuitsprekelijke dingen mee te doen.

Ze klikte een klein lampje aan op de nepmarmeren nepschoorsteenmantel en kreeg een ongezellige schok toen ze in de grote spiegel die erboven hing zag in welke schrikbarende staat haar haar zich bevond. Het was helemaal niet de bedoeling geweest dat ze ook echt in slaap zou vallen naast Row; ze had willen wachten totdat hij sliep, om dan zachtjes uit bed sluipen en nog een stukje verder te schrijven.

'Mijn hemel,' mopperde ze, rukkend aan de dikke, donkerrode kurkentrekkers en ongehoorzame rechtopstaande plukken. Ze zuchtte, woelde er met twee handen doorheen, gaf zich verder voor nu dan maar gewonnen in de slag om Beschaafd Haar en liep naar de deur om die te sluiten.

Druk gepraat in de gang maakte dat ze even aarzelde. Ze trok de deur een klein stukje verder open, gluurde de gang in en zag minstens vijftien mensen het rookverbod van het hotel met voeten treden. Letterlijk; er lagen allerlei uitgetrapte peuken op het tapijt.

Een van de meisjes op de gang – ze had lichtgevend roze haar en verrassend weinig kleren aan – zwaaide naar haar. Anne forceerde een glimlach en begon haar hoofd weer binnen te halen, maar precies op dat moment scheurde er een onmiskenbaar geluid door de gang. Het was hard, rauw, en het leek verdacht veel op een stuk razendsnelle Bach-fuga, gespeeld op een elektrische gitaar. De oorverdovende riedel eindigde met een hoge snerp en werd gevolgd door enthousiast gejuich en geklap.

Blade was gitaar aan het spelen, midden in de nacht, met zijn versterker op tien.

Anne kreunde, trok haar hoofd helemaal naar binnen en deed snel de deur dicht, maar de volgende gitaarsolo zaagde vrolijk door het waaibomenhout van de hoteldeur heen. Al zaten ze dan in een vijfsterrenhotel, het was natuurlijk niet gebouwd op dit type geluidsoverlast.

Die man was gek, dat kon niet anders. Maar dat wilde nog niet zeggen dat Anne zich erbij neer zou leggen: misschien vond hij het doodnormaal om zo asociaal te zijn, maar het was niet iets wat zij bereid was te accepteren. Al was het maar vanwege Row, die simpelweg zijn slaap nodig had.

Ze haalde diep adem en greep het NIET STOREN-kaartje dat aan de binnenkant van de deurkruk hing. Ze trok de deur net niet helemaal dicht, hing het kaartje aan de knop en trok een sprintje in de richting van het vreselijke geluid.

Het werd zo mogelijk nog iets harder toen ze dichter bij Blades suite kwam: blijkbaar zat het overgrote deel van de afterparty inmiddels bij hem. Ze zag dansende, zwetende, half ontblote lijven, en Blade, in kleermakerszit op een klein rond tafeltje, als een pasja midden in die zee van hossend vlees. Hij had een lampenkap op zijn hoofd gezet en hoewel het geluidsniveau nu onverdraaglijk hard was, kon je niet ontkennen dat zijn spel briljant bleef.

Even aarzelde Anne. Maar voordat ze de gevreesde stap over de drempel had kunnen zetten werd ze onverwachts van opzij in een sterk naar patchouli geurende, ietwat bottige omhelzing genomen.

'Anne, hé, Anne, gewéldig, wat goed dat je er ook bent, en dánk je wel, ik heb echt de avond van mijn léven! Ik ben echt zó blij dat je dinges hebt gebeld, hoe heette ze ook weer, die een backstagepas voor me heeft geregeld? Kijk nou toch, ik ben gewoon hiér! Op de afterparty der afterparty's, bij de band zélf! Ik blijf er bijna in!'

Anne maakte zich los uit Maxines omhelzing en gaf haar een kus op haar wang. Ze schonk haar vriendin een warme glimlach. 'Ha, wat leuk, ik had niet verwacht je hier tegen te komen – wat zeg ik, ik had niet verwacht dat er vannacht ineens zo'n feest zou zijn – maar ik kan wel geloven dat je in je nopjes bent, hoor! Ik vind het echt ontzettend leuk dat we elkaar nu toch nog even zien, ook al is het onder misschien wat vreemde omstandigheden. Was het concert mooi?'

'Mooi? Het was geweldig! Ik zat tussen de journalisten vooraan, ik kon hem zowat aanraken! Hij stond nog net geen zweet op me te druipen, zo dichtbij was ik! Waar is hij eigenlijk, heb jij hem gezien?'

Het viel niet mee om een gesprek te voeren over de scheurende gitaar heen, en Anne brulde dan ook bijna: 'Wie?'

'Wie dénk je, Roar natuurlijk! Ik zag hem in de kleedkamers van een afstandje, en ik zag 'm net hier wel binnenkomen met z'n vriendin, maar hij was volgens mij wel een beetje onder de invloed van het een of ander: hij stond nogal onvast op de benen. Ik wil dus zó graag nog even een babbeltje met hem maken, even écht, weet je wel? Waar denk jij dat hij is?'

'In zijn suite?' Annes oor tuitte, zo hard had Maxine erin geschreeuwd, en ze gaf het maar op om normaal te antwoorden; ze wees de goede kant uit en verwachtte dat Maxine het wel zou snappen. Hij had nog wel even bij Row kunnen kijken voordat hij zich in zijn hol opsloot met die wandelende modeposter van hem, dacht ze mopperig, hoewel ze wel wist dat dat niet helemaal eerlijk was. Ze had tenslotte gezegd dat ze zou oppassen; ze had hem zelfs nog een gezellige tijd met Noëmi gewenst. Ondertussen tuurde ze Blades kamer weer in, op zoek naar de gitaarversterker waar al die herrie uit kwam.

'Wélke suite?' blèrde Maxine, maar Anne hield één vinger omhoog en marcheerde met een plotselinge dapperheid doelbewust Blades kamer in. Ze baande zich een weg door de zwetende, getatoeëerde blote bovenlijven en de zwart kanten opduwbehaatjes en keek verstoord op toen Blade achter haar riep: 'Angharad!' Hij zong plagerig en speelde een bijpassende scheurnoot: 'Angharad, mijn wonderschone sirene!'

'Niet om het een of ander, maar er is hier maar één ding dat min of meer dienstdoet als een sirene, en ik ben het niet,' zei ze geërgerd, waarop ze zich bukte en de stekker van de versterker uit het stopcontact rukte.

Het lawaai hield abrupt op.

De feestgangers begonnen ontevreden te morren, maar dat klonk nog altijd een stuk minder luid dan Blades gitaar. De man zelf draaide zich een beetje rond totdat hij haar recht aan kon kijken en zat daar, alsof hij op een soort vliegend tapijt zat, zijn hoofd een beetje schuin, lampenkap scheefgezakt, naar haar te fronsen.

'Ja, nou, je maakte een godsonmogelijke herrie, en Rowland ligt te slapen aan het eind van de gang, en ik vond gewoon dat...' begon Anne, maar onder zijn blik zakte de moed haar snel in de schoenen. Ze wilde nu eigenlijk niets liever dan onzichtbaar worden, of opgeslokt worden door het oerlelijke hoteltapijt; alles om maar snel uit deze situatie weg te komen.

'Wie is die idiote chick,' zei een grote, gevaarlijk uitziende mannelijke fan. Hij kwam naderbij met een moorddadige blik in zijn ogen.

Blade zette zijn lampenkap af, maakte zijn gitaar los en gleed van zijn tafeltje. Hij slenterde naar Anne toe, hing een arm losjes over haar schouder en trok haar tegen zich aan.

'Dit, jongens en meisjes, is Angharad, en misschien is ze wel de liefde van mijn leven, al weet ze dat zelf nog niet. Dus rustig aan allemaal. Ja, jij ook, grote jongen. Ze heeft overigens gelijk: er ligt hier ergens een klein gastje te pitten,' hij wapperde de hand op Annes schouder even vagelijk in de richting van de gang, 'en het zal haar wel heel wat moeite hebben gekost om hem in slaap te krijgen. Ik zou toch niet willen dat al die moeite voor nop geweest is... Zeker weten dat je niet op mijn lijst wilt, meissie?' Hij verplaatste zonder enige waarschuwing zijn aandacht van de hele kamer naar haar persoonlijk en Anne keek hem geschrokken aan, om te ontdekken dat zijn gezicht maar een paar centimeter van het hare verwijderd was. Ze glimlachte zenuwachtig naar hem en zag vanuit een ooghoek dat Maxine het geheel met extreem grote interesse stond te volgen vanuit de deuropening.

'Moet-je-ho...ren,' zei Blade, iets te hard en met veel dramatische nadruk tegen de kamer vol fans, 'ik heb nog wel ergens een akoestische gitaar liggen. Kunnen we unplugged verder, heeft mooie Angharad ook haar zin, ja? Ja?'

De fans juichten en Anne voelde hoe Blades hand over haar rug naar beneden zakte, om haar taille krulde en haar nog dichter tegen hem aan trok. Hij voelde... solide. Anne moest opnieuw toegeven aan zichzelf dat er iets onmiskenbaar aantrekkelijks was aan een man die zo stevig verankerd was in zijn eigen seksualiteit, maar toch probeerde ze voorzichtig een beetje ruimte tussen haar lichaam en het zijne te creëren.

'Volgens mij kun je niet gitaarspelen met een arm om me heen, Blade,' grapte ze.

'Mijn arm heeft het veel te goed naar zijn zin om nog te willen gitaarspelen,' zei hij zachtjes. Zijn ogen twinkelden en zijn hand kneedde haar zij.

Anne probeerde iets anders. 'Zie je die vrouw in de deuropening? Dat is Maxine, mijn vriendin uit Londen. Ze was toevallig in de buurt; Terri kon iets voor haar regelen voor het concert van vanavond en nu is ze hier. Ik zou graag nog even met haar bijkletsen...'

'Wie, die daar?' Blade had een schaamteloze glimlach om de lippen. 'Die lust er wel pap van; ze was na het optreden in mijn kleedkamer en, eh, als het niet zo druk was geweest...'

Anne keek hem geschokt aan.

'Zei ik je toch.' Blade bleef onverstoorbaar. 'Tourtijd, andere regels. We zijn niet tot het gaatje gegaan, maar dat was mijn keus, niet de hare. Plus, jij bent de vrouw van mijn dromen, weet je nog?'

'O, Blade, hou in godsnaam op,' zei Anne, nu oprecht geërgerd. 'Laat me los, ga lekker spelen met je publiek – maar wel een beetje zachter – en laat mij even rustig met Maxine praten. Je bent... wat ben je, dronken? Of... wat heb je eigenlijk precies op?'

'Van alles en nog wat, schat, het is weer zo'n avond.' Hij grinnikte lui. 'Maar weet je, wat ik ook inneem, het heeft allemaal geen enkel effect op mijn, eh, performance...'

Het werd een beetje penibel. Anne zag nog maar één uitweg: ze ging op haar tenen staan en fluisterde in zijn oor: 'Laat los of ik vertel aan iedereen hier dat je eigenlijk Eugene heet.'

Het werkte ook nog. Hij legde zijn hoofd in zijn nek en lachte voluit, helemaal vanuit zijn tenen. Van de weeromstuit liet hij haar gaan.

Ze maakte meteen dat ze weg kwam, greep Maxine bij de pols en trok haar de gang door.

'Jeeeeemig, Anne! Hij ziet je wel zitten, hoor!'

'Wat? Wie?'

'Blade! Volgens mij vindt hij je leuk! Ik bedoel écht leuk!'

'Denk je? Och jeetje, dat is toch wel het laatste...' Anne bloosde meteen. 'We hebben het hier wel over Blade, hè,' zei ze gauw. 'Die vindt iedereen die lang genoeg stilstaat leuk, en al helemaal als hij onder de invloed van het een of ander is. Heeft hij... iets met je gedaan vanavond, na het concert? Heeft hij je gezoend of zo? Hij zei zoiets zelfingenomens over...'

Maxine knikte, al even zelfingenomen. 'Ja, ik kwam zijn kleedkamer binnen, hij greep me gewoon vast en hopla, zo zijn tong erin. En echt, zoenen als een beest. Alsof hij drie tongen had; ik vergat zo'n beetje de wereld. Als hij door had willen gaan...'

Anne rilde. 'O, gats, wat ben je toch plastisch, en drie tongen, dat klinkt echt nog minder lekker dan iemands voeten likken.'

'Nee, maar echt, hij was enorm goed. Een soort kusatleet, zeg maar. Niet dat hij het wint van Roar, natuurlijk, als het erop aankomt – en nu we het er toch over hebben, je zou me toch laten zien waar Roars kamer was?'

'Kamers. Meervoud. We hebben allemaal een suite, zelfs ik. Ik zal je laten zien waar Rory zit, maar we moeten wel snel zijn want ik moet zo gauw mogelijk terug om te kijken of Row nog lekker ligt te slapen. Toen ik de kamer uit ging was hij onder zeil, en als Blade niet zo'n herrie was gaan maken met die gitaar van hem dat ik bang was dat Row er wakker van zou worden, dan was ik lekker bij hem gebleven. Het laatste wat ik wil is dat dat arme kind straks zijn ogen opendoet en in de paniek schiet omdat hij helemaal alleen is.'

'Wat is er precies met hem aan de hand?'

'Volgens mij heeft hij een enorme klap gekregen van de scheiding van zijn ouders. Hij heeft soms heel heftige angstaanvallen, ik denk dat hij bang is om achtergelaten te worden. Rory heeft ook niet echt een rustig leven geleid sinds de scheiding: twee films en nu deze tournee, om de haverklap andere kindermeisjes en constant reizen. Alles en iedereen om Row heen verandert de hele tijd. Het is een gevoelig kind, de enige vaste waarde in zijn leven is zijn vader, en hij is nog niet eens vier. Ik weet ook niet waarom, maar hij heeft me min of meer geadopteerd, bijna vanaf het eerste moment dat ik hem zag. En meestal lukt het me wel om hem weer een beetje kalm te krijgen en hem wat op te vrolijken als hij zich ellendig voelt, het is ook een schatje, ik ben echt dol op hem... Ik zit wel een beetje door te ratelen, hè?'

Maxine knikte.

‘Ja, sorry hoor, ik heb hier ook niemand om mee te praten over dit soort dingen, en het houdt me nogal bezig. Ik bedoel, Rory, in zijn eentje verantwoordelijk voor zijn kind, met het soort werk dat hij doet – hier, dit is trouwens zijn deur. Nou, volgens mij is hij binnen, maar zo te horen gaat het niet helemaal naar wens. Misschien kunnen we maar beter...’

‘Nee, wacht nou even,’ zei Maxine gefascineerd.

Roars deur was niet helemaal dicht, zoals te verwachten viel, en alle details van een stevige ruzie tussen hem en Noëmi waren woordelijk te volgen. Anne schaamde zich dood om zo te staan luistervinken, maar durfde haar vriendin toch ook niet alleen te laten.

‘Godskolere, denk je dat het mijn idee was?’ klonk de lodderige stem van Roar. ‘Blade moest zo nodig al die lui meenemen, die randdebiel.’

‘Ik wil naar een club. Een waar ze ons fotograferen als we naar binnen gaan, zodat we morgen in de bladen staan, en waar we een fantastische glamournacht hebben samen. Dát is wat ik wil. Ik ben toch niet dat hele eind komen vliegen om met jou en tienduizend van je fans in een of ander stinkhotel opgesloten te zitten? Ik had op de *Cosmo*-party in New York kunnen staan!’

Klunk. Er viel iets aan diggelen, of misschien werd het stukgegooid; Anne en Maxine keken elkaar veelbetekenend aan.

‘Jezus, Noëmi, doe verdomme effe normaal!’ Roars stem steeg een paar streepjes in volume.

‘Ik haat je, ik háát je, stomme lul, kijk nou, je kan bijna niet eens meer rechtop staan, zo lazarus en stoned en weet ik het allemaal ben je. Het enige wat jij kunt is drinken en rotzooi slikken, en verder niks. Ik heb nog nooit zo hard mijn tijd verspild met iemand. Zak.’

‘Krijg de pleuris, idiote gratenkut!’ brulde Roar. ‘Je bent te stom om voor de duvel te dansen.’

Maxine duwde voorzichtig de deur een klein stukje verder open.

'Maxine!' siste Anne vertwijfeld, haar hoofd rood als een brandweerwagen.

Maxine had geen enkele last van respect voor privacy en gluurde naar binnen, maar werd toen bijna onder de voet gelopen door een plotseling naar buiten zwabberende Roar.

'Ho,' zei hij, 'huh, hé, eh... Annie?' Zijn ogen haakten zich vast in die van Anne terwijl zijn hand zich aan de deurstijl vastgreep. Hij wiebelde vervaarlijk, maar viel gelukkig net niet om.

Maxine stond zo dichtbij dat ze de borstharen die uit zijn openstaande zwarte overhemd staken, op haar gemak kon tellen. Hij was nog in zijn optreed-outfit; tussen het borsthaar hing een houten kruis aan een leren veter. Maxines ogen puilden bijna uit hun kassen van zoveel plotseling nabije Roar.

'Eh, hoi,' piepte ze, maar toen wist ze het ook niet meer en keek ze naar Anne.

Die kon alleen maar naar Roar staren met een vertwijfelde uitdrukking op haar gezicht en een gapende afgrond in haar binnenste, totdat haar ingebakken keurigheid ineens weer de macht greep. 'O, ja, eh, jeetje, nou, Maxine, dit is Rory; Rory, mijn vriendin Maxine. Ze wilde je graag even begroeten. Ze was bij het concert vanavond en ik had beloofd dat ik jullie aan elkaar zou voorstellen en... Och, hemel, nu denk je vast dat we aan de deur stonden te luisteren, het spijt me echt vreselijk dat we op zo'n ongelukkig moment...' Ze wapperde met haar hand. 'Sorry,' zei ze zachtjes.

Hij haalde zijn schouders op, zwaaide een beetje heen en weer en hield de deurstijl vast met een doodsgreep die zijn knokkels wit kleurde.

Roar had een bos geklit en zweterig haar op zijn hoofd en een scheef dichtgeknoopt hemd aan zijn lijf – eerder op de avond was er een overenthousiaste groupie geweest die bijna het hele hemd al open had voordat hij een veelbetekenende blik naar een beveiliger had kunnen werpen. Zijn leren broek zat onder de ondefinieerbare podiumgruizigheid en een of andere idioot had per ongeluk een halve fles bier over zijn been uitgegoten na het optreden. Hij rook naar zweet, vuil en hop.

Vanbinnen was hij hondsmoe en hij wist maar al te goed dat hij het zich nog lang niet kon veroorloven zich zo te voelen: de tournee was nog maar net afgetrapt en er lagen weken van lange nachten in het verschiet waar hij met goed gevolg doorheen moest zien te komen. Hij was high en tegelijk stomdronken en hij wist desondanks donders goed dat het werkelijk grandioos onverstandig was geweest om het zover te laten komen.

Hij had hem in het verleden graag en goed geraakt, daar was geen twijfel over mogelijk, hoewel de mythische verhalen die over hem de ronde deden voor een groot deel schromelijk overdreven waren. Toen hij eenmaal getrouwd was, en al helemaal na de geboorte van Rowland, was het afgelopen geweest met de dope en was hij uiterst matig geworden met de drankinname. Hij had er nooit heel diep over nagedacht, maar hij wist ergens ook wel dat hij instinctief had gereageerd op de onverwachte, en goed verborgen, mateloosheid van zijn vrouw. Er moest toch iemand de verantwoordelijkheid nemen.

Maar nu dus even niet. Ouwe Roar de grootverbruiker had geheel onverwacht, ook voor hemzelf, de kop weer opgestoken.

Het was natuurlijk ook goed stom geweest om de avond te beginnen met een paar lijntjes, en dan in de euforie van de coke en een goeie show je te verliezen in alles wat je onder je neus kreeg – letterlijk, soms – als je eenmaal weer backstage was. Fans stonden altijd klaar om van alles met je te delen, want dat gaf ze blijkbaar een soort instant bestevriendengevoel. Hij voelde helemaal niks; hij had gewoon aangepakt wat hem werd aangeboden, met die nachttrein-op-ramkoers-instelling die over hem kwam als hij eenmaal in zo'n roes zat. Hij kon zich niet eens meer voor de geest halen wat hij had gesnoven en geslikt. Hij wist vrij zeker dat hij niks had gespoten of gerookt, maar het zou hem niet verbazen als hij ergens tussen de bedrijven door ook nog zo'n driekwart fles whisky naar binnen had weten te werken. En daar hing hij dan, vastgeklemd aan het houtwerk. Wat een imbeciel was hij toch.

Hij wist donders goed dat direct onder die idiote pogingen om zich goed te voelen een afgrond gaapte. Zijn leven was een zooitje, hij had nergens langer dan een maand gezeten sinds de scheiding en eigenlijk was hij nog steeds in de rouw. Niet zozeer het verlies van zijn vrouw vrat aan hem, als wel het verlies van een ideaal: een blijvende, diepe, liefdevolle relatie. Pats, bam, weg. Hij bleef zichzelf vertellen dat hij gewoon zo hard mogelijk moest doorwerken, hij had tenslotte geld nodig, maar eigenlijk wist hij wel dat hij gewoon niet wilde stoppen omdat hij niet wilde zien wat er echt aan de hand was.

Zijn kind had psychologische problemen en zijn relatie met Noëmi sloeg helemaal nergens op. Hij kon geen behoorlijk gesprek met die griet voeren, hoe mooi ze ook was; nu de eerste seksuele fascinatie eraf was moest hij toegeven dat hij er helemaal gestoord van werd om haar om zich heen te hebben. Hij voelde zich verward, ontgoocheld en alleen en zo wilde hij zich niet voelen, hij wilde helemaal niks voelen.

Hij wilde... hij... wilde...

Hij knipperde met zijn ogen, veegde met zijn vrije hand zijn haar uit zijn gezicht en probeerde uit alle macht een coherente gedachte te formuleren, maar zijn verdoofde brein werkte niet mee.

Annie stond daar, voor zijn neus, direct achter de vriendin die ze net aan hem had voorgesteld. De vriendin wier naam zijn ene oor in, en vrijwel direct zijn andere oor weer uit was gevlogen, en het enige wat overbleef was een vacuüm. Met...

Annie.

Annie was als een oase van rust na een mensenleven van hysterie. Haar neus zat vol sproeten en haar wangen waren rood, net als haar haar. Ook rood, en krullig, een wilde bos die hij mooi vond, veel mooier dan hoe ze het normaal altijd droeg, zo strak naar achteren, en haar gezicht was... Het was gewoon...

Hij knipperde nog een keer, schudde zijn hoofd en kraakte: 'Ik moet wat drinken.'

Vanuit zijn tenen kwam de herinnering zich naar boven vechten dat hij iets moest doen. Een antwoord geven op iets wat die vriendin van Annie eerder had gezegd. Wat was het ook weer? O ja.

'Hoi, eh,' zei hij, met een vingerwiebeltje, tegen Annies vriendin. Jezus, wat stond die griet dichtbij; hij keek recht haar laag uitgesneden topje in.

'Maxine,' zei de vriendin.

'Hoi, Maxine,' wist Roar uit te brengen, maar direct nadat hij het had gezegd was de naam opnieuw verdwenen uit zijn bewustzijn.

'Rory?' Annie klonk bezorgd. 'Misschien moet je even gaan douchen en schone kleren aantrekken. Heb je eigenlijk wel iets gegeten? Ik weet zeker dat je je beter voelt als...'

Ze zag er vergeleken met haar vriendin zo ontzettend kwetsbaar en lief uit. Ze deed een stap naar hem toe en legde een warme, zachte hand op zijn arm.

'Godsamme, hou toch je klep,' gromde hij, haar afschuddend. 'Het laatste wat ik nodig heb is dat iemand me gaat lopen bemoederen.'

Eigenlijk leek het hem helemaal zo gek nog niet, douchen en schone kleren en iets eten. En hij vond die hand op zijn arm lekker. Nog een hand erbij zou hij helemaal niet erg vinden; armen eromheen, hij kon zich zo voorstellen dat hij haar tegen zich aan zou trekken en zijn neus in die berg zachte rode krullen zou steken. Hij hoorde in zijn hoofd een flard van die cover van 'Throw Your Arms Around Me' waarbij Eddie Vedder zingt: 'I'll go swimming around in your hair'. Dat wilde hij ook wel, rondzwemmen in Annies haar, en verdwijnen, en zich niet zo godvergeten leeg voelen. Maar hij ging nog liever dood dan dat hij er iets van zou laten merken.

'Verdomme, sodemieter nou 'es een keer op.' Hij maaide naar

haar alsof ze een vervelende vlieg was, en toen werkte hij zich langs haar heen de gang in.

Nog voordat Anne tijd had om zich beledigd te voelen hoorde ze een vertrouwd gehuil ergens uit een van de gangen komen.

6
Zoeken

'Row, Rowie, waar ben je,' riep ze, half rennend. Maxine was niet achter haar aan gekomen, maar daar was ze bijna blij om; ze had wel even iets anders aan haar hoofd.

Ze rende voorbij Axe' suite, waarvan de deur wagenwijd openstond, en hield abrupt halt. Op de vloer was iets ingewikkelds en semi-acrobatisch aan de gang met heel veel blote of bijna-blote vrouwen. Axe lag, ook bloot, in het midden en leek het allemaal heel lekker te vinden: hij leunde met zijn hoofd achterover in pure extase. Anne kon in de gauwigheid niet eens zien hoeveel mensen er bezig waren, maar ze wilde het eigenlijk ook niet weten.

Het idee dat ze voor wilde seks hun deur wel dicht doen kan ik maar beter herzien, dacht ze; voor mannen als Axe was privacy blijkbaar geen issue. Misschien was er dan toch iets waar van wat Blade had gezegd, dat alles anders was op tournee, maar Anne moest er niet aan denken dat ze ook in zo'n berg blote mensen zou moeten liggen, en er nog van genieten ook.

O, gelukkig, daar was Rowland. Hij stond in de gang, in zijn pyjamaatje, vlak buiten Blades suite. Drie meisjes in leer en lycra hadden zich over hem ontfermd, maar hij liet zich niet troosten. Gelukkig was hij nog lang niet zo overstuur als bij een angstaanval; toch holde Anne gauw naar hem toe om hem op te tillen.

‘O, Row, niet huilen. Hier ben ik, hoor. Sorry dat ik niet bij je in de kamer was toen je wakker werd,’ zei ze zachtjes tegen hem, overspoeld door schuldgevoel dat ze hem wel een kwartier alleen had gelaten.

‘Annie-ie...’ Hij wreef zijn gezichtje tegen haar schouder en stopte langzaam maar zeker met snikken.

Het gevoel van Roar die met zijn neus tegen haar wang wreef schoot even door Annes hoofd en ze was meteen woedend, om zijn grofheid, om hoe hij haar net bijna had weggejaagd, maar ook om haar eigen reactie op dat vreemde, tedere moment aan het begin van de avond. En er was nóg iets om haar boosheid op te wekken: die man was dus zo van de wereld dat hij niet eens hoorde dat zijn eigen kind midden in de nacht in de gang stond te huilen.

Krijg ook het heen en weer, Rory Maquary, jij stomme, ellendige... dacht ze. Ik ben maar blij dat ik niet in de buurt ben als je morgen wakker wordt, want ik durf met zekerheid te zeggen dat je de kater van de eeuw gaat hebben. En dat verdien je ook. Ongemanierde bruut.

‘Ben jij zijn kindermeisje? Ach, wat een schatje is het,’ zei een van de meisjes. Ze kwam dichterbij om Row over zijn hoofd te aaien, maar hij kroop weg voor haar hand en verstopte zijn gezicht in Annes hals.

‘Nou, ik ben niet officieel zijn kindermeisje, maar ik pas wel op hem, en hij hoort nu te slapen. Hè, Rowland, jij hoort in je bedje te liggen, kleine man! Kom, we gaan samen terug en dan stop ik je er weer in.’ Anne glimlachte naar de meisjes. ‘Dank jullie wel, hoor, dat je even op hem hebt gepast,’ zei ze, en toen liep ze, zacht zingend voor Rowland, terug naar haar kamer.

Het viel haar meteen op dat het NIET STOREN-bordje niet meer aan de deurknop hing. Ze liep snel naar binnen, trok de deur achter zich dicht en keek even om zich heen. Geen bordje. Het was verdwenen, in rook opgegaan.

‘Row, was je helemaal zelf uit bed geklommen?’ Anne ging

met Row op schoot op de rand van het bed zitten. Hij wreef met een vuist in zijn oog en gaapte.

'Ze kwamen me dewuit halen, ze zoekten papa,' mompelde hij slaperig. 'Papa, wawis papa?'

'Het is zochten, lieverd, niet zoekten. En je papa is een beetje druk bezig nu, met alle mensen op het feestje. Zullen wij gewoon hier blijven met z'n tweetjes? Gaan we lekker verder met slapen, kom ik bij je in bed.' Haar stem klonk kalm, maar haar hersens vlamden. Ze was nog niet eens helemaal bijgekomen van hoe kwaad ze op Roar was, en nu dit! Die meisjes die ze net nog bedankt had voor het oppassen waren waarschijnlijk degenen die zo haar kamer in waren gelopen en hem uit bed hadden gehaald. Wie doet dat nou, dacht ze, midden in de nacht een peuter uit bed halen? En alleen om aandacht van Roar te krijgen natuurlijk. Egocentrische, harteloze rotmeiden.

'Papa,' snufte Rowland; hij wriemelde een beetje op haar schoot.

Ze beet op haar onderlip en dacht: o nee, alsjeblieft niet nu, laat hem nu alsjeblieft geen aanval krijgen waarbij hij per se zijn vader wil hebben!

'Papa?' riep Row, al wat angstiger.

Anne kroop snel met hem in bed, legde hem met zijn rug tegen haar buik aan en met zijn hoofd op haar arm, haar hand spreidde zich over zijn buikje. Hij greep meteen haar arm met twee handjes vast.

'Stil maar, kind, je vader heeft het druk; goed zo, hou je maar goed aan mij vast. Waar is je Wall-E?'

'Wall-E?' papegaaide Row, gelukkig makkelijk afgeleid.

'Ja, waar is dat ding,' mompelde Anne. Ze zocht met haar vrije hand onder de kussens en het dekbed.

Row ging op zijn knietjes zitten om te helpen met zoeken. Er lag een frons op zijn voorhoofd; zijn ernstige gezichtje was aandoenlijk. 'Hij is weg,' zei hij na een tijdje.

'We vinden hem vanzelf wel, hij kan toch niet weggelopen

zijn.' Anne hing over de rand van het bed om eronder te kijken.

Geen Wall-E.

'Row, weet je nog of je hem hebt meegenomen toen die, eh, dames je uit bed hadden gehaald?' zei ze een beetje ademloos omdat ze alweer ondersteboven hing, nu om onder het nachtkastje te kijken.

Ze was dan wel spinnijdig op die meiden, ze voelde zich toch vooral schuldig dat ze hem zo lang alleen had gelaten. Ze had gewoon bij Blade naar binnen moeten lopen, de stekker eruit moeten trekken en daarna meteen weer weg moeten gaan, en ze had natuurlijk niet eerst nog Maxine mee naar Roar moeten nemen. Stom, stom, waarom vond ze toch altijd dat ze iedereen moest helpen? Ze rolde achterover terug op het bed met een gefrustreerde kreun.

'Hij is weg,' herhaalde Row met grote stelligheid.

'Is hij buiten in de gang?' Anne wees naar de deur.

Row aarzelde eerst, maar knikte toen schuldbewust.

'Zeker weten?'

Hij knikte weer en er rolde een eenzaam traantje naar beneden. Anne veegde het snel af en kuste zijn wangetje; het was haar al eerder opgevallen hoe bang hij was om iets fout te doen.

'Stil maar, lieverd, je hebt niets verkeerd gedaan, hoor. We kunnen twee dingen doen. Eén is proberen te slapen zonder Wall-E en hem morgenochtend gaan zoeken. Het andere...'

Row schudde heel hard zijn hoofd. Slapen zonder was absoluut geen optie.

'Het andere is dat ik nog even naar buiten ga, om hem te zoeken. Dan moet jij wel heel dapper zijn, lieverd, want jij moet hier alleen blijven totdat ik terugkom.'

Row kauwde op zijn lip en keek onzeker op.

'Jij moet namelijk het bed bewaken. Dat is ontzettend belangrijk. Maar dat kun jij. Anders zou ik het je niet vragen. Denk je dat dat gaat lukken?'

Na even denken knikte hij, al iets zelfverzekerder.

'Ik ga de deur goed dichtdoen om te zorgen dat er niet nog een keer zomaar mensen naar binnen lopen, maar jij moet wel de wacht houden, hoor. Ik kom zo snel mogelijk terug, zodra ik Wall-E te pakken heb. Goed?'

'Maar je komt wel twug?' fluisterde hij.

'Tuurlijk kom ik terug. Zo snel ik kan, dat beloof ik je. Nou. Ben je er klaar voor?'

Row zat rechtop in de kussens, met het dekbedovertrek in twee knuistjes. Hij zag er klein maar dapper uit in het grote bed en vond het zichtbaar griezelig, maar was toch van plan zich niet te laten kennen. Anne smolt een beetje, gaf hem een kus, greep haar keycard en glipte terug de gang in.

Het feest klonk anders. De herrie was vrijwel verdwenen: geen gitaarspel, geen wild gelach meer. Er klonk nog wel wat gepraat, maar de meeste mensen die ze zag, wankelden door de gang of zaten glazig op de vloer met hun rug tegen de muur. Er hadden zich wat setjes gevormd; de meesten waren hevig aan het zoenen, hun omgeving totaal vergeten. Sommigen hadden zelfs al wat kledingstukken op half zeven. Anne vond het allemaal maar onbehoorlijk en gênant; ze had het liefst weggekeken.

Omdat ze Row in de gang vlak bij Blades kamer had aangetroffen, besloot ze dat dat een goeie plek was om de zoektocht naar de ontsnapte Wall-E te beginnen. Voorzichtig stapte ze over de verschillende mensen op de vloer heen, haar ogen op het tapijt gericht.

Ze gluurde even bij Blade naar binnen en zag dat het tafeltje waar hij eerst op had zitten spelen een nieuwe bestemming had gekregen: het was een cocaïnetankstation geworden. Er lag een flinke berg wit poeder op, met een creditcard en een stapel bankbiljetten ernaast. Af en toe dreef er iemand in de richting van het tafeltje, hakte een lijntje, rolde een biljet op en stofzuigde de boel naar binnen. Anne kon zich nauwelijks iets voorstellen bij de straatwaarde van die hoeveelheid coke: een maandsalaris bij *UM*? Twee maandsalarissen?

Ze hoopte met heel haar hart dat ze niet naar binnen zou hoeven. Misschien kon ze vanaf de drempel vaststellen dat Wall-E daar niet lag, want ze had haar voorraad onversaagdheid voor minstens een week al uitgegeven aan het uitrukken van de stekker van Blades versterker eerder op de avond.

Het was volkomen duidelijk dat iedereen om haar heen bezig was om naar een ongebreideld potje seksen toe te werken, als ze er niet al een achter de kiezen hadden, en Anne bereikte ter plekke een nieuw, tot dan toe ongekend niveau van ongemak. Toch probeerde ze, met een uiterste krachtsinspanning en zwaar leunend op de sociale commandotraining van haar Britse kostschoolopvoeding, haar gezicht in de plooi te houden en nonchalant tegen de deurstijl van Blades kamers te leunen terwijl ze haar ogen de kost gaf.

Geen Wall-E, niet op of onder een tafel, en voor zover ze kon zien ook niet op de vloer. Wie ze wel zag was, opgekruld als een kitten in een van Blades Chesterfield-leunstoelen, Gemma de pr-vrouw. Diep in slaap, ondanks het gewoel rondom haar. Vlak naast haar was de deur die naar Blades slaapkamer leidde, en Anne kon vanaf haar plaats precies een hoek van het bed zien. Er lagen blote voeten op, verscheidene paren, en ze bewogen allemaal enthousiast heen en weer. Gelukkig kon ze niet precies zien wat er allemaal gebeurde, maar alleen de suggestie al was genoeg om haar de bibbers te geven.

En toen zag ze Maxine, die triomfantelijk uit Blades slaapkamer kwam struinen. Ze had al haar kleren nog aan, maar haar haar zat vreselijk in de war en aan haar arm hing een enigszins verdwaasde Roar.

Anne kon zich even niet bewegen. Zou Maxine nou net... met Roar? In Blades slaapkamer? En al die voeten dan? Of...? En Noëmi, die natuurlijk twee deuren verder nog zat na te stomen van de ruzie met Roar?

En dan nog wat: dat kleine momentje aan het begin van de avond... Ze wist wel dat het niet echt iets had betekend, niet voor hem in ieder geval, maar zou hij nou echt zo vreselijk ongevoelig zijn om zijn vriendin bij zich te hebben, bijna een ander te zoenen en uiteindelijk in een ongeremde drugsroes met een derde, wildvreemde vrouw, een fan nota bene, een wilde nacht te beleven? En dat allemaal binnen vierentwintig uur?

Wat een vreselijke, ontzettende, afschuwelijke... Ze kon er geen woord voor verzinnen.

Man.

Wat een ellendige, nare, teleurstellende man was die Roar.

Ze was dus inderdaad naïef, precies zo naïef als Ian had gezegd. Dit was gewoon hoe het was, op tournee zijn met een rockband, en Rory Maquary was geen haar beter dan zijn reputatie. Hij liep daas achter Maxine aan de slaapkamer uit, zich nauwelijks bewust van wat er om hem heen gebeurde, maar stopte abrupt toen hij Anne in de deuropening zag staan.

Anne had zich net omgekeerd om nog een keer in de gang naar Wall-E te speuren. Ze merkte niet dat Roar ongeveer een gat in haar rug staarde, vlak voordat hij naar de dichtstbijzijnde muur strompelde om ertegenaan te kunnen leunen, met Maxine als een half vergeten gedachte aan zijn hand.

Eindelijk ervoer Anne een geluksmomentje op deze lange avond vol opgestapelde ellende: ze zag Wall-E, verstopt achter een grote plantenpot op een tafeltje in de gang. Ze stapte snel tussen twee feestgangers door en griste het knuffeltje weg. Maar toen ze zich omkeerde om op een holletje terug te gaan naar Row liep ze zo, bam, tegen de brede, behaarde borstkas van Blade op. Zijn hemd hing open en hij rook naar man, en naar doucheschuim, en naar nog iets zwaarders en zoeters. Wierook.

'Angharad,' zei hij, laag en rasperig. Hij sloeg een arm om haar heen.

'Eh... Blade?' Anne was zo verrast dat ze niets intelligenters in de aanbieding had, en daarnaast stelde de manier waarop Blade naar haar keek haar niet bepaald op haar gemak. Het was zeker niet voor het eerst dat ze zo'n veelbetekenende, bijna roofdierachtige blik van hem kreeg, maar nu werd die blik niet getemperd door zijn weliswaar ongepolijste, maar gelukkig wel altijd ontwapenende gevoel voor humor.

Ze keek snel even over Blades schouder naar de plaats waar ze Roar voor het laatst had zien staan. Niet dat hij nu nog in staat zou zijn om iets voor haar te doen, als hij dat al zou willen, maar toch, om de een of andere onduidelijke reden wilde ze hem even zien, en weten dat hij haar ook had gezien.

Ze zag zijn handen. Die bewogen loom over Maxines rug, terwijl Maxine en hij diep weggezonken waren in een lange, gepassioneerde zoen. En voordat Anne daar ook maar iets rationeels bij kon bedenken trok Blade haar strak tegen zich aan voor precies zo'n soort zoen.

Hij wist hoe hij moest zoenen. Maxine had helemaal gelijk: hij kon het enorm goed. Jaren van ervaring had hij er natuurlijk op zitten, en er was iets verrassend onweerstaanbaars aan zo'n gretige mond, zo'n warm en sterk lijf en zo'n testosteronhouding die simpelweg overgave afdwong. Oermannelijk was het. Anne voelde het toen hij haar nog iets dichterbij trok en iets meer vaart achter de kus zette: haar lichaam reageerde al terwijl haar hoofd nog in krachtige bewoordingen verklaarde dat ze dit niet wilde. Haar hand kroop als vanzelf omhoog langs zijn gespierde, getatoeëerde arm.

Blade gaf een zacht, tevreden knorretje en tilde de zoom van haar top een stukje op, om zijn grote, warme hand op haar rug te kunnen leggen. Hij streelde traag en liet de hand klimmen tot de achterkant van haar bh. Daar bleef hij een tijdje hangen om met de bandjes te spelen en toen kwam hij langzaam maar zelfverzekerd de hoek om.

Anne kreeg het eindelijk voor elkaar om iets te zeggen. 'Stop, Blade, alsjeblieft, dit wil ik echt helemaal niet,' bracht ze uit, terwijl ze haar adem probeerde terug te krijgen.

'Nee, kom hier, schatje, ik wil met jou,' mompelde hij, en hij probeerde zijn lippen weer op de hare te krijgen, maar Anne draaide net op tijd haar hoofd weg en de kus landde op haar oorlel. Dat vond Blade ook best; hij ging vrolijk verder met haar nek kussen.

'Blade!' Anne greep een handvol van zijn donkere krullen en trok zo hard ze kon.

'Aah,' zei hij verbaasd. 'Wat doe je nou, gek mens?' Zijn gezicht schoot uit haar nek. 'Annie, Angharad, laat m'n haar los, ik wil, ik wil je... en je hoeft niet te doen alsof, want jij wilt ook.'

'Nee! Je kunt het je misschien nauwelijks voorstellen, maar ik wil niet! Ik heb een vriend in Londen, dat heb ik toch gezegd? En verder ben jij gewoon echt helemaal niet mijn... eh...'

Voordat Anne van de zenuwen iets veel te directs en onbeleefds kon zeggen kuste Blade haar opnieuw, en hij deed er echt zijn best voor om het zo heet en gepassioneerd mogelijk te maken. Maar Anne liet zich niet nog een keer overvallen. Ze duwde hard tegen zijn borstkas en wrong zich in zijn armen heen en weer totdat hij met een teleurgestelde grom haar mond losliet. 'Ik zei toch nee!'

Ineens realiseerde ze zich hoe groot en sterk Blade was. Het was een beangstigende gedachte die haar deed verstijven. Ze keek hem met ronde angstogen aan.

'Annie...' zei Blade schor; haar geschrokken, witte gezicht slingerde hem met een klap de werkelijkheid in. 'Jezus, ik wilde toch niet... Sorry, ik bedoel, dat je, dat ik... Ik wou je heus niet...' Hij liet abrupt los maar aaide haar nog wel even over haar bovenarmen, als een stille verontschuldiging.

Anne klemde Wall-E tegen zich aan en keek naar hem op. Ze had geen idee wat ze moest zeggen. Dus stapte ze maar stilletjes bij hem vandaan en keek even snel achterom naar de plek waar ze Roar en Maxine had gezien. Maxine stond nu met haar rug tegen de muur. Roar leunde zwaar tegen haar aan en ze stonden als twee hitsige tieners te zoenen en tegen elkaar aan te rijden. Roar had ook nog een hand onder Maxines rok gewerkt.

Anne vond het zo vreselijk dat ze direct haar eigen complexe emoties – een klein beetje lust, behoorlijk veel schaamte, ook wel wat boosheid en een vleugje angst – vergat. Ze scheurde met pijn in haar hart haar ogen los van het spektakel Roar-Maxine en keek nog eens naar Blade. Hij stond daar, leeggelopen, handen hangend aan slappe armen en gebogen schouders, en ze raakte zijn arm kort aan. 'Ga nou maar gewoon slapen,' zei ze bijna moederlijk tegen hem, 'dat heb je nodig.' Haar eigen lijf schreeuwde om nachtrust, om simpelweg rúst, weg van dit gekkenhuis.

Snel werkte ze zich tussen de laatste overgebleven gasten door, klikte haar deur open en glipte haar kamer weer in.

'Annie?' Rows kleine stemmetje.

O god, hoe lang was ze weggeweest? Ze keek op het klokje op de televisie en zag dat het nog geen tien minuten waren, maar het voelde voor Row natuurlijk als een mensenleven.

'Hier ben ik, lieverd. En ik heb hem, hoor!'

Row strekte een blij handje uit en rolde zich vervolgens met een tevreden zucht op zijn zij, knuffeltje onder zijn kin.

Anne trok razendsnel haar grote slaapshirt aan en klom naast Row in bed. Dekens omhoog, aai over zijn bolletje, licht uit. Knipperend in het plotselinge donker lag ze te wachten, eerst op de slaap, maar toen die niet kwam dan in ieder geval op Rowlands slaap. Toen ze aan zijn ademhaling hoorde dat hij echt onder zeil was, begon ze geluidloos te huilen.

7
Inpakken

Anne herlas wat ze tot nu toe had geschreven. Row lag gelukkig nog lekker te slapen, maar zij had het opgegeven: nachtrust zat er niet meer in. Ze zat in haar slaaphemd en kamerjas in het donker naar het beeldscherm te knipperen en zich ellendig te voelen, en zich verschrikkelijke zorgen te maken over hoe het nu verder moest met haar en Ian. Ze was bijna zover dat ze het eerste het beste vliegtuig naar huis boekte, en dat was natuurlijk ook precies wat Ian van haar verwachtte, maar toch... als ze diep genoeg in haar hart keek was het niet wat ze écht wilde. Zelfs de afgelopen nacht, die toch met stip op één stond in haar top tien van afschuwelijke belevenissen, maakte nog niet dat ze haar tas nu stond in te pakken.

Dat kwam natuurlijk door Rowland. Ze voelde zich verantwoordelijk; het zou al zwaar genoeg voor hem worden als ze aan het eind van de tour in New York afscheid van hem moest nemen. Eerder weggaan en hem in de steek laten, dat kon toch eigenlijk niet? Hij had stabiliteit nodig, mensen in zijn leven op wie hij kon rekenen; hij moest zich veilig kunnen voelen tussen de volwassenen om hem heen. Drie weken met hem waren natuurlijk niet genoeg, maar misschien kon ze er wel voor zorgen dat hij, zolang ze er was, een klein beetje gelukkiger zou zijn.

Ze steunde met haar kin op haar hand en sloot haar ogen. Het was eigenlijk wel tijd voor een momentje van keiharde innerlijke eerlijkheid. Ze voelde zich niet op haar plaats bij deze mensen: ze begreep hun regels niet en wilde niet leven zoals zij. Het ongewenste momentje met Blade stond haar nog helder voor de geest, maar dat was niet het ergste.

Het ergste...

Het ergste was dus Roar en Maxine. En wat er ondertussen natuurlijk tussen hen gebeurd was. Ze kon het niet verklaren, maar dát was wat er zo verschrikkelijk voelde, dát was wat maakte dat ze totaal verkrampt en slapeloos in bed had gelegen en nu nog steeds met een steen in haar maag achter haar laptop zat te piekeren over naar huis gaan.

Maar toch.

De belangrijkste reden om te blijven – in ieder geval de reden die ze het beste kon benoemen en rationaliseren – scheen haar tegemoet vanaf het scherm.

Haar artikel. De kans om nu eindelijk eens een groot stuk te publiceren dat echt ergens over ging. Een stuk met impact. Waardering. Acceptatie. Bestaansrecht. Hoe langer ze erover nadacht, hoe belangrijker het werd. Ze wist natuurlijk ook wel dat ze zich eigenlijk niet zo door Ians mening moest laten leiden, maar Ian was feitelijk de eerste man – nee, sterker nog, de eerste mens – die volmondig en uit eigen vrije wil voor haar had gekozen.

Haar moeder had ze nooit gekend; die was kort na de bevalling overleden. Anne wist eigenlijk niet zeker of ze haar moeder ooit gemist had; ze wist simpelweg niet precies wat het was om er een te hebben. Haar vader wilde niets met haar te maken hebben: ze was een ongelukje, voortgekomen uit een korte maar hevige liaison waar hij absoluut niet aan herinnerd wilde worden. Gelukkig was hij nog wel zo beschaafd geweest om een rekening voor haar te openen en er wat geld op te storten, zodat ze in ieder geval een behoorlijke opleiding zou kunnen krijgen.

De familie van haar moeder kwam uit Wales, een klein provinciestadje; haar moeder was op zeventienjarige leeftijd naar Londen weggelopen en voor haar familie was ze een verloren zaak. Ze had na Annes geboorte nog net lang genoeg geleefd om haar haar naam te kunnen geven, maar daar hield de Welshe connectie dan ook wel op: ook Annes familieleden aan moeders kant hadden geen enkele interesse getoond in een pasgeboren baby'tje met een verrassend dicht beplant bolletje met donkerrood haar.

De enige die zich haar lot aantrok was haar tante Agatha, haar vaders oudere zuster. Zij was zeer, zeer deftig, weduwe van een heuse graaf, wonend in zo'n Londens stadpaleisje en zwemmend in het geld. Tante Agatha vond dat toch iemand iets moest doen, en ze nam de kleine Angharad in huis. Natuurlijk had ze de opvoeding van het wicht niet zelf ter hand genomen, daar was een kindermeisje voor ingehuurd, en natuurlijk had de opgroeiende Angharad geen moment de kans gekregen te vergeten hoe dankbaar ze haar tante moest zijn voor die genereuze interventie. Zonder tante Agatha had ze in een weeshuis gezeten – of nog erger, in een pleeggezin.

Zodra het mogelijk was had tante Agatha Angharad op kostschool gestuurd. Ze was er eerst ongenadig getreiterd, maar dat stopte zodra ze haar naam veranderde en leerde hoe ze zich kon wapenen met en verbergen achter de beruchte Britse stiff upper lip.

Na een tijdje was ze schoorvoetend toegelaten in een groepje vriendinnen die ouders met geld hadden, of een titel. Zij had tante Agatha: geld én een titel. Zolang ze maar kon vermijden te praten over waaróm ze bij haar tante woonde ging het allemaal goed, maar inferieur was ze ergens altijd gebleven, al was het maar voor haar eigen gevoel.

De enige periode waarin ze zich niet uitzichtloos bungelend onder aan de sociale voedselketen had geweten, was tijdens haar studie. Ze wist meteen dat ze voor journalistiek in de wieg was gelegd: ze schreef beter dan de meeste andere studenten en had de beste stageplekken weten te krijgen. En ze vond vrijwel meteen een baan. Oké, het was *UM* en niet *The Guardian*, en het viel nog niet mee om te zorgen dat ze daadwerkelijk iets interessants kreeg om over te schrijven, maar nu had ze dan toch eindelijk iets te pakken. Nu had ze een kans. Ze zou toch wel gek zijn om Ian, of Blade, of die ellendige Rory Maquary, haar ervan af te laten brengen?

Ze haalde diep adem, vol hernieuwde vastberadenheid, en legde haar vingers op de toetsen. Het beste wat ze kon doen was gewoon doorschrijven; er kwam vanzelf genoeg materiaal voor een artikel. Een goed artikel, wel potverdorie!

Lieve laptop, ik wou dat ik iemand had om mee te praten. Ik voel me enorm defensief, en onzeker, en Ian moedigt me zoals gewoonlijk nu ook niet echt aan. Maar wat als hij gelijk heeft? Wat als ik er uiteindelijk tóch niets van kan, als ik eigenlijk een intellectuele lichtgewicht blijk die maar beter van die slappe artikeltjes kan tikken in plaats van te proberen een diepgravend stuk te schrijven over een fenomeen in de populaire cultuur?

Dan heb ik voor niets drie weken met een rockband meegereisd, heb ik mijn relatie in gevaar gebracht, ben ik tegen mijn zin gekust door een wereldberoemde gitarist, heb ik mijn hart verloren aan een klein jongetje dat ik waarschijnlijk nooit meer zal zien als ik eenmaal weer thuis ben...

En Rory.

Ja.

Oké; dat dus.

Hij heeft iets. Ik heb nog nooit zo'n ontzettend onbehoorlijke man meegemaakt, maar hij heeft iets.

[Dit kan ik nergens voor gebruiken. Maar het lucht wel op, zeg.]

* Maak een item: 'een dag uit het leven van', met alles wat er onderweg gebeurt: ontbijt/bus/vliegtuig/lunch/concert/feest.
* Meer over 'de rare leden van Road Rage': Axe en Blade heb ik

beschreven, maar ik weet nog te weinig van Mad en over Roar heb ik nog niets op papier. Ook iets over zijn huwelijk, achtergronden etc.

Ze opende Google en tikte Meilane DeLucca. Een klik later werd ze overweldigd door zoekresultaten: roddelsites, IMDb, Wikipedia, een paar online artikelen van serieuzere media, een verzameling foto's van een ongelooflijk mooie vrouw in de meest geweldige galajurken; ze wist bijna niet waar te beginnen.

[Achtergrond Meilane/Roar – voor een los kader?]

Meilane DeLucca, de jongste telg uit de DeLucca-acteursfamilie, is ontzettend mooi en vreselijk getalenteerd. Ze had al twee huwelijken achter de rug voordat ze Roar ontmoette [wist ik ook niet!], waarbij huwelijk nummer één in het geheim was voltrokken toen ze nog maar net zeventien was en verslaafd aan alcohol en amfetamine. Het lot van ieder kindsterretje, lijkt het wel. De man met wie ze trouwde was haar chauffeur en bodyguard, die bijkluste als haar vaste dealer. Hij was vijfendertig.

Meilanes vader Daniel DeLucca ruimde de rommel op: hij sprak zijn met hard werken in de filmindustrie opgebouwde immense fortuin aan om de man afgevoerd te krijgen naar onbekende oorden en zijn dochter naar een peperdure afkickkliniek, en om de zaak zo goed mogelijk in de doofpot te stoppen.

Zes maanden later kwam Meilane weer uit de kliniek, strak, sober en single, en ze zag er zo goed uit dat ze binnen een paar weken een grote rol te pakken had. Ze bleef tijdens de hele draaiperiode van de drank en de pillen af, speelde de sterren van de hemel en werd beloond met een Oscarnominatie. Haar carrière ging als een sneltrein.

Haar privéleven had meer weg van een ontspoorde trein. Ze versleet de ene man na de andere: met vrijwel al haar tegenspelers kreeg ze een relatie, die gepassioneerd begon en eindigde met een abrupte breuk. Het publiek leek het haar allemaal niet aan te rekenen; iedereen was en bleef dol op haar. Ze zag er dan ook uit als een soort Amerikaanse droomvrouw: lang, slank, blond, gezond, parelwitte tanden en grote hemelsblauwe ogen. Sexy, maar nooit ordinair.

En ineens was daar Patrick Tempest-Forsyth: Brit, Shakespeareaan, altijd op het toneel en plotseling alsnog doorgebroken op het witte doek. Vrijwel onmiddellijk was hij tot over zijn oren verliefd op Meilane; hij vroeg haar ten huwelijk en zij zei ja. En tot ieders verbazing was het na de gevreesde viermaandengrens nog steeds aan, sterker nog, ze leken wel echt gelukkig samen. Volgens de publieke opinie kwam dat doordat Patrick dertig jaar ouder was: hij was een soort perfecte mix tussen ridder op het witte paard, met zijn gepolijste Britse manieren, en vaderfiguur.

Vijfenhalf jaar later had het harnas van de ridder een paar flinke deuken opgelopen. Meilane werd gespot met andere mannen, en nog een half jaartje later was het hele droomhuwelijk alsnog voorbij.

Direct daarna was het weer ontsporingstijd: ze holde van het ene vriendje naar het andere en rolde van het ene drama in het andere, totdat ze Rory Maquary tegenover zich vond. Zij was zo onder de indruk van hem dat ze helemaal nergens anders meer aandacht voor had en hij veranderde vrijwel direct van een ontembare leeuw in een aaibaar, trouwhartig huisdier.

Het extatische koppel trouwde binnen twee maanden: Meilane in een door Gianni Romino ontworpen roomwitte zijden jurk met honderden met de hand opgenaaide echte parels en Roar in een wijd wit overhemd, bruine suède broek en zwarte laarzen, zijn haar in een staart met een zwarte strik. Zij was *The Princess Bride*, hij was *Pirates of the Caribbean* en de media had er de handen vol aan.

Het droompaar van de eeuw verwachtte natuurlijk na enige tijd een kind; hoe kon het ook anders. En zelfs dat deed Meilane esthetisch verantwoord: misschien wel de mooiste foto's van haar zijn gemaakt toen ze hoogzwanger was.

Ze kregen een prachtige, gezonde jongen die vanaf het moment dat hij de wereld officieel betrad zo'n beetje de meest door fotografen nagejaagde celebritybaby ooit was. Fotografen hingen letterlijk uit de bomen met hun telelenzen om de perfecte baby en zijn perfecte moeder (binnen vier weken weer terug naar haar oude kledingmaat) op de foto te krijgen.

Jemig, dacht Anne, ik word werkelijk helemaal eng van dat mens. Volgens mij moet ik oppassen dat ik niet heel sarcastisch ga schrijven; ik voel me al zo gewoontjes naast Noëmi Cummings, maar vergeleken met die supervrouw voel ik me helemáál dik en sproetig en saai. En ik heb stom haar. En de gedachte dat dát het soort vrouw is waar Rory aan gewend is... Daar kan ik toch nooit tegenop...

Tegenop? O, god, waarom denk ik dit? Rory Maquary is een naarling.

Het is nog te vroeg.

Ik moet een kop thee.

Ze stond op en vulde stilletjes de waterkoker, maar toen werd de rust abrupt verstoord door een dichtslaande deur ergens in de gang.

Er viel iets, dat brak.

Een boze vrouwenstem, net niet verstaanbaar.

Anne keek op het klokje van de tv: 8:13. Zo laat al; ze was volledig de tijd vergeten. Even dacht ze dat ze zich moest haasten voor de bus, maar toen wist ze het weer. Vandaag had de band vrij; om twee uur vanmiddag gingen ze met een privévliegtuigje naar Denver.

O, ja, ze moest wel zorgen dat ze een beetje voorbereid was op een angstaanval van Row! In haar hoofd begon ze meteen een lijstje te maken: eten, drinken, spelletje, voorleesboekje, Wall-E... misschien een set schone kleertjes in haar tas...

Ondertussen ging het geblèr in de gang vrolijk door. Anne hing een theezakje in het hete water en luisterde met één oor: het klonk verdacht veel als Noëmi. Het kwam dichterbij, samen met een soort gebonk dat ze niet meteen kon thuisbrengen. O, wacht, het was een rolkoffer die steeds tegen de muur knalde.

'... jij denkt dat ik nou nóg bij je blijf dan ben je niet goed in je bovenkamer, ongelooflijke lul dat je d'r bent. Liegen en bedriegen en al die dope en die drank. En je bent nog een ouwe zak ook. Ik kan wel wat beters krijgen dan een of andere uitgekauwde muzikant, ik haat je, ik haat je!' Bonk, dreun, ratel, zo te horen was ze op weg naar de lift. Geen geluid van Roar, geen weerwoord, geen geschreeuw, helemaal niets. Alleen een heel zacht ping toen de liftdeur openging, en daarna een doodse stilte.

'Annie?' Rowland klonk slaperig, maar gelukkig niet paniekerig.

'Hier ben ik, lieverd,' antwoordde ze zachtjes. Ze ging snel naar hem toe; dit was al de tweede keer dat hij 's morgens zonder huilbui wakker was geworden, dat moest toch een goed teken zijn? Hij zat rechtop, klein te wezen in het grote bed, zijn haartjes omhoog, zijn Wall-E onder zijn arm.

'Gaat de bus al bijna?' vroeg hij. 'Moeten we opzwieten voow de bus?'

Met een grinnik ging Anne op het randje van het bed zitten. 'Het is opschieten, lieverd, niet opzwieten, en probeer eens een r te zeggen aan het eind van voor?'

'Pwobewik toch? Voow.'

'We gaan samen wel een beetje oefenen op die r, goed? En we hoeven vandaag niet met de bus, we gaan vandaag met een vliegtuig. Net als de vorige keer, weet je nog?'

'Vowige keew moes ik blèwe,' zei Row ernstig.

'Ja, dat klopt, maar vandaag hoef je niet te blèren, let maar op, want vandaag gaan we...'

BAM! Iemand beukte zo hard op de deur dat die ervan rammelde in de sponning.

'Jeetjemina, wat is dít nu weer!' Anne sloeg haar hand voor haar borst van schrik; Row had ogen als theeschoteltjes.

Bam, bam. Iets minder hard, maar geen spat minder vastberaden.

'Laat me d'r godverdomme in, Annie, of ik ga d'r doorheen!' Roars stem donderde aan de andere kant van de deur.

‘Een momentje!’ riep Anne snel; ze trok een sprintje en klikte de deur open. Roar stond er vlak achter, zijn ogen bloeddoorlopen en glazig, en de rest van hem zo op het eerste gezicht nog lang niet volledig ontnuchterd.

‘Waar is-ie,’ gromde hij, met een wilde veeg zijn haar uit zijn gezicht duwend.

Anne stapte opzij om hem door te laten. Ze bekeek hem nog eens goed toen hij naar binnen stormde: blote voeten, vaalzwarte, verwassen joggingbroek, Kiss-T-shirt, ongewassen, ongekamd en ongeschoren. Hij zag er eigenlijk behoorlijk gevaarlijk uit.

‘Rowland is hier,’ zei ze zachtjes. ‘Ik heb hem de hele tijd hier gehouden. Leek me wel een verstandig idee, met Noëmi hier, en dat feest, en, eh, de staat waarin jij verkeerde gisteravond...’

‘Ik wéét in wat voor staat ik verkeerde, ja? Ik was erbij. Is hij wakker?’

‘Gelukkig wel,’ zei Anne, scherper dan ze misschien wilde, ‘want anders was hij wel wakker geschrokken van hoe je op de deur stond te rammen.’

Roar had dus een rothumeur. Nou, van Anne mocht hij, en veel plezier ermee. Het maakte het alleen maar makkelijker om een hekel aan hem te hebben.

Hij marcheerde naar het bed en plofte op de rand neer met een vervaarlijke frons. Row gaf hem een dubieuze blik, fronste terug met een verrassende gelijkenis en trok een rimpel in zijn neusje.

‘Wat,’ zei Roar, ‘krijg ik geen knuffel? Wat, Rowie, wat verdomme.’

Row trok zijn schoudertjes op. ‘Pap, je stinkt vies,’ zei hij zachtjes.

‘Wie, ik?’

Row knikte met grote bewegingen.

Roar plukte aan zijn T-shirt en snuffelde eraan. ‘Ik ruik niks,’ zei hij defensief. Toen stak hij zijn neus onder zijn arm en snoof luidruchtig.

Anne moest op haar onderlip bijten om niet in de lach te schieten; het viel verdorie niet mee om een grondige hekel aan hem te hebben als hij zoiets ontwapenends deed.

'Annie, lach me verdomme niet uit,' zei hij ruw over zijn schouder. Hij stond op en liep doelbewust op haar af. 'Ik voel me klote en ik ben niet in de mood, oké? Ruik.'

'Pardon?' Ze knipperde met haar ogen.

'Ruik. Aan mij.' Hij fronste, hield zijn hoofd een beetje opzij en wees naar zijn nek. 'Kom op, ik wil weten wat die kleine bedoelt. Verdomme, Annie, ik ben toch niet zó afstotelijk? Hier, ruik!' Hij rukte aan de nek van zijn T-shirt en draaide zijn gezicht weg.

Ze slikte, leunde voorzichtig een fractie dichterbij en snoof. 'Eh, ja,' zei ze, met een snelle pas naar achteren. 'Row heeft gelijk, ben ik bang.'

'Jezus, wat is het? Is het Blades smerige wierook? Zijn hele suite meurde naar die troep.'

'Nee, eh, het is...' Ze deed nog een pas naar achteren, maar nu kwam hij achter haar aan.

'Loop je voor me weg? Ben ik zó ranzig? Wat, zeg op verdomme, wat is het?'

'Nou,' zei ze met een zucht. 'Als je er dan op staat: Rory, je ruikt naar patchouli. Ik weet dat Maxine zich daar ongeveer dagelijks in onderdompelt, en het zit dus nu ook op jou. Het past helemaal niet bij je.'

'O, godverde... kut!' ontplofte hij plotseling. Hij draaide zich om en stampte weg van Anne totdat hij midden in de kamer stond. 'Ik bedoel, jezus christus kut kut kut!' Hij keek stomend heen en weer van Row naar Anne, greep tussen zijn schouderbladen, rukte zijn T-shirt over zijn hoofd en smeet het op de grond. Toen bonkte hij Annes badkamer in en knalde de deur achter zich dicht.

'Tuurlijk mag je mijn badkamer wel even gebruiken,' zei Anne tegen de dichte deur.

'Hou je klep,' grauwde hij van achter de deur, en daarna ging de douche aan.

Anne staarde naar de deur. Zou ze hem openrukken – hij had hem niet op slot gedraaid, alleen achter zich dichtgeslagen – en hem eens even vertellen wat ze van zijn gedrag vond, of kon ze hem maar beter negeren als hij in zo'n bui was? Hij had natuurlijk een joekel van een kater maar dat was geen excuus, en zijn benevelde toestand van de avond ervoor mocht ook geen excuus zijn voor hoe hij Noëmi, Maxine, en zelfs haar had behandeld. Wat een gevoelloze, harteloze eikel was hij; hij leek zich niet eens druk te maken over het feit dat zijn vriendin bij hem was weggelopen.

'Annie, mag ik mijn Bliksem aan?'

Anne kwam met een schok in beweging. 'Ja hoor, even kijken waar we hem hebben.' Ze dook in Rows koffer en verbaasd haalde ze er een van die jaren zeventig rockbandshirts van Roar uit. 'O, kijk, je vader heeft ook wat van zijn spullen bij jou in de koffer gestopt,' zei ze gespeeld vrolijk. Ze groef het gewenste T-shirt op, maar vond daarbij nog meer kleren van Roar. Het leek wel alsof hij zelf had ingepakt – of althans, een paar armen vol kleren zo de koffer in had geveegd.

'Blijkt dus maar weer,' mompelde Anne, 'dat mannen niet kunnen inpakken.' Ze vouwde de inhoud van de koffer snel tot nette stapeltjes.

De douche stopte. Het bleef nog een tijdje stil in de badkamer.

Anne legde haar eigen kleren voor deze dag klaar. Ze wilde zich graag aankleden, want zo in slaapshirt en kamerjas voelde ze zich een stuk kwetsbaarder dan ze zou willen, maar ze moest toch echt wachten tot meneer Maquary klaar was met zijn ochtendrituelen.

Eindelijk; de badkamerdeur ging open– een stuk zachter dan hij dicht was gegaan – en Roar kwam naar buiten, met een handdoek over zijn haar wrijvend. Er lagen nog druppels op zijn schouders en hij had die vormeloze joggingbroek weer aangetrokken. Anne wist ineens voor de volle honderd procent zeker dat hij er verder niets onder aan had; vervelend genoeg vonden haar wangen het nodig om van die gedachte te gaan gloeien.

'Schoon zo, denk je?' gromde Roar tegen niemand in het bijzonder. Hij gaf zijn haar nog een laatste veeg met de handdoek en smeet deze toen zo vanuit het midden van de kamer, zonder te kijken, terug de badkamer in. Hij rolde zijn schouder los en stond nog een beetje vervaarlijk na te broeien, met een duistere blik Annes kant op.

Rowland probeerde uit bed te komen, maar hij had het voor elkaar gekregen om in een soort knoop van lakens vast te raken. Anne grinnikte om zijn verwoede pogingen het beddengoed de baas te worden.

'Wat,' zei Roar duister, toen hij haar glimlach in de gaten kreeg. 'Vind je het om te lachen? Volgens mij kan jij echt niet wachten om me eens even lekker te vertellen wat je van me denkt, hè?' Hij stak zijn kin een beetje naar voren. 'Ik zie het aan je, verdomme; je staat zowat op springen om me onder mijn neus te wrijven wat voor een enorme zak ik ben. Nou, bespaar je de moeite, ik weet het zelf ook wel. Oké, ik ben uit de bocht geschoten gisternacht, en oké, ik had niet moeten, eh...' Hij fronste en wapperde met een hand; wilde het niet hardop zeggen waar Row bij was. 'Je weet wel. Met hoe heet het, Maxine. Was een foutje, oké? Een foutje. Ben ik echt een ster in, foutjes maken, kan ik nog beter dan nummers schrijven. Ik dacht dat je dat inmiddels wel in de gaten had.'

Anne duwde een dikke rode haarlok achter haar oor en vond de moed om Roar even in de ogen te kijken. Wat ze daar zag was zo rauw dat ze bijna vergat adem te halen, maar toen had Rowland zichzelf eindelijk uit de doodsgreep van de lakens bevrijd. Hij rende naar zijn vader en greep diens been stevig vast.

Roar tilde hem meteen op en deed zijn ogen dicht toen Row zijn armpjes om zijn vaders nek liet glijden; ze knuffelden elkaar met zo'n intensiteit dat Anne ervan moest slikken. Ze wilde dat niet, ze wilde eigenlijk helemaal niets hoeven denken bij Roar, en dus gooide ze haar laptop in haar tas en ging snel verder met het reorganiseren van Rowlands koffer.

'Pap, je wuikt na Annies doesguim,' zei Row tevreden.

'Is dat beter, gastje van me?' mompelde Roar.

'Iiii,' zei Row instemmend.

Roar liep naar het bed, ging zitten met Row op schoot en liet zich langzaam achterovervallen. Row landde met een gilletje boven op hem en klom meteen weer van hem af.

'Nonkeew, pap!'

Roar rolde op zijn zij en keek naar Anne, die net deed of ze het onmetelijk druk had met het opnieuw inpakken van de koffer.

'Wil je een schoon T-shirt?' vroeg ze zonder op te kijken. 'Er zitten er een paar van jou tussen Rowlands spullen.'

'Ja, ik had haast ja, toen ik vanochtend die hele zooi in de koffer gooide. Heb je daar nou ook al commentaar op?'

'Ik heb nergens commentaar op, Rory,' zei Anne zo rustig mogelijk.

'Ja, dat heb je wel, ook al sta je daar heel hard niks te zeggen. En ik zag je gisteren met Blade, dus denk verdomme nou maar niet dat je een haar beter bent dan ik.'

'Dat was helemaal niet de bedoeling,' fluisterde ze, tomaatrood, ogen brandend.

'Pa-hap!' zeurde Row, met een klein handje sleurend aan zijn vaders broekspijp.

Roar kwam rechtop, tilde zijn kind op schoot en liet zich opnieuw langzaam achterovervallen. Met een zachte kreun bleef hij even liggen terwijl Row weer van hem af klauterde.

'Wat was niet de bedoeling,' zei hij plotseling, meer teleurgesteld dan boos, 'dat ik het zag, Blade en jou? Of dat je je vriend besodemietert? Verdomme, het lef, mij een beetje scheef aankijken!' Hij zuchtte ervan en wreef met duim en wijsvinger van één hand over zijn oogleden.

Anne kon hem niet binnenhouden, hoe hard ze het ook probeerde: één dikke traan rolde over haar wang naar beneden. Ze weigerde hem af te vegen, dus hij hing even aan haar kin en viel toen op de rug van haar hand. 'Ik wou dat het nooit gebeurd was,' zei ze zacht, met tot haar eigen afschuw een hoorbare bibber in haar stem.

'Toen hij eenmaal klaar was heeft-ie je zeker laten zitten? Doet hij altijd. Zal wel een teleurstelling voor je zijn. Maar goed, zo gaat het op tournee; welkom in de echte wereld, mop.' Hij ging weer rechtop zitten, zijn aandacht op Rowland.

'Het is helemaal niet wat je denkt, Rory,' zei Anne. Ze hoopte dat haar stem weer een beetje normaal klonk. 'Hoe kun je nu van me denken dat ik zoiets zou doen terwijl ik had gezegd dat ik op Row zou passen? Maar goed, ik bemoei me ook niet met jouw gedrag, dus ik zou het wel fijn vinden als je dat bij mij ook niet deed. Deze?' Ze reikte hem een T-shirt aan.

'Ja, die is wel oké,' bromde hij en hij trok het shirt verstrooid binnenstebuiten aan.

'Ik heb alleen één vraag. Gewoon zodat ik weet wat ik kan verwachten vandaag. Was dat... Noëmi, die wegging?'

'Yep. En blij toe; ik werd knettergek van d'r.' Roar stond op. 'Kom op, Rowie, we gaan je wassen en aankleden. Vreet je niet op,' zei hij tegen Anne, 'ik neem hem wel mee naar mijn eigen badkamer.'

'Nee!' Het rolde zomaar uit haar mond, veel te hard en veel te geschrokken.

Roar stond meteen stil en keek haar aan, één wenkbrauw opgetrokken.

'Ik bedoel, al zijn dingen zijn hier, zijn tandenborstel, en zijn badschuim, en, eh...' Ze keek verward naar haar tenen.

Row probeerde zijn vader naar de badkamer te trekken.

Roar keek naar zijn zoon, en toen naar Anne. Hij zuchtte en hakte een knoop door. 'Oké. Gaan we het zo doen: ik was hem en kleed hem aan, gewoon hier; jij pakt je spullen in. Zijn we klaar, gaan Row en ik ontbijten. Terri heeft ontbijt neer laten zetten in nummer 414, staat er nog de hele morgen. En als wij opgerot zijn kan jij douchen en je ding doen... ja?'

'Goed.'

Roar en Row verdwenen zonder verder nog een woord de badkamer in, Anne schudde zichzelf wakker en pakte de rest van de koffers in. Ze hoorde gezang uit de badkamer komen: Roar, met een of ander spinnenliedje voor Rowland. Het klonk alsof hij een rauwe keel had. Maar goed dat hij vanavond vrij heeft, dacht Anne, maar direct daarna gaf ze zichzelf een standje. Ze moest toch boos op hem zijn, niet bezorgd om hem?

Nog geen vijf minuten later stonden vader en zoon fris en aangekleed in de kamer. Anne zat strak rechtop op de rand van het bed te wachten; Row rende meteen naar haar toe om zijn Bliksemshirtje te laten zien.

'Prachtig,' zei Anne trouwhartig, maar Row keek haar doordringend aan met zijn hoofd een beetje scheef, precies zoals zijn vader zou doen. En toen pakte hij Wall-E, die naast Anne op het bed zat.

'Je moet Wall-E vasthouden,' zei hij. 'Zo, vasthouden.' Hij deed het voor en stak toen het knuffeltje uit naar Anne. 'Wall-E helpt altijd.'

Ze stopte het onder haar kin zoals hij had voorgedaan en hij knikte tevreden. 'Betew?' zei hij, op dezelfde toon die zij tegen hem zou gebruiken.

Roar had in stilte toegekeken. Hij schraapte zijn keel en zag er net zo serieus uit als zijn zoon. 'Moet je horen, Annie... Sorry dat ik dat zei, van Blade... Ik weet ook wel dat je niet, als je op Row past... Weet je wel? Ik, eh... ik wil wel... als je dat graag wilt... effe babbelen met Blade? Hij moet verdomme die regels van op tournee maar 'es een keer vergeten, met iemand als jij.'

Anne keek hem sprakeloos aan. Wat idioot, hij dacht toch niet dat ze echt iets voelde voor – voor Blade? Ineens vond ze haar stem terug en zei ze haastig: 'O, alsjeblieft, Rory, niet doen, niet met Blade praten. Het zit allemaal heel anders dan je denkt; ik wil er nu niet al te diep op ingaan, maar, echt, ik zou wensen, met heel mijn hart, dat ik gisteravond gewoon kon uitwissen.'

Roar pakte Rows handje en gaf Anne nog één lange blik. Ze zat nog steeds op het bed, met Wall-E op schoot. Hij knikte en zei zachtjes: 'Oké, wat jij wilt, mop. Kom op, Row.' En hij draaide zich om en verdween, kind aan de hand.

8
Ontbijten

Na een korte douchebeurt en een lang gevecht met haar lokken kon Anne eindelijk op weg naar het ontbijt. Ze zag er best netjes uit, maar voelde zich al met al nog steeds behoorlijk onzeker toen ze over de drempel stapte van de suite waar het buffet was opgesteld.

Mad was er niet, maar dat verbaasde Anne niet. Het leek wel of hij nooit at. Blade was er ook niet, en dat was vooral een geweldige opluchting. Maar tot haar verbazing waren Roar en Row er ook niet. Zo lang had ze er nou ook weer niet over gedaan; zouden ze zo snel gegeten hebben dan? Ze hoopte maar dat Row genoeg binnen had gekregen en nam zich meteen voor wat extra fruit en een yoghurtje voor hem mee te nemen.

Axe was, hoe kon het ook anders, druk verwikkeld in een heroïsch ontbijt. Hij had vast een heleboel verse calorieën nodig na de afgelopen nacht; Anne bibberde nog na bij de gedachte aan de krioelende kluwen lijven op zijn hotelkamervloer. Niet dat ze een hekel aan seks had (hoewel het met Ian, als het al gebeurde, meestal wel een beetje een tamme affaire was), maar met meer dan één persoon tegelijk trok haar totaal niet aan. En al helemaal niet in het openbaar.

Axe at onverstoorbaar door, alleen aan zijn tafeltje, volledig gefocust op zijn bord. Een tafeltje verder zat Terri, met haar rug naar hem toe, een print van haar tourschema uitgespreid op tafel en een potlood in haar hand. Ze had een kop koffie en een bakje yoghurt onaangeroerd op tafel staan en ze zag er bleek en zorgelijk uit.

Anne liep naar haar toe, met het idee dat ze misschien wel behoefte had aan een beetje gezelschap.

'Hoi, Terri, mag ik bij jou zitten?'

Terri keek op; haar ogen waren al bijna net zo rood als die van Roar. 'Ja hallo, ik ben bezig, ben je blind of zo?'

'O jee, eh, sorry, ik dacht dat je misschien zin had om... maar ik... Nee, sorry. O, ik heb het echt helemaal verkeerd ingeschat,' hakkelde Anne, overdonderd door Terri's toon.

'Ja, sorry, hoor,' bitste Terri, 'ik weet niet wat jij aan het doen bent, maar ík ben aan het werk. Ik heb geen tijd.'

'Nee, natuurlijk niet,' zei Anne haastig, 'sorry, nogmaals, dat ik je gestoord heb.' Ze liep blozend weg en voelde zich ontzettend stom. Snel naar het buffet; koffie inschenken, fruitsalade in een kom scheppen. Ze voelde een duwtje tegen haar schouder en vond Gemma naast zich met een enorme kop koffie en een vriendelijke glimlach op haar gezicht.

'Terri heeft echt een rothumeur, hè?' fluisterde ze samenzweerderig.

'Nou! Ik schrok me een hoedje!'

'Ik was gisteren in een stoel in slaap gevallen. Heeft ze vanmorgen een kwartier tegen me staan schreeuwen! Ik heb toch niks gedaan?'

'Misschien heeft ze een kater,' probeerde Anne.

'Nee, ze drinkt niet. Nooit. In ieder geval niet zolang de tournee duurt; ik weet niet wat ze doet als ze niet aan het werk is, natuurlijk.'

'Misschien heeft ze slaapgebrek dan, of is ze niet lekker? Haar ogen zijn rood.'

'Ja, dat weet ik niet, hoor. Ik heb me in ieder geval voorgenomen haar vandaag zo veel mogelijk uit de weg te gaan. Ik heb mijn koffie, en nou ga ik als de donder terug naar mijn kamer als je het niet erg vindt; dat is een stuk beter voor mijn gemoedsrust. Plus, ik moet een paar belletjes doen en een heleboel social mediaberichten instellen.' Ze hief haar koffie-emmer even op ten groet en verdween stilletjes.

Anne sloop naar een tafeltje in de hoek, zo ver mogelijk verwijderd van Axe en Terri, reeg in stilte stukken fruit aan haar vork en kauwde nadenkend. Kort nadat ze was gaan zitten maakte Mad zijn opwachting, met zijn aromatherapievriendin. Misschien eet hij dan toch wel af en toe iets, dacht Anne verstrooid, terwijl ze een brok meloen de doodsteek gaf.

'Harmony, liefje, wat wil jij eten?' vroeg Mad aan zijn tafeldame, die een tafel had uitgekozen waar wat zonlicht op viel.

'O, ik wil wel wat van dat fruit, maar kijk even of er geen kiwi in zit. Het is niet goed om kiwi met ander fruit te mixen.' Harmony keek glimlachend op naar zijn smalle, rimpelige gezicht.

Anne vroeg zich af wat ze in 's hemelsnaam in Mad zag. Graatmager, met dunner wordend haar en een gezicht dat als voorbeeld voor het woord 'afgeleefd' zou kunnen dienen. Maar aan de andere kant: hij had hypnotiserend mooie, brandend blauwe ogen en elegante, artistieke handen.

Hij zette een bakje fruitsalade en een kop groene thee neer voor Harmony en ging tevreden naast haar zitten. Anne vroeg zich af of hij misschien niet een heel ander iemand was dan ze dacht; veel meer dan een soort oncomfortabel 'hallo' had ze niet met hem uitgewisseld. Mad leek altijd zo rusteloos; hij kon geen seconde stilzitten en ze vond dat maar onaangenaam om naar te kijken, omdat ze zeker wist dat het door zijn amfetamineverslaving kwam. Een junk. Kon niet missen: zijn handen trilden en zijn blik vloog onrustig door de ruimte.

Harmony merkte het blijkbaar ook. Ze diepte een potje pillen op uit haar handtas, schudde er twee op haar hand en gaf ze onopvallend aan Mad. 'Hier, Roger, neem gauw in voordat het erger wordt,' zei ze zachtjes, maar ze had wel in de gaten dat Anne alles zag en hoorde.

Mad en Harmony keken elkaar even aan. Toen stond Harmony op en kwam, tot Annes verrassing, zomaar naast haar zitten. 'Roger heeft problemen met zijn schildklier,' zei ze zonder verdere inleiding. 'Hij heeft het al jaren, maar tegenwoordig, met die nieuwe medicijnen, is hij redelijk stabiel. Ik moet hem alleen wel een beetje in de gaten houden, want hij is niet de meest gedisciplineerde man ter wereld, en al helemaal niet als het om zijn eigen gezondheid gaat. En het werkt natuurlijk alleen maar als je die pillen netjes blijft slikken.'

Roger? Anne wist niet eens dat dat zijn echte naam was. Maar goed, waarom zou hij geen Roger kunnen heten? Je kon je toch nauwelijks voorstellen dat een moeder haar kind Mad zou noemen. 'Eh, Harmony heet je, toch?' zei ze, zoekend naar een draadje om de conversatie aan op te hangen. 'We zijn nog niet echt aan elkaar voorgesteld. Ik ben dus Anne...'

'Voorgesteld,' zei Harmony met een warme klank in haar stem, 'wat een heerlijk ouderwetse notie. Hallo, Anne, leuk je eindelijk eens te spreken!'

'Aangenaam,' zei Anne. 'Ik wilde vragen... Het spijt me als ik het helemaal mis heb, maar ik dacht dat Mad en jij, ik bedoel, Roger en jij, nog niet zo lang bij elkaar waren? Ik dacht dat het pas sinds het begin van de tournee...'

Harmony schoot nu in de lach. 'O, nee, we zijn al jaren samen, ik kon er alleen de eerste paar dagen niet bij zijn omdat ik me had ingeschreven voor een cursus auralezen die net één dag voor de start van de tournee begon. Toen het afgelopen was ben ik gauw achter jullie aan gekomen. Ik zou Rog nooit zo'n hele tournee in zijn eentje laten doen; hij zou zijn pillen vergeten en de bibbers krijgen, en dan kan hij natuurlijk niet lekker spelen, en dan slaapt hij niet meer goed, en...' Ze glimlachte, nog steeds met die ontwapenende warmte. 'Rog is een geweldige man, weet je dat? Ontzettend goedhartig, intelligent, creatief... Hij heeft zichzelf alleen nogal wat schade toegebracht in zijn jonge jaren, met al die troep die die jongens hebben genomen toen ze net een beetje beroemd begonnen te worden. Het heeft hem zijn schildklier gekost en daar moet hij de rest van zijn leven mee om zien te gaan. Gelukkig is hij al jaren helemaal drugsvrij; hij heeft zo'n zwakke gezondheid...'

Anne glimlachte terug, maar het schaamrood barstte uit over haar gezicht. 'Toen ik research deed voor mijn artikel heb ik hier niets over gevonden,' zei ze, 'niets over Rogers situatie en ook niets over – nou, over jou dus eigenlijk. Goh, wat voel ik me dom, zeg.'

Harmony schudde haar hoofd. 'Maak je daar maar niet druk over. We wonen heel afgelegen en normaal gesproken mijden we het bekendemensencircuit; we houden gewoon niet zo van al die heisa. We runnen met een groep gelijkgestemden een boerderij in Canada, alles biologisch en onbewerkt. Het valt niet altijd mee om de eindjes aan elkaar te knopen, maar het is het beste voor Rogers gezondheid. Gelukkig wil Rory nog wel eens iets verzinnen als we erg omhoog zitten. Deze tour kwam precies op het goeie moment, want we stonden op het punt een stuk land te verkopen. Rog zei natuurlijk meteen ja, ook al is het fysiek best zwaar voor hem. Maar hij vindt het spelen met de jongens heerlijk.' Harmony leunde vertrouwelijk naar Anne toe. 'Ook als we het geld niet nodig hadden gehad, was hij gegaan, hoor. Rory heeft ons altijd geholpen, en nou heeft hij het zelf nodig, hè? Dan kunnen we hem niet laten zitten.'

'Nee, dat is zo,' zei Anne, en op bijna-fluistertoon ging ze verder: 'Is Rogers... aandoening een geheim?'

'Nou... Al onze vrienden weten ervan, en de jongens in de band natuurlijk ook, maar ze hebben onder elkaar besloten dat er in het openbaar niet over wordt gepraat. Gemma is volledig op de hoogte. Ze heeft strikte instructies wat ze wel en niet op Twitter kan zeggen, en ze moet een beetje voorzichtig zijn met foto's van Rog op Instagram. We houden het op hardnekkig speed slikken, want dat is interessanter voor een rockster dan een kapotte schildklier.' Harmony grinnikte ondeugend en Anne werd meteen aangestoken. Wat een ander beeld had ze nu bij Mad! Ze herinnerde zich plotseling Axe, die aan het begin van de tournee tegen haar zei dat Mad waarschijnlijk het loodje zou leggen als hij met de pillen zou stoppen. Axe had haar toen een vette knipoog gegeven, maar pas nu begreep ze wat hij daarmee bedoelde.

'Je hebt helemaal gelijk,' zei ze tegen Harmony, 'en het is geweldig dat Rogers vrienden hem zo steunen. Ik heb me nooit zo gerealiseerd dat de mannen van Road Rage in het echte leven ook daadwerkelijk vrienden zijn. Bij de meeste bands gaat het toch uiteindelijk om het geld, ook al staan de leden elkaar achter de schermen zo ongeveer naar het leven...'

'O, deze mannen niet! Let maar op, echte ruzie hebben ze bijna nooit. In het begin hebben ze elkaar wel eens in de haren gezeten, toen ze allemaal nog wat wilder waren, maar daar zijn ze al lang overheen gegroeid. Rory heeft natuurlijk de meest zichtbare carrière, maar hij is ook gewoon met iedereen in contact gebleven, hoor.' Harmony stopte even om haar thee van de andere tafel te halen, zich opnieuw naast Anne te installeren, en een paar nadenkende slokken te nemen. 'Zeg, Anne,' zei ze toen, 'je begrijpt hopelijk wel dat we een behoorlijk risico nemen nu we dit allemaal aan je vertellen.'

'O, ik zou echt nooit...' begon Anne.

Maar Harmony viel haar in de rede: 'Dat weet ik. Of althans, dat vermoedde ik. Jij bent namelijk geen journalist. Niet echt.'

Anne fronste; ze dacht zelf toch echt dat ze wel degelijk een journalist was, en helemaal nog niet zo'n verkeerde ook. Ook al keek Ian categorisch op haar werk neer.

'O, begrijp me niet verkeerd,' zei Harmony snel. 'Ik heb je een tijdje geobserveerd en ik denk dat je een ontzettend goede en toegewijde biograaf zou kunnen zijn. Een auteur. Misschien zelfs wel een romanschrijfster, als je dat leuk zou vinden. Maar een journalist? Nee. Jij hebt niet zo'n killermentaliteit. Eigenlijk ben jij best een lieve meid, Anne. De meeste mensen die over Road Rage schrijven zijn niet zo vriendelijk.'

'Eh... dank je?' Anne ging meteen bijna door de grond van verlegenheid; van haar ergernis was niets meer over.

'Trouwens, nu we toch helemaal eerlijk tegen elkaar zijn...' Harmony keek even naar Mad, die zijn fruit zat te eten. 'Ik denk ook nog – nee, ik weet het eigenlijk wel zeker – dat Rory en jij een verleden delen.'

'Een... verleden?' Anne viel van verbazing bijna uit haar stoel.

'Ja, een eerder leven. Misschien waren jullie familie, of beste vrienden, of minnaars. Zoiets.'

Mad schoof plotseling luidruchtig zijn stoel naar achteren, gaf Harmony een blik die Anne niet begreep en liep de kamer uit.

'Rog vindt het maar niks,' zei Harmony onverstoorbaar. 'Hij weet precies hoeveel ik zie, en hoe vaak ik het bij het rechte eind heb gehad in het verleden, maar hij wilde dat ik dit voor me zou houden. En ik weet wel wat je nu denkt,' zei Harmony goedmoedig, 'daar heb je weer zo'n zweefmolen, met haar voorspellingen en haar auralezen. Maar ik ben heel erg onzweverig, alleen ben ik nu eenmaal behept met een nogal stevig ontwikkeld zesde zintuig. En ik blijf ervan overtuigd dat ik mensen help als ik ze vertel wat ik zie. Ook al ziet niet iedereen meteen hoe het in hun leven past, of hoe het ze vooruit kan brengen.'

Anne voelde zich ineens raar vanbinnen, licht, en ontkoppeld. Maar één vraag drong zich toch direct naar voren: 'Waarom vond Roger het dan zo belangrijk dat je het niet tegen me zou zeggen?'

'O, dat is iets uit het verleden; je moet hem er maar eens naar vragen, al weet ik niet of hij erover wil praten. Roger had Meilane een paar keer ontmoet voordat zij en Rory een stelletje werden. Hij was toen heel erg met drugs bezig, Rog bedoel ik, en zo kende hij haar. Uit het circuit, zal ik maar zeggen. Een tijdje later werden Rory en zij verliefd op elkaar, en Rog wist wat dingen van Meilane die hij niet aan Rory heeft verteld, maar toen de hele boel fout ging sloeg hij zich voor de kop dat hij zijn mond had gehouden. Ik denk dat hij het gevoel heeft dat hij de scheiding misschien had kunnen voorkomen, als hij maar op tijd met Rory had gepraat. Hoe dan ook, hij wil liever niet dat ik dingen zeg die een impact op Rory's leven zouden kunnen hebben. Hij vindt blijkbaar dat Rory wel genoeg voor z'n kiezen heeft gekregen.' Ze glimlachte en stond op. 'Rog bedoelt het altijd goed, hoor; je moet vooral niet denken dat het iets met jou te maken heeft. Ik ga maar eens kijken waar hij is gebleven, denk ik.'

'Ik hoop maar dat jullie er geen ruzie om krijgen dat je het me toch hebt verteld.'

'Ben je mal! Wij krijgen nooit meer ruzie, daar zijn we jaren geleden al overheen gegroeid.' Harmony klopte op Annes schouder. 'Zie je nou? Dat is wat ik bedoel: een lieve meid. Veel te lief om journalist te zijn.'

Anne zat een tijdje uit het raam te kijken, omdat ze niet wist waar ze anders zou moeten kijken. Terri zat een eindje verderop driftig op een laptop te rammelen en Axe staarde duister naar Terri's kaarsrechte rug terwijl hij zachtjes zijn koffie slurpte. Hij kreeg in de gaten dat Annes blik van het raam naar hem was afgedwaald, haalde verontschuldigend één brede schouder op, leegde zijn koffiemok, stond op en struinde naar buiten.

Wat een grote vent is hij toch, dacht Anne, maar toen viel haar op hoe Terri hem nakeek en hoe haar verbeten kaarsrechtheid steeds verder inzakte totdat ze een intens, woordeloos verdriet zat uit te stralen. En plotseling begreep Anne de rode ogen van Terri beter. Misschien was het helemaal geen gevalletje slapeloze nacht, misschien was het een gevalletje ogen uit je kop janken. Om Axe, met zijn seksfeest op de vloer van zijn hotelkamer.

Anne voelde ineens in haar eigen hart een harde, zere klop. Het was me het feestje wel geweest: de gebroken harten vlogen je om de oren. En was haar eigen hart ook niet soort van gebroken? Door... door Blade? Of, nee, gebroken was een te groot woord. De ervaring was niet prettig geweest (hoewel ze nou ook weer niet honderd procent onprettig was geweest, verwarrend genoeg), en misschien had haar hart een blauwe plek opgelopen, of een schaafwondje, maar verder was alles nog heel.

Wat was het dan, die hartenbonk?

Daar borrelde de gedachte al naar boven, nog voordat Anne hem weg kon redeneren.

Roar.

Roar en Maxine.

Maxine, die Roar verleid had; en hij, met zijn dronken, stonede kop, die er nog in meegegaan was ook. Terwijl hij natuurlijk... Ja, wat eigenlijk? Wat had hij moeten doen? Teruggaan naar zijn hotelkamer en het goedmaken met zijn vriendin, of...

Hij had toevallig wel op het punt gestaan om je helemaal gek te kussen, of niet soms, en toen is hij zo doorgestapt naar je beste vriendin. Je bent vast niet goed genoeg voor hem. Je zult wel te dik zijn, of te bleek, of te sproetig. Misschien vindt hij roodharige vrouwen gewoon lelijk...

Anne hield haar handen over haar oren, alsof ze haar innerlijke stemmetje zo buiten kon sluiten. Onder haar handen barstte een bloedhete blos uit over haar gezicht, en natuurlijk precies op dat moment kwamen ze naar binnen gewandeld. Het leek net een gelukkig gezinnetje: Roar, Row en Maxine.

'Anne!' riep Maxine enthousiast. Tegen Row en Roar zei ze: 'Kom, jongens, we gaan bij Anne zitten. Nou heb ik nog steeds niet bijgepraat met haar! Maar...' Ze gleed in de stoel naast Anne. 'Daar gaat verandering in komen. Ik heb namelijk een knaller van een verrassing: ik ga mee met de tournee!'

'O, echt?' zei Anne zo enthousiast mogelijk.

Roar ging een bordje eten halen en Maxine keek hem verliefd na.

Row kwam aan de andere kant van Anne zitten en fluisterde: 'Heb je Wall-E nog?'

Anne knikte en wees naar haar vestzak. 'Wil je hem terug?' fluisterde ze.

'Jij mag 'm, dan kan je knuffen,' zei Row gul, voordat hij met weerzin naar het bord keek dat zijn vader voor zijn neus zette.

Zo zwijgzaam als Roar was aan tafel, zo druk was Maxine. Ze kwekte maar door, eerst over haar saaie financiële conferentie, toen over hoe ze vanmorgen meteen haar werk had gebeld om te melden dat ze voorlopig niet meer terugkwam omdat ze een nieuwe vriend had, namelijk de zanger van Road Rage, en dat ze mee op tournee ging. 'Nou, dat heeft wel even een kleine schokgolf veroorzaakt bij de bank,' zei ze, innig tevreden.

Anne dacht dat ze Roar even een heel klein beetje ineen zag krimpen, maar zeker weten deed ze het niet. Row leunde met zijn hoofdje tegen haar arm en vroeg haar aandacht: ze zag dat hij met zijn vork in zijn eten zat te prikken en nauwelijks at, terwijl hij allang zelfstandig met zijn bestek overweg kon.

'Dat moet er wel in, hè, dat worstje. En dat eitje ook,' zei Anne zachtjes tegen hem.

'Uhhh,' pruttelde hij.

'Kom zeg, zit er dan niks bij wat je lekker lijkt?'

'Jij eet ook niet,' zei Rowland eigenwijs.

'Dat is waar, maar ik heb al een hele bak fruit gegeten voordat je binnenkwam. En nu heb ik geen honger meer.'

'Ik heb ook geen honger.'

'Maar straks heb je wel honger, let maar op. Je bent nog aan het groeien, dan moet je natuurlijk wel eten. Kom, lieverd, een paar hapjes, ik zal je wel helpen.'

Hij gaf haar een dubieuze blik, maar liet zich toch een hapje worst voeren, en daarna een hapje ei, en Anne bleef, toen ze eenmaal een voet tussen de deur had, geduldig nieuwe hapjes aanbieden terwijl Maxine zat te babbelen en Roar geen woord zei. Anne voelde dat Roar af en toe naar haar keek terwijl ze met Row in de weer was, maar ze deed haar best het onaangename, verhitte gevoel dat daarbij steeds de kop dreigde op te steken zo goed mogelijk te negeren.

Tot dat ene moment waarop ze toevallig net opkeek, recht in zijn ogen, terwijl hij haar zat op te nemen. Even raakte ze helemaal de weg kwijt in de intensiteit van die blik. Haar hart klopte als een bezetene, haar wangen gloeiden: wat als Harmony nou toch gelijk had? Roar had wel degelijk iets, en misschien was het dus wel iets heel anders dan dat hij beroemd was en dat hij zich op een bepaalde manier gedroeg, en onverzorgd en ongekamd en slecht gekleed was maar tegelijk zo charmant en zo – ach, wie hield ze voor de gek? Er wás helemaal niets bijzonders tussen Roar en haar; waarom zou het ook? Wat moest hij nou met iemand zoals zij?

Maxine was zijn nieuwe vriendin. Ze kon er maar beter aan wennen. En ze kon wel denken dat het slecht was voor Rowland als zijn vader zo van de ene vrouw naar de andere overstapte, en misschien was het ook wel niet goed voor Roar zelf, maar... nu zat hij daar toch, met Maxine, ook al had hij gezegd dat het een foutje was, en hij voelde er blijkbaar helemaal niets bij, hij, hij, voor hem was zoiets natuurlijk heel gewoon, hij... Oké, hij was met Maxine naar bed geweest, maar dan hoefde hij nog niet te... te...

Haar hoofd kolkte. Plotseling kon ze geen seconde langer op haar stoel blijven zitten. Ze stond abrupt op, mompelde iets vaags over bellen met het werk en rende de kamer uit met nietsziende ogen, overspoeld door een onbekende sensatie. Het duurde helemaal totdat ze de kamer uit was en een heel eind gang achter zich gelaten had voordat ze eindelijk begreep wat het was: ze was verdorie jaloers op Maxine, en hoewel ze zich meteen schaamde dat ze zo'n heftige, nare emotie had bij haar vriendin, en ze zich misschien nog wel meer schaamde zodra ze zich realiseerde waaróp ze jaloers was, kon ze het niet meer ongedaan maken.

'Wacht, hé, Annie.' Roar was ineens vlak achter haar in de verder lege gang. 'Jezus, wacht nou effe...' Hij greep haar bij de pols. 'Wat is er verdomme met je?' vroeg hij rasperig.

Hij stond veel te dichtbij, op zijn blote voeten nota bene; ze nam met iedere cel van haar lichaam waar dat hij haar pols niet losliet. Hij trok zachtjes toen ze niet meteen antwoordde, tot ze zich dan maar naar hem toe keerde. 'Niets,' zei ze, en ze keek naar zijn schouder.

'Weet je 't zeker? Je bent zo wit, en dan word je knalrood, en dan weer wit, en je eet niks...'

'Ja, ja echt, alles is goed, ik had gewoon niet zoveel honger, ik had al wat fruit gegeten voordat je binnenkwam en ik ben van mezelf heel erg wit, en, eh, sproetig, dat krijg je gratis bij dit haar, en ik bloos altijd om de haverklap, irritant vind ik dat, maar ik kan er helemaal niets tegen doen, het gebeurt gewoon...'

'Heb ik gezien, ja, dat je bloost,' onderbrak hij haar geratel. Zijn duim ging zachtjes heen en weer over de binnenkant van haar pols; hij leek het zelf niet eens te merken.

'Je klinkt zo schor, is alles wel goed met je stem?' Anne deed haar best om zich te herpakken, om er iets van een normaal soort gesprek van te maken, maar bijna niets functioneerde nog zoals het hoorde. Ze kon zichzelf wel schoppen dat die man haar gemoedsrust zo verstoorde, ze wilde haar hand lostrekken en wegrennen, de gang door, maar ze deed niets. Ze stond daar maar, en bewoog zich zo min mogelijk.

Roar schraapte voorzichtig zijn keel. 'Hm, het lijkt rotter dan het is, en ik heb vannacht vrij, weet je nog? Hou ik de hele dag gewoon zoveel mogelijk m'n waffel en dan komt het wel voor mekaar.' Hij schuifelde met zijn voeten, zocht naar iets om te zeggen, maar liet haar nog steeds niet los. Na een paar seconden kwam er, onverwachts: 'Annie... help je me nog wel met, met Rowie straks, als we gaan vliegen? Ik heb geen idee wat er gebeurt nu, met, eh, Maxine, en al die shit. Hij lijkt haar wel oké te vinden, tot nu toe dan; is misschien omdat hij weet dat ze jouw vriendin is, en hij is helemaal gek met jou, dus dan...'

'O... ja, natuurlijk help ik, dat is toch helemaal geen vraag?' Ze keek hem nog steeds niet aan, maar hoorde hem slikken. En langzaam uitademen.

'Bedankt, mop,' zei hij toen zacht, bijna verlegen. En eindelijk vond ze de moed om naar zijn gezicht te kijken.

Hij had dat kwetsbare.

Ze trok haar arm los, keerde zich om en vluchtte naar haar kamer.

Roar stond zeker drie minuten in de gang te proberen zichzelf op orde te krijgen. Wat was er nou net gebeurd? Hij had het bijna niet voor elkaar gekregen haar los te laten, hij was er echt zó dichtbij geweest om, om... ja, wat eigenlijk? Zijn armen om haar heen te slaan? Haar tegen zich aan te trekken en witte, gespannen gezichtje te kussen tot haar glimlach weer tevoorschijn kwam?

Hij had ze waarschijnlijk niet allemaal op een rijtje.

Ze vond hem namelijk helemaal niet leuk. Hij wist het zeker; ze voelde geen greintje aantrekkingskracht voor hem, terwijl hij als een soort wanhopige hormoontiener haar pols in een bankschroefgreep hield. Ze was te netjes en te beleefd om hem als een idioot in de gang te laten staan zonder op z'n minst te proberen een praatje met hem te maken, maar het was pijnlijk duidelijk dat ze niets liever had gewild dan van hem af komen. Ze viel niet op hem. Ze viel op Blade.

Hij beet op zijn lip.

Verdomme, er waren altijd genoeg meiden geweest. Maar nu...? Hij kon het niet echt verklaren, hij kon het niet precies benoemen, maar hij vond het gewoon helemaal niks. Annie was niet dat type vrouw, toch? Zo'n rock-'n-rollmeid die het allemaal lekker liet gebeuren, en lang leve de lol. Ze was slim, en vriendelijk, en beschaafd, en, nou, normaal, en ze had een vriend in Londen naar wie ze natuurlijk gewoon terug zou gaan zodra ze in New York aankwamen.

Hij had niet gedacht dat ze haar vriend zomaar zou bedonderen. Hij had een soort vaag idee in zijn hoofd dat ze anders was, hoewel hij niet precies kon zeggen hoe anders, of wat anders. En tot zijn eigen verrassing was hij gigantisch teleurgesteld dat hij het mis bleek te hebben.

Als hij nou eens de moeite nam om echt héél eerlijk tegen zichzelf te zijn: de reden waarom hij het zo ontzettend uit de klauwen had laten lopen met Maxine kwam dus eigenlijk gewoon... Kwam dus door... doordat hij dat gezien had.

Blade.

Met Annie.

Zijn armen om haar heen, haar hand zo op zijn arm... Hij had Maxine voor het grijpen gehad, en het was ook nog Annies vriendin... en op dat moment, in zijn benevelde brein, had hij het gevoel gehad dat hij haar terugpakte door Maxine te pakken. Maar tegelijk speelde mee dat hij gewoon dichter bij haar wilde komen, en dan was die vriendin misschien nog de beste optie, onder de omstandigheden.

Het was een chaos in zijn hoofd. De drank en de dope waren al lang zijn systeem weer uit, maar hij voelde zich nog ongeveer net zo daas als de avond ervoor. Hij ademde diep in, kamde met zijn vingers zijn haar naar achteren, keek naar het plafond, ademde langzaam weer uit. Wat een klotezooi. Was hij van Noëmi af, goddank, vage muts, zat hij ineens met Maxine. Toen ze zomaar uit het niets had aangekondigd dat ze mee kwam op de tournee was hij nog te wazig geweest, te katerig gewoon ook, om ertegen in te gaan. Hij had zijn T-shirt binnenstebuiten gekeerd toen ze zei dat hij dat moest doen, en ze waren met z'n drieën gaan ontbijten. Punt. Soms ging het gewoon zo, op tournee: dingen gebeurden, je zwom mee met de stroom en later zag je het allemaal wel.

Dus waarom zat het hem dan zo hoog dat Annie hem niet, en Blade wél zag zitten? Hij was van pure nijd zo ongeveer als een balletje in een flipperkast van de ene naar de andere muur gestuiterd toen hij 's morgens op zoek ging naar Row en merkte dat haar deur dicht zat. Hij had, hoe irreëel ook, zich meteen voorgesteld dat ze daar met Blade in bed zou liggen en hij had die deur wel uit zijn hengsels willen beuken om binnen te komen en te zien of het waar was. Hij was van zichzelf geschrokken: hij wist ook wel dat hij niet het meest gelijkmatige humeur van de wereld had, maar zoveel felheid spreidde hij normaal gesproken nou ook weer niet tentoon.

Hij wist verdomme niet eens zeker of hij haar leuk vond, laat staan aantrekkelijk. Ze was volkomen buiten zijn comfortzone, heel anders dan alle andere vrouwen die hij tegen het lijf liep. Ze was niet als een gek met haar figuur of haar kleren bezig, ze was rond op alle plekken waar een vrouw idealiter rond was en droeg gewone kleren in plaats van fliedertjes latex die ternauwernood een paar chirurgisch opgeblazen skippyballen van tieten bedekten. Ze had gewoon normale tieten, dat had hij heus wel gezien: mooie ronde zachte. En ook niet van dat platinablonde haar met kilometers extensies erin, totdat zo'n meid eruitzag als een levensgrote barbiepop. Had ze ook niet. Grote wolk met rode krullen had ze, als ze het tenminste niet de hele tijd uit haar gezicht trok of plat kamde. Nauwelijks make-up, geen valse wimpers, geen hoge hakken, nog geen hint van spannend ondergoed of tatoeages of piercings...

Niks sexy's aan, eigenlijk, als je het zo opsomde, maar toch, hij moest zich beheersen om niet de hele tijd naast haar te gaan zitten. Die ene keer dat hij toegegeven had aan die idiote aandrang was hij zo in slaap gevallen en kwijlend op haar schouder wakker geschrokken. Wat een lul was hij toch. Hij was niet van plan zoiets nog een keer te laten gebeuren, hij had geen tijd voor iets wat zijn gewone manier van doen op zo'n onverklaarbare manier in de war leek te schoppen.

Hij perste zijn lippen op elkaar, keerde zich met een ruk om en liep vastberaden terug naar de ontbijtsuite.

9
Nadenken

Anne nam een slokje van haar drankje. Ze had een rustig plekje gevonden in de schaduw van een boom, naast het zwembad, en haar laptop lag open op schoot. Ze was sinds Omaha nauwelijks meer aan schrijven toe gekomen doordat ze zoveel tijd met Rowland had doorgebracht, maar nu ze hier zat viel het nog niet mee om te beginnen. Er was zoveel gebeurd; als ze niet oppaste, verpiekerde ze zo de hele ochtend.

Ze zuchtte ervan, keek even door het bladerdak omhoog naar de wolkeloze, strakblauwe lucht, onderdrukte dat gevoel van leegte, nam nog maar een slokje.

Lieve laptop, mijn nieuwe beste vriendin. Ik heb behoefte aan iemand om mee te praten, ik voel me geloof ik nogal alleen. We zijn in Las Vegas. Het is dag 9 van de tournee. Eerst maar eens opsommen wat er allemaal is gebeurd sinds de laatste keer dat ik iets opschreef.

Van Omaha vlogen we naar Denver; iedereen was hangerig van het wilde feest de avond daarvoor en het was maar goed dat er een vrije avond achteraan kwam. Roar las Row heel lang voor, zoals hij had beloofd, en dat was toch wel weer aandoenlijk voor zo'n ontzettende klier van een man. Hij deed stemmetjes en trok gezichten totdat Row helemaal slap was van het lachen. Maar toch: als Row niet zo graag had gewild dat ik erbij bleef was ik weggegaan; ik wil liever vermijden dat ik Roar aandoenlijk vind.

De volgende morgen was er een grote, hectische persconferentie in het hotel en een meet-and-greet-lunch die door een lokaal radiostation was opgezet. Die avond gaf de band een briljant concert – niet dat ik er ook maar iets van gezien heb, want ik was in het hotel met Row, maar ik heb wat kranten en sites gelezen.

De volgende dag was het weer vliegen geblazen, van Denver naar hier, en vandaag ligt er een betrekkelijk rustige dag voor ons met slechts één klein optreden.

Het kleine optreden was wél belangrijk: de tournee werd gesponsord door het bedrijfsleven en de hoofdsponsor American Rock and Building Aggregate, een reusachtig bedrijf dat alle mogelijke soorten grondstoffen voor de bouw leverde, had contractueel recht op een besloten feestje voor het hogere management met een unplugged optreden van de band.

Anne ging ervan uit dat ze niet uitgenodigd was voor het optreden en ze had zich dan ook voorgenomen om eindelijk eens iets van haar omgeving te gaan bekijken. Wat haar vooral leuk leek om naartoe te gaan was een museum voor kinderen, vol leuke proefjes en dingen om aan te zitten. Row zou het vast geweldig vinden. Maar voordat ze die ochtend de kans had gehad om het uitje voor te stellen bleek dat Roar al weg was, met Row en Maxine.

Dus daar zat ze dan, met handenvol waardevolle tijd en een vreemd, irrationeel gevoel van verlatenheid, onder een boom met haar laptop op schoot.

Toen er een ober langskwam had ze om een lichte cocktail gevraagd – ze vond dat ze wel iets kon gebruiken om zichzelf een beetje op te vrolijken – en ze had vervolgens een mierzoet drankje in een plastic ananas gekregen, met een rietje en een parapluutje. Het was niet geweldig lekker, en erg chic was het ook niet, maar ze dronk het toch maar op.

Ze kon het niet helpen, ze piekerde natuurlijk de hele tijd over Roar en Maxine, want niet alleen was Maxine er nog steeds, ze zat ook ongeveer aan Roar vastgeplakt. Het enige moment dat ze niet op of aan hem zat was als hij op het podium stond.

Ik hoop dat Rory ergens heen is waar het leuk is voor Row, dacht ze, aan haar rietje lurkend, en dat ze niet alleen maar gaan shoppen omdat Maxine dat zo graag wil. Dat arme kind moet eens een keer lekker spelen met andere kinderen. Hij zit maar tussen de grote mensen.

Maxine had de afgelopen dagen zoveel mogelijk gedaan alsof zij, Roar en Rowland een gelukkig gezinnetje vormden, hoewel ze de daadwerkelijke zorg voor Row helemaal aan Anne overliet. 's Avonds mocht Anne ook op Row passen, want dan wilde Maxine Roar voor zichzelf hebben. Row zat er niet zo mee, leek het; hij was vooral blij dat hij lekker bij Anne in bed mocht slapen. Anne vond het ook prima, nu ze een beetje gewend was aan dat kleine warme kinderlijfje naast haar, maar Maxine deed behoorlijk raar: ze behandelde haar bijna alsof ze écht Rows kindermeisje was en had een paar keer een behoorlijk onvriendelijke opmerking gemaakt.

Anne fronste en nam nog een stevige lurk van haar ananas. Ze kon maar niet wennen aan Maxines razendsnelle transformatie: in twee dagen van kantoorprofessional naar rockchick; van mantelpak naar zwarte kanten topjes en drie plastic rozenkransen om haar nek. Maxine deed wel zo vrolijk en enthousiast, maar er was ook een kant aan haar die oppervlakkig en nogal opportunistisch was; Anne wist dat maar al te goed van toen ze nog op school zaten. Die opportunistische trek kwam nu naar boven. Was ze expres zo onaardig? Ze kenden elkaar al zo lang, Anne vond het moeilijk te geloven.

Maar toch.

Toch had ze Anne gisteravond niet gevraagd, maar opdracht gegeven om Row mee te nemen en te verzorgen, op een manier die geen ruimte voor twijfel liet. En het ergste was nog: Roar stond ernaast en deed niets.

Ze dronk haar ananas leeg met alle nijd die ze voelde, en gaf aan het eind nog een onbehoorlijke slurp toe. Ze zuchtte en keek om zich heen waar de ober was. Die was in geen velden of wegen te bekennen, dus typte ze maar verder.

Om even alles genoteerd te hebben: op de vlucht van Omaha naar Denver zat Row bij me op schoot. Hij moest wel een klein beetje jammeren, maar ik deed het spinnengedicht met hem en daar knapte hij van op.

Roar was enorm gespannen toen we opstegen. Hij had nauwelijks meer een woord met me gewisseld na dat extreem ongemakkelijke gesprekje in de gang waarbij hij mijn pols zo vasthield, maar ik kon aan hem zien dat hij ergens mee zat; hij was helemaal verkrampt. Ik dacht dat het kwam doordat hij bang was dat Row weer zo'n angstaanval zou krijgen, maar zelfs toen Row rustig bleef ontspande Roar niet.

De tweede keer, van Denver hiernaartoe, besloot hij Row bij zich te houden. Hij was weer net zo nerveus als tijdens de vorige vlucht, hoewel hij deed of er niets aan de hand was. Misschien heeft hij gewoon een erge hekel aan vliegen, ik zou het anders niet kunnen verklaren. En ja hoor, zal je natuurlijk altijd zien: Row begon natuurlijk flink te huilen. Roar bleef heel geduldig met hem, ondanks zijn eigen stress; dat vond ik dan wel weer goed van hem.

Maxine zat ernaast en ging direct heel druk frutselen met zakdoekjes, Row over zijn bolletje aaien, Roar over zijn arm aaien – het is vast niet netjes van me en het gaat me ook helemaal niet aan, eigenlijk, maar ik vond haar zo vreselijk nep.

Anne had zich achter in het vliegtuig op zitten vreten; ze moest op haar handen gaan zitten om niet op te staan en Row ongevraagd over te nemen. Ze wist gewoon dat zij hem wél zou kunnen troosten, en ze had zich plotseling ongewenst en alleen gevoeld, een halve wereld weg van Ian en alles wat ze kende. Zorgen voor Row gaf haar nog een gevoel van betrokkenheid; verder had ze alleen haar artikel... Thuis, heerlijk geordend en overzichtelijk, leek plotseling een soort oase; ze had nog nooit zoveel heimwee gehad.

Nu ze er nog eens over nadacht moest ze toegeven dat ze thuis nu ook niet echt omkwam in de sociale activiteiten. Soms ging ze iets drinken met een paar collega's van *UM*, en Ian had af en toe van die ontzettend saaie borrels van zijn werk. Ze moest zich daar altijd heel netjes en tuttig voor aankleden, en dan kon ze, als ze geluk had, zich een hele middag naast een of andere minister stierlijk staan vervelen.

Ze had nog maar nauwelijks contact met haar oude vriendinnenclubje van school; eigenlijk was Maxine de enige met wie ze wel eens aan de telefoon hing, of met wie ze schoenen ging kopen – Maxine was gek op schoenen. Haar andere vriendinnen hadden inmiddels een man met een dure baan en woonden in Parijs, Dubai of New York, en degenen die nog in Londen woonden waren uiteindelijk zo ontmoedigd geraakt door Ian dat ze na verloop van tijd maar gewoon niet meer belden.

Ian was keurig. Hij was keuriger dan keurig; haar vriendin Georgiana, getrouwd met de Britse consul in India, had een keer half serieus gezegd dat hij de koningin nog zou corrigeren op haar gedrag als hij de kans had. Georgiana's vader was oude adel; Hoe Het Heurde was haar met de paplepel ingegoten en ze vond Ian maar een irritante social climber. Alleen Maxine, die immuun leek voor ongeveer alles (in ieder geval alles wat Ian kon bedenken), was overgebleven. En kijk eens hoe ze nu deed tegen Anne!

Eindelijk kreeg Anne de ober in het vizier. Ze wenkte hem, hij kwam aangesneld alsof hij op wieltjes liep en ze bestelde snel nog een ananas vol. De koele, zoete vloeistof gleed zo naar binnen en leek steeds lekkerder te worden.

Hoe stom ben ik ook eigenlijk, dacht ze opstandig, dat ik al mijn vriendinnen ben kwijtgeraakt alleen doordat Ian altijd iets op ze aan te merken had? We hebben verdorie samen schóól doorstaan. Ik mis ons groepje, ik mis het gevoel ergens bij te horen. Ik zou ze moeten bellen. Al moet ik ervoor naar India vliegen, ik wil ze gewoon weer eens zien. En waarom ook niet? Ik reis nu toch ook de hele wereld over?

Van dat voornemen knapte ze ontzettend op, en ze typte met hernieuwde energie:

> Ik ben van alles te weten gekomen over Roar toen we hiernaartoe vlogen, en ook nog eens uit een enorm onverwachte bron: van Mad, nota bene.

Roger was onverwacht naast haar komen zitten.

'Je gelooft toch niet echt in Harmony's voorbeschikkingsverhalen, hè?' Hij glimlachte er verontschuldigend bij. 'Ik bedoel, over jou en Roar. Ze doet het regelmatig, mensen vertellen dat ze een lotsverbinding hebben, of hoe ze het ook allemaal precies noemt... en ze heeft ook echt wel een goed gevoel voor die dingen, hoor, begrijp me niet verkeerd. Maar als het over Roar gaat, dan weet ik het zo net nog niet.'

'Denk je dat ze het fout heeft?' Anne fluisterde het bijna.

'Nou... ik denk eigenlijk eerder dat Roar op dit punt in zijn leven niet met van die heavy shit moet worden opgezadeld. Hij heeft een rottijd achter de rug, en ik zeg niet dat jij niet goed voor hem zou zijn, hoor, ik bedoel, je bent een lieve meid, en je bent goed met die kleine, maar Roar moet gewoon even rust hebben.'

Anne beet even op haar lip, maar vroeg toen toch: 'Dus je denkt dat hij ook niet met Maxine zou moeten zijn?'

'Ha!' zei hij met een explosief halflachje. 'Meiden als Maxine zijn toch helemaal niet belangrijk? Hij kan gewoon een beetje met haar zooien en dan is het afgelopen als de lol eraf is. Wat ik bedoel is, hij moet niet aan iets beginnen waar hij te diep in zit. Hij is... je moet niet tegen hem zeggen dat ik dit gezegd heb, maar hij is gevoelig. Klein hartje, ondanks die grote bek en die attitude van hem. Ik ken hem het langst van iedereen en ik weet precies hoe het er bij hem vanbinnen aan toe gaat.'

Ik heb een hele tijd met Mad zitten praten. Ik had altijd gedacht dat Axe en Roar elkaar het langst kenden, omdat ze samen in Australië op school hadden gezeten, maar nu blijkt dat Mad hem nog langer kent. Mad was al van jongs af aan bevriend met Roars oudere broer Billy. Roar was toen een jaar of zes en ze woonden allemaal in Dublin.

Anne had echt geen idee gehad; niet van Roars oudere broer, en nog minder van zijn jeugd in Dublin. Ze wist eigenlijk helemaal niets van Roars achtergrond, van zijn kindertijd, behalve dat hij zijn vader had verloren toen hij nog vrij jong was.

Roger had in zijn stoel zitten draaien. 'Ik moet mijn pillen slikken, in zo'n drukcabine moet ik er alleen maar meer van hebben,' mopperde hij. Harmony, die verder naar voren zat, keek over haar schouder alsof hij haar had geroepen, hij knikte naar haar en viste met een gezicht van 'ja, ja, ik wéét het,' een doosje uit zijn zak en nam twee tabletjes, waarna Harmony hem een warme glimlach gaf.

Anne had nog nooit twee mensen gezien die zo op elkaar ingespeeld waren, in zo'n liefdevol verbond. Plotseling voelde ze een dikke keel en ogen vol tranen opkomen; ze had altijd voor zichzelf gedroomd dat ze ooit ook iemand zou hebben om écht haar leven mee te delen, iemand die haar zo na zou staan dat ze zich nooit meer alleen zou hoeven voelen. Ze was tegen wil en dank opgegroeid als de Britse jeugdkampioen zich alleen voelen. Eerst bij tante Agatha, toen op kostschool... En eigenlijk was wat ze met Ian deelde niet zo heel veel anders, dat zag ze plotseling glashelder. Ze had zich vaak genoeg ontzettend alleen gevoeld terwijl ze naast hem in bed lag. Het gevoel was zo bekend dat het haar niet eens meer opviel, en daarnaast had ze – alweer zo'n inzicht – altijd geleefd op hoop. Hoop dat het op een dag zou komen, dat gevoel van innige verbondenheid, ook voor haar en Ian.

Daar in het vliegtuig had ze het gezien. Vlak voor haar neus, in al zijn glorie, en het was zo anders, zoveel rijker, dan ze zich ooit had kunnen voorstellen. En dat uitgerekend Roger en Harmony haar dit getoond hadden, de twee mensen van wie ze het het minst verwacht had; ze kon zich wel voor de kop slaan dat ze zich zo in hen vergist had.

Nu, terwijl ze rustig alleen onder haar boom op haar rietje zat te kauwen, voelde ze opnieuw die opeenvolging van ontroering, inzicht, gemis en onzekerheid, maar ze besefte ook ineens dat Roger haar op een nogal onhandige manier een geweldig compliment had gegeven. Als Maxine dertien-in-een-dozijn was en ongevaarlijk voor Roars gemoedsrust, maar Anne was dat niet... wat was ze dan wel?

Was ze... speciaal?

Annes gedachten tolden rond in haar hoofd en haar ananas was alwéér leeg. Was het nou waar, dat er tussen haar en Roar iets bijzonders was, of niet? En was wat ze met Ian deelde eigenlijk wel zo belangrijk, zo waardevol als ze zichzelf tot nu toe had voorgehouden, of hoopte ze op iets wat er toch niet van kon komen?

Zinloos. Allemaal zinloos zonder nog een drankje; ze hief haar lege ananas in de lucht en zwaaide er een beetje onelegant mee naar de ober. Daarna richtte ze met enige moeite haar aandacht opnieuw op haar laptop. Roger had haar zoveel verteld, als ze niet snel schreef dan waaide het zo haar hoofd weer uit.

Roars vader was professioneel rugbyspeler, een Schot van geboorte; zijn moeder kwam uit Tasmanië. De andere kant van de wereld, maar daar trekt echte liefde zich natuurlijk niets van aan. Maquary senior ging voor een club in Dublin spelen, het hele gezin verhuisde. Roars broer Billy raakte al snel dik bevriend met een jongen uit de buurt die een beetje in dezelfde situatie zat: Roger Doyle, kind van een Ierse moeder en een Canadese vader.

Rory was twee jaar jonger dan zijn broer en had er altijd achteraan gehobbeld, tot grote ergernis van de oudere jongens.

Tot het ongeluk: een afschuwelijke helikoptercrash. Vader Maquary zou naar een wedstrijd in Engeland vliegen en voor het eerst van zijn leven mocht zijn oudste zoon mee om zijn vader te zien spelen in het buitenland. Billy was twaalf. Rory was tien toen het gebeurde.

Het had Roger nóg aangegrepen toen hij het haar vertelde. 'Roar verloor in één klap de twee mensen waar hij het meest tegen opkeek; ik verloor mijn beste vriend. Ik vulde zo goed als ik kon het gat op; ik kon Billy natuurlijk niet vervangen, maar zowel voor Rory als voor mij was het beter dan niks.

We hebben altijd contact gehouden, ook toen zijn moeder terugging naar Edinburgh. Maar daar kon ze ook niet meer wennen, ik denk dat er te veel herinneringen lagen; dus na een paar jaar gingen ze helemaal terug naar Tasmanië, naar haar familie daar. Roar en Axe kwamen bij elkaar in de klas te zitten. Axe' vader is een visser uit Noorwegen die ergens een verkeerde bocht had genomen en in Hobart was uitgekomen. Daar is-ie toen maar gebleven.

Als jonge twintigers begonnen ze een band, ik had op dat moment geen baan en verder niks te doen, dus nou, toen Roar belde, toen wist ik het wel.' Roger grinnikte. 'Wat een avontuur, in een band spelen aan de andere kant van de wereld. Na een tijdje zaten we met z'n drieën in een kraakpand in Sydney, geen nagel om onze kont te krabben, maar vol grote dromen natuurlijk – dat was voordat Blade erbij kwam, dus.' Hij was diep in zijn herinneringen weggedoken; zijn ogen glansden.

'Na een jaar of zo zagen we ook wel dat we niet verder konden komen in Australië. We waren best goed, we hadden optredens genoeg, maar we braken niet door. Dus toen hebben we de knoop doorgehakt, al ons geld bij elkaar geschraapt en een kaartje naar de VS gekocht. Ondanks Roars vliegangst. Ja, hij heeft er een pesthekel aan, en je kunt het hem ook niet echt kwalijk nemen natuurlijk. Hij heeft er wel mee leren dealen in de loop van de tijd, hij zal ook wel moeten, maar toen moesten we hem wel echt dat vliegtuig in lullen. We hadden hem vol Jack Daniel's gegoten, hij ging er achterstevoren in. En geloof het of niet, binnen vier maanden werden we opgepikt door een boekingsagent die zei dat hij er wat van kon maken, maar dan moesten we Blade er wel bij nemen. Vonden we niet zo leuk natuurlijk, maar we hebben het toch geprobeerd, want Roar kan eigenlijk niet echt goed spelen en zingen tegelijk, en zijn solo's lijken nergens op. Nog steeds niet. Blade was wel een beetje obsessief, maar hij kon spelen als de duivel, die jongen... Nou, de rest is geschiedenis, zeggen ze dan, hè?'

Anne vond het raar om te denken aan Road Rage in de beginjaren, levend in armoede van optreden naar optreden, hopend op betere tijden, keihard werkend... Niemand had het daar meer over als zo'n band eenmaal groot genoeg was geworden; het leek net alsof de groep van meet af aan al voor het succes bestemd was geweest. Onzin, natuurlijk.

'Nu vind ik het wel leuk om aan die tijd terug te denken,' zei Roger, 'maar toen we ermiddenin zaten was het af en toe echt afzien. Hoe dan ook, Roar en ik hadden elkaar; ik paste op hem, hij leunde op mij. Totdat ik in die hele drugswereld verzeild raakte, toen paste hij op mij, en daar is-ie nooit meer mee opgehouden. En dat is ook meteen wat me het meeste dwarszit, weet je.'

Hij had even een tijdje uit het vliegtuigraampje gestaard voordat hij besloot verder te gaan. 'Ik weet zeker dat ik hem een hoop verdriet had kunnen besparen,' zei hij uiteindelijk. 'Met Mel, bedoel ik. Ik hoorde dat Harmony er iets over zei tegen jou, over dat ik haar kende voordat ze met Roar ging. Mel en ik zaten in het partycircuit in LA, ergens tussen de derde en vierde plaat van Road Rage in. We hadden een jaar pauze genomen met de band, iedereen wilde even iets voor zichzelf doen. Roar had bedacht dat hij wel eens in een film wilde spelen, dus hij nam acteerlessen en hij ging met agenten praten en dat soort dingen. Ik wilde gewoon alleen maar high worden. Mel ging naar dezelfde feestjes als ik, gebruikte ook, net zo hard als ik... Ik wist wat het er voor eentje was. Er bestaat voor Mel maar één persoon op de wereld en dat is Mel. Ik wist dat, en ik had het tegen Roar moeten zeggen toen hij uiteindelijk tegenover haar in een film terechtkwam. Maar ik hield mijn mond. Ik was te druk met mezelf bezig en ik dacht: het is een grote jongen, laat hem maar gaan.'

Anne was stomverbaasd. Ze dacht dat Roger het huwelijk van Roar en Meilane had willen redden, niet dat hij het had willen voorkómen.

'Rédden?' Roger liet een sarcastisch lachje horen. 'Ik had tegen hem moeten zeggen dat hij moest rennen voor zijn leven in plaats van mijn kop te houden, dát is waar ik spijt van heb! Meilane is een kreng, en Roar is... Oké, hij heeft af en toe een kort lontje, maar vanbinnen... Hij kon helemaal niet tegen haar op. Ze vonden elkaar vast enorm lekker in het begin, dat zal heus wel zo geweest zijn, snap ik ook wel, twee van die mooie jonge mensen...' Roger gaf een van zelfkennis doordrongen grinnikje. 'Heb ik nooit gehad, dat ik er goed uitzag. Roar wel. Nog steeds. En de helft van de tijd heeft die sukkel het niet eens in de gaten.'

'Ik weet wat je bedoelt,' zei Anne verlegen. 'Ik bedoel, ik weet hoe het is om niet de mooiste van de klas te zijn.'

Roger observeerde haar even indringend, met één wenkbrauw omhoog. 'Waag het niet om op jezelf neer te kijken, jij,' mompelde hij, en hij klopte haar op de knie. 'Je bent een mooitje, en je bent een lieverd. Dat zie ik zo. Iedere kerel die jou kan krijgen mag zijn handen dichtknijpen.'

Het gebeurde niet vaak dat iemand zomaar tegen haar zei dat ze mooi en lief was; als ze er weer aan terugdacht schroefde haar keel zich dicht. Ian had het vast wel gezegd toen ze net met elkaar gingen, maar ze kon zich niet herinneren wanneer de laatste keer was geweest. Het gaf haar een heerlijk warm gevoel vanbinnen, hoewel ze eigenlijk nauwelijks kon geloven dat Roger het ook echt had gemeend.

Aan de andere kant: waarom zou hij het niet menen? Al die dingen die hij had verteld over de beginjaren met Roar, en over

Meilane, waren toch ook waar? Wat een afschuwelijk mens was die Meilane trouwens, het was toch bijna niet te geloven dat iemand zo mooi en zo getalenteerd kon zijn, en zo vriendelijk kon overkomen, maar zo'n naar figuur was in haar privéleven?

Anne typte:

[Misschien dat dit te veel roddel is voor het stuk over Roar/Meilane, maar ik schrijf het lekker toch op.]
Volgens Mad was Meilane flink op stoom toen ze Roar tegen het lijf liep op de filmset, maar het lukte om haar verslaving voor hem verborgen te houden tot ruim na het huwelijk. Ze wilde dolgraag met hem trouwen: hun gezamenlijke mediaprofielen waren gigantisch. Maar zodra de hele hysterie een beetje gezakt was en ze met z'n tweeën in dat enorme huis zaten, kon ze haar drugsgebruik niet lang meer verdoezelen.

Tussen de filmprojecten door verdween ze gewoon af en toe. Dan ging ze helemaal tot het gaatje, gebruikte alle middelen die ze kon vinden en ging met iedereen naar bed die lang genoeg stilstond. Roar moest haar zoeken – ze kon overal zijn, ze had toch geld genoeg – en hij moest flink betalen aan allerlei schimmige figuren om ervoor te zorgen dat haar imago – en het zijne – geen schade zou oplopen. En als hij haar dan eenmaal weer thuis had, dan moest hij zien om te gaan met haar vreselijke buien. Ze was blijkbaar vaak ontzettend lelijk: schelden, schreeuwen, slaan; maar soms werd ze ook juist heel depressief en teruggetrokken, op het suïcidale af.

Roar moest vechten als een leeuw voor zijn huwelijk, en voor haar. Hij probeerde haar in een afkickkliniek te krijgen, maar zelf vond ze dat ze niet echt verslaafd was: wanneer ze in een film speelde, bleef ze net clean genoeg om te kunnen functioneren. Therapie hielp ook niet en uiteindelijk, de wanhoop nabij, haalde Roar haar over om een kind met hem te krijgen, in de hoop dat het moederschap haar zou veranderen en verantwoordelijker zou maken.

Het was een gevaarlijke gok, maar even leek het erop dat hij er goed aan had gedaan: tijdens haar zwangerschap raakte ze niets verdovends aan, nog geen glas wijn. Ze kreeg dan ook geweldig veel aandacht. Het ging na de geboorte nog een paar maanden goed, ze leken wel echt gelukkig met z'n drietjes, maar toen alle aandacht begon weg te zakken en zij merkte dat het moederschap niet iets was wat je naast je neer kon leggen als je even geen zin had, werd het al snel minder. En toen het met Roars acteercarrière ook steeds beter ging en Meilane zich begon af te vragen of ze niet zou eindigen als 'de vrouw van', kreeg ze een ontzettende terugval. Het was het begin van het einde: Roar begon in te zien dat hij het niet zou gaan winnen.

Zij leek het niet erg te vinden dat ze uit elkaar gingen, ze zag vooral een kans om er zoveel mogelijk publiciteit en geld uit te slaan, en ze had er totaal geen problemen mee om haar kind in te zetten als wapen in de strijd. Roar doorzag haar en was niet van plan het zover te laten komen; hij betaalde haar zonder morren een absurd bedrag uit en gaf haar het huis, in ruil voor de voogdij over zijn kind.

Sindsdien werkt hij als een malle om te zorgen dat er weer geld binnenkomt, en hij neemt hij Row maar gewoon overal mee naartoe. Een nieuw huis heeft hij niet eens gekocht; ze trekken als een soort entertainmentnomaden de wereld over.

Tot haar verrassing had Anne alwéér de bodem van haar ananas in het zicht gekregen. Als vanzelf gingen haar gedachten terug naar wat Harmony nou eigenlijk had gezegd. Een... connectie, tussen haar en Roar? Lotsbestemming, had Roger gezegd, al had hij niet gewild dat Harmony het benoemde. Alsof het, door het hardop te zeggen, meer waar werd; wat een onzin.

Ze had sinds Omaha nauwelijks meer een woord met Roar gewisseld. Niet dat ze dacht dat hij bewust niet meer met haar praatte; hij was gewoon de hele tijd ontzettend druk. Druk met de pers, druk met Terri, druk met een liedje schrijven, druk met Maxine. Ze wist honderd procent zeker dat hij helemaal niets voor haar voelde en ze wist al even zeker dat ze haar eigen gevoelens weer stevig in de hand had. Ze had er goed genoeg over nagedacht. Ja, hij zag er goed uit, maar daar hield het mee op. Zodra ze in New York aankwam en Row veilig kon achterlaten in de handen van een écht kindermeisje zou ze het vliegtuig terug naar Londen pakken en deze hele ingewikkelde, verwarrende periode achter zich laten.

Anne schudde haar hoofd, voornamelijk tegen zichzelf, keek met nietsziende, een beetje waterige ogen naar haar scherm, en bestelde nog maar zo'n drankje toen de ober langskwam.

Gesterkt door een nieuwe ananas dwong Anne zichzelf terug te denken aan het telefoongesprek met Ian, de avond ervoor. Het was, hoewel niet direct romantisch, toch al met al een stuk warmer geweest dan de eerdere gesprekken. Ian had niet geëist dat Anne met de eerstvolgende vlucht terugkwam, maar ze had dan ook haar uiterste best gedaan om het verhaal van de ontspoorde afterparty in Omaha buiten de conversatie te houden.

Maxines onverwachte bezoek was wel ter sprake gekomen en ze had ook verteld dat Maxine en Roar heel plotseling een nogal innig item geworden waren; zo innig dat Maxine had besloten haar baan op te zeggen en tot nader order mee te reizen met de tournee. Het had Ian verbaasd, maar blijkbaar ook nogal gerustgesteld. Hij had haar zelfs 'lieveling' genoemd aan het eind van het gesprek, wat hoopgevend was. Zo vaak strooide hij niet met koosnaampjes.

Nadat ze hadden opgehangen was Anne er dan ook bijna van overtuigd dat alles weer goed was – of in ieder geval, dat alles weer zou worden zoals het geweest was. Netjes. Rustig. Overzichtelijk.

Er viel een grote schaduw over haar heen, een schaduw die een stuk ondoordringbaarder was dan die van het gebladerte van de boom waaronder ze zat. Haar ogen vlogen weer open.

'Hé, Axe, kom je zitten?'

Hij grinnikte vriendelijk op haar neer. 'Je mag me wel Hen noemen, als je dat wilt,' zei hij, terwijl hij zich voorzichtig liet zakken in een stoel naast haar. De stoel kon het ternauwernood aan om gevuld te worden met zo'n boom van een vent. 'Ik bedoel, als je Rog bij zijn echte naam kent, dan slaat het echt nergens op als je mij Axe blijft noemen. Ik heb toch verdomme niet voor niks gewoon een voornaam?'

10
Zwabberen

Axe had vandaag iets raars. Hij zag eruit alsof hij ergens last van had, en dat was ongebruikelijk, want Henning Axelsson zat veel te goed in zijn vel om waar dan ook last van te hebben.

'Oké, goed, Hen. Vertel eens: wat is er precies met je aan de hand?' Anne had, half lachend, de vraag al gesteld voordat ze zich kon bedenken dat hij misschien wel veel te persoonlijk was. Ze nam gauw een slokje uit haar ananas.

Axe keek haar een hele tijd aan zonder antwoord te geven. Hij keek naar haar laptop, haar gekreukelde linnen rok, haar knieën, neus en schouders die, ook al zat ze onder een boom, een beetje rood waren geworden, en haar drankje.

'Heb je hier nou de hele morgen gezeten? In je eentje, met een piña coladaatje erbij, of wat het ook is?'

'Nou, eh, ja... Ik was aan het werk. Ik weet niet wat voor drankje dit precies is, ik wilde graag iets lichts en fruitigs en toen kreeg ik dit van de ober. Het is best lekker, hoewel ik de eerste wel heel zoet vond. Maar nu ben ik eraan gewend.' Ze hield haar ananas peinzend omhoog. 'Misschien zit er wel iets meer alcohol in dan ik in eerste instantie dacht – ik ben nog niet uit deze stoel geweest, dus ik denk dat het moment van de waarheid straks komt, als ik opsta.' Ze gaf een onelegant snurkje. 'Wat een grap zou dat zijn, als ik dronken ben. Ik ben nooit dronken!' Ze leunde een beetje naar Axe toe en zei samenzweerderig: 'Nou, vertel dan, waarom zie je er zo getergd uit?'

'Getergd?' Axe' wenkbrauwen schoten omhoog. 'Ik weet volgens mij niet eens wat dat betekent. Maar goed, ik ben al de hele morgen op zoek naar Terri, kan haar verdomme nergens vinden. Ik bedoel, jezus, ze is toch de godvergeten tourmanager? Dan moet ze toch ergens rondhangen om iets te managen?'

Anne schudde haar hoofd. 'Misschien een stomme vraag, maar heb je haar al gebeld?'

'Neemt niet op,' bromde hij. 'Ik wil gewoon even checken bij haar, hoe het is en zo, weet je... eh...' Hij fronste en krabde aan zijn voorhoofd.

Anne vond het maar moeilijk te geloven: een verlegen Axe. Het was mijlenver verwijderd van die zelfverzekerde stud die ze op de vloer van zijn hotelkamer had zien liggen met al die blote dames over hem heen gedrapeerd.

'Weet je wat het is,' zei hij na een tijdje piekeren, 'volgens mij is Ter zwaar pissig op me. En ik wil dus wel effe weten wat ik in godsnaam gedaan heb om haar zo boven op de kast te krijgen. Het is gewoon niet oké voor op tournee om dit soort shit onuitgesproken te laten, weet je wel?' Hij knipperde een paar keer met zijn ogen en wreef nog maar eens over zijn voorhoofd. 'Heeft ze wat tegen jou gezegd?'

Anne schudde van nee. 'Ik durf eigenlijk helemaal niet met haar te praten. Ik dacht eerst dat we wel goed met elkaar konden opschieten, maar die morgen na die afterparty in de hotelkamers – weet je nog, in Omaha? Toen dacht ik dat ze het misschien gezellig zou vinden om samen te ontbijten, maar, eh... ze was niet zo... aardig. Dus, eh... misschien had ik het gewoon mis en kunnen we helemaal niet goed met elkaar overweg.'

'Nee, man, ze vindt je hartstikke leuk,' zei Axe. 'Heeft ze zelf tegen me gezegd. Voordat ze stopte met praten tegen me.'

'O... Nou, als jij het zegt...Maar, eh, waarom is het juist nu zo urgent dat je haar spreekt?'

'Urgent? Man, wat gebruik je toch altijd deftige woorden. Het is helemaal niet urgent, ik wil alleen weten wat er verdomme aan de hand is. Terri en ik, we rommelden een beetje met mekaar, weet je wel? Ja, nu dus even niet, want nou wil ze geen woord meer tegen me zeggen. Krijg ik de zenuwen van, echt, dus ik dacht, eh, ik dacht...' Hij keek naar zijn voeten en zuchtte.

'Vind je haar soms... leuk?' Anne was verbijsterd over haar eigen moed: zulke plompverloren persoonlijke vragen kreeg ze normaal gesproken niet over haar lippen. Ze keek met een schuin, ietwat beschuldigend oog naar de alweer bijna lege ananas op de grond naast haar stoel.

'Wie, Terri? Ja hoor, ik vind haar wel leuk, hoezo?' Axe deed zijn best om zo neutraal mogelijk te kijken. 'Hé, hallo, ik vind meisjes leuk, ja? Het is nou niet dat ze lelijk is, of zo.'

Anne schoot in de lach. 'Nee, hè, lelijk is ze zeker niet. En al helemaal niet als ze lacht.'

'Mmm,' zei Axe instemmend, maar er lag een treurige frons op zijn voorhoofd. Ineens gingen zijn ogen wijd open. 'Hé, wacht effe, je zit me toch niet te koppelen, hè? Dat moet ik niet hebben, ik bedoel, ik wil geen vaste relatie, en al helemaal niet op tournee. Er gebeurt veel te veel, veel te veel lekkere wijv – eh...'

'... wijven?'

Axe keek even opzij, toch een beetje beschaamd.

'Misschien vind je het raar dat ik het zomaar out of the blue zeg, Hen, maar ik denk eigenlijk altijd dat je een geweldige vader zou zijn. Als ik je zo met Rowie zie, volgens mij ben je een natuurtalent.'

Axe fronste, maar zijn ogen glommen. 'Denk je?' zei hij zachtjes, en toen keek hij omhoog in de bladeren van de boom.

'Ja, denk ik.' Anne voelde een glimlach opkomen. Die verlegenheid had iets enorm vertederends bij zo'n grote, stoere vent.

'Ik vind Row ook een geweldig mannetje, hoor. Hij heeft pit, en hart. Lijkt op zijn vader.'

'Zou je er dan zelf niet eentje willen, ooit?'

'Misschien... op een goeie dag? Niet nu in ieder geval.'

'Nee, natuurlijk niet, maar weet je wat het is: op die goeie dag dat jij misschien wel vader zou willen worden, heb je dus wel een vrouw nodig, eentje met wie je een relatie hebt.'

'Jezus, hoe komen we nou weer op dít onderwerp? Verdomme, Annie, ik dacht dat je een ding had voor Blade. Zit je nou achter mij aan met je kinderwens?'

Anne voelde dat haar keel zich dichtschroefde. 'Blade? Hoe kom je daar in godsnaam bij?'

'Wat, is het niet waar dan?' Axe grinnikte sappig, allang blij dat het niet meer over hem ging. Dat Anne er zichtbaar ongemakkelijk van werd was alleen maar een bonus.

'Nee! Ik bedoel, ja! Het is niet waar! Helemaal niet! Ik bedoel, Blade is verder een keurige – nou ja, keurig, hij is denk ik meer harig dan keurig – maar hij is heus heel aardig. Hij is alleen echt helemáál niet mijn type.'

'Keurig, aardig,' zei Axe grinnikend, 'we hadden het toch over Blade?'

Anne werd meteen knalrood, maar besefte toen dat ze nog steeds geen antwoord had. Ze zei, scherper dan ze bedoelde: 'Hen, vertel me alsjeblieft wie er heeft gezegd dat ik, dat Blade... Ik wil graag weten wie die lelijke leugens over mij verspreidt.'

'Ho, rustig. Ik heb het van Roar, die weet honderd procent zeker dat je Blade wel ziet zitten. Ik heb hem er nog mee zitten treiteren ook, omdat het net was alsof hij ermee zat.'

'Hoe bedoel je?'

'O, ik weet niet, hoor,' zei Axe nonchalant, maar zichtbaar tevreden dat ze hapte, 'je weet hoe het gaat met Blade, hè: hij staat nou niet bekend om zijn, eh, langdurige relaties met vrouwen. Net als ik, dus, eigenlijk.' Hij grijnsde even. 'En de gedachte dat Blade ook gewoon zo effe over jou heen zou rollen, volgens mij vindt Roar dat niet zo cool.'

Anne liet haar hoofd hangen.

'O, kijk eens hoe ze bloost.' Axe trok een plagende vingertop over Annes brandende wang. 'Ik zou bijna gaan denken dat je wat hebt voor heel iemand anders dan Blade, hè?'

Anne gaf geen krimp. Ze bleef doodstil zitten, totdat Axe zijn keel schraapte en op normale toon vroeg: 'Dus, kom je ook naar dat sponsorfeestje straks? We gaan unplugged, lachen; ik zit te denken om m'n cajon te pakken. Ik weet alleen niet of ik erop kan zitten, of dat dat ding dan halverwege in elkaar klapt. Volgens mij word ik te dik.' Hij gaf een klap op zijn buik. 'Ik had gehoopt dat ik een beetje af zou vallen als we onderweg waren, maar zo te zien gebeurt er niks.'

'Je bent helemaal niet dik,' zei Anne, die zichzelf weer een beetje in de hand had, 'je bent gewoon groot. En het verbaast me niets dat je niet afvalt, als je ziet wat je alleen al bij het ontbijt naar binnen schuift.'

Axe schoot in de lach. 'Hé, ik moet toch eten? Anders val ik om. Maar goed, kom je ook?'

'Volgens mij ben ik niet uitgenodigd, en ik zal wel op Row moeten passen.'

'Rowie vindt het leuk als hij ook mag komen. Het is eindelijk eens een keer op een tijdstip vóórdat hij naar bed moet en hij zit al dagen aan mijn kop te zeuren dat hij een keer wil komen kijken. Hij wil ook drummer worden, zegt-ie. Ik moet hem dan toch wel effe laten zien hoe het moet.'

Anne kon een glimlach niet binnenhouden. 'Tuurlijk moet dat, je hebt helemaal gelijk. En als je denkt dat we gewoon naar binnen kunnen... Het is toch hier in het hotel? Denk je overigens dat ik dan iets anders aan moet? Is het heel chic?'

'Ja, hier is het, in zo'n conferentiezaal, ik weet ook niet welke, dat weet Terri wel...' Het glipte er zo uit, maar hij fronste achter zijn eigen woorden aan. Een ademteug later hij had zich alweer herpakt: 'Je ziet er prima uit zo, je hoeft niet in een dure jurk of zoiets. En jij bent toch altijd netjes? We kunnen meteen wel even gaan kijken, ik wil toch van tevoren checken of ze de spullen een beetje goed hebben neergezet. Kom op, dan gaan we samen.'

'Oké.' Anne pakte haar drankje en slurpte met een paar grote slokken het laatste restje eruit.

'Ho, rustig, vrouw, straks krijg je nog een klap met de hamer!'

'Onzin.' Anne deed haar laptop dicht en viste haar tas op.

Axe stond al, reikte haar de hand en trok haar in één beweging uit haar stoel. Ze voelde zich veel zwabberiger dan ze had verwacht, maar het was niet vervelend. Het was meer een lekker soort zwabberig: vrolijk en lichthartig. Ze moest een hand tegen Axe' kleerkastvormige borstkas aan leggen om niet om te kukelen.

'Sorry,' mompelde ze, met een stom giecheltje erachteraan.

'Geeft niks, neem je tijd,' zei hij vriendelijk. Hij wachtte tot ze weer wat steviger op haar voeten stond, trok toen haar hand door zijn arm en greep met zijn andere hand haar tas.

'Sjonge, wat een heer,' zei Anne, oprecht verbaasd.

'Ik weet heus wel hoe het moet, hoor,' zei Axe met een twinkeling in zijn ogen, terwijl hij haar voorzichtig naar binnen geleidde, de marmeren, aircokoele hal binnen, 'ik heb er alleen niet altijd zin in.'

De zaal bood ruimte aan zeker driehonderd mensen. Er werden ronde tafels gedekt, er werden glazen gepoetst en langs de muur werd een buffet opgebouwd. Het podium was rond en bevond zich in het midden; Axe klom er snel op en checkte met een professioneel oog hoe alles opgebouwd was. Hij verschoof een versterker, trok een beetje aan een box, zette de microfoonstandaards iets wijder uit elkaar.

Anne was blijven staan, overweldigd door al die spullen op het podium: microfoons, kabels, gitaren, versterkers, effectpedalen, boxen, het zag er eigenlijk helemaal niet unplugged uit met al die elektrische apparatuur. Axe leek haar min of meer vergeten te zijn; hij zat intussen achter zijn drumstel en was aan het schroeven met een stemsleutel die hij uit zijn zak had gevist. Af en toe tikte hij zachtjes op het vel van de trommel met de achterkant van een drumstok; er hing zak vol verschillende stokken aan een andere trommel. Hij zag eruit alsof hij precies wist waar hij mee bezig was, maar het had allemaal iets onbegrijpelijks voor Anne; ze voelde zich raar en niet op haar plaats midden in die zaal.

Achterin stond een tafel die er wel veilig uitzag. Ze liep er in een zo recht mogelijke lijn op af en ging voorzichtig op een van de stoeltjes zitten. Ze bleef maar glimlachen; de wereld was eigenlijk heel mooi. De zaal was mooi, de spullen op het podium glansden mooi, de tafel was mooi gedekt, en ineens had ze het gevoel dat ze zelf misschien ook wel mooi kon zijn. Ze klikte haar haarspeld open en schudde haar hoofd tot haar vlammende lokken los om haar schouders warrelden; in haar fantasie was ze heel even zo'n adembenemende actrice uit de hoogtijdagen van de film, die zich liet fotograferen met haar haar los en haar borsten vooruit. Ze voelde zich vrouwelijk en een beetje wild, alsof er van alles kon gebeuren.

Het gevoel hield stand totdat Maxine de zaal binnenkwam. Ze kreeg het op de een of andere manier voor elkaar een echte entree te maken: je zag het personeel dat nog bezig was met de opbouw van het buffet zich woordeloos afvragen wie die vrouw was, of ze een ster was, waar ze haar eerder hadden gezien. Ze had blijkbaar flink gewinkeld vandaag, want ze was gekleed in een heel klein, maar zonder twijfel heel duur jurkje dat haar, het moest gezegd, geweldig stond. Ze leek één en al benen. Ze was ook naar de kapper geweest en had nu een naar Annes smaak behoorlijk extreem kapsel van lange, witte, dunne dreadlocks; het was precies de laatste stap om haar transformatie van kantoorprofessional naar entertainmentsterretje compleet te maken.

'Anne!' riep ze uit toen ze haar vriendin in het oog kreeg. 'Wat vind je van mijn jurk? En mijn háár?' Na een pirouette en een gilletje liet ze zich in de stoel naast Anne vallen. 'De winkels zijn hier echt geweldig, en het maakt een wereld van verschil dat ik Roars vriendin ben: ze hebben me zo ongeveer gesmeekt deze jurk te proberen, en ik kreeg de schoenen er gratis bij!'

Anne slikte. 'Dus... je bent gaan winkelen met Roar en Row vanmorgen?'

'Welnee, Roar gaf me zijn creditcard en zei dat ik me er maar mee moest vermaken. Volgens mij ging hij met Row naar een dierentuin of zoiets. Maar ik kan je wel vertellen...' Ze leunde naar voren, en Anne rook nog steeds patchouli – gelukkig was niet alles veranderd. 'Ik vond het helemáál niet erg dat ze een of ander kinderuitje gingen doen. Het is toch geen doen om een beetje lekker te shoppen met zo'n dreumes achter je aan?'

Anne glimlachte, blij dat Row iets leuks met zijn vader had gedaan op hun vrije morgen. Ze vroeg zich wel even af of Roar nou altijd meteen zijn creditcard aan een vrouw gaf als hij met haar naar bed was geweest; Maxine had er zo te zien een flinke deuk in geslagen, en hij moest toch zuinig zijn?

Maxine zelf kletste ondertussen een halfuur in tien minuten over waar ze allemaal was geweest en wat ze allemaal had gekocht; de deuk in de creditcard was nog groter dan Anne had gevreesd.

'Ik kan echt niet wachten tot Roar me ziet. Hij vindt het vast geweldig, denk je niet? Hij zei dan wel dat hij me zo mager vond, maar in deze jurk is het juist...'

'Zei hij dat?'

'Ach ja, hij zat me zeker te dollen, je kunt nooit dun genoeg zijn.' Ze voelde voorzichtig aan haar haar. 'Hier moet ik wel even aan wennen, hoor; het is behoorlijk zwaar.'

'Maar wat doe je dan als je weer aan het werk gaat?' zei Anne bezorgd. 'Ze kijken vast raar op als je bij de bank binnen komt wandelen met dit kapsel...'

'Anne, doe normaal! Je denk toch zeker niet dat ik nog op een kantóór ga zitten? Word wakker en ruik de... champagne!' zei Maxine, die net in het oog kreeg dat er een heleboel duur uitziende champagneflessen werden binnengereden op een karretje. 'Luister eens goed: ik ben met Roar Maquary! Ik ga dus helemaal nergens meer heen, behalve als hij ook gaat. Plus, als ik er genoeg van heb kan ik die dingen er toch weer uit laten halen?'

'Dus... het is wel... serieus tussen jou en Rory?'

'Wat denk jij, hij geeft me toch zijn creditcard?'

'Nou, in alle eerlijkheid, ik weet helemaal niet wat ik moet denken. Ik bedoel: hij was al een tijd met Noëmi Cummings, toen kwam jij naar dat feest, toen ging Noëmi weg en stapte jij zo in haar schoenen. Dat kan toch niet goed zijn? Maxine, dat is toch geen gezonde basis voor een serieuze relatie...?'

'Nou...' Maxines blik werd ineens een stuk harder. 'Hij had geen enkel bezwaar toen we het deden, en ik kan je wel vertellen dat in ieder geval dát deel van de relatie ontzettend gezond is. Hij had er ook niks op tegen toen ik zei dat ik mee zou komen, dus zoals ik het zie is dit gewoon het begin. Ik heb het gevoel alsof ik hier mijn hele leven al naartoe heb gewerkt; alle mannen hiervoor waren alleen maar oefenmateriaal voor the real deal. En dat is Roar. Stel dat ik hem zover kan krijgen dat hij probeert zijn huis terug te krijgen, of anders een nieuw huis te kopen in Beverly Hills, of voor mijn part in Monaco, of waar dan ook waar ze een beetje lekker weer en van die grote luxe kasten hebben... nou, dan kom je toch lekker bij ons logeren? Wordt geweldig, let maar op.'

'Eh...' zei Anne. Ze had zich zelden zo ongemakkelijk gevoeld.

'Tuurlijk kom je logeren.' Maxine stoomde ongehinderd door. 'Jij en Ian, gezellig, kunnen we nog eens lekker weemoedig terugdenken aan die goeie ouwe tijd. Zeg, serveerster?' Ze wenkte naar een van de dames die bezig was de tafels te dekken. 'Breng ons even zo'n fles champagne en een paar glazen. Ik ben de vriendin van Roar. Zet het maar op de rekening.'

De dame aarzelde.

Anne kromp ineen.

'Vooruit, hup, hup,' zei Maxine, maar toen sprong ze al uit haar stoel, marcheerde naar de flessen en greep er een. 'Ik moet ook altijd alles zelf doen,' mopperde ze tegen Anne toen ze weer ging zitten en driftig aan het ijzerdraad om de kurk begon te draaien. 'Glazen!' riep ze over haar schouder.

De dame keek Anne even gepijnigd aan maar haalde toen toch maar twee glazen.

'Maxine, alsjeblieft,' probeerde Anne nog, 'ik hou niet eens van champagne!'

'Tuurlijk hou je wel van champagne. Kijk nou waar we zijn! Dit is het ware leven, Anne, en we zitten ermiddenin! Nou ja, ik zit er iets meer middenin dan jij, maar we zijn al lang vriendinnen en ik weet ook wel dat als jij die briljante zet met die kaartjes niet had gedaan, Roar en ik nu niet samen waren geweest. Daar ben ik je eeuwig dankbaar voor, dus vooruit, opdrinken.'

Maxine dronk haar eigen glas beangstigend snel leeg en Anne voelde zich verplicht om ook een grote slok te nemen. Ze kuchte en hield de rug van haar hand even tegen haar mond; veel te zoet en bubbelig om lekker te zijn. Zodra ze haar glas op tafel zette, schonk Maxine weer bij. Zelf nam ze ook een tweede glas.

'Annie!'

Rows kleine stemmetje; Anne keek op met vreugde in haar hart. Hij kwam op haar af rennen, een grote knuffel in de vorm van een bruine, harige spin met lange poten voor zich uit houdend. 'Kijk, Hendwik!' riep hij enthousiast.

Anne schoot in de lach, tilde hem op schoot en gaf hem een kus en een knuffel. 'O, laat eens kijken: ja, dat is Hendrik. Kan niet missen. Waar heb je hem gevonden?'

'In de diewetuin! Heeft papa gekoopt! Kan jij met Wall-E slapen, ga ik met Hendwik slapen!'

'Gekocht, lieverd, niet gekoopt. Dat is lief, zeg. Heb je een leuke dag gehad?'

'Ieie,' zei Row, stuiterend van vreugde op haar knie.

'Kom, Row, even rustig nu,' zei Anne zachtjes, terwijl ze langzaam over zijn ruggetje aaide. Hij ontspande zich meteen en legde zijn bolletje tegen haar schouder, de spin onder zijn arm.

Maxine strekte een hand uit. 'Mag ik je spin ook even bekijken, Rowland?' Maar voordat hij had kunnen reageren was Maxine alweer afgeleid, omdat Roar, die achter Row aan de zaal binnen was gekomen, maar nog even met de geluidstechnicus had staan praten, hun kant uit kwam. Ze sprong uit haar stoel, poseerde voor hem in haar nieuwe jurk en schudde haar nieuwe haar voor hem uit.

Meer dan een vermoeide glimlach kreeg ze er niet voor. 'Mooi hoor,' zei hij, en daarna liep hij naar Anne en ging voor haar op zijn hurken zitten om zijn zoon in de ogen te kunnen kijken.

'Gaat-ie goed, gast, of moet je even plat?'

'Ik wil kijken, pap,' zei Row, een beetje slaperig nu hij door zijn eerste energie heen was.

Anne veegde Rows haar uit zijn gezicht en bleef doodstil zitten toen Roar gedachteloos een hand op haar blote knie legde om te voorkomen dat hij achterover viel. Waarom had ze vandaag nou toch een rok aangetrokken en geen broek? Waren zijn handen altijd zo warm?

'Okidoki,' zei Roar tegen Row, 'maar je moet hier blijven zitten bij Annie en Maxine, ja? Ik ben straks dáár, op het podium, en dan kan je niet naar me toe tot ik klaar ben met spelen.'

'Kee,' zei Row.

'Jij ook goed?' vroeg Roar nog even snel aan Anne. Hij klopte een keer op haar knie, stond op en keek nog eens goed naar haar gezicht. 'Je neus is rood, mop,' mompelde hij zo zacht dat alleen zij het kon horen.

Maxine stond nog steeds naast haar stoel op hem te wachten met een glas champagne in haar hand. Ze reikte het hem aan, maar hij nam maar één klein slokje en gaf het toen terug.

'Ha, daar heb je Blade, kunnen we meteen effe soundchecken,' zei hij min of meer in Maxines richting, en toen nam hij een paar lange panterachtige passen de zaal door en zo het podium op.

Harmony was ondertussen bij de tafel aangeland; ze was helemaal buitenom gelopen nadat ze samen met Mad was binnengekomen. 'Hallo, dames, mag ik me bij jullie aansluiten?' vroeg ze vriendelijk.

'Ja, natuurlijk, kom lekker zitten,' zei Anne, nog steeds met Row op schoot.

'Dag, Harmony,' zei Maxine met een beleefde glimlach. 'Je bent aan het juiste adres; dit is de vriendinnentafel. Hoewel Anne eigenlijk niet echt iemands vriendin is.'

Harmony glimlachte. 'Ik dacht dat Anne en jij vriendinnen waren, Maxine,' zei ze zonder een spoor van sarcasme.

'O, o ja, natuurlijk zijn we vriendinnen, maar ik bedoel, ze is niet iemands vriendín. Iemand in de bánd.'

'Annie is míjn vwiendin,' zei Row verontwaardigd.

'Ach, lieverd,' zei Anne vertederd. 'Ik wil graag je vriendin zijn hoor, maar dan moet je wel een r zeggen.'

'Hé, Rowland, heb je plezier gehad vandaag?' Harmony leunde naar hem toe.

'Tante Hammenie, kijkes, Hend-rrr-ik!' Hij stak de spin naar haar uit, een fronsje tussen zijn ogen vanwege die moeilijke r.

Harmony pakte de spin met twee vingers aan en rilde voor de show. 'Is dit Hendrik de spin uit het rijmpje? Die de hele tijd chocomel drinkt? Och jee, hij is wel héél erg eng. Je neemt hem toch niet mee als je weer een keertje bij ons komt logeren, hè?'

Row knikte en giechelde en kroop een beetje weg bij Anne. Harmony gaf de spin terug en Row trok hem liefdevol onder zijn kin; Harmony en Anne keken elkaar even aan over zijn hoofd. Daarna flitste Harmony's blik weer naar Maxine, die nogal onbeleefd min of meer achterstevoren op haar stoel was gaan zitten om maar niets te hoeven missen van wat er allemaal op het podium gebeurde tijdens de soundcheck.

Anne had de stekel in de staart van Maxines opmerking heus wel gevoeld. Ze greep haar glas en nam gauw nog twee slokken, in de hoop dat die ontspannen tevredenheid van eerder terug zou komen. Het voelde in ieder geval warm en een beetje pluizig in haar maag; dat was al iets, hoewel de smaak van de champagne haar nog steeds niet aanstond.

De jonge vrouw die eerder door Maxine zo onvriendelijk was toegesproken kwam een karaf water en wat glazen brengen, en Anne voelde zich verplicht om haar toe te fluisteren: 'Eh, sorry, voor daarnet?' Ze kreeg er een glimlach voor terug.

'Row, wil je een beetje water?' Anne mompelde het in zijn zachte haar en toen hij knikte schonk ze een glas half vol en gaf het aan hem. Hij kreeg het voor elkaar om een grote ijskoude scheut over haar benen te morsen. Ze schrok, maar het was vreemd genoeg eigenlijk wel verfrissend.

Plotseling hield het gefragmenteerde lawaai vanaf het podium op. De soundcheck was afgelopen en Mad en Roar kwamen grinnikend terug naar de tafel; Axe stond naast het podium een beetje daas om zich heen te kijken.

Hij zoekt nog steeds naar Terri, dacht Anne wazig, en voordat ze het wist was ze ook aan het rondspeuren. Terri zat bij de ingang achter een tafel, half verborgen achter haar laptop, met Gemma naast zich; ze was blijkbaar bezig hem op volle kracht te negeren. Anne wist zeker dat Axe haar ook zag, maar hij stampte hij naar de bar, bestelde een groot glas bier en maakte een praatje met het meisje achter de tap.

Mad was naast Harmony komen zitten, maar Roar stond nog, en hoewel Maxine, vol adoratie naar hem opkijkend, de stoel naast haar voor hem onder de tafel uittrok legde hij alleen zijn handen op de rugleuning en wilde hij blijkbaar niet gaan zitten. Ze schonk nog maar wat champagne in, voor zichzelf, voor Roar, voor Anne.

Anne probeerde ongemerkt Blade in het vizier te krijgen. Ze moest toch een keer met hem praten; misschien kreeg ze dat deze middag eindelijk voor elkaar, voordat ze de door de alcohol aangezwengelde moed weer verloor. Ze zag hem uiteindelijk naast Axe aan de bar staan, waar hij stevig stond te flirten met de bardame.

'Annie?' Row wreef zijn voorhoofd tegen haar kin. Hij was

warm, zacht en slaperig en hij had op zijn vuistje zitten zuigen, met een van Hendriks harige poten zo ongeveer in zijn neus.

'Wat is er, lieverd?'

'Moet plassen,' zei hij verlegen.

'Oké, dan gaan we de wc zoeken,' zei Anne berustend. Ze zette hem op de grond en kwam overeind uit haar stoel, maar merkte tot haar schrik dat ze nog steeds een beetje onvast op haar benen stond. Row strekte zijn armpjes naar haar op, maar ze zei: 'Kom, volgens mij kun je best even zelf lopen, je bent al zo'n grote jongen.' Ze zag al allemaal rampscenario's voor zich waarbij ze plat op haar gezicht zou gaan met hem in haar armen, en dus pakte ze snel zijn plakkerige handje en liep, zo recht als ze kon, met hem naar de ingang van de zaal.

In de gang was een toiletblok; ze hielp Row met plassen en zette hem daarna op de marmeren plaat waar de wasbakken in hingen, zodat hij zelf zijn handjes onder de kraan kon houden.

'Annie,' zei Row, wild schoppend met zijn beentjes.

'Ja?' Anne deed één oog dicht, in de hoop dat haar reflectie in de spiegel iets minder heen en weer zou zwaaien. Het was oerstom geweest om nog meer van die champagne te drinken dan alleen die eerste, vieze slok en ze had sinds het ontbijt niets meer gegeten. Haar maag klotste en haar haar was een ongeorganiseerd zooitje geworden. En toen ze voorzichtig naar voren leunde om haar gezicht een beetje te verfrissen en wat beter te bekijken, zag ze dat haar neus inderdaad rood was, precies zoals die ellendige Roar had gezegd.

'Annie, blijf je nou altijd bij ons?'

Ze ging heel behoedzaam weer rechtop staan.

'Wie bedoel je met ons, lieverd? De band?'

'Nee-hee,' zei hij ongeduldig; wat konden grote mensen soms toch dom zijn. 'Ikke en pap.'

'Papa en ik,' corrigeerde Anne automatisch.

Row haalde zijn schouders op maar keek toch hoopvol. 'Ja, dus?' zei hij wijs.

'Nou... Het is de bedoeling dat ik weer naar huis ga als we bij New York zijn aangeland met de tournee, dat had ik je toch verteld?'

Een aandoenlijk fronsje. 'Wawom? Zijn we niemmee lief in New Yowk? Hoe lang is New Yowk? Is dat stwakjes?'

'O, nee hoor, dat is pas over, even kijken... negen dagen. En natuurlijk vind ik je nog lief als we in New York zijn. Het is alleen dat we dat nu eenmaal zo hadden afgesproken, en in New York is er een echt kindermeisje voor je, eentje die weet hoe dat moet, want ik hou wel van je, maar ik doe ook maar wat, hoor.'

Ze wist ook wel dat hij dat allemaal nog niet snapte, maar ze moest toch iets doen om op z'n minst aan zichzelf te vertellen dat het beter was zo. Ze zag nu al als een berg op tegen het moment dat ze die kleine jongen achter moest laten, en ineens wist ze dat dat niet alleen was omdat ze hem dan verdriet zou doen, maar omdat ze hem zelf ook vreselijk zou gaan missen.

Ze slikte.

'Ik wil geen kindmeisje. Meisjes zijn stom. Ik wil bij jou,' zei Row bozig. Zijn beentjes schopten harder.

'Ik wil ook graag bij jou zijn, maar dat kan niet. Ik moet gewoon naar huis als we in New York komen, en jij blijft bij je papa. Maar we blijven toch wel vrienden? We kunnen toch bellen, of skypen...'

Row stak zijn lip uit.

Anne aaide over zijn wang; de lip ging weer naar binnen. 'Ik moet terug naar mijn werk, in Londen. En ik heb een vriend die in Londen woont. Ik hou ook van hem, en hij mist me... Misschien mag je wel een keertje bij ons komen logeren, net als bij tante Harmony?'

'Ík ben je vwiend!' mompelde Row verontwaardigd. Hij dacht er even over na en vroeg toen klaaglijk: 'Papa kan toch ook je vwiend zijn, net als ikke? Wawom blijf je nou niet bij ons, Annie? Ikke en pap zijn toch meer lief dan Lo – Lo....'

'Londen. Och, lieverd.' Annie zuchtte vanuit haar tenen. Toen pakte ze hem op, knuffelde hem stevig en zette hem weer op zijn benen. 'Was het maar zo makkelijk. Maar zo werkt het niet, ben ik bang. Hier, geef me een hand, dan gaan we gauw terug naar binnen; ik denk dat het optreden bijna gaat beginnen.'

11
Vallen

In de tussentijd waren er verbazingwekkend veel mensen aangekomen. De gang stond vol keurig geklede dames en heren met een toegangskaart in de hand; Anne en Row waren zonder twijfel vast komen te zitten als ze niet opgemerkt waren door een lange, brede en vooral oplettende hotelbeveiligingsman. Hij viste ze uit de menigte en begeleidde ze naar het begin van de rij, waar twee al even bonkige collega's, die Gemma en Terri ondersteunden bij het aannemen van de exclusieve uitnodigingen, Anne en Row snel doorlieten. Terri keek verbaasd op.

Anne glimlachte en mompelde snel: 'Sorry, hij moest plassen,' met een blik op Row naast haar.

Terri knikte kort, lippen opeengeperst; ze zag er bleek, gestrest en doodongelukkig uit.

Terwijl Anne, met Row aan de hand, tussen de tafeltjes door terugliep naar hun eigen plek achterin – gelukkig was ze weer iets stabieler na de korte verfrissing – dacht ze nog even terug aan haar gesprek met Axe. Ze moest zich wel heel erg vergissen als Terri en Axe geen diepere gevoelens voor elkaar hadden, of ze dat nou aan zichzelf toegaven of niet. Anne moest toch iets kunnen doen? Ze wist nog niet wat; erover praten met Terri leek geen optie. Misschien moest ze dan maar proberen Axe te confronteren; met hem was in ieder geval nog een soort van gesprek mogelijk.

Ze bereikte de tafel gelukkig zonder verdere problemen, keurig met Row aan de hand. De hele band zat er al omheen gepropt, er waren nog een paar flessen champagne in grote koelemmers neergezet en er stonden mooi opgemaakte borden met kleine hapjes op tafel.

Roar, die naast Maxine zat, stond op zodra hij Anne en Row aan zag komen, en bood Anne woordeloos zijn stoel aan. Stomverbaasd ging ze zitten, met Row op schoot. Ze had toch echt gedacht dat Roar geen enkele vezel in zijn lijf had die wist hoe hij zich als een heer moest gedragen.

Roar roofde een stoel bij een tafel verderop en propte deze nogal bruusk tussen haar en Maxine in, waardoor Maxine wel moest opschuiven; Anne kon geen kant uit met Row op schoot. Ze kreeg meteen een blik van Maxine toegeworpen die niet overliep van vriendelijkheid, terwijl Roar in zijn stoel plofte met zijn knie tegen die van Anne. Hij trok hem niet weg; Anne voelde het prikken dwars door de lichte mist die nog in haar hersenpan hing. Ze kreeg een blik van hem die er een beetje vervaarlijk uitzag, en toen tilde hij, nog steeds zonder er woorden aan vuil te maken, Row van haar schoot en plantte hem op de zijne.

Axe schonk haar een glas champagne in dat ze aannam maar niet van plan was leeg te drinken en Harmony bood haar een minisandwich zalm, roomkaas en tuinkers aan.

'Proef dit eens, het is echt heerlijk,' zei ze bemoedigend.

Anne probeerde een hapje en merkte opeens hoeveel honger ze had. Ze had het liefst de hele tafel leeggegeten, maar ze nam netjes, met inachtneming van passende pauzes, van ieder bord een of twee hapjes. En als ze dacht dat niemand het zag, nam ze stiekem gauw toch nog een derde.

En toen was het tijd voor de band. Het licht werd gedimd, er klom iemand op het podium voor de aankondiging, er werden mooie woorden over de sponsor gesproken en nog mooiere woorden over Road Rage, en ineens scheen er een spot op de tafel. Roar haalde een keer diep adem en gaf Row een kus op zijn kruin. Daarna stond hij op, met kind en al.

Het publiek juichte.

Hij keek naar beneden, recht in Annes ogen, en toen gaf hij Row aan haar.

Ze trok Rowie tegen zich aan, slikte dat rare prikkende gevoel weg, draaide haar stoel een beetje zodat ze het podium beter konden zien en concentreerde zich op wat daar allemaal gebeurde.

Vervelend genoeg lieten haar hersenen zich niet zo makkelijk afleiden.

De afgelopen dagen had ze zich buitengesloten gevoeld, overbodig, nu Maxine zo'n prominente plaats in Roars leven claimde. Soms kreeg ze zelfs het gevoel dat ze een indringer was; Maxine had er geen twijfel over laten bestaan dat zij, en zij alleen, het alleenrecht had op alles wat met Roar, en als vanzelf ook met Row, te maken had.

Ze voelde het nu bijna als een soort rechtvaardiging, dat Roar Rowland aan háár had gegeven en niet aan Maxine. Zie je wel, dacht ze, hoewel het niet helemaal duidelijk was wat er dan precies te zien moest zijn. En Roar had Maxine dan wel een deuk in zijn creditcard laten slaan, hij had niet de dag met haar willen doorbrengen. Dat moest toch iets betekenen?

Anne schudde haar hoofd in het donker. Hopelijk keek iedereen naar de band en niet naar haar. Waarom, waaróm in godsnaam was ze zo vreselijk met Roar en de geheimzinnige verborgen betekenis van al zijn daden bezig? Hemel, ze had zichzelf al toegegeven dat ze hem er leuk uit vond zien, was het nou echt noodzakelijk om obsessief te analyseren wat iedere uitspraak, iedere beweging van die man aan extra betekenis in zich droeg?

De band opende met een akoestische versie van 'Rock-'n-Roll Thunder', een van hun eerdere hits, en Row kroop lekker tegen haar aan.

'Vind je het mooi, man?' Anne vroeg het in zijn oor en aaide over zijn rug.

Hij knikte.

'Henning zei dat je drummer wilt worden als je groot bent.'

Weer een knik.

Op het podium was Roar van zijn barkruk af geklommen. Hij hing zijn gitaar op zijn rug en ging er eens even goed voor staan, benen wijd, om die laatste lange hoge noot, met precies dat goeie schorre randje erop, de microfoon in te scheuren en aan de wereld te laten horen dat hij live en unplugged net zo goed was als in de studio.

Het kwam er geweldig uit.

O, gelukkig, hij heeft geen rauwe keel meer, was Annes eerste gedachte, en terwijl het applaus door de zaal golfde was haar tweede gedachte: Wat is hij goed! Het podium was van hem, het was bijna of hij licht uitstraalde. Het leek niet alleen of hij ieder woord van ieder nummer honderd procent meende, maar ook alsof hij alles alleen voor haar zong. Zijn stem was een en al rauwe intensiteit en ze was hulpeloos als in een tsunami van gevoel; het enige wat ze kon doen was alles over zich heen laten spoelen en betoverd achterblijven. Een totaal onverwachte liefde en bewondering voor alles waar deze vier mannen voor stonden stroomde door haar heen en ineens wist ze wat het was om een fan te zijn.

Anne was niet de enige die door de tsunami werd gegrepen.

Maxine zat op de rand van haar stoel, haar ogen vastgekleefd aan Roar, een uitdrukking van verwondering op haar gezicht, en alle andere dames in de zaal waren al net zo gegrepen door de magie van die man met die stem en die uitstraling. Het zweet stond hem ondertussen op het voorhoofd, maar dat maakte hem alleen maar nog aantrekkelijker.

'God, wat is hij sexy,' hoorde Anne iemand zeggen aan de tafel achter hen. Ze gluurde over haar schouder en glimlachte verlegen naar de fronsende man van een middelbare dame, die zich koelte toewuifde met een servetje.

Na een ademloze drie kwartier kwam de band dan toch – hoe kon het ook anders – aan het eind van de set. Roar kondigde het laatste nummer aan, ze speelden het, de zaal klapte, floot en riep om meer. De band grinnikte, boog, dankte, maar het lawaai hield aan.

Roar greep zijn microfoon.

'Dus jullie willen nog een liedje?'

Gejuich, geklap.

'Okidoki, 'es effe denken. Als Axe en ik nou... Wacht. Ik moet jullie dan wel vertellen dat Axe en ik mekaar nog van school kennen. We kwamen niet echt om in de poen in die tijd, maar ja, als jonge jongen wil je ook wat, dus wat deden we dan, als we geld nodig hadden, dan gingen we op een straathoek staan met een gitaar om onze nek.'

Axe was achter zijn drumstel vandaan gekropen en had een van de aan de zijkant geparkeerde akoestische gitaren gepakt; hij wist blijkbaar al wat er ging komen.

'En dan speelden we meestal dit,' zei Roar. Hij sloeg een paar akkoorden aan, speelde een intro en zong het begin van 'I've Just Seen a Face' van The Beatles. Axe pakte het akkoordenschema meteen op en zong de harmonie in het refrein; hun stemmen mengden zich tot iets puurs en sterks in een verrassend ontroerende vertolking.

Roar werkte hard om iedereen in het publiek het gevoel te geven dat hij speciaal voor hem of haar stond te zingen. Hij gaf alles, zelfs in zo'n klein liedje; hij legde doodleuk zijn hart op de rand van het podium omdat hij met minder geen genoegen nam.

'Pappie, pappie,' riep Row; hij had het hele concert lang in een soort doezelige overweldiging geluisterd, maar hij voelde aan dat er nu echt iets bijzonders gebeurde.

Roar hoorde, door de muziek heen, zijn kind roepen. Hij keerde zich als een kompas naar het geluid en zijn hele gezicht lichtte op in een verpletterende glimlach. Toen trok hij zomaar de plug uit zijn gitaar en rende hij van het podium af en de zaal door, helemaal tot aan de tafel waar Harmony, Maxine en Anne met Row op schoot zaten. Een verbaasd spotje kwam achter hem aan om hem uit te lichten.

'Doen we het toch gewoon effe echt unplugged?' zei hij, en hij knielde op de grond voor zijn zoon.

Axe, die een solo uit de akoestische gitaar had staan worstelen en even verbijsterd opkeek toen hij Roar niet meer naast zich zag staan, trok zijn plug er ook uit. Het werd doodstil in de zaal; niemand wilde er ook maar iets van missen. Het enige geluid was nog Axe' onversterkte gitaar, en Roars stem toen hij voor Row zong:

Falling, yes I am falling
And you keep calling
Me back again...

Roars ogen kwamen bijna als vanzelf omhoog tot ze die van Anne ontmoetten, precies op het moment dat hij bij whoa, falling, aankwam. En ze voelde het. Ze voelde het gewoon echt gebeuren, diep vanbinnen, op dat exacte moment.

Vallen.

Een licht, zwevend, achteroversuizend gevoel dat veel, veel verder ging dan wat ze aan door de alcohol opgewekte lichthartigheid had gevoeld. Het duurde misschien maar één of twee lettergrepen, maar voor haar had het een eeuwigheid mogen duren; ze wist zeker dat ze nog nooit zoiets zeldzaams en moois en overweldigends en compleets had gevoeld.

Roar knipperde even met zijn ogen en slikte een half woord in; Anne zag verwarring op zijn gezicht, maar hij herstelde zich razendsnel. En terwijl het publiek opstond en klapte en juichte, stond ook hij in één vloeiende beweging op, zwaaide zijn gitaar op zijn rug en tilde Row van Annes schoot. Hij hield hem stevig vast, zijn ogen dicht, en haalde een paar keer diep adem. Het gejuich werd alleen maar harder.

Anne was ervan overtuigd dat de gehele vrouwelijke helft van het publiek vanaf dat moment niet anders kon dan wild verliefd zijn op deze man, na zo'n optreden, met zo'n einde. Rauw, doorvoeld, stoer, sexy, en nu nog gevoelig en liefdevol ook. Haar hart liep over, en even wilde ze dat ze íets kon doen om uiting te geven aan dat enorme gevoel dat zich binnen in haar had opgebouwd, íets, of ze zou barsten.

Haar ratio greep in. Het is het moment, zei ze streng tegen zichzelf, kijk om je heen, iedereen voelt zich zo.

Heel langzaam werd iedereen weer een beetje rustig. Mensen gingen weer zitten, of stonden juist op om met elkaar te praten. Vooral in de nabije omgeving van de bandleden was het een drukte van belang: Roar werd bijna meteen omstuwd en weggevoerd; zijn gitaar hing nog op zijn rug. Row verdroeg al die aandacht verrassend manhaftig, hij zat rustig op zijn vaders arm schattig te wezen. Roar verdroeg het ook; met een scheve, charmante grijns en minstens twintig jaar ervaring ontving hij alle complimenten die hij op zich af gevuurd kreeg.

Anne hield hem goed in de gaten; ze vroeg zich constant af of ze Row van hem over zou moeten nemen of juist niet. Ze keek ook waar Blade zich ophield; ze had nog steeds het plan om met hem te praten zolang ze nog durfde. Maar ook hij was omringd door drommen mensen; ze zou er nooit doorheen komen, laat staan dat ze een soort van privégesprekje met hem zou kunnen hebben.

'Hou in godsnaam eens op met naar mijn vriend te staren, zeg,' zei Maxine ineens fel.

'Ik kijk alleen maar of ik Row niet even moet gaan halen,' zei Anne, een stuk defensiever en ook bibberiger dan ze wilde, en ze nam snel een slok champagne om zich een houding te geven. Het was een beetje lauw geworden en niet meer zo bubbelig – eigenlijk nog viezer dan eerst.

'Als je je maar niks in je hoofd haalt, Anne, dat je niet denkt dat hij je een serenade kwam brengen of zoiets idioots, want dat was natuurlijk niet zo.'

Anne keerde zich naar Maxine toe, bijna te verbijsterd om te antwoorden. 'Natuurlijk denk ik dat niet, waarom denk jij in 's hemelsnaam dat ik zou denken dat... Jemig, Maxine, echt!' Ze gooide schielijk de laatste slokken uit haar glas naar binnen, alsof dat haar steun kon bieden, en zei gehaast tegen Harmony: 'Als Row het heeft gehad met al die mensen om zich heen, zou jij dan even... want ik moet gewoon echt even naar de... eh...'

'Ja, natuurlijk, meid, ga jij gewoon even naar de "eh". Ik zorg voor Row als het nodig is.'

Anne vloog bijna uit haar stoel, ze struikelde nog net niet over haar eigen voeten. Ze rende de zaal uit, dook de toiletten in en stopte voor de spiegel, leunend op de wasbak. Heel voorzichtig draaide ze de koude kraan open en liet water over haar polsen stromen. Ze legde haar natte, koele handen in haar nek, maakte haar voorhoofd en wangen nat, wachtte totdat ze weer een beetje steviger op haar benen stond en niet langer brandde van verontwaardiging over Maxines gedrag.

'O mijn god, ik ben zo dronken,' mompelde ze zonder geluid. Ze trok haar schoenen uit en liet de koelte van de marmeren vloer in haar voetzolen trekken, en langzaamaan werd ze rustiger. Voelde ze zich beter. Maar ze kon niet anders dan zich afvragen: was Maxine wel echt een vriendin, of had ze zich eigenlijk vreselijk in haar vergist? Maxine had zich de afgelopen dagen weinig vriendschappelijk gedragen, ze was zelfs van tijd tot tijd echt lelijk geweest, hoewel Anne niet snapte wat ze gedaan had om dat te verdienen. Ze was altijd aardig tegen Maxine gebleven en had nauwelijks een woord met Roar gewisseld, ze had haar uiterste best gedaan om die vervelende aantrekkingskracht die ze voelde zo goed mogelijk te onderdrukken en ze was er vrijwel zeker van dat het goed gelukt was. Als ze terugdacht aan de afgelopen dagen was het enige wat ze zich herinnerde een hoop onaangenaam gebloos. Maar ze bloosde nu eenmaal altijd als een malle om het minste of geringste, dus het kon toch niet zo zijn dat dát nu ineens de reden voor Maxines gedrag was?

Maar vriendinnen waren toch niet jaloers op elkaar, voelden zich toch niet bedreigd door elkaar? Vriendinnen konden elkaar vertrouwen, die deden toch niet zo als Maxine net aan tafel had gedaan?

Anne zuchtte en propte haar voeten terug in haar schoenen. Ze was rozig van het te lang in de zon zitten en ondersteboven van het concert, ze was in de war van het gepieker over Axe en Terri en Blade en Maxine en natuurlijk vooral Roar, en ze begon zich, ondanks al haar moeite om het effect van die smerige champagne te bestrijden, steeds ellendiger, wiebeliger en klotsiger te voelen.

Met de moed der wanhoop strompelde ze de gang weer in. Ineens zag ze, een beetje verbaasd, de muur op zich af komen en het volgende moment leunde ze ertegenaan, haar warme voorhoofd tegen het koele stucwerk. Hemeltjelief. Hoe moest ze nu voor Row zorgen? Ze was ook wel extreem stom om het zover te laten komen.

Vlak naast haar ging de deur naar de heren-wc's onverwachts open – ze had zich niet eens gerealiseerd dat die deur er was – en Blade stapte naar buiten.

Ha, hem moest ze nou net hebben.

'Angharad? Meid, gaat het wel goed met je?' vroeg hij. Hij had aan één blik genoeg om de situatie in te schatten. 'Te veel zon, niet genoeg gegeten, iets te veel gedronken?'

Anne knikte; ze voelde zich verschrikkelijk. 'Zeg. Blade,' begon ze, zo goed en zo kwaad als het ging. Haar stem klonk haar in de oren alsof hij van mijlenver kwam. 'Ik wilde nog iets zeggen over dat feest. Toen jij en ik...'

'Ja, wilde ik het ook nog met je over hebben,' zei hij snel. Hij keek even om zich heen om te zien of er niemand meeluisterde. 'Ik wilde zeggen dat... nou, het was gewoon niet de bedoeling. Dat het uit de hand zou lopen, bedoel ik. Ik was een beetje te... enthousiast, zeg maar, maar ik heb echt geen interesse in iets serieu–'

'O mijn god, heeft Rory iets tegen je gezegd?' Schrik ontnuchterde Anne een beetje; ze staarde hem beschaamd aan, ogen wijd open.

'Hij heeft wel iets... eh, nou, hij heeft me zo ongeveer op mijn sodemieter gegeven. Een heel verhaal had hij, ik begreep er eerst geen snars van. Maar na een tijdje viel het kwartje; het ging over jou. En dat ik met een vrouw als jij niet moet rondkloten, want jij bent relatiemateriaal. Dat was zo'n beetje wat hij zei.'

Anne kreunde. 'O, nee, ik heb hem nog zo gevraagd om niks te zeggen. Echt, ik heb hem bijna gesmeekt, o mijn god, ik schaam me kapot...' Ze zakte opnieuw tegen de muur en hield een hand over haar ogen.

Blade wachtte heel even totdat ze haar hand weer liet zakken. 'Ik loop dus de hele tijd te piekeren hoe ik het netjes moet zeggen, maar daar ben ik niet zo'n ster in, dus dan zeg ik het maar gewoon. Ik vind je een toppertje, echt, maar ik wil niks met je. Ik zat alleen achter je aan omdat ik knetterstoned en high en zat en geil was die nacht, en ik dacht dat je wel zin had maar dat je gewoon moeilijk deed voor de lol.' Hij schuifelde met zijn voeten en keek even naar de grond. 'Ik hou van vrouwen, weet je wel? Ik ben volgens mij met zeker duizend meiden naar bed geweest, als het niet meer is, en ik hoop dat ik er nog duizend kan doen voordat ik dood ben. Ik wil geen vastigheid. Zelfs niet met zo'n klassemeid als jij.' Blade gaf Anne een ernstige maar gereserveerde blik, alsof hij bang was dat ze ieder moment in hysterisch gehuil zou kunnen uitbarsten.

In plaats daarvan zei ze, op een opgeluchte uitademing: 'Ik aanvaard je excuses, dank je, maar weet je, Rory had het helemaal verkeerd. Hij denkt volgens mij dat ik verliefd op je ben of zoiets, maar dat is echt niet zo. Ik weet ook niet hoe hij erbij komt. Ik vind je echt heel vriendelijk, maar je bent mijn type niet... Ik hoop niet dat je het erg vindt?'

'Neu,' zei Blade met een grijns. 'Laat ik dat nou voor één keer helemaal geen enkel probleem vinden! Sterker nog, ik ben blij het te horen. Alleen dat ik vriendelijk ben, dat gaat te ver; ik ben een eersteklas eikel, dat weet toch iedereen?'

'Ja, dat klopt,' zei Anne, met een glimlach terug en een flits van dronken inzicht, 'en ik weet zeker dat je op een mooie dag een vrouw tegenkomt die zo in één klap al je ideeën omgooit, en die zonder dat je er ook maar iets tegen kunt doen al die vriendelijkheid in je naar boven haalt.'

Blade lachte even, schudde zijn hoofd en keek toen, voor een fractie van een seconde maar, een beetje verloren de gang in. Toen rechtte hij zijn schouders en was hij weer op en top de stoere, sexy rocker.

'Poeh, ben ik even blij dat we dat uitgesproken hebb– ' begon Anne, maar plotseling begon de wereld nogal snel te draaien. Ze kneep haar ogen dicht en er borrelde een raar geluid uit haar maag omhoog.

'Moet je kotsen?' Blade was gelukkig erg fijngevoelig.

Anne schudde haar hoofd, maar dat had ze beter niet kunnen doen. Alles draaide nog harder. 'Ik denk dat ik maar beter even naar mijn kamer kan gaan,' zei ze, tanden op elkaar voor het geval dat. Maar toen dacht ze aan Row. 'O god, ik moet terug naar binnen, ik moet Harmony vragen of ze Row dan straks naar mijn kamer kan brengen, ik voel me vast zo weer beter als ik even tien minuutjes...'

'Ja hoor, tuurlijk,' zei Blade als ervaringsdeskundige. 'Luister, schat, ik ga weer naar binnen, ik zeg tegen Harmony dat je effetjes naar boven moet; zij wil heus wel op die kleine dondersteen passen. Ja? Ga jij nou maar, voordat het eruit komt. Red je het in je eentje of moet ik de motorpolitie laten komen?'

'Ik red het,' zei Anne, haar wilskracht op standje tien. Ze duwde zich af van de muur en stond midden in de gang, helemaal los en bijna zonder te wiebelen. 'Kijk. Zie je wel, niets aan de hand.' Ze keerde zich heel voorzichtig om en liep langzaam naar de centrale hal waar, zo meende ze zich te herinneren, de liften waren.

Het was koel en rustig in de hal, wat ze geweldig kon waarderen. Ze ontweek een grote palm in een manshoge pot en kreeg de koperglanzende muur in het oog waar toch zeker drie liften in moesten zitten. Ze klapte een hand tegen het koude metaal en liep er tastend langs: ergens moest een knop zijn, maar ze voelde niet eens waar die ellendige liftdeuren nou zaten. Aan het eind van de koperen muur keerde ze voorzichtig om en voelde ze met haar andere hand: misschien dat die het beter deed. En ja hoor: ze vond de knop. Ze duwde er een paar keer op en leunde toen met haar rug tegen de muur. Keek naar haar voeten. Zag de vloer: het koele, strakke marmer zag er ongelooflijk uitnodigend uit – zo uitnodigend dat het als vanzelf dichterbij leek te komen. Ze gleed langs de muur naar beneden en kwam met een harde maar verbazingwekkend genoeg volledig pijnloze klap op haar kont terecht.

12
Redden

Roar kwam met wapperende haren de hoek om vliegen als een superheld met een kledingprobleem. Hij had geen lycra pakje in schreeuwkleuren en geen cape; hij droeg een zwarte spijkerbroek – met gaten en rafels – en een zwart zijden overhemd.

Anne gaf hem een lieve glimlach toen hij voor haar neus tot stilstand kwam en op zijn hurken ging zitten.

'Jezus, Annie, is alles goed met je?'

'Ja, ja,' zei ze luchtig, 'ik heb gewoon een beetje te veel champagne gedronken. Nu ben ik onderweg naar mijn kamer om even te rusten, zodat ik vanavond weer op Row kan passen als jij met Maxine gaat liggen hotseflotsen. Ik sta straks gewoon op, dus er is echt niets om je over op te win – huh?'

Roar kwam omhoog, boog voorover, greep haar onder de oksels en hees haar als een zak aardappelen overeind. De lift arriveerde met een beschaafde boing en Roar sleepte Anne mee naar binnen.

Het was wel duidelijk dat het niet zoveel zin had om te protesteren, dus ze ging gedwee mee, maar ze kon niet nalaten om te zeggen: 'O, god, Rory, waarom heb je met Blade gepraat? Ik had je nog zo gevraagd om dat niet te doen!'

Roar gromde iets onverstaanbaars, dus ze concentreerde zich op de schouder onder haar oor. Het was een erg fijne schouder: stevig maar verrassend comfortabel. Zijn arm hield haar omhoog, en dat was maar goed ook, want haar knieën leken niet meer helemaal te functioneren.

Wat rook hij toch lekker van zichzelf, zonder die walm van patchouli. Ze greep haar kans, nu ze toch even tijdelijk geen noemenswaardige remmingen had: ze stopte haar neus in zijn nek en snoof.

'Als je mijn goeie hemd onderkotst, dan doe ik je wat,' bromde hij zachtjes in haar oor, maar die heerlijke stevige arm trok haar nog ietsje dichterbij. Vanuit het niets verscheen zijn andere hand, die het haar uit haar gezicht streek. Dat was ook heel lekker, maar toen kondigde de lift met alweer zo'n boing aan dat ze er waren.

Roar werkte haar de lift uit met nog minder decorum dan waarmee hij haar erin had gekregen en onderweg verloor ze een schoen. Die bleef eenzaam liggen in de lift, terwijl de deur zich langzaam sloot en de lift met een zacht gezoem vertrok.

Anne staarde. 'Eh... mijn schoen...'

'Ja, ja, ik koop wel nieuwe voor je, Assepoes. Kom op,' gromde hij ongeduldig. Hij trok haar arm om zijn nek en tilde haar van de grond als een slaperig kind, waardoor haar andere schoen ook nog uit viel, en zonder daar verder aandacht aan te besteden marcheerde hij naar haar suite, duwde de deur open met zijn schouder en zette haar op haar blote voeten. Hij hield haar schouders stevig vast.

'Zo. Blijf je staan? Gaat het lukken verder? Hé? Annie? Of moet je spugen? Zeg 'es wat.'

Hoewel het natuurlijk heel lief en misschien zelfs een beetje romantisch van hem was om haar zo op te tillen en te dragen, had het een nogal ongezellig effect op haar maag. 'Het gaat wel,' zei ze dapper, 'het gaat goed, het gaat... o god o godogodooo...!'

Roar rukte de badkamerdeur bijna uit zijn scharnieren en schoof Anne met brute kracht naar binnen, tegen de wastafel aan. Hij was precies op tijd: ze braakte een afschuwelijke, zure straal drank en halfverteerde hapjes uit en kreunde van ellende. Met een arm hield hij haar rechtop, met de andere hand draaide hij de kraan open om alles weg te spoelen en vulde hij een waterglas. Hij zette het glas op de rand van de wastafel en graaide blind naar een handdoek.

Anne voelde zich zo ontzettend naar dat ze ervan moest huilen. 'En wat moet er nou met Row,' snikte ze wanhopig, vlak voordat er nog een straal kwam.

'Sst, rustig, rustig maar, ik hou Rowie bij me vannacht. Gaat Maxine gewoon ergens anders maffen. Rustig aan nou maar, mop. Was dat het of komt er nog wat? Oké, even spoelen dan.' Hij gaf haar het glas en veegde haar gezicht droog toen ze het water uitgespuugd had. 'Beter nou het eruit is?'

Anne schudde haar hoofd en hikte. 'N-nee, ik voel me vreselijk, ik, ik kan wel door de grond zakken. Rory, ik doe dit echt nooit, zo de controle verliezen, ik heb me nog nooit zo geschaamd, sorry, sorry...' Ze greep de handdoek die hij nog steeds vast had en verstopte haar gezicht erin.

'Geeft toch niet,' zei Roar en hij streelde haar haar.

'Ik kan gewoon niet geloven dat je dit doet,' zei Anne bibberig vanuit de handdoek.

'Ik heb een hoop ervaring,' mompelde Roar. 'Nou, kom, effe je tanden poetsen, dan knap je weer een beetje op.'

Anne wilde niet in de spiegel kijken, maar kon het niet voorkomen toen ze haar tandenborstel pakte. En wat zag ze eruit; haar maag voelde dan wel een stuk minder als een nucleair rampgebied, de narigheid rees tot nieuwe hoogten toen ze haar eigen gezicht zag. Vlekken van het spugen, rood van de zon, ogen gezwollen van het huilen. Ze zag eruit als iets uit een griezelfilm; ze kneep haar ogen stijf dicht terwijl ze poetste, maar de tranen rolden nog steeds onder haar oogleden door en ze bibberde van pure ellende.

Roars warme handen landden op haar schouders en wreven zachtjes. Ze moest haar ogen wel opendoen om het waterglas te pakken en haar mond te spoelen, maar ze vermeed het op te kijken. Toen ze klaar was en haar gezicht weer schoon en droog was, voelde ze Roars handen haar zachtjes omdraaien, langs haar rug naar beneden glijden en haar dichterbij trekken. Ze verschool zich in zijn armen en huilde geluidloos tegen zijn schouder, totdat ze er geschrokken uit worstelde: 'Ik druip helemaal op je goeie hemd!'

Roar moest erom lachen. 'Maakt mij niet uit hoor, mop, druip maar raak,' zei hij zachtjes. Hij streek haar haar naar achteren en wreef met zijn duim over haar natte wang. Hij maakte sussende geluidjes in haar oor en Anne kon er simpelweg niet over uit hoe lief hij tegen haar was. Ze probeerde voor ogen te houden dat hij een gevoelloze eikel was, maar hij maakte nog zo'n geluidje en hij aaide nog eens over haar wang, en toen kroop ze alleen maar dieper weg in zijn armen en rolden er nog meer tranen uit haar ogen.

Hij reageerde meteen. 'Wat is het dan, heeft Blade iets rottigs tegen je gezegd? Ik trek zijn kop eraf, die smeerlap, stil maar...'

Hij kuste haar natte wang zacht en troostend.

Anne voelde zich verrassend veilig in zijn armen. Ze schudde haar hoofd en mompelde: 'N-nee, wacht nou, je hebt het echt helemaal mis, ik bedoel, ik ben helemaal niet...'

Hij wreef zijn lippen zachtjes over haar wang, dicht bij haar neus; ze kon even niet meer verder praten van al die tederheid; het gloeide op haar huid en zong door haar heen. Maar ze moest en zou hem vertellen hoe het echt zat, dus met veel pijn en moeite werkte ze eruit: 'Volgens mij d-denk je dat ik verliefd ben op Blade, maar dat is echt helemaal niet zo... Die avond... nou, hij, um, kuste me wel, en zo, maar dat was niet helemaal, eh, wat ik wilde... Alleen, ik voelde me zo overvallen, ik wist gewoon niet wat ik moest doen, en toen dacht jij...'

Ze kon alweer niet verder praten; Roar kuste het hoekje van haar oog en ving de traan die daar juist opwelde.

Ze haalde diep adem en begon opnieuw. 'Je denkt de hele tijd dat ik iets voor hem voel, maar dat is niet zo, ik bedoel, ik kwam alleen maar kijken of ik Wall-E kon vinden...'

'Wat heeft Wall-E er verdomme nou mee te maken,' mompelde Roar dromerig, zijn neus tegen haar wang.

'Die meiden, die hadden Row zomaar uit bed gehaald,' zei Anne tegen zijn kin, 'toen ik even naar Blade was gelopen om te zeggen dat hij niet zo hard gitaar moest spelen midden in de nacht omdat Row daar wakker van zou worden, en toen was Maxine daar ineens, en toen moest ik haar aan je voorstellen, weet je nog?'

'Mmm, soort van,' zei Roar. Hij had een hand in haar nek gelegd, onder haar haar, en hij streelde haar huid langzaam en voorzichtig. 'Ik was wel een beetje van het padje, die nacht.'

'Ja, nou,' zei Anne hartgrondig.

'Ik was een eersteklas zak, hè? Sorry, mop. Ik meende er niks van.'

Zijn vingers wreven zachtjes achter haar oor. Haar tranen waren opgedroogd en haar zenuwen bedaarden langzaam, en wat er overbleef was warm en traag en aanlokkelijk. Ze leunde met haar hoofd tegen zijn hand en ging verder, met gesloten ogen: 'Je liep op een gegeven moment weg, en meteen daarna hoorde ik Row huilen, dus ik ging kijken waar dat vandaan kwam, en toen bleek dat een paar van die meiden hem zomaar uit bed hadden gevist. Dus ik troostte hem, stopte hem weer in bed, en toen kwamen we erachter dat Wall-E nog ergens moest liggen. Dus ik ging de gang weer in om te zoeken, en toen zag ik jou, met, met Maxine, en jij zag mij... dus... met Blade...' Ze verborg haar gezicht opnieuw tegen zijn schouder met een kreun van de ongemakkelijke herinnering. 'Je wilt niet weten hoe raar ik me voelde toen hij dat zomaar deed, en ik vond het ook wel een beetje eng, want ik dacht dus heel even dat, dat hij, dat hij me niet, eh, zou laten gaan...'

Roar legde zijn hand tegen haar wang en hief haar gezicht op. 'Annie? Kijk effe naar me en vertel me gewoon precies wat er nou echt gebeurde. Dwong hij je...?'

'Nou, ik was... Eerst overviel hij me, en het was ook niet echt per se náár, wat hij deed, hij was eigenlijk best lief tegen me, maar toen wilde ik dat hij ermee ophield en toen deed hij dat niet helemaal meteen, en dat was wel een beetje... en ik voelde me... Maar het is wel weer goed, hoor, hij heeft sorry gezegd en alles...'

Roars frons verdween niet. 'Godsamme,' gromde hij zachtjes. Het kussentje van zijn duim rustte weer o zo zacht op haar wang. 'Niet te geloven, dat ik het zo verkeerd heb gezien, en ik heb helemaal niks gedaan om je...'

'Je was, eh, nogal druk bezig,' zei Anne verontschuldigend.

'Ik was nogal stóm bezig,' zei hij ontevreden, en hij kuste haar wang nog een keertje, als verontschuldiging. 'God, wat heb ik toch een plaat voor m'n harses.'

'Het is niet erg,' zei Anne zachtjes. Ze had het gevoel dat zij hem nu een beetje moest troosten, hij leek het zich zo aan te trekken. Ze streelde voorzichtig zijn wang; hij raspte een beetje.

'Ik zag ook wel dat je je d'r rot over voelde, de volgende morgen, maar ik dacht dus dat dat kwam doordat hij je meteen zijn bed uit had gesodemieterd, nadat hij met je... Jezus.'

'Ik zei toch dat er niks gebeurd was,' mompelde Anne.

'Ja, weet ik wel, maar toch,' mompelde Roar terug. Hij liet zijn hoofd een klein stukje zakken en kuste voorzichtig haar mondhoek. Ze bleven even doodstil staan, neuzen tegen elkaar.

'Rory,' fluisterde Anne, maar toen ving hij haar bovenlip tussen zijn lippen, en hij hield voorzichtig vast. Trillend, langzaam, kwamen ze los van elkaar, staarden even verbijsterd in elkaars ogen, haalden een keer bibberig adem... en toen zei hij 'o, godver', en kuste haar vol op haar mond.

Roars hart bonkte in zijn borstkas toen hij haar steviger tegen zich aan trok en een klein, lief geluidje bij haar hoorde. De afgelopen anderhalve week had hij zijn ogen bijna niet af kunnen houden van die roodharige journaliste, zo verlegen, zo achterlijk beleefd, zo idioot gewóón. Hij raakte er flink van in de war, en al helemaal omdat zij hem dus blijkbaar helemaal niet zo fascinerend leek te vinden. Hij was ervan overtuigd geraakt dat ze hem niet alleen niet leuk vond, maar dat ze zijn gezelschap zelfs nauwelijks verdroeg. En toen het er ook nog op leek dat ze wel iets voor Blade voelde, ontwikkelde hij voordat hij het wist een ongekende jaloezie.

Maar toch, hier stond hij nou, met zijn armen om haar heen: ze had zich door hem laten redden, en dragen, en kussen, en ze leek het niet alleen best lekker te vinden, ze kreunde er zelfs bij, en ze smolt tegen hem aan. De jaloezie was in geen velden of wegen meer te bekennen; er zat nu iets heel anders in zijn borstkas, iets groots en warms, iets wat het liefst de armen in de lucht had gestoken en wild had gejuicht.

Toen Blade terug de zaal in was gelopen, was Roar net bezig om weer bij zijn tafeltje in de buurt te komen, voor zover alle fans om hem heen dat toelieten. Hij had gehoord hoe Blade aan Harmony vroeg of zij op Row wilde passen omdat Anne zich niet zo lekker voelde, en toen had hij zich meteen uit die groep dames geworsteld om te vragen wat er in godsnaam met haar aan de hand was. Voordat hij zichzelf had kunnen weerhouden had hij Row aan Harmony gegeven, de loeidure akoestische gitaar die nog op zijn rug hing ongegeneerd tegen de tafelrand geparkeerd, en was hij zo de zaal uit gerend, de gang door, de hal in. En daar had ze gezeten hoor, op de grond, grijnzend als een halvegare.

Hij wist dat hij nu maar beter zo snel mogelijk weer naar beneden kon gaan, maar het was zo verdomd lastig om op te houden met haar te kussen. Ze smaakte heerlijk, ze was warm, en zacht, en ze rook zo lekker. Hij voelde een laag, urgent geluid zich opbouwen in zijn keel, dat ontsnapte toen Anne haar zachte handpalm opnieuw tegen zijn wang legde. Zijn handen gleden langzaam en verkennend over haar rug, en één hand vond als bij toeval de onderste zoom van haar top. De hand kroop eronder. Haar huid was fluwelig en warm en ze was overal zo zacht en rond – in een hoekje van zijn gedachten besloot Roar om nooit meer met zo'n afgetraind, strak, hard meisje te slapen. Dit was zoveel lekkerder, dat supervrouwelijke laagje vulling, die ronde heupen, haar zachte borsten tegen zijn borstkas...

Met tegenzin liet hij even los. 'Jezus christus, Annie,' zei hij verbaasd, half hijgend, 'volgens mij kan ik helemaal niet stoppen,' en hij kuste haar weer, korte, gretige kusjes nu, een hele sliert die hij van haar lippen plukte alsof hij eraan kapot zou gaan als hij het niet zou doen.

Hij moest echt ophouden. Ze had te veel gedronken, en hij moest verdomme terug naar dat stomme sponsorfeestje beneden, hoe graag hij ook hier wilde blijven, en haar kussen, en verdrinken in dit idioot sterke gevoel. Hij verborg zijn hoofd in haar nek, trok haar strak tegen zich aan, tilde haar een stukje van de grond en dronk haar heerlijke geur in, zoet en vol van zonneschijn. Een zachte grom van pure overweldiging – en toen liet hij haar langzaam zakken tot haar voeten de badkamervloer raakten.

Haar handen streelden door zijn haar, masseerden zijn hoofdhuid.

'Rory, Rory,' zei ze zachtjes; hij voelde het in zijn buik, hij zou er zo de hele dag naar kunnen luisteren.

'O, Rory, ik ben nog steeds dronken, mijn hoofd draait helemaal,' mompelde ze in zijn oor, haar armen om zijn nek en haar adem tegen zijn huid. Ze keek naar hem op met ogen zo vol warmte en vertrouwen dat zijn hart er een rommelige shuffle van speelde. Hij herinnerde zich dat gevoel van toen hij zong, en in haar ogen keek, en hoe wat hij daar zag hem had laten struikelen en vallen, bijna zo het hele nummer uit, en ineens was het allemaal te veel. Te overweldigend. Veel te dichtbij om nog veilig te zijn.

'Annie, ik moet, eh,' zei hij, achteruitlopend met haar in zijn armen, 'ik moet gewoon terug naar beneden, die sponsor...'

'Ga maar... Het gaat wel goed, en dank je wel voor al je zorgzaamheid, en dat je zo, eh, zo lief tegen me... eh, en ik, eh, doe nooit, eh...' stamelde ze, met een knalrood hoofd.

'Ik zei toch, ik heb een hoop ervaring met dit soort shit en ik weet ook wel dat je je normaal gesproken niet zomaar laat vollopen; ik vind het echt niet erg om, om... God, Annie, jíj bent gewoon zo lief,' eindigde hij op een verbijsterde uitademing.

Hij moest weg, de kamer uit, nu meteen, voordat ze hem nog een keer zou aankijken met die zachtaardige blik waar hij helemaal stroperig en warm van werd vanbinnen. Dan zou hij voor haar vallen. Hij voelde het gewoon, hij was er zó dichtbij, en hij vond het maar niks. Hij had zich nog zo voorgenomen dat hij zich nooit meer open ging stellen, zich nooit meer kwetsbaar zou maken.

'Ik moet weg, mop,' zei hij zachtjes, en hij greep haar handen iets steviger vast.

'Ja, je moet gaan. Ik weet het. O, god, Rory, het spijt me, echt, het spijt me vreselijk, en als ik vanavond op Row moet passen, dan moet je het maar zeggen; het zal wel gaan als ik eerst even heb geslapen...'

Roar schudde zijn hoofd. 'Ik hou hem bij me. Jij moet gewoon slapen en ik spreek je morgen weer, ja?'

'Oké,' zei ze met een klein stemmetje.

Hij kreeg het eindelijk voor elkaar om het commando 'loslaten' vanuit zijn brein helemaal naar zijn handen te laten zakken, en toen zijn handen eindelijk luisterden keerde hij zich gauw om en liep hij de kamer uit, voordat hij het helemaal niet meer voor elkaar zou krijgen om weg te gaan.

Met zijn tanden op elkaar marcheerde hij naar de lift. Hij keek niet op of om.

13

Bijkomen

Anne liet zich op de rand van het bed vallen en stuiterde slap nog een keer of twee na. Toen liet ze haar tollende hoofd in haar handen zakken.

Roar had haar gekust, en ze had hem zo, zonder enige reserves, terug gekust. En het was zo geweldig geweest; ze had nooit geweten dat het zo ontzettend geweldig kon zijn om door iemand gekust te worden. Ze viel bijna flauw, zo verlangde ze naar meer, naar hem. Onverdraaglijk. Vooral ook omdat ze zich zo vreselijk schuldig voelde.

Ze had een andere man gezoend!

Nou goed, Blade had ze ook gezoend, maar dat had ze niet gewild. Dus dat telde niet. Roar telde wel; Roar telde driedubbel. En dus voelde het alsof ze iets verschrikkelijks had gedaan, iets wat Ian haar nooit zou kunnen vergeven. Wat een chaos. Wat een enorme chaos had ze ervan gemaakt.

Lieve laptop. Lieve, lieve laptop, hij heeft me gezoend! Als hij niet de kamer uit gerend was op het moment dat hij zich eindelijk ten volle realiseerde dat hij met mij (het gevlekte, dronken braakmonster met de rode neus en de huilogen) en niet met een wereldberoemde actrice of een topmodel, of zelfs maar Maxine, stond te zoenen, dan waren we misschien nu wel...

Waaaah.

O, ik kan het niet opschrijven! Ik heb het ineens veel te warm; ben ik nu verliefd? Op Rory Maquary? Het zou wel het allerstomste zijn wat me kon overkomen. Misschien dat het allemaal weer een beetje zakt als ik een nachtje rustig heb geslapen en alle drank uit mijn systeem is; misschien voel ik me dan weer een beetje normaal.

Ik moet gewoon zorgen dat ik die man nooit meer zoen.

Zo.

Daar.

Misschien was het maar het allerbeste om even wat te werken, haar gedachten te verzetten. Als ze geluk had zou dat rare, dazige gevoel wel een beetje zakken. Ze haalde een paar keer diep adem, veegde haar haar achter haar oren, sloot haar ogen en telde tot tien.

Het leven tijdens zo'n tournee staat eigenlijk vooral in het teken van reizen, meer nog dan in het teken van optreden. De band kan zo goed optreden dat ze zich daar nauwelijks druk over maken. Alles wordt neergezet, ze wandelen het podium op, ze doen de show. Maar om er te komen, op tijd en zonder problemen, vereist een heleboel planning.

Een busdag ziet er fundamenteel anders uit dan een vliegtuigdag: op een busdag moet iedereen om een uur of acht klaarstaan om in te stappen, met bagage en al. Er zijn assistenten die je mag vragen te helpen met het sjouwen van koffers (ze willen ze zelfs wel voor je inpakken), en ook ik mag hun hulp inroepen. Dat doe ik eigenlijk nooit, ik vind het maar ongemakkelijk. Ik zal wel niet gebouwd zijn op personeel, of misschien is het het idee dat een wildvreemd iemand in mijn ondergoed zit te rommelen? Stel dat er ergens gaten in zitten. Wat moeten ze dan wel niet van me denken? Onbedoelde gaten, bedoel ik dan; ik weet zeker dat er ook wel dames zijn die af en toe een stukje meerijden, die ondergoed met bedoelde gaten dragen.

Noem me maar Brits en stijf, maar ik pak mijn eigen koffer wel in, dank u.

Na het opstaan en inpakken is er tijd voor een snel maar meestal prima ontbijt dat, waar mogelijk, in een privéruimte wordt geserveerd. Het is natuurlijk niet echt bevorderlijk voor de eetlust als de band wordt aangegaapt door hotelgasten terwijl ze met hun slaperige hoofd zitten te kauwen en te slurpen [vooral Axe, zie aldaar].

En dan stappen we in de bus, of in een van de auto's die erachteraan rijden. We zitten en wachten, lezen of slapen nog een beetje; bandleden schrijven misschien een liedje, oefenen hun gitaarspel of gebruiken de slaapfaciliteiten aan boord voor ongeremde seks. Niet met elkaar natuurlijk; met van die dames met ondergoed met gaten.

Hoe dan ook, tegen lunchtijd stoppen we bij een restaurant, als er een in de buurt is, of anders hebben we sandwiches of broodjes van het hotel aan boord; daar heeft Terri dan voor gezorgd. Rory noemt dat een lupa – blijkbaar een legerterm voor een lunchpakket. Ik heb hem al een paar keer een flinke stapel brood naar binnen zien werken terwijl hij zat te lezen. Hij leest behoorlijk veel, valt me op: in de bus is hij met Row bezig, of hij zit met zijn gitaar op schoot, of hij leest. Ik heb De Da Vinci Code voorbij zien komen, en Ken Follett; geen hoogstaande literatuur maar wel boeken waar hij voor zijn gevoel blijkbaar iets van opsteekt. Roger vertelde me dat Rory geen vervolgopleiding heeft gedaan na de middelbare school; ik heb ook ergens gelezen dat hij niets moet hebben van mensen die zich laten voorstaan op hun intellect en hun universitaire graad. Ik zou bijna denken dat hij een beetje onzeker is, als hij niet de minst onzekere persoon zou zijn die ik ooit in mijn leven heb ontmoet. Behalve misschien Blade; Blade is zo achterlijk zelfverzekerd dat hij waarschijnlijk niet eens weet dat het woord onzeker bestaat.

Anne las terug wat ze had geschreven. Veel te persoonlijk, en het ging bijna helemaal over Roar! Wanneer was dat gebeurd? Ze schudde haar hoofd, in de vage hoop dat er een beetje rede naar binnen zou waaien. Als ze aan Roar dacht voelde ze zich helemaal onrustig van binnen, maar tegelijk ook zo verlamd, en ademloos. Een heel vreemd gevoel. Ze had het nog nooit gehad. Schrijven leek te helpen.

Afleiding.
Concentreren.
Vooruit.

Na de lunch wordt alles en iedereen weer in de bus geladen en rijden we in één ruk door tot de volgende stad waar de band gaat overnachten of optreden. Volgens mij is de maximum doorrijtijd zo'n uur of vijf, zes.

Vliegtuigdagen zijn simpel: als we het qua afstand niet halen met de bus, dan gaan we per vliegtuig.

Vliegen heeft weer zijn eigen problemen: de band en de mensen eromheen moeten zo onzichtbaar mogelijk een luchthaven in, en na de vlucht een andere luchthaven weer uit gewerkt worden. Dat valt niet mee, want er houden zich nogal wat mensen op in een luchthaven. Voordat je het weet wordt de band gezien; voordat je het dán weer weet staan er ineens een paar honderd razend enthousiaste fans voor je neus (Roar zou 'snufferd' zeggen). En zie dan nog maar eens binnen Terri's extreem strakke tijdschema te blijven.

Je zou denken dat vliegen al met al wel opweegt tegen urenlang rijden, maar nu ik iets meer van Roars achtergrond weet, snap ik waarom we toch zoveel tijd in een bus doorbrengen.

Voor Terri is het hoe dan ook een hele klus om die hele groep op de weg te houden en te zorgen dat de boel niet ontspoort. In sommige gevallen heeft ze zelfs een back-uphotel geboekt, voor het geval dat er een menigte fans voor de deur van het beoogde hotel staat te wachten.

Als we eenmaal binnen zijn is het veilig; het hotel is net een burcht. We zitten afgeschermd van alle andere gasten op een eigen verdieping, en soms hebben we hele stukken hotel voor onszelf. Sportzalen, zwembaden, er wordt van alles afgehuurd. Je zou bijna vergeten dat er nog meer mensen in het hotel zitten.

Als we vroeg genoeg aankomen staat er meestal nog wel een of andere middagactiviteit voor de band op het programma. Een fotoshoot, een bezoekje aan een lokaal radiostation of ziekenhuis, een persconferentie voor de lokale media, een paar nummers spelen op een borrel van de gouverneur van de staat, dat soort dingen. En allemaal onder begeleiding van een groep breedgeschouderde securityjongens.

We hebben (hoor mij eens, met mijn 'we', alsof ik er echt bij hoor!) een securitymanager, die dat soort zaken regelt. Zijn naam is Tyrell, hij is koffiekleurig en bijna net zo groot en breed als Axe, een onmiskenbare ex-militair, en het enige wat ik hem ooit heb horen zeggen is 'ma'am'. Zijn woordenschat zal wel groter zijn, want hij huurt de meeste van die brede gasten gewoon in als er lokaal iets bezocht moet worden, maar verder is hij met stip de stilste van het hele circus.

Anne dacht nog even door over Axe. En Terri. En dat daar toch echt iets moest gebeuren. Als ze maar een zacht duwtje in de rug kregen. Of een keiharde schop onder de kont. Ja, ze ging proberen dat varkentje onder de douche te krijgen en het net zo lang te schrobben tot het naar bloemetjes geurend weer naar buiten kon. Het voornemen alleen al gaf haar een soort van rust.

Wat kon ze nou nog meer schrijven? Schrijven hielp; als ze schreef had ze tenminste niet van die weke ledematen. Ha, daar viel haar iets in: alleen al vanwege de idiote vermaakswaarde moest ze natuurlijk iets zeggen over de beruchte rider van Road Rage.

[nog een kader?]
Road Rage heeft een briljante rider. Officieel is dat een document met de technische specificaties van het optreden, dus bijvoorbeeld hoe groot het podium minimaal moet zijn, hoeveel stroompunten er nodig zijn en of er krachtstroom nodig is; eigenlijk alles wat de locatie moet kunnen of hebben om de show te kunnen draaien. Maar als je Road Rage heet werkt alles anders.

De rider van Road Rage is door de jaren heen geëvolueerd van een technisch document naar een lijst met werkelijk idiote eisen, die niets meer met techniek te maken hebben. Terri heeft me de rider laten lezen en ik moest erg lachen: waarom zouden bands in 's hemelsnaam zulke rare voorwaarden stellen, en waarom zouden optreedlocaties eraan willen voldoen?

Het antwoord is verrassend simpel: als er geen problemen zijn met de rare eisen in de rider, dan is de kans vrijwel honderd procent dat er met de daadwerkelijk belangrijke dingen voor het optreden ook geen problemen zijn. Het is een soort test, een graadmeter van professionaliteit.

Dus, wat staat er in die van Road Rage?

Bijvoorbeeld: in Blades kleedkamer moet een schaal met minimaal twintig verschillende Pezpoppetjes aanwezig zijn. Met snoepjes erin. Blijkt dat hij die dingen spaart: iedere avond voor het optreden neust hij rond in zijn Pezbak om te zien of er iets bij zit wat hij nog niet heeft. Hij weet dat verrassend genoeg uit zijn hoofd en hij heeft Gemma ook nog voor zijn karretje weten te spannen; ze bewaart de Pezjes voor hem en stuurt ze van tijd tot tijd in een doos vol bubbeltjesplastic naar zijn huis. Ze vindt het 'schattig', die hobby van hem.

Blade, schattig. Met al zijn okselhaar en zijn testosterongedrag.

Mad, Axe en Roar hebben ook ieder een voorwaarde toegevoegd: Mad wil feng shui-kristallen in zijn kleedkamer, Axe wil enorme hoeveelheden Oreo Cookies en liters koude melk klaar hebben staan en Roar wil twaalf flessen MaHalo Hawaii Deep Seawater, gekoeld tot exact 6 graden celsius. Een van de duurste flessenwatertjes ter wereld, à raison van vijfentwintig euro per fles. Hij drinkt altijd veel water op het podium en hij doet het, je kunt niet anders zeggen, in stijl.

Anne stopte met schrijven omdat haar ogen dreigden dicht te vallen: een onverwachte golf van fysieke vermoeidheid rolde door haar heen. Ze sloeg haar bestand op, sloot haar laptop en liet zichzelf achterover zakken in de kussens op haar bed. Haar gedachten dreven, hoe kon het ook anders, naar Roar.

Het leek wel alsof niemand hem iets wilde geven, iets alleen voor hem: het publiek, zijn ex-vrouw, Noëmi, Maxine, ze wilden alleen maar nemen. Misschien gold dat zelfs wel voor zijn vrienden en bandgenoten, hoe onbewust ook: ze waren allemaal afhankelijk van zijn huidige persoonlijke sterrenstatus. Zonder dat was er tenslotte nooit genoeg sponsoring gekomen voor deze reünietournee.

Geen wonder dat Roar zo serieus was. Hij was verantwoordelijk voor zoveel, zoveel hoop, zoveel dromen; geen wonder ook dat hij zo intens genoot van Rowlands onvoorwaardelijke liefde.

Anne nam zich iets voor. Ze hoefde niets van hem, maar zou haar uiterste best doen om in ieder geval nog één echte, onverwachte glimlach op zijn gezicht te toveren, voordat ze weer naar huis ging. Een klein cadeautje, onzichtbaar, ontastbaar, maar niet minder welgemeend.

Ze viel bijna in slaap met haar kleren nog aan, met Roars glimlachende gezicht in haar gedachten, maar slaagde er nog net in om haar slaapshirt aan te trekken voordat ze naar dromenland vertrok.

14
Slapen

Rows gehuil prikte dwars door haar dikke, droomloze deken van slaap heen. Even dacht Anne: Als ik zelfs in mijn slaap zijn gehuil nog kan horen, hoe zal dat dan straks zijn als ik terug in Londen ben? Maar direct daarna wist ze met onbetwistbare zekerheid dat de Row die ze hoorde huilen zich in de echte wereld bevond, in het hier en nu, en ze deed precies op tijd haar ogen open om Roar haar schemerige suite binnen te zien stommelen, met Rowland op zijn arm, allebei verhit en ongelukkig. Row blèrde alsof de wereld verging, Roars haar stond ongeveer recht omhoog en de blik in zijn normaal vonkende ogen was uitgeput.

'Annieieieie,' loeide Row.

'Stil nou, gozer,' zei Roar op de automatische piloot.

Anne klikte het licht aan, stapte nog draaierig van het abrupte wakker worden uit bed en strekte haar armen uit naar Row zodra ze stond. Hij klom ongeveer in haar; ze verloor bijna haar evenwicht.

Roar kwam wat dichterbij en legde een arm om haar heen. 'Voorzichtig, mop,' zei hij schor, 'en sorry dat ik zo binnen kom vallen, maar ik weet het effe niet meer...'

'Geeft niks. Stil maar, Row, wat is er lieverd. Rustig nou maar...' Anne wiegde heen en weer met twee armen om de huilende Row heen; ze merkte dat de alcohol gelukkig uit haar systeem verdwenen was. Ze leunde een beetje tegen Roar aan.

'Geen idee wat er nou weer is,' mompelde Roar in haar oor. Zijn hand maakte trage cirkels over haar onderrug, krulde om haar zij en trok haar zachtjes dichterbij.

Row snufte en hikte nog een beetje, maar het ergste leek voorbij.

'Nou, wat is er nou allemaal aan de hand, lieverd?' vroeg Anne hem.

'Annie, stwaks ga je weg in Noewo-o-wk...!' Row begon alweer een beetje te huilen en greep snel een vuistje vol van haar slaapshirt.

'Och, is dát het. Kind toch, we verzinnen er wel iets op, hoor. Maar nu moeten we eerst even een slaapje doen, want het is midden in de nacht. Waar is Hendrik de Spin, of wil je liever Wall-E? Die heb ik hier in mijn tas zitten. Kom, lieverd, rustig nou maar.'

'Hij blijft maar doorzaniken over New York, wat heb je tegen 'm gezegd?' vroeg Roar. Hij stopte even snel zijn neus in haar haar.

'Hij vroeg of ik niet voor eeuwig bij hem kon blijven, en toen zei ik eerlijk dat ik naar huis moet als we straks in New York aankomen. Ik wil geen onwaarheden vertellen, maar als ik had geweten dat hij er zo overstuur van zou raken...'

'Hendwik, Hendwik,' jammerde Row.

'Ja, ja, hou je gemak, ik ga 'm wel effe halen,' zei Roar vermoeid. 'Gaat het goed zo, Annie? Ik ben d'r zo weer.'

Anne knikte en klom in bed met Row op schoot, terwijl Roar de gang op schoot. 'Zo, kleine man, het is slapietijd, en niet alleen voor kleine jongens, maar ook voor grote mensen, dus zullen we...'

'Papaaaaaa!' brulde Row ineens, met een wilde blik om zich heen kijkend.

'Jeetje, kind toch, ik schrik me dood,' zei Anne zo rustig mogelijk. 'Je vader is Hendrik voor je gaan halen, hij komt zo weer terug. Je hoeft echt niet zo te huilen, hoor. Rustig maar, rustig maar...'

Anne voelde de paniek om zich heen grijpen in het kleine lijfje op haar schoot. Row was gespannen als een veer en begon te gillen.

Vrijwel meteen kwam Roar de kamer weer in rennen, met de harige spin in zijn hand. Row stak zijn armen naar hem uit alsof hij hem in weken niet had gezien. Roar plofte op de rand van het bed neer en trok Row op schoot.

'Ik begrijp echt niks van jou, gast. Eerst zit je te janken dat je naar Annie wil en nou ga je gillen dat ik moet komen. Wat wil je nou? Hier, hier is je spin.' Hij kuste Row op zijn krullenbol en hield hem even stevig tegen zich aan.

Row zat op zijn vaders schoot naar Anne te kijken. Hij knipperde met zijn oogjes, veegde zijn gezicht af aan zijn spin en leek eindelijk, eindelijk écht een beetje tot rust te komen.

'Nou. Ben je klaar, dat ik je weer in je mandje kan gooien?' vroeg Roar; de zachtheid in zijn stem was in tegenspraak met zijn woordkeus.

Row schudde wild zijn hoofd. 'Ik wil bij Annie,' zei hij.

'Oké... Kan ik dan in mijn graf gaan liggen?'

Nog een wilde hoofdschud.

'Wat dan, Row? Ik ga niet de hele nacht hier op Annies bed zitten met jou, ja?'

Anne onderdrukte een geeuw en knipperde een slaaptraan weg. 'Rory, waarom kom je niet even hier liggen? Leggen we Row tussen ons in, zodat hij weet dat we er allebei zijn, en als hij dan lekker in dromenland is, ga jij terug naar je kamer en hou ik hem hier, als hij dat graag wil. Dit bed is echt groot genoeg, er kunnen wel vier mensen in als het zou moeten. Kom maar hier, Row.' Anne tilde Row van Roars schoot en legde hem naast haar. 'Als jij er nu aan de andere kant in kruipt, Rory, dan doe ik het licht uit. Goed?'

Row zag er ontzettend lief en klein uit, zo in het grote bed. Hij dacht even diep na en knikte toen ernstig, waarna Roar moe maar opgelucht naast hem in bed schoof, zich met een diepe zucht uitstrekte en het dekbed optrok tot zijn kin.

Anne legde het dekbed goed voor Rowland, reikte naar het touwtje voor het licht en trok. De kamer hulde zich in duisternis. Ze lag doodstil, luisterend naar Rows ademhaling die langzaam dieper werd, en Roars beruchte zachte snurkje dat ongeveer drie ademhalingen nadat ze het licht had uitgedaan was opgestart. Hij ging zo te horen voorlopig nergens heen.

Volgens mij is Rory de enige man ter wereld die daadwerkelijk een 'zzz'-geluid maakt als hij slaapt, dacht Anne, en met een glimlach om haar lippen ging ze zelf ook onder zeil.

Een tijdje later werd ze precies genoeg wakker om mee te krijgen dat de wc werd doorgetrokken. Ze zag Roars silhouet door de kamer bewegen in het donker, en ze hoorde hoe hij, in plaats van de kamer uit te sluipen, zoals ze verwachtte, tegen zijn zoon fluisterde: 'Opschuiven, gast, ik wil naast Annie.' Ze voelde meer dan dat ze zag hoe hij Rowland optilde en voorzichtig opnieuw in bed legde, en hoe hij het dekbed goed deed en een kussen zo legde dat Row er niet per ongeluk uit zou kunnen rollen.

Toen liep hij om het bed heen, tilde een punt van het dekbed op aan haar kant en mompelde: 'Maak 'es een beetje ruimte, moppie.'

Roar kwam naast haar liggen, sloeg een arm om haar middel en kroop met een tevreden knor tegen haar aan, zijn neus in haar haar. Ze legde haar hand op zijn arm, krulde een voet om zijn enkel en viel vrijwel direct weer in slaap.

Anne werd wakker uit een heerlijke droom, half op haar rug, leunend tegen iets warms en stevigs en uitnodigends. Er lag een hand over haar linkerborst; een been was half over haar heen gedrapeerd. Dicht bij haar oor klonk een snurkje. Ze draaide haar hoofd een klein beetje: Row sliep nog. Toen draaide ze haar hoofd de andere kant op en vond onder haar wang een heerlijk ruikende, zachtharige mannenborstkas.

Ze was meteen klaarwakker.

Roar!

Ze wist toch zeker dat hij haar kamer was binnengekomen in een oud T-shirt en een verwassen joggingbroek met de pijpen afgeknipt op kniehoogte. Ze kon zich nog half herinneren dat hij midden in de nacht naast haar was gekropen, maar wat ze zich absoluut níet kon herinneren was wanneer hij dat T-shirt en die joggingbroek had uitgetrokken.

Hij voelde haar bewegen, haalde een keer diep adem, bewoog zelf ook een beetje, en mompelde slaperig, 'Bejje wakker, mop?'

'Klaarwakker,' fluisterde ze, zachtjes voor Row, 'en jij bent helemaal bloot!'

'O, god, sorry,' klonk het in haar oor, 'ja, ik had het heet...' Hij had ineens in de gaten waar zijn hand lag, trok hem weg en mompelde nog een keer 'sorry', en toen trok hij zachtjes aan haar schouder.

Anne draaide zich om en merkte dat ze in zijn beide armen lag. Ze probeerde een strenge blik op te zetten, maar bracht er niets van terecht: hij zag er zo mal en lief en slaperig uit, zijn haar in de war en zijn ogen nog half dicht, dat ze niets anders kon dan glimlachen.

'Shit, sorry mop, ik heb, mijn hand... in mijn slaap, weet je wel?' zei hij zachtjes, waarna hij haar dicht tegen zich aan trok.

'Rory, je kan toch niet zomaar...' zei Anne. Ze tilde haar hoofd op.

Hij keek op haar neer met zo'n warme blik in zijn ogen dat ze vergat verder te praten. 'Ik heb toch niks gedaan,' mompelde hij. 'Zou ik ook niet doen, hoor, moppie, ik zou nooit zomaar wat doen bij jou.'

Hij kuste haar slaap.

Annes ogen vielen dicht. Ze verwonderde zich erover dat dit allemaal zo natuurlijk voelde; ze was helemaal niet verlegen of beschaamd. Normaal gesproken duurde het bij haar weken van voorzichtig aftasten voordat ze eens een keer met iemand durfde te zoenen, en hier lag ze, met Roar, en hij was nog bloot ook, en hij dééd het gewoon.

Nog een kusje, heel zacht, eerst haar wang, en toen voelde ze hem zoeken naar haar lippen. Ze bleven even aan elkaar plakken, balancerend op de rand van oneindig veel meer, en het was ineens ontzettend spannend. Ze bloosde er zo hard van dat Roar het opmerkte, haar lippen losliet en 'Mm...?' mompelde.

'Kleren,' zei Anne, naar adem happend.

'O ja, verdomme,' bromde hij, maar hij maakte geen aanstalten om uit bed te gaan.

'Rory, ik weet niet wat er precies gebeurt, maar het kan niet,' fluisterde Anne wanhopig. 'Doe nou je kleren weer aan, straks komt er iemand binnen, of Row wordt wakker...' Ze duwde zachtjes tegen zijn borstkas.

'Row heeft me heus weleens eerder in mijn blote kont gezien,' mompelde hij weerspannig, maar toen gleed hij toch uit bed en viste zijn shirt en broek van de grond.

Anne kon het niet helpen: ze gluurde. O, wat zag hij er goed uit in zijn blote lijf: brede schouders, gespierde armen, smakelijke mannenkadetten, stevige benen – hij keerde zich half naar haar toe met zijn kleren in zijn hand – en alle onderdelen volledig functioneel.

Ach jee.

Annes blos brak zo hard uit dat de kamer er twee graden warmer van werd.

Naast haar begon Rowland slaperig te bewegen. Dat was eigenlijk maar goed ook, want anders had ze naar Roar gestaard totdat haar ogen uit hun kassen waren gerold.

'Hier ben ik, lieverd.' Ze veegde zijn iets te lange haar uit zijn oogjes. 'Geen zorgen, alles is goed.'

'Is het Noelork?' zei Row, nog maar half wakker.

'Nee hoor, we zijn nog in Las Vegas, net als gisteren, en ik blijf nog acht hele dagen bij je. En daarna... daarna kun je me altijd nog bellen, of whatsappen op je vaders telefoon, of we kunnen skypen... En als jullie dan daarna ook naar Londen komen, dan kunnen we elkaar weer opzoeken... Ik hou dan heus nog wel van je, hoor, Row, dat beloof ik je. Ik stop nooit meer met van je houden.'

'Wuh,' zei Row, en hij kroop tegen haar aan met zijn hoofd naar beneden. Anne trok hem in haar armen en wiegde hem totdat Roar, gelukkig nu decent bedekt, weer in beeld verscheen. Hij ging dicht naast haar en Row op het bed zitten.

'Luister, gast. We bellen Annie iedere avond voordat je naar je bed gaat even op, als ze eenmaal naar huis is. Goed? En we gaan haar opzoeken zo snel als we kunnen.'

'Kee,' zei Row nukkig.

'Dus dan moet jij beloven dat je niet de hele tijd zo'n drama maakt, ja? Ik was niet blij met je gisteravond.'

'Kee.'

'Meen je dat? Kijk me aan, gast, meen je dat? We kunnen niet om de haverklap in Annies bed gaan liggen. In ieder geval niet met z'n tweeën.'

'Het past toch,' pruttelde Row. 'Annie zegt dat het past. Het is toch een gwoot bed?'

Anne lachte zachtjes. 'Ja, dat heb ik inderdaad gezegd. Maar het was omdat het een noodgeval was, lieverd. Je vader heeft gelijk: we kunnen dit niet iedere avond zo doen.'

'Niet dat ik het erg vind,' mompelde Roar zachtjes, en toen schraapte hij zijn keel en zette hij zijn meest onschuldige gezicht op.

'Rory, we moeten het daar echt even over hebben, hoor,' zei Anne bezorgd. 'Ik bedoel echt. We kunnen toch niet...'

'Weet ik ook wel, mop,' antwoordde hij met een zucht vanuit zijn tenen, 'en het spijt me, oké? Sorry. Gebeurt niet nog een keer. Ik was gewoon slaperig en ik, het was... Het ging gewoon vanzelf, weet je wel?' Hij liet zijn hoofd hangen. Zijn haar viel naar voren en Anne vond dat hij eruitzag als een belachelijk aantrekkelijk ondeugend jongetje van één meter vijfentachtig.

'Is papa stout?' vroeg Rowland bezorgd.

'Nee hoor, hij heeft niets gedaan. Of althans, niets lelijks. Hij was eigenlijk juist heel lief, maar wel een beetje onverstandig.' Anne keek op, recht in Roars ogen, en haar hart sloeg een slag over van de breekbaarheid die ze daar voor één tel waarnam.

En toen sloeg de deur van de kamer open en stormde Maxine met opgestoken zeil naar binnen.

'Roar? Wat doe jíj in godsnaam hier?' Haar verontwaardiging was zo dik dat je er plakken van kon snijden. 'Je gaat me toch niet vertellen dat je hier hebt geslápen, dat je met Anne hebt geslapen? Achter mijn rug om? Mijn god, als je nou echt zo nodig met een ander naar bed moet, moet dat dan uitgerekend Anne zijn? Had je niet een ander kunnen vinden om mee te...'

Roar klom razendsnel van het bed en ging er eens even goed voor staan. Benen uit elkaar, schouders wijd, hoofd omhoog; een en al attitude. Hij fronste neer op Maxine met zo'n intensiteit dat ze vergat verder te blazen. 'Toevallig wel,' zei hij, verdacht onderkoeld. 'Toevallig heb ik hier geslapen, ja. Met Row. Hij lag tussen Annie en mij in, want hij was bang, en dit was het enige wat we konden bedenken om hem weer een beetje rustig te krijgen. Ik heb nou niet echt ontzettend relaxed liggen pitten, dus ik zit nu niet op jouw gezanik te wachten, oké?'

'Roar, doe normaal! Je bent met een andere vrouw naar bed geweest! Mijn beste vriendin nog wel! Betekent het dan niets voor je, wat wij samen hebben?'

Anne zat ondertussen te sterven van allerlei soorten ongemak: dat er zo over haar hoofd heen over haar werd gepraat, maar ook dat Maxine er blijkbaar geen enkel probleem mee had om met een stalen gezicht teksten uit te spreken die zo uit een driestuiverromannetje leken te komen. Ze zag dat Roar even zijn ogen dichtkneep en zijn hoofd schudde; hij vond het blijkbaar al net zo erg. Ze trok Row nog iets dichter tegen zich aan; híj leek in ieder geval totaal niet onder de indruk van Maxines boosheid en bekeek het geheel met een verstilde fascinatie.

Roar stapte dichter op Maxine toe. 'Hou verdomme je bek en zet je oren open, want ik zeg het maar één keer. Ik ben niet je eigendom. Row gaat voor, wat jij ook doet of zegt. Ik doe er alles voor om te zorgen dat hij zich veilig voelt en ik heb geen tijd voor dat gelul van jou.'

'Mijn bék houden?' Maxine schreeuwde ondertussen. 'Toen je me stond te neuken had je niet zoveel praatjes, en toen was ik ook goed genoeg, dus nu moet je luisteren ook. En haal het niet in je hoofd om tegen me te zeggen dat ik mijn bek moet houden. Je luistert, en je...'

Roar stond doodstil; zijn gezicht een hard masker, zijn ogen intense grijsgroene glitters in zijn gezicht. 'Maxine, wat denk je nou eigenlijk. De ene, eh, ontmoeting kan ik me nauwelijks herinneren omdat ik te stoned en te lazarus was om recht uit mijn ogen te kijken en de andere kan ik me niet herinneren omdat het zo snel voorbij was. Hoeveel recht denk je te hebben? En daarnaast, denk je nou echt... christus, ik kan het bijna niet bevatten.' Hij schudde zijn hoofd; zijn haar wolkte om hem heen. 'Denk je nou serieus dat ik zo ver zou gaan om, om... fysieke relaties met iemand te hebben in hetzelfde bed als waar mijn kind ligt te slapen? Ben je wel helemaal lekker in je bovenkamer?'

Maxine week langzaam achteruit. Ze leek door te krijgen dat ze te ver was gegaan en ze mompelde excuses.

'D'r uit. Sodemieter gewoon op,' grauwde hij, met een gestrekte vinger richting de deur.

'Denk maar niet dat je ermee wegkomt,' siste Maxine ineens tegen Anne, en daarna glipte ze snel de gang op.

Roar sloot de deur direct en leunde er met zijn rug tegenaan. Hij liep zijn hoofd achterover vallen, tegen het hout aan, sloot zijn ogen en haalde een hand door zijn haar.

Anne wachtte, haar binnenste verkrampt.

'Annie, wawom is Maxine boos op ons?'

'Ze is niet boos op jou, lieverd, ze was boos op je vader omdat hij hier heeft geslapen, bij jou.'

'Papa hoowt toch bij mij?'

'Ja. Ja, dat is ook zo. En daarom bleef hij ook bij je, omdat je hem nodig had.'

'Wawom is ze dan boos?'

Anne moest er even over nadenken. 'Ik denk dat ze boos is omdat ze zich alleen voelt. Misschien had zij wel graag met jou en papa in bed willen slapen.'

'Ma jij bent toch mij vwiendin en papa is mij papa?'

'Row, hoe vaak moet ik nog zeggen dat je die verdomde r moet zeggen?' Roars stem klonk vermoeid. Hij deed een paar struikelende passen naar voren totdat hij voorover op het bed viel; zijn hoofd landde vlak naast Annes hand. Voordat ze zichzelf kon tegenhouden, gleden haar vingers door zijn haar en masseerde ze voorzichtig zijn hoofdhuid, totdat hij helemaal ontspande en verzaligd gromde.

'Pap?'

'Wat is er, gast,' mompelde hij, zijn gezicht in het beddengoed. Hij tilde één hand op en wapperde ermee naar zijn kind.

Row giechelde. 'Gaan we nonkeew na de diewetuin? En mag Annie dan ook mee?'

'Ik moet werken vandaag,' zei Roar gesmoord. 'Jammer; de dierentuin was lachen, hè?'

'Ja, en we hebben Hendwik gevind.'

'Gevonden,' zeiden Roar en Anne tegelijk, waarna Roar grinnikte en eindelijk zijn hoofd optilde uit de sprei. Hij zag er aandoenlijk rommelig uit.

'Row, probeer verdomme nou een keer die r een beetje behoorlijk je strot uit te krijgen, man. Hendrik. Hendrrrrik. Gewoon proberen, tot het lukt. Vooruit. Rrrrrr.' Roar keek er scheel bij, waar Row meteen de slappe lach van kreeg.

Bwrwwrwrrrrr,' zei hij toen hij was uitgelachen, waar Anne en Roar weer van in de lach schoten. Dat vond hij natuurlijk zo leuk dat hij bleef proberen, net zo lang tot er een keurige r uit kwam, waarna hij uitgebreid werd geprezen.

Anne deed, met Row nog steeds op schoot, een greep naar de afstandsbediening, met het idee dat er vast wel ergens nieuws te zien moest zijn, maar juist toen ze de televisie had aangezet ging haar mobiel. Ze gaf de afstandsbediening aan Roar, die zich op zijn rug draaide, zich in de kussens installeerde en op zijn gemak begon te zappen, en ze keek op het scherm van haar mobiel.

Ian.

'O nee,' fluisterde ze.

Ze hield haar mobiel omhoog om aan Roar te laten zien wat er aan de hand was. Hij trok meteen Rowland van haar schoot, waarna ze snel uit het bed stapte en zich in de verste hoek van de kamer terugtrok om op te nemen.

'Ian, wat een verrassing,' zei ze snel. Achter haar steeg het geluid van Sponge Bob op uit de tv en toen ze over haar schouder keek zag ze vader en zoon Maquary naast elkaar tegen het hoofdeind van het bed geleund. Roar gaf Anne een klein glimlachje.

'Anne, wat is daar gaande?' Ians gecultiveerde, gekortwiekte accent prikte in haar oor. Het was meteen duidelijk dat hij niet belde om even bij te praten.

'Hoe bedoel je? W-wat – is er iets gebeurd dan...?' hakkelde Anne van schrik en ze waagde nog een blik richting Roar. Hij had zijn ogen standvastig op haar gericht en ze bedacht zich dat het eigenlijk volkomen absurd was dat ze naar de hoek van de kamer was gelopen. Roar kon ieder woord horen, of ze nou daar stond of vlak naast hem. Ze liep terug naar het bed.

Roar schroefde het geluid van Sponge Bob een stuk terug.

'Pa-hap,' klaagde Row, maar één blik van zijn vader was voldoende om hem tot zwijgen te brengen.

'Maxine heeft me net gebeld; ze had een nogal verontrustende boodschap. Ik wil van jou horen wat er is gebeurd, Anne.'

'Sinds de laatste keer dat we elkaar aan de lijn hadden?'

'Je hoeft niet met van die slimmige opmerkingen aan te komen; je weet dat ik dat niet kan waarderen. Maxine vertelde me dat je je door de gitarist hebt laten zoenen en dat je de afgelopen nacht in bed hebt gelegen met die Roar. Ik wist natuurlijk dat die man absoluut niet te vertrouwen was, maar ik had toch niet gedacht dat jíj...'

'En als Maxine het zegt, dan geloof je dat meteen?' Anne stond tot haar eigen verrassing ineens te koken van woede. Ian zou haar moeten vertrouwen, als hij van haar hield!

'Ik heb geen enkele reden om aan Maxines woorden te twijfelen. Ze heeft in het verleden geen tekenen van leugenachtigheid laten zien, en...'

'O, en ik wel dan?' Anne merkte dat wat haar zo woedend maakte op Ian niet alleen was wát hij zei, maar ook hóé hij het zei. Gek eigenlijk dat het haar nooit eerder was opgevallen hoe onaantrekkelijk hij klonk, in al zijn correctheid.

'Wil je nú ophouden met me in de rede vallen? Je lijkt wel een ongemanierde puber, zo vol van eigenbelang dat je de beleefdheid niet kunt opbrengen je meerderen uit te laten spreken.'

'Mijn meerderen?!' Er kwam bijna stoom uit Annes oren.

'Jawel, je hebt me heus goed gehoord. En nu wil je natuurlijk gaan beweren dat er niets waar is van wat Maxine me heeft verteld, en dat jij een schoolvoorbeeld van eerlijkheid en trouw bent. Anne, jíj hebt míj bedrogen, niet andersom, en alleen dat al geeft mij naar mijn mening het volste recht om me jouw meerdere te noemen.' Zijn stem klonk nu vermoeid. 'Ik denk dat de tijd is aangebroken om simpelweg eerlijk tegen me te zijn, Anne. Je moet een idee hebben, hoe vaag misschien ook, van hoezeer je me gekwetst hebt met je ondoordachte daden. Ik kan alleen maar hopen dat, als je de moed kunt opbrengen de consequenties van je acties onder ogen te zien, je er een wat sterker karakter aan over zult houden.'

Anne was te boos en tegelijk te overdonderd en verbijsterd om direct een antwoord paraat te hebben. Ze haalde diep adem en ging voorzichtig op de rand van het bed zitten, zo gedraaid dat ze Roar kon aankijken.

'Gaat-ie?' mimede Roar, met zijn wenkbrauwen hoog op zijn voorhoofd.

Ze knikte, maar niet erg overtuigend.

'Anne?' vroeg Ian. 'Ben je daar nog? Heb je nog iets ter verdediging in te brengen?'

'Ja, ik ben hier,' zei ze 'en ik ga mezelf niet verdedigen, want voor zover ik kan zien heb ik niets verkeerd gedaan. Het is waar dat Blade me heeft gekust, maar...'

Ze hoorde Ian naar adem happen.

'Wacht nou even en laat me het hele verhaal vertellen. Toen hij dat deed was hij erg dronken en high. Hij had het allemaal niet meer zo in de hand; het was eigenlijk één grote vergissing. Het gebeurde tijdens een feestje en hij dacht dat ik – dat hij... Nou, ik weet eigenlijk niet precies wat hij dacht, maar in ieder geval: hij had voordat ik het wist zijn armen om me heen geslagen en toen gaf hij me een kus. Ik wilde het beslist niet, en heb er zo snel mogelijk een eind aan gemaakt. Later, toen hij weer nuchter was, heeft hij zijn verontschuldigingen aangeboden. Hij bedoelde er niets mee, hij was gewoon ongeremd en in een feeststemming. Om je de waarheid te zeggen, Ian, als ik zijn verontschuldigingen kan accepteren, zie ik niet in waarom jij er nog eens moeilijk over moet gaan doen.'

Nu was Ian een tijdje stil. Anne wachtte geduldig en voelde in de tussentijd haar wangen opgloeien, en weer afkoelen, en nog een keer opgloeien, terwijl ze probeerde te bedenken wat ze Ian in 's hemelsnaam over Roar moest vertellen.

Eindelijk zei hij iets. 'Maxine zei dat ze je in zijn armen heeft gezien. Ik ga die verschrikkelijke bijnaam van die man niet in de mond nemen.'

'Hij heet Eugene, en ja, Maxine zag hoe hij zijn armen om me heen sloeg, maar ze weet niet hoe het afliep, omdat ze op dat moment zelf in de armen van Rory lag.' Anne voelde zich een beetje schuldig toen Roar een gezicht trok. Hij haalde snel een hand over zijn ogen, alsof hij de herinnering van zijn netvlies wilde vegen.

Ian zei zuur: 'Nou, het zal me het feestje wel geweest zijn. Je kunt het in ieder geval moeilijk respectabel noemen.'

'Het was absolúút niet respectabel, en de enige reden waarom ik mijn hotelkamer verliet was dat ik op zoek was naar het knuffeltje van Rowland. Anders had ik me niet onder de mensen begeven; ik hoop dat je in ieder geval dát van me aan wilt nemen.'

'Hm. Eén ding snap ik nog niet. Wanneer was dit feest?'

'Vier dagen geleden.'

'En je vond het niet nodig me erover te vertellen toen we elkaar de vorige keer spraken?'

'Ik wilde je niet bezorgd maken. Het was gebeurd, er was niets aan de hand, alles was weer goed. Ik dacht dat het niet zo heel belangrijk was.'

'Ik denk dat het ontzettend belangrijk is, en ik wil hier en nu met je afspreken dat je me onmiddellijk inlicht als zich dit soort incidenten voordoen. Je bevindt je in een onveilige omgeving; dat is niets voor iemand als jij.'

'En wat ga je dan doen, Ian, als ik je onmiddellijk inlicht? Spring je in het eerste het beste vliegtuig om me te komen redden van de wilde rockduivels?'

'Sarcasme past niet bij je, Anne, dat heb ik je al vaker gezegd.'

Anne zuchtte diep. 'Goed, Ian, ik zal je voortaan direct bellen als Blade me in een dronken bui probeert te kussen.'

'Het spijt me, maar ik kan er echt niet om lachen. En wat heb je nog te zeggen over die andere beschuldiging van Maxine? Of dacht je dat ik dat vergeten was?'

'O, ben ik beschuldigd? Waarvan eigenlijk precies?'

Anne kneep haar ogen dicht; ze voelde zich overdonderd en in de hoek gedreven en het liefste was ze door de grond gezakt van pure ellende.

Roar gebaarde dat ze hem haar mobiel moest geven, maar ze schudde haar hoofd en verbeet zich.

'Je kunt me maar beter vertellen wat er waar is van wat Maxine me heeft verteld,' zei Ian omineus.

'Wat heeft Maxine precies gezegd dan? Ik hoor graag tot in detail waar ik van word beschuldigd.'

'Anne, vat toch niet alles zo letterlijk op. Misschien is beschuldigd inderdaad een wat minder fortuinlijke formulering, maar...'

'Zeg het nou maar gewoon.'

'Goed. Volgens Maxine kwam ze vanmorgen je kamer binnen omdat ze op zoek was naar, eh, Roar, en trof ze hem bij jou aan. En blijkbaar wees alles erop dat hij de nacht bij jou had doorgebracht. Ze sprak hem erop aan, hij gaf het nog toe ook, en daarna kreeg hij een driftbui en zei hij allerlei onbehoorlijke dingen tegen haar die ze niet wenste te herhalen.'

'Dat is haar versie. Ben je nog geïnteresseerd in de mijne?'

'Graag. Ik ben één en al oor.'

'Ian, sarcasme past jou evenmin,' zei Anne, blij dat ze nog iets van kattigheid kon opbrengen. 'Er is een eenvoudige verklaring voor waarom Roar bij mij op de kamer sliep.'

'O, dus het is waar!'

'Dat hij hier heeft geslapen is absoluut waar. Maar hij was hier niet vanwege mij; hij was hier voor Rowland.'

'O, ja, dát klinkt aannemelijk!' Ian riep het zo hard in haar oor dat Roar het kon verstaan, en hij fronste en stak weer zijn hand uit naar haar mobiel.

Anne schudde nogmaals haar hoofd en zei snel: 'Ian, het is echt zo. Row had midden in de nacht een angstaanval en Rory kreeg hem niet rustig. We hebben Rowland tussen ons in gelegd; het idee was dat hij zich dan veilig zou voelen en in slaap zou kunnen vallen, en dat Rory terug zou gaan naar zijn kamer zodra Row sliep. Alleen Rory viel ook in slaap, want hij was doodmoe. Vanochtend kwam Maxine binnen en trok meteen verkeerde conclusies. Rory werd natuurlijk woedend omdat ze hem ervoor aanzag dat hij iets zou... doen met iemand in hetzelfde bed waarin zijn kind ligt te slapen, en toen heeft hij haar de deur uit gezet. Dat was het. Ze zijn hier nog, op dit moment: zowel Rowland als Rory. Ze zitten samen tekenfilmpjes te kijken. Ik denk dat Rory straks nog wel wat zal willen slapen, want zo'n rustige nacht was het niet, en ik pas dan verder op Rowland vandaag.'

Ian bleef even stil, maar pruttelde toen: 'Het spijt me, maar ik kan dit hele verhaal maar moeilijk geloven.'

'Ian, je denkt toch niet echt dat ik met een andere man naar bed zou gaan? Wij zijn toch samen, dat zou ik toch nooit doen?' Anne was blij dat Ian haar vuurrode wangen niet kon zien. 'En daarbij, er lag een kind naast me!'

Roar keek woest. 'Annie, geef die godvergeten telefoon hier.'

Haar maag maakte een salto. 'Eh, Ian? Rory wil graag even met je spreken.'

'Maar ik niet met hem; ik...'

Anne gaf Roar haar mobiel.

'Ian. Gast,' gromde Roar. 'Als je weet wat goed voor je is, dan geloof je wat Annie zegt. Want zo ging het. En precies wat ik tegen die achterlijke Maxine zei: welke halvegare gaat er nou iets liggen uitvreten in het bed waar zijn kind ligt te maffen? Wat is er verdomme met jullie aan de hand, stelletje randdebielen? Denken jullie dat ik helemaal van god los ben of zo? Jezus!'

'Als ik op uw taalgebruik moet afgaan, meneer, kan ik niet anders dan concluderen...' Anne kon het luid en duidelijk horen.

'Ach, hou toch je opgeprikte Engelse bek een keer dicht, lamlul. Het enige wat Annie heeft gedaan is goed voor mijn kind zorgen, en ik ben daar blij mee. Hou verdomme op met het haar zo moeilijk maken.'

'Haar naam is Anne, jij ongelikte beer. Anne!' Ian brulde het ongeveer de telefoon in.

'Nee,' zei Roar, zacht en laag en gevaarlijk. 'Ze heet Angharad.'

Anne keek hem verbaasd aan. Hoe wist hij dat nou; zou Blade het hem verteld hebben? Hij zei het precies goed; het klonk op de een of andere manier mooier dan ze ooit voor mogelijk had gehouden.

'En denk effe goed na voordat je me nog een keer voor ongelikte beer, of wat dan ook uitmaakt, want je weet niet hoeveel problemen ik kan veroorzaken als ik dat wil. Zelfs voor zo'n onsmakelijk stuk vreten als jij. Dus. Bek dicht, en je doet 'm alleen weer open om sorry tegen Annie te zeggen. Als iemand zich goed gedraagt is zij het wel; je weet niet hoeveel mazzel je hebt met zo'n vriendin. Dus een beetje respect, ja?'

Roar haalde de mobiel van zijn oor en keek er lelijk naar toen er geen geluid terugkwam. Hij hield hem weer even in de buurt van zijn mond en zei: 'Zo. Jij bent stil, in ene. Ik geef je wel weer aan Annie.' Hij luisterde nog eens, maar toen reikte hij Anne haar mobiel aan; zijn gezicht stond nog steeds op onweer.

Row was al die tijd rustig gebleven, maar dat wilde niet zeggen dat hij niet in de gaten had waar het allemaal over ging. Plotseling kwam hij in beweging, greep zijn vaders hand met de telefoon erin en rukte eraan. Roar was te verrast om direct te reageren en Row schreeuwde naar de mobiel: 'Annie is míj vwiendin!'

'Zitten, gast,' mopperde Roar, 'en laat los.' Hij schudde net zo lang met zijn hand totdat Row wel los moest laten. 'En zeg verdomme die r nou eens een keer.'

'Waaaah!' riep Row gefrustreerd.

Anne nam haar mobiel aan. Ze stond op van het bed en zei streng: 'Rowland, het is niet netjes om telefoongesprekken van grote mensen te onderbreken.'

Row plofte nukkig naast zijn vader neer; Roar sloeg een arm om hem heen en fluisterde iets in zijn oor. Anne zag hoe Roar naar haar keek, over Rows hoofd heen, en nog nooit had ze zich zo verscheurd gevoeld. Aan de ene kant was haar oude leven in Londen, Ian aan de lijn die haar loyaliteit eiste; aan de andere kant stond Rowland, die haar veel harder nodig leek te hebben.

En dan waagde ze zich er nog niet eens aan te benoemen wat er gebeurde tussen haar en Rowlands vader. Ja, goed, ze vond Roar aantrekkelijk, dat had ze dagen geleden al aan zichzelf toegegeven. Maar er was ook echt iets tussen hen beiden, iets wat maakte dat ze zich zo onmogelijk, onwaarschijnlijk, onverklaarbaar thuis kon voelen bij hem.

Wat moest ze nou beginnen?

Even nog balanceerde ze op de rand van een onzichtbare afgrond. Maar toen, met een zucht, bracht ze de telefoon naar haar oor. 'Ian? Ben je er nog?'

15
Vinden

Anne stond bij het raam, alleen in haar kamer. Roar en Row waren weggegaan kort nadat ze het telefoongesprek met Ian had beëindigd, en nu keek ze uit over de altijd drukke Strip ver beneden haar. Sin City, dacht ze, wat een toepasselijke naam.

Het eind van het gesprek met Ian was stroef geweest, maar ze had hem ervan kunnen overtuigen dat ze hem niet had bedrogen, en nadat ze had opgehangen had ze het toch noodzakelijk gevonden om Ian op zijn minst een béétje te verdedigen.

'Ik deed alleen maar zo omdat hij zo'n grote bek tegen je had, mop,' mompelde Roar defensief. En meteen daarna: 'Waarom ben je in godsnaam met zo'n figuur? Dat past toch helemaal niet bij zo'n meid als jij? En hoe oud is die gast wel niet?'

'Eenenveertig.' Anne was hoogrood aangelopen. 'En ik ga met hem omdat hij me keurig het hof heeft gemaakt, en omdat hij een nette, integere man is die me tot nu toe altijd uiterst correct heeft behandeld.'

'Godsamme, hij is nog ouwer dan ik. Heb je daar een ding voor, of zo? En het gaat me verder geen donder aan, maar net? Integer? Correct? Jezus, Annie, hij klinkt als een opvoedkundige instelling, niet als een kerel.' Hij stond op van het bed, kwam veel te dichtbij, raakte haar hand even aan. Zijn boosheid was alweer verdampt.

'Ik weet ook wel dat je met hem bent,' zei hij met een zucht, 'ik weet dat je d'r serieus over bent, zelfs al behandelt hij je als een stout kind. En weet je wat het stomme is? Ik weet niet waarom ik er zo van baal, hoe hij je behandelt, maar ik wilde die gast dwars door die mobiel heen trekken en hem een beuk verkopen. Terwijl ik er natuurlijk geen bal mee te maken heb. Wat zou dat zijn, Annie?' Hij zweeg even. 'Verdomme, ik kan bijna niet meer helder nadenken; ik bedoel, ik zit midden in de tournee, en ik heb gewoon helemaal geen tijd voor... dit soort... wat het dan ook is. Ik denk dat het een stuk beter is als we proberen maar een beetje, een beetje... bij mekaar uit de buurt te blijven, ja?'

Anne knikte woordeloos. Uit de buurt blijven klonk als een fantastisch idee, maar het voelde als een onverwachte steek in haar hart.

Terug in zijn eigen suite had Roar even tempo gemaakt met het wassen, aankleden en eten geven van zijn kind, en toen dat allemaal met goed gevolg was afgerond, stak hij zijn hoofd uit de deuropening naar de gang totdat hij een van de algemeen assistenten voorbij zag komen. Hij vroeg aan het jonge gastje met zijn felbegeerde CREW-shirt of hij Rowland bij Anne wilde afleveren, en toen deed hij zijn deur dicht en op slot, wankelde naar zijn bed en viel er als een blok beton op neer.

Roar lag een groot deel van zijn vrije uren met een tollend hoofd op zijn bed. Hij wílde wel slapen, maar mooi dat dat niet ging lukken zo.

Wat wel lukte, wat veel te goed lukte, was dat hij van alles voorbij zag komen wanneer hij zijn ogen dichtdeed: Anne in de bus, die een dekentje over slapende Rowie heen legde, en opkeek, recht in zijn ogen. Bám, had zijn hart gedaan; hij voelde het helemaal opnieuw. Anne aan tafel, met Row op schoot; hij op het podium met zijn gitaar om zijn nek. En toen hij eenmaal op zijn knieën voor haar neus zat en hij haar had aangekeken, toen had hij bijna niet eens meer verder kunnen zingen.

Wat een sukkel was hij toch.

Anne in zijn armen, toen hij haar naar haar kamer bracht. Anne die in zijn overhemd huilde. Annes mond onder de zijne, zacht en nat en lekker en lief en opwindend en alles tegelijk. Anne in zijn armen als hij wakker werd.

Hij wilde dat. God, wat wilde hij dat.

Van schrik zat hij in één klap rechtop tegen het hoofdeinde van het bed, zijn hand in zijn haar en zijn ogen wijd open. Wat was er verdomme aan de hand? Hij was uit zijn dak gegaan tegen Maxine, en daarna tegen Ian, en het was ook echt wel waar: hij was natuurlijk nooit zo ver gegaan om daadwerkelijk seks met haar te hebben in dat bed met Row ernaast, maar... maar... Als hij niet zo afgeleid was geraakt van hoe lekker hij het vond om haar te kussen, als hij niet had geprobeerd om dichterbij te komen, dan had hij misschien...

Ja, wat eigenlijk?

Hij schudde zijn hoofd en probeerde zich te concentreren. Wat wilde hij, wat wilde hij verdomme nou precies? Hij was al bezig om daar zicht op te krijgen sinds die verschrikkelijke afterparty in Omaha, waar hij had rondgelopen als een gedrogeerde zombie om zich toch maar goed te kunnen voelen. En de hele tijd had hij een zeurend stemmetje in zijn hoofd gehoord dat hem vertelde dat hij zich helemaal niet goed voelde, wat hij ook probeerde. En op dat moment had Anne, ondanks alle troep die hij had genomen, iets bij hem teweeggebracht.

Wat wilde hij nou eigenlijk?

Wat wilde hij van Anne? Mét Anne?

Waar paste ze dan, in zijn leven?

Het antwoord leek simpel: ze paste nergens. Ze kwam niet uit zijn wereld, ze woonde in een gewoon huis in een gewone stad, met een gewone baan op een gewoon kantoor waar ze elke dag naartoe ging. Ze was een stuk jonger dan hij, en gek genoeg maakte dat ineens uit; bij andere vrouwen had hij daar nooit over nagedacht. Ze was slim, had doorgeleerd, ze praatte heel netjes; niet dat hij nou het gevoel kreeg dat ze daarom op hem neerkeek, maar hij voelde het verschil wel degelijk, en even vroeg hij zich af of ze hem dom zou vinden.

Maar de allerbelangrijkste reden waarom ze nergens in zijn leven paste was natuurlijk die Ian. Het leek Roar een bekakte, zelfingenomen eikel na die twee keer dat hij hem aan de lijn had gehad, maar ze had wél voor hem gekozen. En ergens had hij bewondering voor haar trouwhartigheid, hoezeer die haar ook onbereikbaar maakte: hij kon alleen maar hopen dat hij ooit in zijn leven iemand zou vinden die zo onvoorwaardelijk voor hem zou kiezen. Voor hém, Rory Maquary, niet Roar de rocker.

Goed. Dat was het simpele, rationele antwoord. Maar daarmee was zijn probleem niet opgelost, want Row had zich aan haar vastgeklemd als een terriër aan een boomtak en het leek erop dat ze echt van zijn kind hield. En ze rook zo lekker, en ze was slim, en grappig; hij voelde zich eigenlijk alsof hij de hele tijd zou kunnen grinniken als hij dicht bij haar was.

Zijn brein stopte abrupt met ratelen. Met opengesperde ogen staarde hij naar de muur. Dat was het. Dát was het dus.

Hij wilde gewoon dicht bij haar zijn.

Het was een rare, nieuwe gewaarwording voor Roar; hij kauwde erop terwijl hij zich aankleedde voor de persconferentie. Hij perste zich in een van zijn zwarte leren broeken, propte zijn voeten in zijn afgetrapte motorlaarzen, staarde even verlangend naar een oud Iron Maiden-shirt maar pakte toen toch maar weer zo'n zwart zijden designeroverhemd. Hij liet een paar knoopjes open en knoopte de leren veter met het kruis om zijn nek. Hij had dat ding de hele tijd om gehad, voor ieder optreden en voor iedere fotoshoot, dus het hoorde voor deze tour bij zijn werkkleding. Extreem donkere zonnebril (te donker voor de hotelkamer, dus hij duwde hem meteen omhoog in zijn haar), een zilveren oversized duimring met een grijnzende schedel, en klaar.

Hij was zo druk met piekeren dat hij bijna vergat zijn horloge af te doen. Het was geen dure en het zag er niet heel erg bijzonder uit, maar het was het enige wat hij nog had van zijn vader, en als hij niet aan het werk was droeg hij het dag en nacht. Als hij wel aan het werk was moest het per se in zijn broekzak zitten – het was een privézaak, het horloge, zijn vader, zijn herinneringen; het ging verder niemand iets aan. Hij had om de een of andere reden ook nog allemaal touwtjes, leren bandjes, elastiekjes en andere dingen om zijn pols; die konden wat hem betreft rustig blijven zitten, maar het horloge moest af. Hij vergat dat echt nooit.

Behalve nu.

Hij staarde even naar zijn pols, zijn hoofd ineens leeg.

Hij begreep er helemaal niets van.

Hij begreep er nog steeds niets van toen hij door de gang liep, en ook niet toen hij de drukke lobby doorkruiste op weg naar de klaarstaande auto.

In de auto, die hij met Mad en Harmony deelde, keek hij uit het raam en zei geen boe of bah. Gelukkig lieten zijn vrienden hem met rust; ze wisselden een blik en zaten vervolgens bij hem in vriendschappelijke stilte, met voor hem alle ruimte om rustig verder te piekeren. Hij was ze er dankbaar voor.

Hij had zich wel eens vaker verwonderd over de woordeloze communicatie van het stel, hun stilzwijgende eenheid, en nu vroeg hij zich ineens af of hij dat ook met iemand zou kunnen hebben.

Nee, niet met iemand.

Met Anne.

Zouden hij en zij er ooit ook zo bij kunnen zitten? Hij betrapte zichzelf erop dat hij wilde glimlachen; verdomme, hij wilde écht dicht bij haar zijn. Hij wilde echt enorm graag dicht bij haar zijn.

De persconferentie-annex-lunch was in een extreem trendy restaurant boven in een chic hotel. Het ging normaal gesproken pas om zes uur open, maar was speciaal voor deze gelegenheid afgehuurd. Ideetje van Gemma: een idioot luxe plek om heerlijk te eten, onbeperkt vragen stellen, beperkt aantal kaartjes beschikbaar... De belangrijkste entertainment- en muziekjournalisten van de wereld hadden elkaar de tent uit gevochten voor een uitnodiging. Creëer je eigen schaarste – een briljante strategie.

Voor de deur stond een flinke menigte fans en er ging gejuich op toen Roar uit de auto stapte. Hij voelde zich grootmoedig ondanks zijn piekerbui, en liep erheen. Signeerde een paar cd's, trok rare gezichten voor selfies met fans, schudde handen.

'Mad, gozer, kom 'es effe hier,' riep hij over zijn schouder; Roger drong zich niet snel naar de voorgrond, maar hij vond een beetje aandacht natuurlijk net zo leuk als ieder ander. Ze gaven het een minuut of tien, en toen gingen ze naar binnen.

Zodra Roar het restaurant binnen liep voelde hij dat er iets niet klopte.

Het kinderdoemuseum was heel leuk geweest; Row had het geweldig naar zijn zin gehad. Hij was blij en stuiterig en lief, en het enige waar Anne iets van hoefde te zeggen was dat hij een paar keer 'vedomme' zei. Ze kon het hem nauwelijks kwalijk nemen, als zijn vader hem dagelijks ongeveer onderdompelde in vloekwoorden. Even overwoog ze of ze het er met Roar over kon hebben, maar toen bedacht ze zich dat ze hem waarschijnlijk nauwelijks meer zou zien voordat ze naar huis ging. Ze zouden tenslotte uit elkaars buurt blijven, en hij had natuurlijk ook miljoenen dingen die hem zo afleidden dat hij zich haar waarschijnlijk niet eens zou herinneren.

Haar hart kneep even samen.

Je hebt je artikel, vertelde ze zichzelf streng. En je hebt Row. Plotseling voelde ze zich een preutse tut dat ze zelfs maar had overwogen om Roar aan te spreken op zijn taalgebruik. Preuts, tuttig, netjes en volkomen oninteressant voor iemand die zo creatief, wild en bohemien was als Roar.

Ze zuchtte en keek uit het raam; de auto was zo luxe dat ze nauwelijks voelde hoe hard hij ging. Toch vond ze hem niet mooi. De zon scheen, maar de wereld zag er vreemd grauw en saai uit: weer een stad, weer gebouwen, weer mooi weer, weer een persconferentie, straks. Ze wist eigenlijk niet eens waarom zij er ook naartoe moest; zou ze niet gewoon terug kunnen gaan naar haar hotelkamer als ze Row had afgeleverd? Desnoods nam ze Row mee terug, als ze...

Je artikel, maande haar innerlijke stem.

O ja.

Was ik maar nooit gekomen; alles staat op de een of andere manier op z'n kop, zelfs het zonlicht ziet er stom uit, ik snap er niks van, dacht ze opstandig.

Je artikel.

O ja.

De auto minderde vaart en stopte voor de ingang. Er stonden nog flink wat mensen, dus de mannen van de beveiliging stapten eerst uit. Zodra Rowland in beeld kwam begon iedereen te schreeuwen; Row schrok daar zo van dat hij ongeveer in Annes been klom. Ze tilde hem snel op en droeg hem naar binnen, met aan weerszijden een bodyguard.

Row had zijn armpjes om haar nek geslagen; zijn gezicht zat verstopt in haar haar, en ze voelde hem bibberen, zelfs toen ze al in de lift naar het restaurant stonden.

'Ssst, rustig maar, kleine man,' zei ze zachtjes, 'ze zijn al weg.'

De liftdeur gleed open en liet haar binnen in een koel, wit, stijlvol decor. Overal stonden ronde tafels en voor de band was een lange, rechthoekige tafel op een kleine verhoging gezet. Het had iets middeleeuws: de koninklijke personages op de verhoging, de hofhouding die het geluk had binnen te mogen eten eromheen. Hoewel het er wel een beetje uitzag alsof er iets mis was in het kasteel: iedereen stond op een kluitje druk te praten en te gebaren.

Roar maakte zich los van het groepje zodra hij Anne en Row in de gaten kreeg. Van een afstandje zag Anne opeens helder hoezeer hij er als een wereldberoemde rockster uitzag, zo stoer, zo aantrekkelijk, zo... niet van haar wereld; hij leek wel een heel ander iemand dan de man naast wie ze wakker was geworden. Maar die gewaarwording verdween toen hij dichterbij kwam. Hij sloeg een arm om Anne heen alsof dat de gewoonste zaak van de wereld was, trok haar met Row en al dichterbij, en aaide over Rows wangetje voordat hij hem een kus gaf.

'Wat is er, gast, ben je ergens van geschrokken?' vroeg hij aan zijn kind, terwijl zijn hand verstrooid zachte warme rondjes over Annes rug maakte.

Anne was zo verbaasd; ze kreeg kippenvel. Hij zou toch uit de buurt blijven? Dit was niet uit de buurt blijven, dit was...

'Hij schrok een beetje van al die mensen buiten, toen we uit de auto kwamen,' zei ze snel. 'Maar we hebben het heel leuk gehad, hè, Row?'

Row knikte en strekte zijn armpjes uit naar zijn vader, die hem met één hand overnam. De andere hand bleef vrolijk op Annes rug liggen voor nog een rondje, en nog een.

'Heb je het koud, mop?' Roar had gevoeld dat ze rilde. 'De airco staat wel hard in deze tent, maar straks komen er ook een hoop mensen, dus, eh...' Hij keek om zich heen of hij een oplossing kon bedenken. 'Ik heb geen jasje of iets wat ik aan je kan geven, sorry...' Hij wreef nog iets harder, alsof hij haar daarmee op kon warmen.

'Nee, het is goed hoor, ik heb het niet koud,' zei Anne, 'maar dankjewel. Wat een mooi restaurant, trouwens, al ziet iedereen er wel een beetje uit alsof er iets naars is gebeurd.'

Roar knikte. 'Blade is 'm gesmeerd. Neemt zijn mobiel niet op, in het hotel zit hij ook niet meer. De idioot; die perslunch is belangrijk voor de plaat die we hierna willen gaan maken, we hebben al die zooi over onze comeback helemaal voorgekauwd met Gemma, over hoe we allemaal volwassen zijn geworden en al dat gelul...' Roar gaf een klein snurkje om zijn eigen sarcasme. 'En nou is die halvegare pleite. Lekker volwassen. Gemma weet niet waar ze het zoeken moet van ellende, ze heeft zich uit de naad gewerkt om dit allemaal voor mekaar te boksen. Ik kan gewoon niet bedenken waar die eikel nou naartoe is; heb jij een idee?' Hij keek Anne ernstig aan.

'Issie na de diewetuin,' zei Row, 'om de gowilla te kijken? Was een gowilla die dee net als Blade, Annie!'

'Een gorilla die op Blade leek? Och jee. Heb je dat aan Blade verteld?'

Row knikte enthousiast. 'Gowilla dee zo!' zei hij, en hij leunde naar achteren op zijn vaders arm en hield zijn handje achter zijn hoofd met zijn elleboog in de lucht.

Anne zag het helemaal voor zich, de gorilla in de Blade-relax-positie, met zijn okselhaar fier in de lucht gestoken.

'Kleine Oscarwinnaar ben je toch, gast van me,' zei Roar vol affectie tegen zijn kind, en daarna, met een lach: 'Het kán natuurlijk; Blade lachte zich kapot toen Rowie het gisteren voordeed. Maar dan nog zou hij zijn mobiel wel aanlaten, als hij in ene zo nodig naar de dierentuin moest. Ik bedoel, godsamme. En Row, zeg nou toch verdomme die r een keer goed; vanmorgen ging het zo lekker.'

Row verstopte even zijn gezicht tegen zijn vaders schouder en wriemelde om op de grond gezet te worden.

O, dacht Anne verbijsterd, het was echt nog maar vanmorgen. Het leek alweer een eeuwigheid geleden.

Roar zette Rowland op zijn voetjes en moest daarbij twee handen gebruiken. Het leek wel of hij zich plotseling herinnerde, nu hij haar niet meer over de rug streelde, wat ze eigenlijk hadden afgesproken, want hij keek een beetje schaapachtig en deed een stapje achteruit. 'Sorry,' zei hij zachtjes. 'Het ging gewoon vanzelf, of zo, weet ik veel...'

'Je zegt wel vaak sorry tegen me,' zei Anne met een pijnlijke glimlach.

'Nou, eh, sorry, dus,' zei Roar. 'Ik bedoel het niet zo, het is gewoon dat... Hm. Moet je horen, weet je, ik kan maar beter...' Hij gebaarde met zijn hoofd naar de grote tafel op de verhoging.

'Jij kan daar zitten, mop, als je wilt,' zei Roar in haar oor, met een knik naar een paar tafels die schuin achter de bandtafel stonden. 'Die zijn voor de tourmensen.' Hij greep even kort haar hand, maar liet meteen weer los en liep van haar weg.

Anne keek hem na, knipperde een opstandige traan weg en koos toen een stoel aan een van de tafels die hij had aangewezen. Ze ging zo zitten dat ze goed zicht had op iedereen in de zaal en meteen een oogje op Row kon houden. Hij speelde verstoppertje met een van de bodyguards. Ze kon Roar ook goed zien; hij keek steeds over zijn schouder alsof hij wilde checken dat ze er nog was. Zijn gezicht stond zo ernstig dat ze zich moest bedwingen om niet naar hem toe te lopen en... ja, wat eigenlijk? Haar armen om hem heen te slaan? Uit de buurt blijven. Ze bleef zitten waar ze zat.

Terri en Gemma waren intussen een opsporingsoperatie gestart waar CSI nog een puntje aan kon zuigen. Ze ijsbeerden heen en weer, af en toe in Terri's opengeklapte laptop turend, en belden iedereen die ze maar konden bedenken. Gemma leek bijna in tranen; Terri zuchtte en leek bij ieder gebeld nummer dat tot niets leidde een beetje verder in elkaar te zakken.

Axe liep naar Terri toe en zei iets tegen haar. Hij sloeg een arm om haar schouders, maar Terri schudde de arm van zich af en gaf hem een ijzige blik. Hij bleef nog een beetje in de buurt hangen; hij liet zich ondanks Terri's blikken die konden doden toch niet verjagen. Anne wist bijna zeker dat Terri het stiekem fijn vond dat hij dicht bij haar stond, ook al deed ze nog zo haar best om te doen alsof ze niets van hem moest hebben.

En toen wandelde Blade de lift uit, precies vijftien minuten voordat de journalisten binnengelaten zouden worden en de perslunch van start zou gaan, zorgeloos en met een brede glimlach op zijn gezicht. Hij keek om zich heen alsof er helemaal niets aan de hand kon zijn en pas toen iedereen van alles tegen hem begon te roepen, hees hij een wenkbrauw op en zei: 'Wat? Waar is de brand?'

Gemma marcheerde zonder een spoor van haar normale stille

onzichtbaarheid dwars door de zaal op hem af, met ogen die vuur schoten. Ze liep bijna tegen hem op en fronste hem in het gezicht; een behoorlijk wapenfeit aangezien hij een kop groter was.

'Waar was je nou, rotvent!' grauwde ze tegen hem. 'Heb je enig idee hoe vreselijk hard ik heb gewerkt om dit hele gedoe voor elkaar te krijgen? Heb je enig idee hoe ontzettend bezorgd ik was? Heb je überhaupt enig idee, jij onnadenkend, van zelfbelang opgeblazen harig stuk vreten!' En toen gaf ze hem een harde duw.

Blade werd zo overvallen dat hij een stap achteruit struikelde en zijn handen verdedigend ophief. 'Hé, Gem, rustig, ik was alleen maar even een rondje lopen, ik moest effe mijn hoofd leegmaken, oké?'

'Een rondje lo- ... je ging een rondje lopen? En je was niet zo intelligent om even een mobiel in je zak te stoppen? Je had vast ook geen security meegenomen.'

Blade haalde zijn schouders op. 'Nah, ik hoef geen security, ik ben Roar niet. En ik heb mijn mobiel gewoon in mijn zak zitten, ik had 'm alleen even uitgezet. Ik wou gewoon effe rustig nadenken.'

'Jezus christus, wanneer ben jij ineens een boeddhistische monnik geworden? Ik kan je wel wat aandoen, ellendeling!'

Blade stapte dichterbij en legde twee grote handen op Gemma's trillende schouders. 'Hé, het spijt me,' zei hij, tot ieders verrassing. 'Gem, sorry als ik je heb laten schrikken, ik had echt geen flauw benul dat je d'r zo van zou balen, oké?'

En toen begon Gemma ten overstaan van iedereen te snikken.

Blades reactie was zo mogelijk nog verrassender dan zijn verontschuldiging. Hij sloeg zijn armen om haar heen – het leek wel alsof hij zijn hele zelf om haar heen sloeg – en trok haar heel dicht tegen zich aan. En toen – zomaar, waar iedereen bij was – op het moment dat Gemma in zijn armen wegkroop en haar betraande gezicht tegen zijn stevige schouder verborg, verloor Blade zijn hart.

16
Vasthouden

Lieve laptop, er is zo veel gebeurd! We zijn onderweg naar San Diego, het is nogal een rit met de bus en iedereen is een beetje rozig vandaag. Row ligt op de bank een dutje te doen, Axe past op hem, dus ik kan heel even schrijven.

Blade en Gemma. Dit is gewoon wereldnieuws. Het zal natuurlijk al lang openbaar zijn op het moment dat mijn artikel in *UM* komt, maar toch: ik zal voor eeuwig en altijd kunnen claimen dat ik erbij was toen het gebeurde. En ik moet me zo beheersen om niet 'zie je wel!' tegen hem te zeggen!

Hij heeft zich nog nooit zo gedragen als nu, als ik Roar, Axe en Mad mag geloven. Helemaal ondersteboven is hij. Hij stapte zelfs vanmorgen bij Gemma in een auto, zodat ze lekker saampjes konden zijn tijdens de lange rit. Eerst wilde hij dat ze mee in de bus kwam, maar daar had zij geen trek in. 'Ik heb de hele tijd in een auto gereden,' zei ze, 'dus daar ga ik niet ineens mee ophouden.' Blade krabde zich op het hoofd, dacht even na, zei toen 'oké' en liep achter haar aan. Ongelooflijk, toch?

Het was bijna onmogelijk om niet breeduit te glimlachen als ze aan Blade en Gemma dacht. En gek genoeg, juist nu het voor Blade blijkbaar ineens allemaal anders was, begon Anne iets te begrijpen van wat hij steeds had bedoeld met zijn 'regels voor op tournee'. Het was buiten alle normaliteit om zo te leven en te werken, als een soort luxenomade: je had voortdurend nieuwe gezichten om je heen, de hele tijd was je slechts één cameraklik verwijderd van het volgende nieuwsitem. Toch maakte het niet uit wat er gebeurde, want morgen reisde je weer verder. Anne vond de oppervlakkigheid en vluchtigheid van dat alles vreselijk vermoeiend.

Volgens Terri's ijzeren schema was er over vijf dagen, vlak voordat Anne naar huis zou vliegen, een minibreak gepland voor de band en de directe entourage, in een super-de-luxe kuuroord in Maine. Deze rustpauze was ingelast aan het begin van het oostkustdeel van de tournee en diende twee doelen: allereerst duurde het even voordat alles wat nodig was om het podium op te bouwen was overgebracht van de westkust naar de oostkust, en ten tweede had Mad, met zijn zwakke gezondheid, tijd nodig om bij te komen.

Blade en Gemma zouden vast ook geen bezwaar tegen deze onderbreking hebben, zo aan het begin van hun relatie, en misschien was het voor Terri zelf ook wel een mooi moment om even adem te halen, misschien kon dan eindelijk ook dat hoognodige gesprek tussen haar en Axe er eens van komen.

Anne nam zich voor de tijd te gebruiken om eens rustig over Ian na te denken. Nu ze een tijdje buiten zijn invloedssfeer verkeerde, onder mensen die zo ontzettend verschilden van de mensen die ze normaal gesproken om zich heen had, begon ze dingen in een ander licht te zien.

En, nog veel enger om over na te denken was dat ze toch echt gevoelens voor Roar had. Het leek per dag ongeveer belangrijker – noodzakelijker – te worden om naar hem te kijken; ze moest echt haar best doen om niet de hele tijd zijn kant uit te blijven staren.

Anne schudde haar hoofd. Voor de zoveelste keer maakte haar brein een keiharde ontwijkende beweging door vrolijk een ander onderwerp aan te dragen: een onderwerp dat misschien wel niet zo tot op het bot ging, maar toch wel degelijk haar aandacht verdiende.

Maxine heette dat onderwerp. Haar zogenaamde beste vriendin.

Anne was er inmiddels van overtuigd dat Maxine van alles kon zijn, maar niet haar beste vriendin. Het was haar allemaal pas echt goed duidelijk geworden direct na de perslunch in Las Vegas, toen ze even asiel zocht in de damestoiletten om bij te komen van de hele emotionele achtbaan. Maxine was ook bij de lunch aanwezig geweest, zoals natuurlijk te verwachten viel, hoewel ze nog later dan Blade was binnengekomen. Ze had overduidelijk reparatiewerkzaamheden aan haar relatie met Roar in de planning, dus zodra het officiële gedeelte van de lunch was afgelopen, had ze vastgeplakt aan Roars zij gezeten.

Anne had alleen maar kunnen toekijken, bevroren in haar stoel, in de wetenschap dat alle conflicterende emoties op haar gezicht af te lezen waren. Ze bloosde zich een hartverlamming.

Na tien verbijsterend vermoeiende minuten van proberen niet heel opvallend naar Roar en Maxine te kijken, maar toch geen seconde te willen missen van wat daar allemaal gebeurde, had ze het opgegeven en zichzelf naar de toiletten gesleept.

Half verkrampt had ze naar zichzelf gestaard in de spiegel – tot plotseling Maxine binnen kwam stampen met grote, wilde ogen. Ze had Anne er nogmaals op hoge toon van beschuldigd dat ze met Roar had geslapen, dat ze haar relatie had geruïneerd, dat het allemaal haar schuld was en dat ze het haar nooit zou vergeven.

Anne had haar nog nooit zo vijandig gezien. Haar eerste gedachte (en het was er een waar ze behoorlijk blij van werd) was dat Roar blijkbaar dus niet stond te trappelen om het goed te maken met Maxine. Haar tweede gedachte was een stuk minder gezellig: wat voor soort vriendin haalde het toch in haar hoofd om zo vreselijk lelijk te doen? Anne was zo verbijsterd over wat Maxine allemaal uitbraakte dat ze zich nauwelijks kon voorstellen dat het daadwerkelijk over haarzelf ging.

Tot Maxine haar 'dik vet rood varken' noemde. Toen was de maat, vrij plotseling nog, voller dan vol. Annes hartkramp ruimde haastig het veld voor een abrupt opvlammende boosheid om het kwetsende, het neerbuigende, het daadwerkelijk gemene dat blijkbaar in Maxine zat.

Ze had – zo'n beetje voor het eerst van haar leven – het altijd aanwezige blad voor haar mond verwijderd en Maxine Thawley in keurige maar niet mis te verstane bewoordingen laten weten wat ze van haar dacht, en dat de vriendschap voorbij was, voor eeuwig, vaarwel, tot nooit meer ziens.

Nadat de deur achter Maxine was dichtgevallen bleef Anne nog even stokstijf stilstaan, stomverbaasd over wat er uit haar eigen mond was gekomen, totdat ze uit een van de wc's achter haar een zacht gesnuf hoorde.

'Is daar iemand?' vroeg ze, meteen weer helemaal paars van ellende bij de gedachte dat iemand had kunnen horen hoe ze uit haar slof was geschoten. Toen klonk er, na nog een snuf, een voorzichtig 'ik ben het' uit het wc-hokje, waarna de deur op een kier opengingen en het betraande gezicht van Terri in beeld verscheen.

Anne gaf haar zonder er verder over na te denken een knuffel zodra ze helemaal tevoorschijn was gekomen, en vroeg zachtjes: '... Henning?'

Terri begon meteen weer te huilen.

'Hij vindt je volgens mij dus echt heel leuk, hoor.'

'Nou, dan heeft hij een door en door verrotte manier om dat te laten merken. Na dat unplugged optreden heeft hij het met een serveerster gedaan, in de lift van het hotel nota bene, en vanmorgen nog stond hij ineens midden in de gang te zoenen met een of ander fanmeisje dat het voor elkaar had gekregen om langs de beveiliging te komen, vraag me niet hoe...' De tranen stroomden harder.

'En jij en Roar?' vroeg ze na een tijdje, toen ze zichzelf weer iets beter in de hand had. 'Ik zag hoe jullie stonden te praten toen je met Rowie was binnengekomen, je kunt me echt niet wijsmaken dat er niets aan de hand is tussen jullie twee. Hij keek naar je alsof hij je wel kon opvreten.'

Anne schrok er een beetje van dat het zo zichtbaar was geweest. ‘Nou, eh, ik denk... dat, eh, ik hem wel, eh, aantrekkelijk vind, maar weet je, het kán gewoon helemaal niet. Ik heb natuurlijk mijn vriend in Londen, maar daarbij: we zijn zo ontzettend verschillend. En onze levens verschillen enorm. Ik zou het helemaal niet volhouden om zo te moeten leven als hij, en ik kan toch niet zomaar van een man verlangen dat hij zijn hele leven omgooit...’

Terri droogde haar ogen en nam Anne bedachtzaam op. ‘Kijk ons eens. Wat een stelletje treurmutsen zijn we, hè? Maar er is volgens mij wel iets wat ik kan doen om het voor jou een beetje draaglijker te maken: ik kan zorgen dat die Maxine, als ze nog bij de tour wil blijven, met de roadploeg mee moet. Te beginnen met vandaag. Wat een kattig kreng is dat, zeg, ik had nooit gedacht dat iemand als jij zo’n vriendin zou hebben. In LA gaat er vast wel een directe vlucht naar Londen; dan kan ze daar het vliegtuig pakken en opgeruimd staat netjes.’

Anne vond dat – heel onaardig – een heerlijk idee en ze voelde iets zwaars van haar hart af rollen, iets waarvan ze nauwelijks had gemerkt dat het er überhaupt had gezeten. Ze glimlachte, een beetje bibberig. ‘Gek genoeg dacht ik zelf ook niet dat ik zo iemand als vriendin had, maar nu blijkt dat ik haar gewoon niet zo goed kende. Terwijl ik met haar op school heb gezeten, moet je nagaan! Maar ik zal als dank een praatje met Henning maken zodra ik de kans krijg. Hij denkt namelijk dat je boos op hem bent, en hoewel hij er ontzettend onhandig over deed en helemaal niet uit zijn woorden kwam, leek het er voor mij toch wel heel erg op dat hij dat dus vreselijk vindt. Al heeft hij zelf blijkbaar niet helemaal door waaróm hij dat zo vreselijk vindt.’

‘Hij heeft met jou gepraat. Over mij. Shit,’ zei Terri vol gevoel, waarna ze haar ogen even opnieuw moest afdrogen. ‘En hoezo begrijpt hij het niet, hij is toch geen randdebiel? Hoe moeilijk is het, jezus!’

‘Waarschijnlijk is hij op dit gebied wel een redelijke randdebiel,' zei Anne met een wiebelige grijns. 'Ik denk dat hij nul ervaring heeft met diepere gevoelens voor een vrouw, en nu heeft hij geen idee wat hem overkomt. Terri, ik weet voor negenennegentig komma negen procent zeker dat hij je een stuk leuker vindt dan hij zelf doorheeft, en het zou wel eens kunnen schelen als ik hem even help bij de bewustwording. Eventueel met harde hand.'

Terri grinnikte door haar tranen heen. 'Je klinkt ontzettend professioneel als je het zo zegt. Ik hoop maar dat je gelijk hebt, want ik hou dus gewoon van die grote dombo.'

Dus. Hier zit ik dan, in een Maxineloze tourbus, wat echt een ontzettende opluchting is. Nu moet ik alleen nog met Axe zien te praten en hem duidelijk maken dat dat vervelende, kriebelende gevoel in zijn borstkas als hij naar Terri kijkt waarschijnlijk betekent dat hij verliefd op haar is. Het idee! Wie had ooit gedacht dat ik nog koppelaarster zou worden voor Road Rage?

Ik benijd Terri niet, dat ze zo'n moeilijk geval heeft om verliefd op te zijn, maar in ieder geval weet ze wel precies wat ze wil. Kon ik dat maar zeggen; ik voel me leeg als ik aan thuis denk, en ik weet eigenlijk niet wat ik moet voelen als ik aan Ian denk. Ik zal hem wel eerst in levenden lijve moeten zien, denk ik, om dat te weten. Soms lijkt het alsof er eigenlijk twee Ians zijn: een in mijn hoofd, die precies is zoals ik altijd heb gedacht dat een man hoort te zijn, en een echte Ian, die... soort van... dat niet is.

En dan heb je Rory [ja dit is echt even voor mezelf, hoor, ik ga dit niet gebruiken]. Met Rory is het precies andersom: de Rory in mijn hoofd is een man met wie ik met geen mogelijkheid ooit in mijn leven iets zou kunnen hebben, om te veel redenen om op te willen schrijven. Maar de echte Rory, degene die ik een heel klein beetje heb leren kennen de afgelopen weken... Ik zou wensen dat ik wat tijd met hem kon doorbrengen zonder dat we in deze idiote mallemolen zitten, ik wil eigenlijk heel graag weten hoe hij is als hij rustig is, als hij niet steeds iets moet, als hij niet hoeft op te treden of na te denken over de pers en hoe hij overkomt. Als hij gewoon plezier heeft. O, en als hij lacht. Ik vind het echt geweldig als hij lacht.

Anne kauwde op haar lip en keek naar haar scherm. Waarom was het toch verdorie allemaal zo ingewikkeld?

Roar zat haar stilletjes te observeren vanaf de andere kant van de bus. Toen ze opkeek en hun ogen elkaar ontmoetten, vouwde hij zich uit zijn zitplaats met die stille, gepolijste gratie van hem en liep op haar af. Hij liet zich in de stoel naast haar zakken en vroeg zachtjes: 'Alles goed, mop?'

'Ja, hoor,' zei ze met een waterige glimlach, 'ik ben alleen moe, en...'

'Ja?'

'Ik voel me steeds meer... nou, misplaatst, eigenlijk... Je zult wel denken dat ik onzin uitkraam, maar...' Ze keek weg.

Roar nam haar hand in de zijne en legde hem op zijn bovenbeen. 'Heb je heimwee dan?' vroeg hij, terwijl hij zachtjes haar vingers streelde.

Anne knikte.

'Mis je je vriend?'

Ze fronste. 'Ik weet niet of ik hém nu echt zo mis, maar ik mis wel... íéts. Ik denk dat ik het mis dat ik niet elke dag hetzelfde kan zien als ik uit het raam kijk. Ik denk dat ik... een beetje voorspelbaarheid mis. Je vindt me vast oersaai.'

'Ik weet wel wat je bedoelt, hoor,' zei hij. 'En dat mis ik ook, al had ik het denk ik niet zo goed kunnen zeggen als jij. Ik héb niet eens een huis, op het moment; Row en ik, we hebben gewoon steeds wat gehuurd op plekken waar ik aan het werk was, en dan dacht ik: Ik zie het wel als deze klus is afgelopen. En dan kwam er weer een nieuwe klus, gingen we daar weer heen. Maar hoe jij het zegt, volgens mij is dat precies de vinger op de zere plek. Elke dag hetzelfde zien uit je raam. Godsamme, wat zou ik dát graag willen. Ik ben ook moe, ik voel me echt een ouwe lul. We zijn amper twee weken op weg en ik zit er al zowat doorheen... Denk je dat ik te oud word om dit te doen?' Hij keerde zich naar haar toe en trok haar hand tegen zijn hart.

'Ik weet niet,' fluisterde Anne overdonderd. Ze keek op, in zijn glitterende grijsgroene ogen.

'O, jezus, Annie,' mompelde Roar. Hij leunde dichter naar haar toe en sloot zijn ogen, wreef zijn lippen over de rug van haar hand en zuchtte vanuit zijn tenen.

'Rory,' begon ze, maar hij keek op en onderbrak haar.

'Ik denk gewoon de hele tijd aan je, Annie, je zit steeds in mijn hoofd, net als Rowie, weet je wel, hij zit ook altijd achter in mijn hoofd, bij alles wat ik doe. Het lukt gewoon niet om het te stoppen, al probeer ik nog zo hard, ik blijf maar denken aan dat we samen wakker werden, dat het eerste wat ik zag jou was, weet je wel? Christus, ik was echt niet van plan om iets te doen, ik zou nooit iets doen wat je niet wilde, ik doe helemaal niks, ik ga echt m'n woord niet breken, we zouden uit mekaars buurt blijven, toch? Ik wil, ik wil dus eigenlijk gewoon effe naast je zitten, zo, zo'n beetje met jou, zo, verder niks, dat beloof ik je...'

Zijn warrige betoog ging uit als een nachtkaars. Hij zuchtte nog een keer diep, sloot zijn ogen opnieuw en liet zijn hoofd naar achteren tegen de stoel vallen.

Anne bleef even stil. Maar ze kon het simpelweg niet binnenhouden, en dus fluisterde ze: 'Ik denk ook de hele tijd aan jou.'

Zijn ogen bleven dicht, maar zijn mondhoeken kropen een klein beetje omhoog en hij ontspande genoeg om even te kunnen slapen, en al die tijd lag zijn hand stevig om die van Anne heen.

17
Praten

De bus draaide van de hoofdweg af, een groene, ruisende bomenlaan in. Het zonlicht filterde door het gebladerte in bijna tastbare banen; tussen de stammen door ontrolde zich een lieflijk uitzicht van fluwelig, gemanicuurd gras dat naar beneden glooide naar een glinsterend meer in de verte. Hier en daar stond een stralend wit huisje in het gras. Anne kon niet wachten tot ze aan zouden komen en ze eruit mocht; ze zat met haar ogen aan het raam geplakt totdat Row, tot de rand gevuld met verwachtingsvolle energie, op haar schoot probeerde te klimmen.

'Annie, is dat een zwembad? Tewwie zegt een zwembad! En bootjevawen! Mag ik spelen, Annie? Mag ik dewin?'

'Natuurlijk mag je erin, lieverd, maar dan moet je wel zwemvleugeltjes aan. En natuurlijk gaan we spelen; we hebben een klein beetje vakantie.' Ze aaide hem over zijn bol. 'Kom zitten, kind, voordat je straks ineens op je neus valt, en probeer die r van Terri eens?'

'Terri,' zei hij trouwhartig, en hij klom op de stoel naast haar. Anne had vanaf San Diego elke dag met hem geoefend, en vijf dagen training wierpen hun vruchten af. Hij kon een keurige r zeggen, als hij er tenminste aan dacht.

Veel anders had ze ook niet kunnen doen: de tour was de afgelopen dagen in een moordend schema afgewerkt, met 's avonds concerten in achtereenvolgens San Diego, Anaheim, Los Angeles, San Jose en Sacramento. Overdag was het reizen, en de overgebleven tijd zat tot de laatste minuut volgepropt met promotieactiviteiten.

Iedereen wist dat er even heel hard gewerkt moest worden en er was een onverwachte discipline neergedaald over de band. Geen feesten tot vroeg in de morgen, geen drank, geen illegale substanties; iedereen ging recht zijn bed in na het optreden. Desondanks waren ze alsnog allemaal behoorlijk uitgewoond, al was het maar van het constante onderweg zijn.

Tussen LA en San Jose hadden ze per helikopter gereisd. Anne vond dat wel interessant, ze had het nog niet eerder meegemaakt, maar Roar had het er vreselijk moeilijk mee gehad. Van tevoren had hij haar gevraagd, met opeengeklemde kaken en brandende ogen in een gezicht strak van de spanning, of ze Row vast wilde houden, goed vast wilde houden, wat er ook zou gebeuren. Ze had Rows handje stevig in de hare gehouden gedurende de hele vlucht, maar haar ogen gingen steeds naar Roar, die met een starende blik en zijn handen tot vuisten gebald doodstil zat van opstijgen tot landen. Haar hart brak bijna voor hem: hij was werkelijk doodsbang.

Vanaf Sacramento hadden ze een langere vlucht in een wat groter zakenvliegtuig om in Maine te komen, en dat was gelukkig allemaal wat beter gegaan. Vanaf het vliegveld was het nog twee uurtjes met een bus – niet hun reguliere tourbus, want die werd over land naar ze toe gereden – en dan zouden ze twee heerlijk rustige nachten in het kuuroord verblijven.

Er zat nog een helikoptervlucht in de planning, vanaf het kuuroord direct naar New York, maar Roar had al aangekondigd dat hij op een andere manier ging, want hij was niet van plan om nog een keer zoiets door te maken. Hij ging per auto of trein, desnoods lopend, het maakte hem niet uit, als hij maar geen helikopter meer in hoefde met zijn kind. Hij had zijn telefoon gepakt om een autoverhuurbedrijf te bellen en Terri daarbij aangekeken met een blik van 'zeg er maar eens wat van'. Toen hij van haar geen tegenspraak kreeg had hij naar Anne gekeken, met een heel andere blik in zijn ogen. Een blik die maakte dat Anne zonder een spoor van aarzeling beloofde dat ze met hem en Row mee zou gaan, op wat voor manier hij dan ook van plan was om in New York te komen.

Er waren de afgelopen dagen nogal wat blikken heen en weer gegaan tussen Anne en Roar. Na de bekentenis in de bus op weg naar San Diego was een blik het enige dat nodig was om wat er daar gezegd was opnieuw te bevestigen. Veel kans om verder te praten hadden ze niet gehad – het was gewoon te druk geweest en ze waren nooit alleen – maar iedere kans om naast elkaar te zitten grepen ze aan en twee keer had Roar in de bus, toen hij dacht dat niemand het zag, een tijdje stilletjes haar hand vastgehouden.

Anne had Ian drie keer gebeld in de afgelopen vijf dagen en ieder gesprek was kort, stijf en formeel geweest. Niets voelde meer zoals vroeger, en proberen te begrijpen wat ze op dit moment voor Ian voelde verwarde haar zo enorm dat ze maar gewoon besloten had het uit te stellen. Ze zou er wel uit komen als ze eenmaal weer in Londen was, in de wereld die ze kende, zonder de afleiding van vliegtuigen, helikopters, bussen, haast, urgentie, Rowland die haar nodig had, en... Roar.

Als ze nou maar eerst bij Roar uit de buurt was, dan zouden misschien eindelijk haar hersenen weer goed genoeg functioneren om iets van een rationele beslissing te kunnen nemen.

In de tussentijd wisselde ze betekenisvolle blikken met hem. Haar hart ging als een razende tekeer, iedere keer dat hij zich met zo'n klein glimlachje in de stoel naast haar liet zakken en bij de keren dat hij haar hand had vastgehouden was ze helemaal zacht en warm geworden vanbinnen. Op zulke momenten kon ze zich niet voorstellen dat ze ooit bij hem uit de buurt zou zijn; als ze het al probeerde bezorgde ze zichzelf zo'n steek in het hart dat de tranen haar in de ogen stonden.

Hoe moest dit aflopen?

Ze schoof die gedachte net zo hard voor zich uit als de gedachte aan Ian, en probeerde zo goed als haar geweten het toeliet van het moment te genieten.

Row merkte er ook iets van, van dat onbenoembare dat zich afspeelde tussen haar en zijn vader, en het deed hem goed. Hij ging iedere nacht rustig en lief naar zijn bedje en werd iedere morgen weer even rustig wakker, zonder drama's, angstaanvallen of onstuitbare huilbuien, en Anne was er blij om. Al wist ze dat ze met iets heel onverstandigs bezig was – iets wat waarschijnlijk in pijn en verdriet zou eindigen – toch was ze dolgelukkig dat het in ieder geval voor Rowland goed leek.

Onwillekeurig keek ze rond naar Roar. Hij zat een aantal stoelrijen vóór haar met Terri te praten; deze bus had geen bank in het voorste gedeelte. Maar het leek wel alsof hij haar ogen in zijn achterhoofd voelde prikken, want hij keek direct om en gaf haar weer even zo'n blik, en zo'n aandoenlijk, onweerstaanbaar, hartkloppingen opleverend half glimlachje. Vrijwel direct daarna beëindigde hij zijn gesprekje met Terri, wurmde zich uit zijn stoel en kwam haar kant op.

'Okidoki, gast,' zei Roar tegen Rowland toen hij bij Anne was aangeland. Hij tilde Row uit de stoel naast Anne, plofte er zelf in en plantte zijn zoon op schoot. Row gaf een vreugdegilletje en begon meteen in zijn vader te klimmen, en daarna klom hij over Anne heen, totdat ze met z'n drieën één grote kluwen van armen en benen waren.

'O, Row... rustig aan toch,' zei Anne lachend, terwijl Roar gemoedelijk bromde: 'Ga nou zitten, man, verdomme, op je kont, of ik pak je...' Hij kreeg het voor elkaar om in het geworstel met de overenthousiaste en aalgladde Row zijn wang tegen die van Anne aan te leggen en even haar geur op te snuiven.

De bus begon vaart te minderen tegen de tijd dat Rowland eindelijk een beetje bedaarde, en Roar de kans had om tegen haar te zeggen: 'Ik heb net even met Terri gebabbeld. We hebben een huisje, Row en ik. Met drie slaapkamers. Dus je kunt bij ons slapen. Of...' Even kwam er iets van onzekerheid in zijn blik. '... of wil je liever in het hoofdgebouw?'

Anne keek in Roars grijsgroene ogen en glimlachte.

'Okidoki, voor mekaar,' fluisterde Roar, en tegen Row zei hij, 'Annie komt bij ons, gast. Wij zitten goed.'

De bus kraakte over schoon wit grind het terrein op en stopte keurig voor het hoofdgebouw, waar een rijtje glanzend schone, witte golfbuggy's stond te wachten.

Anne klom naar buiten, ademde diep de heerlijk frisse lucht in en keek om zich heen met een brede glimlach. Het was hier prachtig: het hoofdgebouw zag eruit als iets uit een Jane Austen-verfilming waarvoor de BBC alles uit de kast had getrokken; de schattige witte huisjes die hier en daar in het gras stonden waren allemaal even aantrekkelijk, en dat gras, dat prachtige, met zoveel liefde onderhouden gras dat zachtjes naar beneden glooide, naar de rand van het spiegelgladde, zomerluchtblauwe meer waar ieder klein, wit, schaapachtig wolkje zichzelf in kon zien... Iedere rechtgeaarde Brit zou zijn hart voelen opengaan bij zo'n prachtige grasmat.

Terri had zoals gewoonlijk overal goed over nagedacht: eerst de westkust, dan een korte pauze op deze prachtige plek, dan twee weken oostkust, vervolgens het Verenigd Koninkrijk, en verder Europa in. Hoe langer ze onderweg waren, hoe meer tijd er tussen de concerten zou zitten. Reizen, afstanden, zorgen dat de roadies met alle spullen zonder problemen de grenzen over kwamen, dat moest allemaal meegewogen worden. Daarnaast had Roar erop gestaan dat Mads gezondheid een factor zou zijn bij het plannen van de tournee. Het had Anne nauwelijks verbaasd toen Terri het haar vertelde: het paste eigenlijk precies bij het beeld dat ze in de afgelopen weken van Roar had gekregen.

Als er ooit wereldkampioenschappen anders-zijn-dan-hoe-je-overkomt worden gehouden, dan is Roar ongetwijfeld de glorieuze en onbetwiste winnaar, dacht ze, terwijl ze hem observeerde. Hij stond doodgemoedereerd alle koffers en tassen van haar, Row en hemzelf in een buggy te laden, zonder een spoor van sterallures. Een meisje met een mantelpakje en een clipboard gaf hem een sleutel en daarna klom hij achter het stuur, wachtte tot Anne en Row veilig naast hem zaten, en parkeerde netjes uit.

Het ging hem zo gemakkelijk af dat Anne vroeg: 'Heb je wel eens vaker in zo'n ding gereden?'

'Mop, zie ik eruit alsof ik golf?' antwoordde hij lachend, en hij maakte een ererondje om een groepje bomen. 'Ik wilde het altijd al een keer proberen, maar het kwam er natuurlijk nooit van. Geweldig, cool bakje, gaat eigenlijk best nog wel hard ook!' Hij racete over het smetteloze gras heen en weer, zigzagde op twee wielen tussen twee struikjes door en had het geweldig naar zijn zin.

'Scheuwe, pap!' riep Row. Hij was helemaal door het dolle toen Roar hem op schoot hees en liet sturen.

Anne ontplofte bijna van puur geluk. De zon scheen, Row had een geweldige tijd, Roar lachte uit volle borst en zijn ogen straalden.

Ineens zag ze naar welk huisje ze op weg waren: toen ze dichtbij genoeg kwamen was het helemaal niet zo klein als het van een afstand had geleken. Het had een keuken, een woonkamer met een openhaard, een terras, drie gezellige slaapkamers en een heel nette badkamer, en het interieur was precies zo lieflijk als de buitenkant. Het was een perfect nagebouwde Engelse cottage, en ze voelde zich er direct op haar gemak.

'Welke wil jij, Annie?' vroeg Roar. Hij stond vlak achter haar bij het raam in de woonkamer, waardoor haar gedachten over cottages nogal ruw verstoord werden. Haar hart zat in haar keel en ze zag niets meer van het mooie uitzicht over het gras naar het meer. Ze hoorde wel hoe Rowland door het huisje stormde, van de ene kamer naar de andere, maar haar hersens wilden Roars vraag op de een of andere manier niet begrijpen.

'Mmm?' zei ze, om maar niets van haar verwarring te laten merken.

‘Slaapkamer,’ zei hij in haar oor. ‘Welke slaapkamer wil jij?’

‘O. Eh, nou...’ zei ze, met een stapje om ietsje verder bij hem vandaan te komen. Dat was hoogstnoodzakelijk om weer helder te kunnen nadenken en als een normaal mens te antwoorden. Ze draaide zich om, om hem beleefdheidshalve aan te kijken als ze iets tegen hem zei, maar kreeg meteen ademnood bij het zien van zijn mooie gezicht, die lieve halve glimlach van hem, die warrige goudbruine haren, die glitterende ogen...

‘Jeetje,’ zei ze verward. Haar wangen waren verdacht warm.

‘God, ik kan niet denken als je zo naar me kijkt,’ mompelde Roar.

‘O, sorry, eh... slaapkamers, toch?’

Roar knikte en keek naar de grond.

Anne nam een grote hap lucht en begon: ‘Nou, ik dacht eerst dat we misschien Row in de kleine slaapkamer konden doen, en dat wij ieder een van de slaapkamers konden nemen die een deur naar de badkamer heeft. Handig gevonden vind ik dat, de badkamer zo ertussenin. Maar misschien is het wel makkelijker voor jou als je zo, via de badkamer dus, naar Rowland kunt als er iets is. In dat geval kan ik beter in het kleine –’

Roar pakte haar hand.

Ze stopte met ratelen.

Het leek wel of de lucht knetterde van de spanning terwijl ze zo stonden, doodstil, zwijgend, alleen die handen.

Deze keer kreeg Roar als eerste weer grip. ‘Oké,’ zei hij, met een diepe ademteug. ‘Oké. Row gaat in die kleine. Rowie? Gast? Die daar is jouw kamer.’ Hij verhief zijn stem een beetje en wees.

‘Jeeeeeej!’ riep Row, die het allemaal prima vond. Hij begon zijn veel te grote koffer naar zijn toegewezen slaapkamer te sleuren en riep: ‘Gawe zwemmen? Annie, gawe zwemmen?’

‘Och jeetje, ik heb helemaal geen badpak bij me,’ zei ze, blozend als een tomaat. ‘Wat stom dat ik daar niet aan heb gedacht toen ik mijn tas inpakte. Maar ik, eh, ik zal je wel aanmoedigen vanaf de kant, goed?’

Roar trok zachtjes aan de hand die hij nog steeds vast had. Annes blos ging van tomaat naar paprika.

'Kopen we toch straks een zwempak voor je,' mompelde hij. 'Er is vast wel een winkeltje in het hoofdgebouw. Je krijgt nog wat voor aan je voeten van me, dus misschien gooien we er nog een paar teenslippers bij ook, als ze een beetje leuke hebben.' Hij leunde lichtjes naar haar toe en trok haar iets dichterbij. Van pure onhandigheid viel ze half tegen zijn schouder aan en zat hij ineens met zijn neus tegen haar oor.

Anne rilde van hoe heerlijk het was om zo dicht bij hem te zijn. Hij deed niets, hij stond daar gewoon, zijn hand om de hare, en ze leunde tegen hem aan en luisterde naar zijn trage adem bij haar oor, rook zijn geur en wilde dat dit moment eeuwig kon duren.

Dat kon natuurlijk niet.

Ze wist ook wel dat het niet alleen niet eeuwig kon duren, maar erger nog: dat ze over een op één hand telbaar aantal dagen naar huis moest. Maar zelfs die gedachte kon haar niet ontnuchteren, dus toen besloot het kleine opstandige stukje Anne dat zich al haar hele leven had onttrokken aan alle pogingen van de buitenwereld om het te kammen, wassen en vullen met correcte omgangsvormen, het stukje dat haar had doen meegaan op de tournee, ook al werd Ian boos, dát stukje besloot dat er niets anders op zat dan van het moment te genieten.

Het moment was prachtig, en op een verwarrende manier nogal onontkoombaar. Verzet was zinloos.

Anne gaf zich dus over en stopte haar neus in Roars nek.

Hij gaf een grommetje en sloeg gauw zijn armen om haar heen, zodat hij zijn hele gezicht in haar rode wolk haar kon steken, en mompelde glazig-tevreden tegen haar kruin: '... of hou je niet van teenslippers?'

Row had het ondertussen voor elkaar gekregen om zijn koffer tot tegen de deurstijl van zijn slaapkamer te sleuren, maar hij kreeg hem er niet in. Hij wurmde zich weer uit de gevangenis die hij per ongeluk voor zichzelf had gecreëerd, rende op Anne en Roar af en zag hoe ze erbij stonden. 'Ik wil ook, ik wil ook!' riep hij met zijn armen in de lucht.

Anne en Roar tilden hem gezamenlijk op. Hij deed een arm om hun nek. 'Knuffele,' zei hij tevreden.

'We lopen zo even langs het winkeltje om een zwempak voor Annie te halen,' zei Roar met een glimlach, 'en dan gaan we met z'n drieën zwemmen. Heb je je zwembroek en je vleugels al uit je koffer getrokken, of moet ik dat voor je doen?'

'Jij doen, pap.'

'Okidoki. Ik zet je eerst even neer, ja?'

Voordat Anne twee keer met haar ogen had kunnen knipperen zat ze weer in de golfbuggy. Roar had het in recordtijd georganiseerd: tas gevuld met beddenlakengrote, superzachte handdoeken uit de badkamer, iets om in te zwemmen voor zichzelf, en een broekje en zwemvleugels voor Rowland.

'We gaan vaak samen zwemmen als het kan, maar wel het liefst in een binnenbad,' zei hij tegen Anne op weg naar het hoofdgebouw. 'Ik wil dat Row het snel kan, dus ik probeer het hem vast een beetje te leren, maar ik moet wel altijd uitkijken dat er niet een of andere idioot met een telelens in de bosjes ligt. Voor mij hoeft Row nog niet de hele tijd met zijn smoeltje in allerlei bladen en zo. Hier zal het wel niet zoveel uitmaken; hier kunnen we lekker buiten.' Hij parkeerde de buggy netjes aan de rand van het grasveld en hielp zijn kind bij het uitstijgen.

Het hoofdgebouw was vanbinnen al even mooi als aan de buitenkant, en inderdaad: direct naast de receptiebalie zat een winkeltje waar badpakken, bikini's, zwembroeken, gaasdunne omslagdoeken, bad-, teen- en andere slippers en flessen zonnecrème werden aangeboden. Allemaal uiterst luxe; Anne kreeg al de bibbers bij de gedachte aan de prijzen die het winkeltje ongetwijfeld zou vragen.

Tussen de bikini's hing er een die zo ontzettend mooi was dat ze hem toch maar uit het rek haalde, ondanks haar angst voor het prijskaartje. Mosgroen was hij, met een klein beetje goud, en fluwelig.

'Je moet 'm wel effe proberen,' zei Roar in haar oor. 'Volgens mij past-ie precies bij je. O, kijk, ze hebben ook een strandjurk, die hoort erbij. Hier, neem ook mee. Daar is,' zei hij, met een duwtje van zijn warme hand in het holletje van haar rug, 'de kleedkamer. Kom op, mop, passen die handel.'

'Nee!' Anne was geschokt; ze hield de bikini en het spaghettibandjesjurkje van hetzelfde prachtige materiaal vast alsof ze zich er ieder moment aan kon branden. 'Heb je gezien hoe dúúr het allemaal is; dat kan ik toch niet zomaar aantrekken?'

'Je vindt het toch mooi?'

'Ja, dat wel. Die kleur is prachtig, en het stofje is zo heerlijk zacht...'

'Nou, dan ga je het toch verdomme effe proberen? Vooruit, Annie, maak er niet zo'n productie van. Als je nou niet een beetje tempo maakt hangt Row straks van je reinste klierigheid aan de kroonluchter te bungelen. Vooruit!' Hij gaf haar nog een zacht duwtje de goede kant op.

Anne gaf het op en verdween het pashokje in.

Met kloppend hart paste ze de bikini en bekeek ze zichzelf in de spiegel. De kleur was prachtig, maar ze had toch een veel te dikke kont om zich zo in het openbaar te begeven? Om nog maar te zwijgen van hoe bleek ze was, en...

Roar stak onbeschaamd zijn hoofd om de hoek en zoog zijn adem naar binnen toen hij haar zag.

Anne werd knalrood en fluisterde: 'Is het zó erg?'

Hij schudde zijn hoofd. 'Jezus,' zei hij zachtjes. 'Al die sproeten! Je hebt ze echt overal, hé?'

Haar blos spreidde zich uit over haar nek, haar decolleté, haar schouders.

'Hé, mop,' zei Roar heel zachtjes, 'daar hoef je je toch niet voor te schamen? Ik vind het juist mooi.'

Zijn toon maakte dat Anne op durfde te kijken, in zijn ogen, om daar een blik aan te treffen die zo ontwapenend was, zo eerlijk, dat ze geen seconde twijfelde aan de oprechtheid van zijn woorden.

'Ik vind ze sexy,' zei hij, zijn stem ineens een beetje omfloerst, 'en ik wil wel weten hoeveel het er zijn. Effe tellen.' Hij leunde een stukje verder het pashokje in. 'Een,' zei hij, wijsvinger gestrekt maar haar net niet aanrakend, 'twee, drie...'

Anne schoot in de lach; de humor van de situatie brak dwars door haar ongemakkelijke gevoel heen en verjoeg haar rode wangen. 'Als je bang bent dat Row straks als een kleine verveelde Tarzan aan de kroonluchter bengelt, dan is volgens mij nu, op dit precieze moment proberen mijn sproeten te tellen niet echt een verstandige keuze,' zei ze grinnikend.

'Daar heb jij een punt,' zei hij, met een ondeugende twinkeling in zijn ogen. 'Ik kan het beter uitstellen. Doe ik het wel straks. Nou, gooi dat jurkje 'es over je hoofd?'

'Annie, Annie!' riep Row. Hij probeerde zich tussen zijn vaders benen door te wurmen, en stopte abrupt toen hij haar in de bikini zag. 'Annie heb spikkels op ze buik,' zei hij verbijsterd, en daarna moest hij er heel hard om lachen. Zijn sappige peuterlachje was zo aanstekelijk dat Anne en Roar ook weer in de lach schoten.

Nog naschuddend trok ze het jurkje over haar hoofd. Het paste precies en het stond haar prachtig. 'Mag ik me weer even terug omkleden?' vroeg ze, ineens weer verlegen, aan Roar, die verwachtingsvol naar haar bleef kijken.

'O... O, ja, tuurlijk, sorry, shit, sorry,' zei hij onhandig, en hij glipte snel het kleedhokje uit. 'Kom mee, gast, ze moet even alleen zijn,' zei hij tegen Row, die hij aan de hand meenam.

Anne moest zich beheersen om niet ter plekke te smelten. Als hij zo stond te schutteren, als hij even niet zo vreselijk zelfverzekerd was... Ze haalde diep adem, riep zichzelf tot de orde en kleedde zich om.

Roar en Row stonden als anderhalve schildwacht naast de kleedruimte toen ze naar buiten kwam. Roar stak zijn hand naar haar uit: hij hield een paar slippers vast in een bijpassende kleur. Die pakte ze aan, ze gaf het setje even aan hem, probeerde een slipper... Hij paste, maar toen ze de prijs zag viel ze bijna flauw. Ze trok snel haar eigen schoen weer aan en keek om zich heen waar ze ze terug moest leggen, maar zag toen dat Roar al bij de balie stond om alle aankopen op zijn rekening te laten zetten. Ze kreeg een blik die zei: 'Kom je nou nog?' Hij strekte een hand uit, maar ze schudde vertwijfeld van nee.

'Geef nou, mop,' zei Roar. Hij had ook een picknickkleed, een bal en een paar flessen zonnebrandcrème op de balie gelegd.

'Dat kán toch niet...' zei Anne zachtjes, alweer met gloeiende wangen.

Hij stapte abrupt bij de balie vandaan en stond ineens bijna neus aan neus met haar in het kleine winkeltje. 'Kan wél. Geef hier die dingen, Annie. Jezus, wat ben je lief als je zo bloost.'

Anne keek even kort naar zijn gezicht. Zijn ogen waren vol warmte en haar hart maakte een rare sprong. Ze gaf hem de slippers, stapte snel om hem heen, viste de tas met handdoeken van de grond, nam Row bij de hand en vluchtte het winkeltje uit.

Ze liep haastig door de ruime hal, voortgetrokken door Row, die door een glazen deur in de verte het buitenzwembad had ontdekt, en probeerde haar verbijstering onder controle te houden. Er had nou nog nooit in haar leven iemand met zo'n gemak zo'n enorme hoeveelheid geld aan haar uitgegeven – en, nog verwarrender, er had al helemáál nog nooit iemand tegen haar gezegd dat haar sproeten sexy waren.

'Kijk, tante Hammenie,' zei Row. Hij zwaaide wild met zijn armpje.

Harmony, die met batikrok en al in een ouderwetse rieten strandstoel zat te lezen, keek op van haar boek en zwaaide vrolijk terug.

'Harmony, met een r,' zei Anne zachtjes.

'Harr-mony,' zei Row braaf, en hij keek even naar haar op om te zien of hij het zo goed deed. Ze voelde een harde bonk vanbinnen, want hij keek precies zoals zijn vader af en toe naar haar keek, alleen begreep ze nu plotseling beter wat die blik inhield. Kwetsbaarheid. Met al zijn zelfverzekerdheid, al zijn stoere vertoon, was hij gewoon net zo kwetsbaar als zij.

Kauwend op die verwarrende gedachte liep Anne met Row aan de hand naar het groepje mensen met wie ze al die tijd al op reis was. Mad was rustig baantjes aan het trekken en Blade lag – okselhaar vol in beeld – lui uitgestrekt op een strandstoel naast Gemma.

Er was een pierenbadje aan de ondiepe kant van het zwembad waar een paar kinderen in rondspetterden. Row keek er verlangend naar.

Terri zat aan een tafeltje onder een parasol, een fles mineraalwater naast haar geopende laptop. Ze staarde naar het scherm en negeerde Axe, die vanaf het meer over het gras aan kwam lopen met lange, vastberaden passen.

'Ter,' zei hij zachtjes toen hij bij haar was aangeland, 'neem 'es effe pauze, meid. Ontspan. Hou nou op met de hele tijd werken, en...'

'Ga weg, ik ben bezig,' zei ze zonder op te kijken, met een stem waar iedere emotie uit weg was.

Anne zag dat Axe' gezicht betrok. Hij keerde zich abrupt om en marcheerde weer weg. Ze zag ook dat Terri zuchtte; haar schouders zakten. Als ze nog iets ging doen, dan moest ze het nú doen; een betere kans zou ze waarschijnlijk niet krijgen.

Roar gebruikte het moment dat nodig was om al zijn spullen af te rekenen om zichzelf weer een beetje in de hand te krijgen. Hij had kleed, bal, slippers, bikini en het jurkje voor Anne aangevuld met nieuwe zwembroeken voor Row en hemzelf, een soort drijfgordel voor Row en een petje voor zijn bolletje, en de fles zonnebrand die hij eigenlijk voor Row had gepakt zou Anne ook wel nodig hebben, vermoedde hij. Er stond ook een al even exclusieve fles after-sun naast; hij was nou toch bezig.

Even dacht hij dat hij helemaal gek werd toen hij haar in die groene bikini zag. Ze was zo mooi, op zo'n aardse, natuurlijke manier; hij had het bijna niet voor elkaar gekregen om zijn handen thuis te houden. Hij wilde niets liever dan haar aanraken, haar voelen, al die sproeten ontdekken, één voor één, overal... Onweerstaanbaar.

Hij had echt geprobeerd uit haar buurt te blijven. Hij had geprobeerd voor ogen te houden dat ze een vriend had, en dat hij nou toch eens een keer de goeie dingen moest doen, de goeie keuzes moest maken.

En toch, plotseling zei er iets heel zachtjes maar onmiskenbaar *klik* bij hem vanbinnen. Ze hadden twee dagen samen. Hij zou wel gek zijn als hij er niet iets van probeerde te maken: hij wilde dicht bij haar zijn, en dat was precies wat hij ging doen. Als er brokken van kwamen, dan was dat maar zo, maar hij had altijd nog liever dat hij het had geprobeerd dan dat hij haar zijn leven uit liet lopen zonder ook maar iets van een herinnering.

Vol vastberadenheid liep hij de hal uit, een grote papieren tas met boodschappen aan zijn hand.

'Wacht, Henning, wacht nou even!' riep Anne, terwijl ze probeerde Axe in te halen. Hij ging er als een stoomtrein vandoor, ze zag hem in de verte, onder aan de heuvel bij het meer, achter een verblindend wit houten boothuis verdwijnen.

Ze had Harmony gevraagd om even een oogje op Row te houden, die enthousiast maar nog niet zo heel erg handig bezig was zich uit zijn kleren te werken. Hij slaagde erin zijn gympen en zijn T-shirt uit te krijgen, en toen vond hij het welletjes en rende hij zo het pierenbad in.

Mad was uit het zwembad geklommen en op de rand van het pierenbad gaan zitten om een oogje in het zeil te houden, en binnen vijf seconden ontstond er een watergevecht tussen de kinderen en Mad, die zich goedmoedig nat liet spatten. Anne was met een gerust hart achter Axe aan gegaan.

'Henning!' Ze hijgde ervan. 'Waar ben je gebleven?' Ze liep de hoek van het boothuis om – en eindelijk, daar was hij: rug tegen de houten planken, één voet tegen de muur, handen diep in zijn zakken en die wilde blonde vegen die hij als wenkbrauwen op zijn hoofd had zitten gefronst over zijn helblauwe ogen.

'Wat,' gromde hij.

Anne dacht er een halve seconde over na, maar besloot toen dat recht door zee waarschijnlijk het beste was. 'Ik moet het even met je over Terri hebben.'

'Wil ik het niet over hebben,' bromde hij. 'Gek wijf is het.'

'Ze is verliefd op je, wist je dat?' Anne glimlachte toen Axe' hoofd abrupt omhoog kwam en zijn wenkbrauwen richting zijn haargrens vlogen.

'Rot op,' zei hij ongelovig.

'Ze heeft het me zelf verteld.'

'Heeft ze wel een verdomd rare manier om het te laten merken.'

Het was waarschijnlijk een goed teken dat hij niet meteen begon over dat hij geen relatie wilde en dat vastigheid niks voor hem was. Een nog beter teken was dat hij zo langs zijn neus weg mogelijk vroeg: 'Wat zei ze dan over mij?' Hij duwde zichzelf van de muur af en boorde de neus van zijn gymp in het gras.

'Ze vindt het heel erg dat je de hele tijd met al die vrouwen naar bed gaat; ze zei dat het haar hart breekt. Ze wil bij je zijn, ze wil dat jij bij haar bent. Dat jullie, nou, sámen zijn, ik bedoel, exclusíéf samen.'

Zo. Duidelijker kon ze toch niet wezen.

'Wil ze dat?' zei Axe verbijsterd. 'Jezus, ik had geen idee! Ik dacht gewoon dat ze me ineens haatte, ik snapte er geen hout van. Het betekende helemaal niks, die andere meiden, het was alleen maar voor de lol. Shit, hé, denk je dat ik haar hart echt heb gebroken?'

'Nou, ja, weet je, het werkt natuurlijk wel allemaal een beetje anders als je elkaar echt heel leuk vindt, als je echte, eh, gevoelens voor elkaar hebt.' Anne dacht even na. 'Dus, de vraag is eigenlijk, Hen... heb je ook gevoelens voor haar?'

Hij keek zo verward dat het bijna grappig was. 'Eh... weet niet...' wist hij met moeite uit te brengen.

'Oké. Stel nou dat... Hoe zou je het vinden als Terri vannacht met iemand naar bed ging. Iemand van hier. Een van de andere gasten. Zou je dat erg vinden? Of maakt het je eigenlijk niet zoveel uit?'

'Ik zou verdomme zijn kop eraf trekken,' gromde Axe voordat hij er goed en wel over had nagedacht. Hij keek verbaasd op van de heftigheid van zijn eigen reactie.

Anne glimlachte, en wachtte. Het duurde even voordat het helemaal landde bij Axe, maar ze zag precies aan zijn gezicht wanneer dat moment bereikt was.

'Nou,' zei ze, 'het lijkt me duidelijk.'

'Ja. Duidelijk,' zei Axe bedrukt. 'Wat een stomme zak ben ik. En wat doe ik nou? Ik kan moeilijk naar haar toe lopen en zeggen: "Hé Ter, ik heb dus gevoelens voor je", en dan is alles in één keer weer goed.'

'Waarom niet? Ik weet in ieder geval zeker dat Terri verbaasd zal zijn; misschien is ze wel zo verbaasd dat ze helemaal vergeet je af te bekken.'

Axe dacht er even over na en langzaam kreeg hij een glinstering in zijn ogen. 'Hm,' zei hij. Toen draaide hij zich om en bonkte vastberaden terug de heuvel op, naar het zwembad, met Anne op een afstandje achter zich aan.

'Ter,' zei hij, toen hij weer bij haar tafeltje was aangekomen.

Anne hijgde van de klim en de moeite die het haar had gekost om hem bij te houden, maar hij had nog geen zweetdruppel op zijn voorhoofd staan.

'Ter, we moeten praten. Jij en ik.' Hij strekte zijn hand uit. 'Kom mee.'

Terri bekeek hem met ogen vol twijfel en onzekerheid, en liet haar blik toen even naar Anne flitsen.

Anne knikte bemoedigend van achter Axe' schouder.

Roar, die ondertussen een zwembroek had aangetrokken en op de rand van het zwembad zat, met zijn benen bungelend in het water, bekeek de situatie met grote interesse.

'Ik weet niet of ik wel met jou wil praten,' zei Terri tegen Axe, maar haar toon was niet zo strijdbaar als haar woorden.

Axe had niet veel meer aanmoediging nodig. Hij greep haar hand, trok haar uit haar stoel omhoog, legde een van haar armen om zijn nek en tilde haar van de grond. Met een verbaasde Terri in zijn armen liep hij het gras weer op en de heuvel af, met die grote, vastberaden passen van hem. Halverwege moest hij stoppen omdat hij het toen voor elkaar had om haar te zoenen, en dat eiste zijn volledige aandacht op.

Anne zuchtte van opluchting.

'Godsamme,' zei Roar, die opstond om naar Anne toe te lopen, 'ik dacht dat hij het nooit voor mekaar zou krijgen.'

Blade schoot in de lach en leunde naar Gemma om haar een kus op haar blote schouder te geven. Ze glimlachte en streelde zijn wang.

'Kijk ons 'es even allemaal scoren,' zei hij tegen Anne en Roar, met zo'n sappige grinnik. 'Hebben we nog nooit zo gehad op tour, hè? Hebben jullie eigenlijk al...?' Hij wiebelde suggestief met zijn wenkbrauwen.

Anne voelde haar wangen branden, en Roar, naast haar, bromde gemoedelijk: 'Hou je kop, eikel.' Hij gaf een trap tegen Blades strandstoel.

'Ha,' zei Gemma ondeugend, 'mag ik even inbreken in jullie testosterongebeuren? Toevallig ben ík hier degene die gescoord heeft, niet Blade. Als ik op hem had moeten wachten, dan had het nóg langer geduurd dan met Axe en Terri.' Ze gaf Blade een tik op zijn harige borstkas en hij deed net alsof hij flauwviel van pure verliefdheid.

Anne schoot in de lach, haar blos verdween. Haar ogen ontmoetten die van Roar, die ook grinnikte, en ze voelde meteen weer zo'n bonk in haar binnenste dat ze bijna vergat te ademen.

Roar voelde het ook. Hij pakte snel haar hand en trok haar mee naar een rij ouderwetse kleedhokjes, voordat zijn hart ongeveer uit zijn lijf zou vallen en iedereen het zou zien. Hij moest even zijn keel schrapen, maar kreeg het toen voor elkaar om niet al te verstikt te klinken. 'Hier, ik heb je zwemspullen vast voor je opgehangen. Het water is lekker, ik ben er al even in geweest, ik heb een kleedje daar onder die boom, kijk, daar...' Hij wees. 'Als je uitgezwommen bent, kunnen we even in de schaduw liggen, gewoon, beetje ontspannen, weet je wel... Row is lekker aan het spelen, iedereen let mee op, dus dan kunnen we rustig, samen...'

Hij moest even stoppen om adem te halen. Hij stond erbij als een schooljongen, keek even naar zijn voeten, maar hervond toen de moed om weer een beetje stoer te doen. 'Zal ik je anders effe... helpen met omkleden?' zei hij met twinkelende ogen.

Anne schudde haar hoofd en beet op haar lip. 'Wat gebeurt er nou allemaal, Rory,' vroeg ze vertwijfeld.

'Niks, mop,' zei hij zachtjes, 'niks wat je niet zou willen.'

'Maar ik kan niet... Ik bedoel, wat ik wil... Ik kan helemaal niet...'

'Weet ik toch. Rustig maar, ik wil alleen maar dicht bij je zijn, voor zolang we nog hebben. Ik zal echt niks doen, je bent veilig, hoor, bij mij... Denk je dat dat wel oké is?'

'Ik denk het wel,' fluisterde Anne, en ze legde een zachte hand tegen zijn borst. 'Ik zal me maar even gaan omkleden.'

Roar bibberde van het onverwachte contact van huid op huid, en hij fluisterde snel: 'Ik wacht hier wel op je.'

18
Ontspannen

Anne zat op het kleed in haar nieuwe bikini en haar zonnejurkje. Ze voelde zich goed. Ze had lekker gezwommen, het water was heerlijk verkoelend geweest en Roar was in het water achter haar komen staan en had speels zijn armen om haar heen geslagen om haar tegen zijn zonnewarme borstkas te trekken. Haar hart was er bijna mee opgehouden, zo'n geweldig, overweldigend gevoel was dat geweest.

Ze kon niet anders dan naar hem kijken, terwijl hij over het gras rende, achter de kleine voetbal aan die hij in het winkeltje had gekocht. Blade deed mee, Gemma ook. En Row, die het uitgilde van de pret iedere keer als de bal zijn kant op rolde, dribbelde op zijn korte beentjes over het gras heen en weer. Maar Roar was de enige die ze zag.

Hij was een beetje T-shirtbruin, zijn armen donkerder dan zijn bovenlijf – maar jeetje, wat was hij goed gebouwd: gespierd, maar niet drooggetraind. Het stond hem goed. En hij bewoog zich met zoveel natuurlijke gratie; wat Anne betreft had hij een spoor van vonken achter zich aan kunnen hebben zoals hij over het gras rende en naar de bal dook. Wat gebeurde er toch met haar; het lukte haar gewoon niet om ook maar één ontnuchterende, nette gedachte aan Ian in haar hoofd te houden.

In haar hart durfde ze al helemaal niet te kijken.

Haar hele welbevinden verdampte in minder dan een seconde,

om plaats te maken voor een verlammend gevoel van schaamte. Ze keek eindelijk weg van Roar en bestudeerde haar tenen. Was ze nou werkelijk zo'n oppervlakkig mens, dat ze zo makkelijk viel voor geld, luxe en de beroemdheid die Rory Macquary aankleefden?

Ze zuchtte ervan.

'Ik heb het echt veel te warm. Kom mee, Rowie, we gaan nog even het water in.' Gemma's stem brak door Annes gepieker heen.

'Jaaaa,' joelde Row, en Anne hoorde hoe ze richting zwembad gingen.

'Hé, mop, is alles wel goed?' Roar maakte haar aan het schrikken toen hij plotseling naast haar verscheen. Hij zakte in een vloeiende beweging door zijn knieën, om vlak naast haar op het kleed terecht te komen, zijn neus op haar schouder.

'Een, twee drie, vier,' mompelde hij met een glimlach in zijn stem.

'Je bent toch geen sproeten aan het tellen?' vroeg Anne achterdochtig.

Hij grinnikte zachtjes en een beetje schuldig, en gaf haar een duwtje. 'Waarom kijk je zo, Annie? Zit je je zorgen te maken?' Hij praatte zo dicht op haar huid dat ieder woord voelde als een klein verbaal kusje.

Anne rilde ervan. 'Een beetje wel, denk ik,' fluisterde ze opgelaten.

Roar tilde spijtig zijn neus van haar schouder en legde zijn wijsvinger ervoor in de plaats. Hij duwde zachtjes, haalde zijn vinger weg en zag hoe haar huid wit werd. 'Je hebt meer zonnebrand nodig, of meer schaduw.' Hij keek omhoog, in het bladerdak van de boom. Het loof filterde het zonlicht, maar sloot het niet helemaal buiten.

'Als ik alleen maar aan de zon dénk dan heb ik al eerstegraadsverbranding te pakken,' mopperde ze zachtjes.

'Dat is vast niet de reden dat je zo moeilijk kijkt. Wat is het,

Annie, vertel.' Hij duwde zijn schouder zacht tegen de hare en reikte achter zich voor zijn uitgetrokken T-shirt. Hij drapeerde het voorzichtig over haar schouders en duwde nog een keertje. 'Zeg dan. Is het... omdat je bijna naar huis gaat? Of is het Ian? Of... ben je ongelukkig dat je hier bent... met mij?'

'Ik... geloof niet dat ik me nou echt zo verheug op naar huis gaan, als ik eerlijk ben, hoewel ik wel heb gemerkt dat ik niet erg geschikt ben voor een leven dat uit reizen bestaat. En ja, ik ben wel bezorgd om Ian, maar volgens mij ben ik nog meer bezorgd om, om.... nou, mezelf, eigenlijk. Volgens mij ben ik dus... teleurgesteld in mezelf. Maar...' Ze keek Roar een eeuwigdurende seconde in de ogen. 'Ik ben absoluut niet ongelukkig dat ik hier met jou ben.'

Hij slikte. 'Pffft. Dat is echt een opluchting, mop. Ik maak geen geintje.'

Ze zaten een tijdje stil voor zich uit te kijken.

Bijna als vanzelf leunden ze naar elkaar toe, steeds een stukje verder, net zo lang totdat Anne haar hoofd tegen zijn schouder kon leggen.

'Rory,' zei ze zachtjes, toen ze de controle over haar stembanden terug had.

'Hmmm?'

'Wil je me niet vertellen over hoe het was toen je getrouwd was? Hoe het voor jouzelf was, bedoel ik. Roger heeft me een paar dingen verteld die nogal... anders waren dan wat ik erover heb gelezen...'

Roar stopte zijn gezicht in haar haar, maar zei niets.

'Als je er liever niet over wilt praten, dan begrijp ik dat, hoor; ik wil je niet op je huid zitten, of zoiets, ik bedoel het niet... eh, opdringerig, of, eh...'

Anne wist van verlegenheid niet hoe ze de zin nog tot een goed einde moest brengen, maar toen bromde Roar al: 'Maakt mij niet uit om erover te praten hoor; ik probeer alleen te bedenken waar ik in godsnaam moet beginnen. Ik wil van jou trouwens ook wel weten hoe jij en Ian bij mekaar zijn gekomen, als we dan toch openhartig gaan zitten wezen.'

'O. Oké, eh, nou... Ik heb... Ian in een café ontmoet, bij een borrel waar een vriendin me mee naartoe had genomen omdat haar vriend er ook heen ging. Het was iets met ambtenaren en functionarissen van Whitehall; ik kende er helemaal niemand. We raakten aan de praat en Ian was erg netjes, erg hoffelijk tegen me. Na een tijdje vroeg hij of ik misschien een keertje met hem uit eten wilde. Omdat hij zo aardig was, en het zo beleefd vroeg, zei ik ja. Een paar dagen later gingen we dus uit eten, en daarna bracht hij me thuis. Hij probeerde helemaal niets, hij bleef zich de hele tijd als een echte heer gedragen, maar hij zei wel dat hij een leuke avond had gehad. Dus toen hebben we nog een keer samen gegeten, en nog een keer... Hij heeft me echt het hof gemaakt, wekenlang, met bloemen en chocolaatjes en diners en alles. Ik vond dat ontzettend fijn; ik was ervan overtuigd dat hij zo'n beetje de laatste echte heer moest zijn die er op de aardbodem rondliep en ik was enorm trots dat hij nu juist mij had verkozen om zijn dame te mogen zijn.'

Roar bleef een tijdje stil. Toen zei hij ineens: 'Verleden tijd.'

'Pardon?'

'Je vond, je was ervan overtuigd, je was trots... verleden tijd. Voel je dat nu niet meer, dan?'

'Ik... um... Jeetje, Rory...'

'Ssst, je hoeft er niks op te zeggen,' fluisterde hij in haar oor. 'En je hebt het mooi mis: als er iemand trots moet zijn is het Ian. Dat hij jou heeft. De mazzelpik.'

Anne kroop verlegen nog een beetje verder tegen hem aan en hij krulde zo mogelijk nog iets meer om haar heen. 'Jij bent,' fluisterde ze.

'Okidoki. Nou, 'es effe kijken, ik heb Mel dus ontmoet op een filmset...'

'Eh, mag ik iets heel doms vragen?'

'Natuurlijk, mop,' zei Roar goedmoedig. 'Domme vragen bestaan niet.'

'Hoe je haar naam spelt – M-e-i-l-a-n-e – dat heb ik echt nog nooit zo gezien. Waar komt dat vandaan?'

'O, dat. Ze heet eigenlijk gewoon Melanie, maar dat vond ze niet herkenbaar genoeg. Heeft ze haar klinkers door mekaar gehusseld. Allemaal voor het effect; voor op de filmposter, zeg maar.'

'O,' zei Anne.

'Melanie, gewoon Melanie, verdomme, en we konden het fysiek gezien best goed vinden samen toen we tegen mekaar aanliepen op de set. Zo goed dat het wel effe duurde voordat ik in de gaten had dat ze de intelligentie van een huismijt en de diepgang van een theeschotel heeft. Weet ze zelf ook wel; er valt echt bijna geen gesprek mee te voeren. Ik denk achteraf dat dat de reden is waarom ze de hele tijd zo bezig is met feesten en troep innemen; dan lijkt het voor haar eigen gevoel nog wat. Volgens mij wil ze daarom ook acteren. Ze heeft een rol nodig om iemand te kunnen zijn, weet je wel?'

Anne knikte, al kon ze zich er niet echt iets bij voorstellen.

'Als ze niet aan het werk is,' ging Roar verder, 'is het alsof ze ineens in haar blote gat midden op straat staat. Dus dan gaat ze op zoek naar iets anders om de boel weer een beetje aan te kleden, en dan komt ze vaak bij dope uit. Ze vertelt zichzelf vrolijk dat ze geremd is en dat haar echte zelf pas naar buiten komt als ze genoeg drinkt of slikt of snuift of wat dan ook, maar ik weet ondertussen dat er helemaal niks naar buiten komt, behalve kots. Er zit verder ook niks. En als ik dat dan tegen haar zei, dan werd ze agressief, tegen mij, alsof ik er wat aan kon doen; kreeg ik eerst de schuld dat ik haar belemmerde in haar zelfontwikkeling, en dan janken en suïcidaal doen... Dat mens moet echt genoeg pammetjes geslikt hebben voor een mensenleven in de jaren dat we bij elkaar waren; ik heb zeven keer haar maag moeten laten leegpompen. Zeven keer, verdomme, Annie.' Hij zuchtte.

‘Het spijt me zo voor je, Rory, en ik vind het echt vreselijk naar dat je nu al die nare herinneringen op moet rakelen; ik wou dat ik niets gevraagd had.’ Anne beet op haar lip.

‘Is toch niet jouw schuld, moppie? En het is ook wel ergens goed voor, om er eens een keer over te praten. Ik heb het er volgens mij eigenlijk alleen met Rog over gehad, omdat hij soort van mijn broer is, maar verder... Ik loop er nou ook weer niet mee te koop.’

Anne kuste zijn wang, zacht en troostend.

Hij zocht naar haar lippen, vond ze, en drukte de zijne er snel tegenaan.

‘Hé,’ klaagde Anne, ‘iedereen kan ons zien!’

‘Jij begon,’ mompelde hij daas, voordat hij verder kuste, zachtjes, maar nu iets langer, totdat hij zelf een grommetje van tevredenheid gaf.

Anne verborg haar gezicht tegen zijn schouder en hij mompelde in haar haar: ‘God, sorry, Annie... maar ik wil ik je de hele tijd zó graag nog een keer zoenen...’

‘Ik wil jou ook zoenen,’ zei Anne ellendig. ‘Maar dat kan niet, want ik ben al met iemand, en als we het toch doen voel ik me vreselijk; ik ben al net zo oppervlakkig als je ex. Ik heb helemaal geen morele ruggengraat...’

Roar lachte zachtjes en wreef over haar rug. ‘Annie, jij bent volgens mij de meest onoppervlakkige vrouw die ik ooit heb ontmoet. Met gemak. En je bent slim. En leuk, en mooi, en je ruikt lekker, en je zit onder de sproeten, en ik...’

Precies op dat moment kwam Row aangerend: nat, wild en enthousiast. Hij gooide zichzelf min of meer tegen Anne en zijn vader aan om eens een lekker geknuffeld te worden, en wat Roar verder nog had willen zeggen moest simpelweg wachten.

Het kuuroord had een uitstekend restaurant. Het uitstekende zat hem niet alleen in het lekkere eten, maar ook in de bezorgservice: als je aan de receptie doorgaf wat je wilde eten, dan kwam er een ober in een golfbuggy aan de deur van je huisje met de gewenste gerechten in keurige dekschalen.

Anne, Roar en Row aten op het terras van hun huisje. Anne kon zich even bijna voorstellen dat ze voor de rest van haar leven zo met Maquary père et fils aan tafel zou zitten, alsof ze bij hen hoorde. Het voelde zo goed en tegelijk zo illegaal dat de tranen haar in de ogen sprongen.

Na het eten stak ze al haar energie in de afwas. Daarna smeerde ze Rowland in met aftersun en ging hij, roziggespeeld en volgegeten, zonder morren zijn bed in.

Roar las een verhaaltje voor en Anne deed het versje van Hendrik de spin, waarbij Roar plotseling de kamer uit liep. Voordat Anne daarvan bekomen was – even dacht ze dat hij geïrriteerd was; hij vertrok zo abrupt – was hij alweer terug, gewapend met zijn gitaar. Hij ging op de rand van Rows bed zitten, morrelde wat aan de stemknoppen, prutste een beetje met een paar akkoorden totdat hij iets had wat hem beviel, en toen begon hij te neuriën. Neuriën werd hummen en ging over in zingen, totdat hij het hele Hendrikgedicht op muziek had staan.

Anne zat zich op een stoel naast Rows bed te verbazen over het feit dat haar malle rijmpje zomaar was bewerkt tot een liedje, een lief, leuk kinderliedje dat zo natuurlijk klonk dat je zou denken dat het al jaren bestond, op muziek gezet door een van 's werelds grootste rockiconen.

Tegelijk was de grote rockicoon natuurlijk ook gewoon Rory, de man met wie ze de hele middag op het kleed had gezeten, beurtelings pratend en luisterend met een absurde urgentie en gretigheid. Hij had haar verteld over zijn huwelijk, zij had hem verteld over haar relatie. Hij had haar gevraagd naar haar ouders en zij had hem verteld, aarzelend, over haar moeder, die bij haar geboorte was overleden. Het enige wat ze van haar bezat was een foto. Ze had verteld over haar vader, die niets van haar wilde weten, en haar rijke en deftige tante Agatha, die zich op haar afstandelijke manier over Anne had ontfermd. Ze herinnerde zich een serie wisselende kindermeisjes, de een vriendelijker dan de ander, en toen kostschool. Eerst angst en eenzaamheid, later, gaandeweg, een groep vriendinnen...

Roar had geluisterd, écht geluisterd. Alles wat ze zei zoog hij op met heel zijn aandacht, totdat ze daar zo ongemakkelijk onder was geworden dat ze hem bijna had gesmeekt het woord over te nemen. Hij had haar vervolgens in sappig detail van alles verteld over zijn schooltijd met Henning. Het was er een stuk minder upperclass aan toe gegaan dan op haar kostschool: spijbelen, vechten, zelfs wat kleine criminaliteit, totdat ze van school getrapt werden. Roar had grinnikend gezegd dat hij zich rot schaamde als hij er nu aan terugdacht, en als hij niet goed terecht was gekomen in de muziek, dan had het een stuk slechter met hem kunnen aflopen.

'Misschien had Rog me uiteindelijk wel een schop onder mijn hol verkocht,' had hij na een tijdje ernstig gezegd. 'Ik kon er verdomme in die tijd wel eentje gebruiken.'

Anne kwam uit haar overpeinzingen toen Roar stopte met spelen. Rowland was in slaap gevallen, met Wall-E onder zijn ene arm en Hendrik onder zijn andere.

'Ik snap het ineens beter, nu ik meer weet van je jeugd,' zei Roar toen ze weer terug waren in de woonkamer. Hij schonk een glas whisky voor zichzelf in en hield de fles vragend omhoog naar Anne. Ze knikte naar hem; hij schonk haar in.

'Jij bent ook zonder moeder opgegroeid, dus jij begrijpt Rowie natuurlijk. Hij zal dat wel aanvoelen, of zo. Weet ik veel. Zoiets.'

'Denk je?' Anne nipte voorzichtig aan haar glas. Het gloeide heel prettig wanneer het slokje naar beneden zakte. 'Ik heb volgens mij niets bijzonders gedaan; ik probeer alleen maar te zorgen dat hij zich een klein beetje veilig kan voelen, en dat hij weet dat hij niet alleen is.'

'Precies. En dat heeft hij nodig. Mel heeft dat nooit voor hem gedaan; kon ze denk ik ook helemaal niet. Ik heb het geprobeerd, maar dat is toch anders: ik ben geen moeder.'

'Wat deed ze dan?'

'Nou, niks, eigenlijk, dat was het juist; ze liet hem gewoon in zijn vet gaar smoren. We hadden natuurlijk allemaal kindermeisjes en dingen, dus ze hoefde heus niet de hele tijd luiers te verwisselen, maar het was net of ze zich alleen herinnerde dat hij er was als ze iets met hem kon voor een foto. Alsof hij een soort decorstuk was. Snapte ik nooit een hout van, het is toch je kind! Godsamme.' Roar wreef over zijn voorhoofd.

Anne stapte dichterbij, pakte het glas uit Roars hand, zette het op de eettafel en sloeg haar armen om hem heen.

Hij ontspande zich direct, trok haar tegen zich aan en legde zijn hoofd tegen het hare. 'God, jij bent echt zo'n beetje het tegenovergestelde van Mel,' mompelde hij verwonderd in haar haar.

'Je bedoelt onverzorgd en lelijk en zonder een greintje acteertalent?' Anne zei het met een lach in haar stem, maar er zat een onzeker bibbertje in de ondertoon.

'Nee, slim, en grappig, lief voor mijn kind, en lekker, en... Verdomme, je weet heus wel dat ik je niet zo zie. Gek.' Hij grinnikte en hield haar dicht tegen zich aan, tilde haar een stukje van de grond en snuffelde aan haar wang. 'Hé, je moet effe douchen, weet je dat? En als je eruit komt, dan doe ik ook van dat aftersunspul op jou.'

'O, dus nu vind je dat ik vies ben, dat ik onder de douche moet?'

'Niet.'

'Zoek je een excuus om sproeten te tellen, is dát het?'

'Shit, nou heb je me door,' zei Roar met een glimlach.

'Goed, ik ga onder de douche, en dan mag je daarna dat loeidure spul op mijn schouders smeren, maar je mag niet tellen.'

'Beloof ik. Hand op mijn hart.'

Anne stapte uit zijn armen, gaf hem haar beste uitdagende blik, kreeg van hem een komische wenkbrauwheffing ten antwoord en verdween toen de badkamer in.

Ze was al aardig rozig en ontspannen, maar met die whisky en een gloeiend hete douche eroverheen had ze het gevoel dat er geen bot meer in haar lichaam zat. Ze waste loom haar haar met de shampoo die ze in een mandje in de badkamer aantrof. De hele badkamer vulde zich met een heerlijk frisse, bloemige lentegeur.

Ik wou dat ik altijd zo rook, dacht ze dromerig, en ik wou dat ik me altijd zo voelde. Ik weet wel dat het niet kán, en dat het straks weer voorbij is, maar het is zo, zo... en het komt allemaal door hem...

Ze stapte uit de douche en rolde zich in een enorme, witte, zachte handdoek met een raar, urgent gevoel dat zich even niet liet benoemen.

Ik mis hem! dacht ze ineens, en hij is gewoon in de kamer hiernaast. Ik heb hem vijf minuten niet gezien en ik mis hem! Mijn hemel... Snel stak ze haar hoofd door de deuropening die naar zijn slaapkamer leidde.

Geen Roar.

'Hier ben ik,' zei hij, terwijl hij door een kiertje van de andere deur naar binnen gluurde. 'Heb je me gemist? Heb je eigenlijk al wat aan?'

'Dat hoor je natuurlijk te vragen vóórdat je naar binnen kijkt,' zei Anne streng, 'je moet iets aan je prioriteiten doen, jij. En ja.'

'Doe ik toch: ik wil effe kijken, en hoezo ja?'

Hij trok de badkamerdeur wijd open en daar stond hij dan, in alleen een van zijn episch rafelige onderbroeken.

Anne vergat bijna adem te halen. Ze had al de hele middag naar hem in zijn zwembroek kunnen kijken, maar nu, zo dichtbij, en, en... bínnen, terwijl er niemand bij was... Hoe had ze ooit kunnen denken dat ze hem niet aantrekkelijk zou vinden? Hij moest de mooiste man van de wereld zijn, ook al kreeg hij het voor elkaar om zelfs met alleen een onderbroek aan er nog rommelig uit te zien.

'Je weet toch hoe het is met kerels: als er een mooie vrouw in de buurt is, willen we kijken. En al helemaal als ze zo mooi is als jij. Met sproeten. En al mag ik ze dan niet tellen, ik mag ze toch wel bewonderen?' Hij had de fles aftersun al in zijn hand en begon de dop eraf te draaien, en hij zong met een Elvisstem: 'Don't be cruel, to a heart that's true... Maar wat was die ja nou?'

'Eh... ja, dat ik je miste,' bekende Anne blozend. 'Wat is het toch met jou en sproeten, ik begrijp er echt niets van.' Ze keerde haar rug naar hem toe en trok haar natte haar over één schouder.

'Weet ik ook niet, mop,' zei hij zachtjes, terwijl hij de koele lotion op haar schouders druppelde. Ze rilde ervan, maar zodra hij het begon in te masseren kon ze een verheerlijkt geluidje niet binnenhouden.

'Ik heb het sinds jou,' zei Roar na een tijdje smeren bedachtzaam, 'dat ik sproeten zo mooi vind. Daarvoor wist ik het niet van mezelf. En ik miste jou ook, hoe idioot is dat eigenlijk? Ik zei het voor de grap, maar ik voelde het wel echt. Hier, kom, moppie, ga 'es effe op het bed zitten.' Hij pakte haar hand en trok haar de slaapkamer in.

Anne kon niet stoppen met glimlachen.

'Die lach,' zei Roar tegen haar, zijn stem zacht en laag, zijn ogen sprankelend. 'Weet je dat ik verdomme bijna niet op mijn poten kan blijven staan als je zo lacht? Hier, ga maar met je kont op het randje zitten.'

'Rory, je taalgebruik is echt stuitend,' zei Anne vertederd.

'Weet ik,' mompelde hij, terwijl hij achter haar op het bed knielde. 'Ik ben niet zo gestudeerd. Jij wel, hè, jij praat keurig.' Hij lachte een beetje schamper. 'Wat moet je ook met een ouwe rocker zonder diploma's en een bij mekaar geraapt accent; het enige wat ik kan is muziek maken. Hier, doe die handdoek 'es een beetje naar beneden?'

'Maar je maakt muziek op wereldniveau. En acteren, je kunt toch ook geweldig acteren? Je hebt een Oscarnominatie gekregen! En je bent toch helemaal niet oud?' Anne liet voorzichtig de handdoek verder zakken, maar hield de voorkant van haar lichaam keurig bedekt.

'Maar ik heb 'm niet gewonnen, hè, die Oscar. Acteren is niks aan, hoor. Je leert je tekst, je zorgt dat je nergens tegenop loopt, en af en toe moet je een beetje moeilijk kijken. Dat is het. Hoef je niet voor te studeren. En ik ben verdomme wat, dertien jaar ouwer dan jij, mop.'

Zijn handen waren heerlijk op haar rug: warm, elektriserend, betoverend. Ze wilde tegen hem aan leunen, meer van hem voelen, en zijn stem horen – met een klap besefte ze dat al die dingen waarvan ze altijd gezegd had dat ze grof en onbeschoft waren, vloeken, een luie uitspraak, een slechte zinsbouw... Bij Roar vond ze het niet erg. Sterker nog, ze wilde niets liever dan dat hij door zou praten met die donkere, beetje gruizelige stem van hem, met zijn gevloek en zijn rare accent en zijn kromme zinnen.

'Ian is zestien jaar ouder,' zei ze, 'en dat is toch ook geen probleem?'

Hij trok de handdoek nog wat verder naar beneden. Ze liet hem vieren, maar hield de punten dicht over haar borsten.

'Volgens mij heb jij een beetje een vadercomplex,' mompelde hij. 'Had je niet gedacht, hè, dat ik zo'n moeilijk woord kende.'

'O, Rory, zo denk ik toch helemaal niet over je? Je bent intelligent, creatief, en, nou, vreselijk bijzónder, gewoon, en zo lief, en zorgzaam, en je bent een heel goede vader voor Row, en...' Ze gebaarde met haar handen en vergat de handdoek vast te houden.

Hij zei niets, maar zijn handen, zijn heerlijke warme, stevige, maar tegelijk zachte en attente handen, streelden haar schouders, haar rug, en gleden toen voorzichtig om haar middel zodat hij haar tegen zijn blote bovenlijf aan kon trekken.

Hij was zo lekker warm. Al die huid op huid; Anne kon de woorden niet vinden om te beschrijven wat voor gevoel dat gaf.

'Kom bij me liggen,' mompelde hij in haar haar. 'Effetjes maar. Ik zit maar te lullen, gewoon omdat ik je zo graag even vast wil houden.' Hij trok haar zachtjes op het bed en draaide haar om in zijn armen, totdat ze languit samen op het bed lagen, zijn armen om haar heen, haar neus in het holletje onder zijn adamsappel.

Anne wist niet hoe hard ze moest voelen, met iedere vierkante centimeter huid die tegen de zijne lag. De handdoek zat om haar heen gedraaid en zorgde ervoor dat ze niet lekker kon liggen; ze rukte er ongeduldig aan.

Hij hielp haar het ding kwijt te raken en begon toen, heel zacht, langzaam, ritmisch, haar rug te strelen, in lange bewegingen van haar nek onder haar haar tot het holletje van haar rug.

Ze kroop nog iets dichter tegen hem aan.

'Ja,' mompelde hij met zijn ogen dicht. 'Dichterbij, mop.'

'Nog dichterbij kan volgens mij niet,' zei Anne zachtjes tegen zijn huid, maar ze probeerde het toch. Ze reikte omhoog, streelde zijn haar naar achteren, zijn ogen gingen open en hij knipperde lui, als een grote, slaperige leeuw.

Hij probeerde haar niet te kussen, fluisterde alleen 'dichterbij' en hees haar een stukje hoger, zodat hij niet alleen bij het holletje van haar rug kon, maar ook heel voorzichtig een hand over haar billen kon laten gaan.

'Rory,' begon ze bezorgd.

Maar hij onderbrak haar: 'Sst, we doen niks, alleen een beetje liggen. Ik wil alleen maar dicht bij je zijn, je vasthouden... verder niks, moppie...' Die laatste woorden fluisterde hij tegen haar lippen, maar hij kuste haar niet. Hij hield haar alleen in zijn armen, en streelde haar, langzaam en liefdevol, neuzen tegen elkaar, lippen tegen elkaar, bijna onschuldig.

Bijna.

'Kom 'es met je been,' fluisterde hij, een hand in haar knieholte.

'Zo?' fluisterde ze terug.

'Ja, zo. Dichterbij,' zei hij, zacht maar dringend. Hij trok aan zijn boxershort om hem uit de weg te krijgen.

Ze hielp hem.

Hij rolde meteen weer tegen haar aan, helemaal tegen haar aan; hij was hard en zij was nat en hij fluisterde 'dichterbij' tegen haar half geopende lippen.

'Rory,' zei ze geluidloos; hij voelde het meer dan dat hij het hoorde.

'Sst, we doen niks, kom nou dichterbij,' werkte hij eruit, trillend en wanhopig, vlak voordat hij bij haar naar binnen glipte en zijn lippen over de hare kwamen.

Ze lagen zo stil als ze konden, schuddend van de ingehouden spanning, totdat Annes lichaam besloot dat er iets moest gebeuren. Iets trok zich samen, helemaal onvrijwillig, en het maakte dat Roar beefde en Anne kreunde en het zette ze in beweging, instinctief, hun lichamen de leiding nemend terwijl de ratio nog probeerde de regels om te buigen tot ze zouden passen.

Het duurde niet lang en het voelde erg goed. Heel erg nodig; heel, heel erg onvermijdelijk.

Roar wiegde haar in zijn armen en streelde haar haar en fluisterde schor en redeloos: 'Liefie, m'n liefie toch...' terwijl Anne hete tranen over haar gezicht voelde stromen. Ze was nog nooit zo dicht bij iemand geweest in haar hele leven, en het was een glorieus, een grandioos gevoel.

Na een tijdje, toen de heftigheid van alles een beetje begon te zakken, stelde Roar omfloerst voor om samen even te douchen. Dat resulteerde vrijwel direct in een nieuwe vrijpartij onder de warme straal, snel en stil en urgent en glibberig.

Toen ze eindelijk schoon waren, en droog, en ze allebei zo'n dikke zachte badjas met het logo van het kuuroord hadden aangetrokken, maakte Roar een vuurtje in de openhaard. Niet omdat het koud was, maar omdat hij er zin in had, en omdat, zoals hij aan Anne bekende met een scheve grijns, hij een stiekeme pyromaan was.

En toen vreeën ze nog een keer, voor Roars vuurtje, langzaam, bedachtzaam, met alle tijd om elkaar helemaal te ontdekken en te veroveren.

'Ben ik blij dat Rowie zo goed slaapt,' mompelde Roar tevreden. 'Als hij rustig is, en eenmaal echt goed onder zeil, dan kan je een kanon afschieten.'

Ze lagen samen onder een sprei op het kleed voor de haard, benen verstrengeld, armen om elkaar heen, onzin tegen elkaar te fluisteren in het groeiende duister. Anne vond het zelfs goed dat Roar een paar sproeten telde, zolang hij nog genoeg licht had.

19
Kiezen

Roar had zijn handen om het stuur van de grote luxe huurauto geklemd. Row zat achterin met Wall-E en Hendrik en een klein wit gezichtje met samengeknepen lippen.

Anne keek zijdelings naar Roars opeengeklemde kaken en ingehouden, broeierige nijd. Het was ook wel extreem moeilijk geweest om de koffers te pakken en hun huisje weer achter te moeten laten; het was zo overduidelijk het einde van hun dromerige bubbel net buiten de grenzen van de echte wereld. Over een paar uur waren ze in New York; vanavond stond Roar weer op een podium en morgen ging Anne aan boord van het vliegtuig dat haar terug naar huis zou brengen.

Naar huis.

Ze voelde er niets bij. Die dromerige twee dagen en nachten in de cottage voelden meer als thuis dan waar ze ooit in haar leven had gewoond en alles bij haar vanbinnen schreeuwde op vol vermogen dat Roar de auto moest keren en terug moest rijden.

Dat kon natuurlijk helemaal niet. Dat wist ze heus wel. Ze had een leven om naar terug te keren, en Ian wachtte op haar in dat leven. Ze wist ook maar al te goed dat ze iets onvergeeflijks had gedaan: ze was vreemdgegaan, ze had Ian bedrogen, al probeerde haar hart haar iets anders te vertellen. Ze vond het zo geweldig om bij Roar te zijn, het voelde zo ontzettend en onverklaarbaar alsof het zo hoorde, dat ze zichzelf er bijna van kon overtuigen dat het andersom was. Dat ze juist Roar zou bedriegen als ze terug zou gaan naar Ian. Bijna, maar toch niet helemaal; niet genoeg om alles overboord te gooien en haar gevoel te laten winnen van haar verstand. Hoe ze met zichzelf moest zien te leven wist ze nog niet; ze voelde zich verraden door haar eigen hart.

Dat stierlijk vervelende orgaan zat in haar borstkas als een homp lood, deels door schuldgevoel, deels door een ongelooflijke, overweldigende droefheid.

De vorige dag, toen Roar en zij opnieuw op zijn geblokte kleed onder een boom zaten, had hij haar de vraag gesteld. Zijn stem zacht, aarzelend zelfs.

'Blijf gewoon bij ons, Annie? Bij Rowie en mij?'

Hij had haar niet aangekeken, en ze wist dat hij bang was om in haar ogen te zien dat ze geen ja kon zeggen. Ze móest gewoon terug, ze wist echt niet hoe ze het anders moest doen.

'Oké,' had Roar gezegd toen de stilte voortduurde, 'volgens mij begrijp ik het wel. Ik vind het niet leuk, maar ik begrijp het wel.'

'Zolang we hier zijn, zijn we samen,' had Anne met neergeslagen ogen gefluisterd. Die avond hadden ze opnieuw gevreeën, meer dan eens, wanhopig elkaar vasthoudend en proberend niet te slapen om maar geen seconde van elkaar te hoeven missen.

Als ze niet aan het vrijen waren, dan praatten ze.

Roar had de draad opgepakt waar hij was gebleven: hij vertelde over zijn relatie met Meilane. Hoe het was begonnen, hoe hij voor haar viel omdat ze mooi was, en sexy en begeerlijk. Hij was klaar geweest om zich te binden, hij was het gefeest en de eindeloze reeks scharrels zat en hij had domweg verkeerd begrepen wat Meilane voor gevoelens in hem had wakkergemaakt.

Nu zag hij het wel in, en hij was niet van plan dezelfde fout nog eens te maken. Hij had het gewoon te druk, kon het zich niet veroorloven; hij moest werken, en hij had Row om voor te zorgen. Row moest binnenkort naar school, en wat dan? Hij gaf aan Anne toe dat hij diep in zijn hart het rondreizen meer dan zat was; voor het eerst bezorgde het idee om ergens wortel te schieten hem geen halve hartklopping. Als de omstandigheden maar goed waren.

'We zouden net zo makkelijk in Londen kunnen komen wonen, Row en ik,' zei hij langs zijn neus weg.

'Natuurlijk,' had Anne geantwoord, zo neutraal als ze kon, maar ze besefte dat ze nooit van haar leven bij die twee uit de buurt zou kunnen blijven als ze het inderdaad zouden doen.

Maar toen had hij iets gezegd waar Anne stil van was geworden. Hij was vast van plan om nooit meer zo hard voor een vrouw te vallen als hij voor Meilane had gedaan. Het was te gevaarlijk. Als hij wilde overleven moest hij zijn onafhankelijkheid bewaren; dat was het beste voor hem én voor Rowie.

Anne had hem lang en zwijgend aangekeken, zo lang dat hij er ongemakkelijk onder was geworden en niets anders had kunnen bedenken dan haar opnieuw te zoenen, de passie over hen heen te laten spoelen en alle twijfel – in ieder geval tijdelijk – uit te wissen.

Hij voelde haar blik nu weer op zich gericht en keek even snel opzij. 'Wat, Annie,' gromde hij.

'Niets; ik denk alleen na over alles.'

'Mm.'

'Ik wou dat we niet weg hoefden.'

'Mm.' En Roar ging verder met zijn zwijgzame, boze broeierigheid. Hij had nauwelijks twee woorden achter elkaar gezegd vanaf het moment dat ze waren opgestaan die morgen. Hij was stil geweest bij het ontbijt en hij was stil geweest bij het inpakken.

Na nog een eeuwig lijkende, kaakklemmende stilte voegde hij eraan toe: 'Ik heb je dus wel gevraagd om te blijven. Bij ons. Heb ik nog nooit aan iemand gevraagd.'

'Ook aan je ex niet?'

'Die vroeg mij of ik bij haar wilde blijven, niet andersom.'

'Rory, ik...'

'Ik weet het. Ik had het verdomme ook niet moeten vragen.

Stom van me. Ik weet wat voor soort vrouw jij bent, Annie: veel te verstandig om zo alles uit je poten te laten vallen voor een paar dagen goeie seks en diepe gesprekken. En je haat het om op tournee te zijn.'

'Maar jij hebt gezegd dat je niet van plan was om ooit nog een keer je hart open te stellen voor iemand,' zei Anne zachtjes.

'Ik zei alleen dat ik onafhankelijk moest blijven. Ga me nou godgloeiendegodverdomme niet de schuld geven!'

Anne draaide haar hoofd weg en keek uit het zijraampje, met pijn in haar hart, zich afvragend of ze nu hun eerste ruzie hadden. Dat zou impliceren dat er iets tussen hen speelde, iets relatieachtigs. Maar dat kón gewoon helemaal niet, want zij kon het niet toestaan vanwege Ian en hij kon het niet toestaan omdat hij zich niet meer wilde binden na het fiasco van zijn huwelijk.

'Annie,' piepte Row vanaf de achterbank, paniek in zijn stem, 'zijn we in Noelork?'

Een halfuur later was de situatie er fors op achteruitgegaan. Rowland was aan het gillen, hij vocht met zijn autogordel en Anne maakte zich zorgen dat hij zichzelf zou bezeren, en Roar zat zachtjes maar continu de meest vreselijke vloeken uit te braken, zijn handen als bankschroeven om het stuur, zijn knokkels wit.

Ze naderden een tankstation en Roar reed de afrit op. Hij scheurde langs de benzinepompen en denderde de parkeerplaats op, waar hij een rokende, gierende dodemansbocht maakte en een parkeerplaats in schoot. Hij sprong direct uit de auto en liep een paar rukkerige passen erbij vandaan, een hand in zijn haar.

Anne klom uit haar stoel, pelde Row uit de zijne en toen stond ze naast de auto, in haar armen een huilend kind waarvan ze hield, kijkend naar de rug van een boze man van wie ze misschien nog wel meer hield. Een gevoel van totale hulpeloosheid overweldigde haar en de tranen stroomden over haar wangen.

En toen keerde Roar zich om. Hij hield zijn hoofd scheef terwijl hij haar en Row opnam en een treurige frons vormde zich op zijn voorhoofd. In drie grote stappen stond hij weer naast haar en Row. Hij omarmde vrouw en kind, en ze stonden daar, woordeloos, omdat ze allebei wisten dat er niets meer te zeggen was, net zolang totdat Row stopte met huilen en weer rustig werd.

Samen wandelden ze langzaam naar de winkel van het benzinestation. Roar kocht een waterijsje voor Row, een flesje mineraalwater voor Anne, een kop koffie voor zichzelf, en een doos tissues zodat Anne en Rowland hun neus konden snuiten. Niemand herkende Roar. Ze zagen er met z'n drietjes uit als een betrekkelijk stil en verdrietig jong gezin op een tripje, en dat was natuurlijk wel de laatste setting waarin je Rory Maquary, rockgod en wereldster, zou verwachten.

Roar reed zonder problemen in één keer naar het hotel in New York, mede dankzij de ingebouwde navigatie in de auto. De rest van de band was al aangekomen en Terri stond, geflankeerd door twee beveiligingsmannen, op de uitkijk in de lobby, klaar om Anne, Roar en Rowland een lift in te dirigeren voordat iemand in de gaten kreeg wie er zojuist waren binnengewandeld. Ze vroeg zachtjes: 'Anne, wil je dat ik je spullen naar Roars suite laat brengen?'

Anne schudde haar hoofd, maar kreeg het niet voor elkaar iets te zeggen. Terri keek haar raar aan, maar vroeg niet verder.

Toen Roar en Row veilig waren afgeleverd in hun kamers en Terri meeliep met Anne om te laten zien waar de hare waren, verraste ze Anne door mee naar binnen te lopen en de deur stevig achter zich te sluiten.

'Wat is er aan de hand?' vroeg ze zonder omhaal.

'O, niets,' zei Anne, vol ellende, 'alleen komen Rory en ik erachter hoe onmogelijk het eigenlijk voor ons is om... om...' Ze liet zich in een stoel zakken.

'Maar je bent gek van hem,' zei Terri verbijsterd, 'misschien nog wel gekker van hem dan ik van die grote blonde idioot van een Viking ben!'

'Och jee, wat heeft hij nu weer gedaan?'

'O, niks, hij is alleen zo vreselijk ongevoelig soms. Hij doet het volgens mij niet expres, maar het is echt geen eitje om te proberen met die vent iets te hebben.'

'Ja, mannen...' zei Anne met een diepe zucht.

'Nou, hè? Maar begrijp ik het nou goed dat je vanavond eindelijk een keer naar een show komt kijken?'

'Ja, dat is wel de bedoeling. Het kan toch niet zo zijn dat ik drie hele weken mee ben geweest en dat ik niet één concert heb gezien?'

'Wedden dat je het helemaal geweldig vindt, of je nou een fan bent of niet. Dit is volgens mij de beste show die ze ooit hebben gedaan en ze zitten er nu echt goed in; als er zich verder geen grote drama's voordoen, zul je zien dat ze vanavond de sterren van de hemel spelen na die paar dagen rust.'

Terri kreeg voor meer dan honderd procent gelijk: het concert was ongelooflijk goed, zelfs gezien vanuit de vreemde hoek waar Anne zat. Ze stond verdekt opgesteld in de coulissen, samen met Row. Ieder met een grote draadloze koptelefoon op, waarop ze de ideale mix hoorden, niet vertraagd door afstand, zoals voor de mensen die helemaal hoog aan de andere kant van het stadion zaten, en ook niet vervormd door hoe hard het stond, zoals het voor de mensen klonk die juist helemaal vooraan tegen de dranghekken geperst stonden.

De band was goed, zo goed dat het haar de adem benam. Roar was een echt optreedbeest: stoer, sexy, en hij liep met zoveel attitude over het podium heen en weer; het was bijna onmogelijk om niet naar hem te kijken. Hij zong ook geweldig, met hart en ziel; ieder woord meende hij en de emoties kwamen uit zijn tenen. Blade was een leeuw, schuddend met zijn manen; zijn gitaar hing laag en het testosteron droop van hem af. Mad stuiterde in de maat met zijn beukende basspel, hij was hyperenergiek en zag eruit alsof hij twintig jaar jonger was, en Axe leek wel een monster met zes armen terwijl hij, ingebouwd in zijn enorme drumstel, zijn trommels er ongenadig van langs gaf. Road Rage in een groot stadion was iets van een totaal andere orde dan unplugged in Las Vegas.

Rowland vond het geweldig. Hij zat op een grote, zwarte flightcase, twee handjes om de koptelefoon om hem op z'n plaats te houden, Hendrik op zijn schoot en ogen opengesperd om maar niets te hoeven missen.

Anne keek heen en weer, van de zoon naar de vader, die zijn hand er niet voor omdraaide om duizenden mensen aan zijn lippen te laten hangen. Ze voelde zich ineens ontzettend klein en onbeduidend; ze kon toch helemaal niet met iemand als Roar samen zijn? Ze was gewoon niet... gróót genoeg. Hij was groter dan groot, larger than life, hij was een gigant en... Annes gedachtegang kwam met piepende remmen tot stilstand toen hij haar ineens recht aankeek.

Hij had haar gezien. En Row. Ze herkende iets in zijn gezichtsuitdrukking wat ze eerder had gezien als hij naar zijn kind keek. Zijn ogen vlogen terug naar Anne en hij bleef naar haar kijken terwijl hij het nummer uitzong. Onder donderend applaus rende hij snel even de coulissen in en greep de handdoek die hem door iemand werd aangereikt. Hij deed een woeste veeg over zijn bezwete gezicht en liep naar Anne, die gauw haar koptelefoon van haar hoofd trok.

'Annie,' zei hij, een beetje hijgend, 'kun je alles goed zien, mop? Heb je wat nodig, of zit je hier goed?'

Van dichtbij was hij helemaal niet larger than life. Hij was dezelfde Roar die Anne in haar armen had gehouden en hij zag er eigenlijk gewoon uit alsof hij wel een knuffel kon gebruiken. Ze dacht er verder niet over na maar sloeg haar armen om zijn nek, de koptelefoon nog in haar hand.

Hij knuffelde haar terug met een zacht grommetje en mompelde in haar oor: 'Nog vijf nummers en dan zijn we erdoorheen.'

Anne voelde hem meer dan dat ze hem hoorde. 'Je bent echt

geweldig,' zei ze terug in zijn oor, 'ik had geen idee dat je zo geweldig was.' Ze streelde zijn natte haar en voelde hoe hij zich een klein beetje ontspande en tegen haar aan zakte. 'Moet je niet weer op?' vroeg ze bezorgd.

'Mm, ja, zo; Blade moet eerst nog zijn lange introding doen en dan kom ik er op een gegeven moment weer bij,' zei hij, terwijl hij haar langzaam en vol spijt losliet.

'Pap, pap!' Row had zijn koptelefoon ook afgedaan en strekte nu zijn armpjes uit voor een knuffel.

Roar pakte hem meteen op en hield hem dicht tegen zich aan, maar Row piepte: 'Ieie, je bent nat!'

Roar grinnikte. 'Hard werken, gast, goudeerlijk zweet. Niks mis mee.' Hij zette Row terug op zijn flightcase en keek even over zijn schouder. 'Ik ben zo weer aan de beurt, en dan zie ik je straks in het hotel, hè? Pas jij een beetje op Annie?' Hij aaide Rows wangetje. Row knikte ernstig.

Toen keerde hij zich naar Anne: 'Niet gedacht dat je nog zou komen, na... vanmiddag,' zei hij ongemakkelijk, met zijn blik op zijn tenen. Achter hem bespeelde Blade het publiek, één voet op de monitorbox.

Roar hoorde dat hij weer moest invallen. Hij keerde zich om en rende het podium op, en in de tijd die nodig was om van de coulissen naar zijn microfoonstandaard te komen veranderde hij terug in zijn indrukwekkende podiumpersonage. De overgang was zo naadloos dat Anne het bijna miste, maar van tijd tot tijd zag ze hoe hij haar blik zocht; zijn lichaam was van Roar het podiumbeest, maar zijn ogen van de Roar die ze kende.

Hij leverde een gevecht op leven en dood met zijn concentratie. Anne stond daar naar hem te kijken, en hij werd daar vanbinnen helemaal wiebelig van. Hij was ervan overtuigd geweest dat ze zou afzeggen, hij wist zelf maar al te goed hoe onmogelijk hij kon zijn als hij zo'n duistere bui had.

Het had allemaal zo overzichtelijk geleken na Meilane. Niet

meer denken aan liefde, of godbetert, verlíefdheid, niet meer het gevaar lopen het ene gevoel voor het andere aan te zien, geen lange, slapeloze nachten meer met zo'n brandende pijn in zijn borstkas en zijn adem stokkend in zijn keel.

Nooit meer dat.

Simpel.

Hard werken bleek inderdaad een goed afweermiddel, maar nu begon de muur die hij om zich heen had gebouwd af te brokkelen. En het kwam allemaal door haar. Daar stond ze: lief en sproetig, tussen de reservekabels en de flightcases, een arm om zijn kind heen. Hij wilde niet dat ze terugging naar Londen, naar een zak van een vent die haar als een stuk meubilair behandelde. Hij had haar nodig. Row had haar nodig.

Het laatste nummer ging voorbij in een verdwaasde flits; zijn gedachten hielden zich nog bezig met de discrepantie tussen zijn hart en zijn brein. Voor hij het wist kwam hij het podium af struikelen met een verse handdoek om zijn nek en een precies goed gekoelde fles peperduur bronwater in zijn hand. Hij voelde hoe hij op de rug werd geklopt door enthousiaste mannenhanden, hoe zachtere handen stiekem zijn biceps streelden; hij hoorde zijn fans in zijn oor schreeuwen hoe geweldig hij was. Hij keek om zich heen naar Anne en Rowland, maar hij zag niets in de drukte, en even voelde hij een paniekerige steek. Hij schudde snel een paar mensen af toen hij Terri in het oog kreeg en vroeg haar gehaast: 'Zijn ze al weg?'

Terri knikte en zei, bijna onverstaanbaar in het backstagelawaai: 'Minuut of vijf geleden, in een SUV. Vlak voor dit allemaal losbarstte.'

Anne en Row waren vlak voor het eind van het laatste nummer ontsnapt; Terri had hen hoogstpersoonlijk opgehaald en naar de gereedstaande auto met donkere ramen gebracht. De auto scheurde terug naar het hotel, en binnen vijf minuten hing Row half slapend tegen Anne aan. Tegen de tijd dat ze voor de ingang van het hotel tot stilstand kwamen was hij diep in slaap, met die bewonderenswaardige overgave van kleine kinderen. Ze tilde hem uit de auto en liep met hem over haar schouder snel de lift in. Hij werd net niet helemaal wakker toen ze even snel zijn gezicht waste, zijn tanden poetste en hem in zijn pyjama hees; hij bleef nooit zo laat op. Maar hij had met volle teugen van de avond genoten, vooral van Axe en zijn grote glimmende drumstel, en vlak voordat Anne het licht bij hem uitdeed mompelde hij slaperig: 'Ik wil een dwumstel vome vejaadag...'

Alleen, in de andere kamer van de suite, liet Anne een zucht van opluchting ontsnappen dat Row door het concert voldoende afgeleid was geraakt om niet langer angstig te zijn over het feit dat ze in New York waren. Ze voelde zich bijna fysiek misselijk door de ellendige opstapeling van emoties: teleurstelling in zichzelf en haar gebrek aan mores, schuldgevoel tegenover Ian, hartenpijn om zowel Row als Roar en angst om hoe Ian zou reageren als ze hem vertelde wat er allemaal was gebeurd.

Ze moest Ian gewoon spreken; ze kon het niet langer uitstellen. Hij moest natuurlijk weten wanneer ze precies op Heathrow aan zou komen, en daarnaast moest ze een beslissing nemen of ze het hem direct op de luchthaven zou vertellen, of dat ze zou wachten tot ze thuis waren. Ze kon het niet door de telefoon doen; dat zou echt te erg zijn.

Gelukkig lag hij op dit moment nog te slapen; ze zou moeten wachten tot het op z'n minst 5 uur 's morgens was in Londen voordat ze hem kon bellen. Hij was niet echt een nachtdier, maar daar stond tegenover dat hij meestal wel absurd vroeg opstond. Meestal werkte hij eerst een paar uur thuis voordat hij naar zijn kantoor op het Ministerie van Binnenlandse Zaken ging.

Misschien als Rory straks binnenkomt is het laat genoeg, of in Londen vroeg genoeg, om even te kunnen bellen, dacht ze. Ze hing op Roars bank en zapte langs alle beschikbare televisiekanalen, maar niets kon haar aandacht vasthouden.

Dus ze zat. En wachtte.

Eindelijk, Roar kwam binnen. Hij zag er vermoeid en gespannen uit; Anne vertelde hem dat alles goed was met Row en toen glipte ze snel de deur uit, naar haar eigen suite, voordat hij de kans kreeg om ook maar één woord tegen haar te zeggen.

Haar suite leek grauw vergeleken met de zijne; ongezellig, zielloos, ondanks het mooie meubilair. Ze greep haar mobiel en liet zich als een zak aardappelen vallen in een van die elegante stoeltjes-met-damasten-zitting-en-gebogen-pootjes. Ze had precies een kwartier nodig om alle moed die ze kon vinden bijeen te rapen en te kneden tot een stevige bal die haar in staat stelde Ians nummer op te zoeken in haar adresboek en op 'Bellen' te klikken. Ze hield haar adem in.

Hij ging over.

Hij ging nog een keer over.

En nog eens...

'Anne.' Ians stem, kortaf maar wakker.

'Hoi, eh, Ian, ik ben het,' stotterde ze, volledig overbodig. Ze voelde hoe ze bloosde tot in haar haarwortels. 'Lag je nog in bed...?' Ze kon zichzelf wel slaan om die onzekere toon.

'Nee, natuurlijk niet. Ik ben al minstens een uur op; ik werk aan mijn presentatie. Je weet toch nog wel dat ik vanmiddag die presentatie voor de premier heb?'

O, de premier, die vervelende klier; ze wist nog maar al te goed hoe Ian haar had doorgezaagd over zijn nieuwe, superbeveiligde database. Hij was zo wanhopig om een goede indruk te maken, om hogerop te komen; Anne voelde iets akeligs over haar ruggengraat op en neer glibberen als een gladde, groene tentakel.

'Ja, ik weet het nog,' zei ze, haar stem nu weer volledig onder haar controle. 'Ik wilde je alleen laten weten dat ik morgen thuiskom. O, dat is denk ik voor jou al vandaag; ik land om half negen vanavond jouw tijd op Heathrow.'

'Vanavond. Half negen.' Ians stem was vrijwel emotieloos, op een snufje ongeloof na.

Anne was zo verbijsterd over zijn totale gebrek aan enthousiasme dat ze even vergat zich zorgen te maken over hoe en wanneer ze hem over Roar moest vertellen.

'Eh... ja?' zei ze aarzelend.

'Het was veel verstandiger geweest als je eerder met me had overlegd over wat een goede aankomsttijd zou zijn, in plaats van dat je het me nu zo kort van tevoren mededeelt.'

'Ian, ik heb het zelf nog maar net gehoord! De tourmanager heeft de vlucht voor me geregeld; ze heeft het precies zo gedaan dat ze een van de auto's kan gebruiken om me naar het vliegveld te brengen en dat ik dan ook weer niet te lang op het vliegveld hoef te hangen. Hoezo dan, is er een probleem?'

'Dat zou je wel kunnen zeggen, ja. Na de presentatie zijn er drankjes en een diner, wat je had kunnen weten als je had geluisterd toen ik je erover vertelde, en volgens de nu geldende tafelschikking zit ik maar één plaats verwijderd van de premier. Ik kan niet wegblijven, dat begrijp je. Ik kan je dus met geen mogelijkheid van de luchthaven ophalen. Je vluchtplannen kunnen zeker niet meer worden aangepast?'

Anne bleef stil. Geen romantische hereniging, waar zij de door schuld geknakte brenger van verschrikkelijk nieuws zou zijn. Als ze niet zo nijdig was, zou ze stiekem opgelucht zijn geweest; het was in zekere zin uitstel van executie. Maar ze was wél nijdig, en een koude gedachte klikte op zijn plaats in haar hoofd: Ian verdiende haar schuldgevoel niet. Hij verdiende zelfs haar eerlijkheid niet, met zijn eeuwige premier. Als hij het al niet eens kon opbrengen om haar op te halen, dan kon hij de hik krijgen.

Er was iets veranderd in de afgelopen drie weken. Iets fundamenteels. Anne kon het voelen, zo duidelijk alsof ze het met twee handen beet had. Het was niet Ian, en het was ook niet hoe hij zich tegenover haar gedroeg. Zij was het; zijzelf. Iets in haar was veranderd, had zijn ketenen afgeschud en liet zich niet langer onderdrukken.

'Anne, ben je er nog?'

'Jazeker, ik ben er,' zei Anne onderkoeld. 'Ik neem aan dat ik je dan op een goed moment wel zal zien, morgen, wanneer je thuiskomt van je diner en je borrel-na met de premier. Veel succes met je presentatie.' En zonder nog op antwoord te wachten hing ze op.

Op de automatische piloot stond ze op om in de badkamer haar tanden te gaan poetsen, een natgemaakte borstel door haar weerbarstige rode krullenbos te worstelen en haar haar in een slaapvlecht te dwingen. Ze was vreemd leeg vanbinnen. Ze gooide haar grote slaapshirt over haar hoofd, deed alle lichten uit behalve een klein leeslampje, stapte in bed en liet haar hoofd op haar kussen vallen. Ze knipperde naar het plafond en wachtte. Verdriet, teleurstelling, haar eerdere verwarring, of nijd, of wat dan ook.

Stilte.

Er kwam niets.

Ze sloot haar ogen.

En opende ze weer toen haar deur piepte. Hij werd verder opengeduwd, en in de deuropening stond Roar, alleen gekleed in zijn afgeknipte joggingbroek, met Row op de arm. Het leek wel een déjà vu uit Las Vegas, alleen was Row nu niet zo hard aan het huilen.

'Annie,' zei Roar, terwijl hij verder naar binnen stapte en de deur achter zich dicht duwde met zijn voet.

Ze zat rechtop in bed en keek eens goed. Roar keek naar haar met iets onleesbaars in zijn ogen, Row zag er alleen maar lief en slaperig en zacht uit. Hendrik had hij onder zijn arm geklemd.

'Wat is er aan de hand?' vroeg Anne bezorgd.

Roar keek haar nog één seconde peilend aan, toen schraapte hij zijn keel en zei zachtjes: 'We kunnen niet slapen.'

20
Volhouden

Anne glipte snel uit bed om Row over te nemen. Hij was slaapwarm en zwaar en hij kroop een beetje bij haar weg. Anne kuste zijn perzikzachte wangetje en mompelde: 'Volgens mij moet jij gewoon terug naar bed, mannetje.'

Roar zei niets, maar opende de deur voor haar. Ze droeg Row terug naar zijn kamer, legde hem terug in zijn bed en stopte hem lekker in. Hij knipperde en keek naar haar op. 'Annie,' zei hij, en toen vielen zijn oogjes weer dicht.

Anne keerde zich geluidloos om en sloop zijn kamer uit. 'Je hebt hem eruit gehaald,' zei ze tegen Roar. Ze gaf hem een beschuldigende blik.

'Ik wilde naar jou, maar ik kon 'm niet zo in zijn eentje laten liggen, natuurlijk,' mompelde hij onhandig, met zijn blik op zijn blote tenen. Hij ademde diep in en keek toen op, recht in Annes ogen. 'Ik moet gewoon bij jou wezen,' zei hij, terwijl hij haar hand pakte.

Ze stapte zijn omhelzing binnen voordat ze er goed over kon nadenken.

Hij bewoog zich langzaam richting het bed, met haar in zijn armen. Ze vielen erin, hij trok het dekbed over hen beiden heen, en ze lagen een tijdje zo, in stilte genietend van elkaars nabijheid, huid en warmte.

'Ik heb Ian gebeld,' zei Anne na een tijdje. 'Om hem te laten weten wanneer ik aankom.'

'Heb je hem verteld... over ons?'

'Nee... Het was een kort gesprek. Hij was aan het werk, had niet veel tijd; hij zei dat hij me niet kan komen ophalen.' Ze haatte de verdrietige toon in haar stem.

'Eikel,' gromde Roar.

'Hij heeft het druk; hij moet iets doen voor de premier.'

'Druk, m'n reet,' zei Roar, 'ik zou meteen alles uit mijn poten laten vallen.' Hij begon zachtjes haar rug te strelen met langzame, kalmerende bewegingen. Alle opgeslagen spanning in haar lichaam werd langzaam vloeibaar en liep weg, beetje bij beetje, streling voor streling. Ze kroop dichter tegen hem aan en hij humde tevreden in haar oor.

'Ik wou dat ik mee kon, je thuisbrengen,' mompelde hij.

'Doe niet zo mal.'

'Ik ben ouderwets vanbinnen.' Hij legde een vinger onder haar kin en hief haar gezicht op zodat hij haar kon kussen, zacht en langzaam en vol verlangen.

'Rory, dat moeten we toch niet... We hadden gezegd, alleen zolang we in Maine...' fluisterde Anne vol schuldgevoel, zodra hij haar lippen losliet.

'Stil, mop,' fluisterde hij terug, en hij kuste haar opnieuw. Ze kon hem niet tegenhouden, en al had ze het wel gekund, dan had ze het niet gewild. Wat ze nog aan kleren aanhadden ging uit, hun lichamen kwamen samen en niets, niets maakte nog iets uit behalve dat, dat versmeltende samenzijn dat eeuwig leek te duren, totdat hun honger langzaam zakte.

Voordat de wereld in al zijn brute facetten weer in beeld kon komen, gleden ze samen weg in slaap, nog verenigd, niet bereid elkaar los te laten.

Anne werd ontzettend vroeg en onaangenaam abrupt wakker. Het brute besef vloog haar aan en landde in haar hart met al zijn doffe misère: vandaag moest ze naar huis.

Roar lag nog steeds beschermend om haar heen gekruld en

Anne streelde de arm die om haar middel lag. Het was een heerlijke arm, zongebruind en gespierd en warm, en er stonden zachte, lichtbruine haartjes op. Ze plukte een beetje aan alle touwtjes en veters om zijn pols.

'Wil je er een?' mompelde Roar slaperig.

'Ik dacht dat je nog niet wakker was.'

'Mm, je bewoog toch?' Nu bewoog hij ook. Hij koos een stevige leren veter uit. 'Hier, deze. Help 'es effe met die knoop lospeuteren, mop. Godsamme, wat zit dat kreng vast.' Samen prutsten ze aan de knoop in een klein straaltje zonlicht dat tussen de gordijnen door viel.

'Zo, hij is los,' zei Anne. 'Wat nu?'

'Geef je arm 'es?'

Roar knoopte de veter plechtig om haar pols; er hing ineens een onuitgesproken gevoel van belang en ceremonieel in de lucht. Hij trok aan het knoopje. 'Hier. Volgens mij zit-ie goed.'

'Die gaat niet meer af,' zei Anne. Ze slikte tegen een opkomend brok-in-de-keel.

'Mooi,' zei Roar, en hij knuffelde haar snel. 'Kunnen we niet nog één keertje...' mompelde hij heel zachtjes in haar oor.

Ze hoefde niet te knikken of ja te zeggen.

Veel te snel ging het alarm op Annes mobiel af. Het was vreselijk, maar er was helemaal niets aan te doen. Ze sleepte zichzelf de douche in en glimlachte bleekjes toen Roar haar even later nog half slapend achterna kwam.

Om zeven uur zou er een auto klaarstaan om haar naar de luchthaven te brengen. Het enige wat ze zelf moest doen was haar tas inpakken, een afschuwelijk klusje dat gelukkig amper tijd vergde: ze had er de vorige avond bijna niets uit gehaald. In tien tanden-op-elkaarminuten was ze klaar.

Roar had in de tussentijd een pot koffie naar zijn suite laten brengen. Row sliep nog. 'Moet ik hem nog wakker maken?' vroeg Anne na een grote slok waar ze niets van proefde.

'Wat, je wil toch niet weggaan zonder iets tegen hem te zeggen?'

'Nee, god, nee, natuurlijk niet; ik wil het eigenlijk alleen zo doen dat hij er zo min mogelijk last van heeft.'

'Hij gaat natuurlijk vreselijk janken, wat je ook doet. Verdomme, volgens mij ga ík vreselijk janken,' zei Roar treurig.

'Ik ook,' mompelde Anne, en ze had het nog niet gezegd of de eerste traan gleed al naar beneden.

'Jezus, Annie, we moeten het er toch over hebben, dit, ik bedoel, hoe... wat... het is gewoon zo...' probeerde Roar, met een verwarde blik door zijn half-opgedroogde, ongekamde bedhaar.

Zelfs douchen helpt niet om hem een beetje op orde te krijgen, dacht Anne met iets tussen verdriet en vertedering.

'We moeten maar gewoon doen wat we hebben afgesproken,' zei ze uiteindelijk. 'Je belt me iedere avond voordat Rowie naar bed gaat, zodat ik even met hem kan praten, en als er overdag iets met hem is, dan kan je me op mijn mobiel bellen, ook al ben ik aan het werk; ik heb hem altijd bij me en hij staat altijd aan, dus...'

'En als we in Londen zijn?' Roar onderbrak haar, zijn stem zacht maar rauw.

'Ik weet het niet, Rory, ik weet het echt niet...'

Jeetje, het valt niet mee om op een smartphone te schrijven, maar ik ben zo dom geweest om mijn laptop in mijn bagage te laten zitten. Het gaat vreselijk langzaam, maar ik moet toch op de een of andere manier de komende uren zien te overbruggen, dus misschien is het maar goed dat het niet opschiet zo. Met een beetje geluk leidt het precies voldoende af om niet dood te gaan van de pijn.

Nee, ik ben over het algemeen niet zo dramatisch ingesteld. Maar afscheid nemen van Rory was toch wel het allerpijnlijkste, het allerverdrietigste wat ik ooit in mijn leven heb moeten doen. Ik voelde (en voel nog steeds, als ik heel eerlijk ben) echte, fysieke pijn, alsof iemand met een bot fruitmesje een lichaamsdeel bij me staat af te zagen. Zo'n pijn. Ik kan af en toe bijna niet ademen, zo'n pijn.

We probeerden natuurlijk verstandig te zijn, dus Rory en ik namen eerst officieel afscheid van elkaar voordat we Row wakker maakten. Toen liepen mij de tranen al over mijn wangen, dus Row had direct in de gaten hoe de vlag erbij hing.

Het was verschrikkelijk. Hij was doodsbang, hij hing aan me met handen en voeten, en uiteindelijk moest Rory hem met kracht van me af plukken, anders was ik nooit weggekomen. Ik stond tegen die tijd ook te huilen als een dambreuk (nu ik het opschrijf stroomt het weer volop over mijn gezicht; gelukkig zit er een vriendelijke dame naast me die nog een papieren zakdoekje in de aanbieding heeft) en Terri, die kwam vertellen dat de auto klaarstond, begon van de weeromstuit ook meteen te huilen.

De rest stond bij de lift. Ik was helemaal verbijsterd dat iedereen al uit zijn bed was, en blijkbaar speciaal was opgestaan om mij uitgeleide te doen. Ik kreeg een knuffel en een paar bonken op mijn rug van Blade, Axe tilde me in de lucht en fluisterde 'en bedankt nog' in mijn oor, Roger plantte een kus op mijn wang en Harmony gaf me er nog twee, van Gemma kreeg ik een zachte meisjesknuffel en zelfs Tyrell was er. Van hem kreeg ik een keurige, formele hand en een witte, gestreken en strak in de vouw gedrilde linnen zakdoek.

Tyrells zakdoek zit al lang als een kletsnatte prop in mijn zak.

Twee weken.

Twee hele weken voordat ik ook maar iemand van die hele groep weer zie, en pas toen Terri met me in de lift stapte – ze bracht me helemaal tot aan de auto, die schat – besefte ik hoe ontzettend ik iedereen ga missen. Niet alleen Rory en Row, maar de hele groep.

Ik heb gezegd dat het niets voor mij is om op tournee te

zijn; te oppervlakkig, te vluchtig om zo te moeten leven, maar aan de andere kant: er vormt zich een ongelooflijk sterke band tussen de mensen met wie je zo'n reis maakt. Alsof we familie zijn, zelfs; misschien is dat de enige manier om de situatie te verdragen. Ik had geen idee, en het is gewoon niet te geloven dat me dit pas duidelijk werd toen ik wégging!

Misschien had ik niet moeten gaan. Misschien had ik moeten doen wat Maxine heeft gedaan: gewoon mijn leidinggevende bellen en zeggen: 'Edna, bedankt dat je me de kans hebt gegeven om deze opdracht aan te nemen toen hij me in de schoot werd geworpen, maar ik ben verliefd geworden op de frontman van Road Rage en ik kom nooit meer terug.' En daarna, al even gewoon, Ian bellen en zeggen: 'Luister, jij, van zelfbelang opgeblazen slap excuus van een partner, waarom vraag je de premier niet om je vriendinnetje te zijn, als je zijn gezelschap zoveel hoger op de agenda hebt staan dan het mijne.'

Op dit moment lijkt het me heerlijk, om dit allemaal te zeggen en te doen, en een deel van mij voelt zich ook absoluut een volslagen idioot dat ik het niet al lang heb gedaan. Dan had ik tenminste niet die vreselijke pijn in mijn hartstreek gehad. Alles, als dát maar op zou houden.

En dan denk ik twee minuten langer na en dan weet ik weer waarom ik het niet heb gedaan.

Het is eenvoudig onbestaanbaar dat ik zomaar uit mijn leven met Ian weg zou lopen, alles uit mijn handen zou laten vallen en hem, de man met wie ik de afgelopen twee jaar mijn leven heb gedeeld, zó onbehoorlijk zou behandelen. Dat kán gewoon niet. Ik kan nog zo hard op hem mopperen, maar dat heeft hij echt niet verdiend.

En daarnaast: als ik mijn baan zou opzeggen, waar moet ik dan van leven? Ik kan onmogelijk aannemen dat Rory alles wel voor me zal betalen. Ik weiger hem op wat voor manier dan ook te gebruiken, alleen maar omdat hij meer geld heeft dan ik.

Het is een probleem zonder oplossing, want ik zal nooit genoeg geld hebben voor een gelijkwaardige basis en als ik bij hem wil blijven, zou ik me volledig van hem afhankelijk moeten maken. Dan zou ik niets meer zijn dan Maxine, een fortuinjager, een bloedzuiger.

Ik kan geen kant op.

Toch, ik zou mezelf voor de gek houden als ik dacht dat ik terug kan gaan naar mijn oude leven, dat ik door kan gaan op de oude voet. Met Ian. Mijn vriend. Mijn partner. Mijn verlóófde. Dit hele avontuur heeft echt alles veranderd. Op de een of andere manier kwam er door Rory een idiote jaloezie bij Ian naar boven waarvan ik niet eens wist dat hij hem in zich droeg, en ik kan niet zeggen dat ik blij ben met de ontdekking. Daarna is Ian bijna alleen afstandelijk en soms zelfs echt neerbuigend of lelijk tegen me geweest als ik hem aan de telefoon had. Hij heeft er de afgelopen weken – zo lijkt het tenminste als ik er nu op terugkijk – echt alles aan gedaan om te zorgen dat ik me onzeker en onbelangrijk voelde.

Oké. De harde waarheid. Als ik heel eerlijk ben dan denk ik dat Ian helemaal niet veranderd is in de afgelopen drie weken. Ik denk dat mijn beeld van hem veranderd is. Dat ik even weg was, uit zijn invloedssfeer, heeft mijn perspectief veranderd. En ik moet nog even heel goed bedenken wat ik ervan vind – van hem, van onze relatie, van de toekomst die hij voor zich ziet...

O, god, ik hoop dat Rowies nieuwe kindermeisje een beetje lief voor hem is. Dat hij met haar op kan schieten, dat hij haar ook lief vindt. Ik heb een foto van haar gezien: ze heet Maria en ze ziet er nogal Spaans en moederlijk en warm uit, maar ik had toch gewild dat ik haar even had kunnen ontmoeten. God, wat mis ik Row... En Rory, o, Rory...

O. De piloot zegt dat we over een halfuur gaan landen. Ik heb nog een zakdoekje van mijn vriendelijke buurvrouw vol gehuild. Ik dacht dat we nog een uur te gaan hadden, maar ik heb me vergist. Jeetje, we zijn er al bijna. Laat ik mijn telefoon maar uitzetten.

Het duurde voor haar gevoel een eeuwigheid voordat haar bagage op de band lag. Terwijl ze stond te wachten deed ze haar telefoon weer aan en e-mailde ze haar op de telefoon gepriegelde schrijfsel naar zichzelf.

Er kwamen meteen drie voicemailberichten binnen, alle drie van Roar. Ze opende het eerste, een beetje bibberig, en luisterde naar zijn stem.

Roar was rauw van de emotie en vroeg haar hem meteen te bellen zodra ze veilig was geland.

Het volgende bericht was van ongeveer een halfuur later. Hij vertelde dat Row totaal over zijn toeren was. Maria probeerde hem rustig te krijgen, maar Anne kon Rows angstige gehuil op de achtergrond horen. Ze probeerde uit alle macht een snik binnen te houden. De mensen om haar heen keken haar een beetje vreemd aan, zo vertrokken was haar gezicht. Ze draaide zich maar even om voor ze het laatste bericht afluisterde, hoewel ze niet zeker wist of haar hart het wel aan zou kunnen.

Stilte. Wat gerommel, en Roar die in de telefoon ademde. Ik weet gewoon dat hij het is, alleen al aan hoe hij ademhaalt, dacht ze onwillekeurig. En toen kwam zijn stem, hees en pijnlijk: 'Annie, ik zit hier gewoon dood te gaan.' En klik. Hij was weer weg.

Ze haalde diep adem en belde hem. Hij was nu waarschijnlijk bezig zich klaar te maken voor zijn optreden, of misschien, als ze vroeg begonnen met de soundcheck, zat hij zelfs al in de auto. De telefoon ging over, en over, en over... En toen kwam de piep van de voicemail.

'Eh, hoi, ik ben het, ik, eh, ben veilig geland, ik sta op de luchthaven, op mijn spullen te wachten... Rory...' Ze had werkelijk geen idee wat ze nog verder kon zeggen. Dus hing ze maar weer op, en keerde ze zich eindelijk terug naar de band. Daar cirkelde haar bagage desolaat rond, al haar medepassagiers hadden hun spullen al lang te pakken en waren doorgelopen. Ze voelde zich precies zo alleen en verlaten als haar bagage; het liefste was ze op de rand van de bagageband gaan zitten om een stevig potje te huilen.

Dat was natuurlijk onbestaanbaar, dus ze rechtte haar rug, trok haar koffer en tas van de band en sleepte zich richting metro.

Volledig op de automatische piloot stapte Anne bij het juiste station uit de metro. Daarna sjokte ze de paar blokken vanaf het metrostation naar de voordeur. Haar voordeur. Nee, Ians voordeur; ze was bij hem ingetrokken. Het was perfect geweest toen zijn huisgenoot wegging en hij haar had voorgesteld om bij hem te komen wonen; tot dat moment had ze een ongemakkelijk klein flatje met nog twee meisjes gedeeld en de gedachte dat hij hun relatie blijkbaar zo serieus nam, maakte haar toen intens gelukkig. Nu was er niets meer over van dat geluksgevoel, nu was er alleen nog die vreemde, pijnlijke verdoving.

En ze was moe, zo vreselijk moe. Het was al bijna donker, wat raar was, want voor haar gevoel moest het ergens in de middag zijn. Aan de ene kant leek het idioot om in bed te gaan liggen, aan de andere kant schreeuwde haar hele lichaam om rust. Ze besloot, terwijl ze haar spullen de trap op sjouwde, dat ze in de logeerkamer zou gaan slapen, de kamer waar vroeger Ians voormalige huisgenoot in sliep. Ian had wel eens voorzichtig gehint naar gezinsuitbreiding, ergens in een in mist gehulde toekomst, en sindsdien meed Anne die kamer altijd een beetje. Nu was ze blij dat hij er was; ze kon het echt niet verdragen om naast Ian in bed te kruipen en hij zou het zonder morren accepteren als ze zei dat ze tijd nodig had om bij te komen van de reis.

Ze wist nu al dat ze hoe dan ook als een wokkel in bed zou liggen; de gedachte dat ze de vorige nacht nog in Roars armen had gelegen gaf haar zo'n stroomstoot van verlangen en schuldgevoel dat ze niet wist waar ze het zoeken moest.

Het was vreemd: het zag eruit alsof ze gisteren op exact dezelfde manier was binnengekomen, haar handtas tegen de poot van het tafeltje in de hal had gezet, haar jas aan de kapstok had gehangen. Tegelijk leek het jaren geleden.

In de woonkamer, op de eettafel, lag een briefje. Kort, krachtig, correct; in Ians typisch Engelse handschrift.

Ik had graag een bos bloemen voor je willen kopen, maar de tijd ontbrak me. Desalniettemin, welkom thuis.
Je Ian.

O, god, haar Ian. Háár Ian; haar maag kneep zich samen bij het besef dat hij helemaal niet meer voelde als haar Ian. Er kwam natuurlijk een moment dat ze het hem moest vertellen. Maar niet vanavond; ze was er nog niet klaar voor. Misschien morgen, misschien kon ze het hem morgen vertellen; afhankelijk van hoe het ging als ze elkaar weer zagen.

Het bed in de logeerkamer was koel, met knisperschone lakens. Het lag eigenlijk best lekker en Anne soesde weg, ondanks dat misselijkmakende gevoel in haar binnenste. Ze had een briefje op de tafel gelegd naast dat van Ian, om uit te leggen waarom ze in de logeerkamer lag.

Ze schrok wakker toen ze hem binnen hoorde komen. Zijn voetstappen klonken in de hal, de woonkamer... en stopten. Hij stond zeker bij de tafel om haar briefje te lezen. Ze hoorde hem instemmend mompelen en grabbelde naar haar mobiel onder haar hoofdkussen voor de tijd, totdat ze zich de wekker op het nachtkastje herinnerde. Het was net iets na middernacht en ze lag meteen met haar ogen wijd open, doodstil, te luisteren naar de geluiden van Ian die zich klaarmaakte om naar bed te gaan.

Hij kwam niet eens kijken of ze misschien wakker was, om even hallo te zeggen nadat ze elkaar drie weken niet hadden gezien.

Ze bleef nog lang wakker liggen, ook al was de flat allang weer gehuld in de vertrouwde stilte die net niet helemaal stil was: het verkeer buiten, de verwarmingsbuizen, de ijskast die zacht grommend aansloeg. Ze voelde niets, en staarde met nietsziende ogen naar het plafond, precies zoals ze naar het plafond had gestaard in New York nadat ze Ian had gebeld. Alleen was er nu dat aan pijn grenzende bewustzijn dat Roar straks niet onverwacht met Row op de arm bij haar binnen zou komen, met het excuus dat ze zonder haar niet konden slapen.

Plotseling werd de nachtstilte verstoord door een discreet pingeltje. Ze schoot omhoog alsof ze afgevuurd werd, keek geschrokken op haar wekker, die verrassend genoeg op 6:30 stond (Hé! Had ze dus toch geslapen!) en greep haar mobiel van onder haar kussen.

Hij was het.

Haar hart bonkte.

'Rory?' fluisterde ze in haar mobiel, hopend dat ze er snel genoeg bij was. Ze wist niet zeker of Ian al op was, maar ze wilde absoluut niet riskeren dat hij er iets van mee zou krijgen. Tegelijk voelde ze zich afschuwelijk dat ze daar in het geniep met haar minnaar lag te bellen, maar wat moest ze anders? Bovendien wilde ze niets liever dan die beetje gruizige, donkere stem van Roar in haar oor horen. Het was niet hetzelfde als bij hem in de kamer zijn, maar het was tenminste nog íets.

Ze luisterde intens met haar vrije oor. Het bleef stil in huis; blijkbaar lag Ian nog te slapen na zijn wilde avond met de premier. Rond middernacht thuiskomen stond voor hem nu eenmaal gelijk aan nachtbraken. Gelukkig. Gelukkig.

'Annie... ben je thuis?' Roars stem, maar hij was moeilijk verstaanbaar.

'Ja, ik ben hier, ik ben thuis... Hoe is het met Row?'

'Heeft zichzelf in slaap geblèrd. Maria was goed met hem, maar hij bleef maar doorgaan. Op een gegeven moment moest ik weg, spelen, en toen jankte hij nog.'

'O nee, wat verschrikkelijk,' zei Anne zachtjes. Achter haar ogen brandden tranen. 'Hoe ging het optreden?'

'Kut ging het; het was de slechtste show tot nu toe. Alles ging fout, ik brak bijna mijn nek toen ik van die trap af moest, ik wist mijn tekst niet meer, ik... o, klote.'

Een vaag klunk-geluid op de achtergrond.

'Wat, wat is er?' vroeg Anne gehaast en bezorgd. Roar had een rare klank in zijn stem.

Hij giechelde stompzinnig. 'Heb m'n fles laten pleuren. Dure single malt op de grond, hele tapijt zeiknat, ruikt m'n kamer naar een kroeg straks...'

'Zit je in zo'n afterparty?' Anne bibberde bij het idee.

'Nee, ik zit in m'n uppie met een dikke fles. Echt, mop, wat een feest is het hier.'

'Moet je niet een beetje proberen te slapen? We hebben niet echt veel rust gehad, eh... de afgelopen nachten.' Ze fluisterde weer, haar hoofd tomaatrood.

'Missch- eh, -schien als, als ik genoeg zuip krijg ik m'n ogen nog dicht vannacht, maar zal me niks verbazen als het zelfs dan niet lukt, mop.'

21
Piekeren

Het was stil op kantoor; de meeste van haar vrouwelijke collega's (en er werkten bijna alleen maar vrouwen bij *UM*) lagen op de grond van de grote vergaderzaal om mee te doen met de gratis pilatesklas.

Het was heel fijn dat het even rustig was. Anne had zo verschrikkelijk veel moeite om zich te concentreren sinds ze terug was; aan de ene kant tolden de gedachten over Roar, en Ian, en haarzelf, zonder ophouden door haar hoofd en aan de andere kant had ze het verontrustende gevoel dat iedereen aan haar neus kon zien wat er was gebeurd. Ze had haar vriend bedrogen, ze kon soms van puur schuldgevoel wel onder haar bureau kruipen.

Dat ze de hele dag ongeveer verplicht naar foto's met Roar erop zat te kijken, maakte het er niet makkelijker op, maar haar artikel moest nu eenmaal wel af. Het stond gepland in de editie van *UM* die in de winkels zou liggen op het moment dat Road Rage de Britse Eilanden zou aandoen en Edna, haar gevreesde hoofdredacteur, had hoge verwachtingen van zowel de losse verkoop als de stijging in abonnementen. Het was tenslotte allemaal exclusief.

Anne was hoe dan ook niet van plan om ook maar iets te laten merken met betrekking tot haar en Roar, in ieder geval niet voordat ze zelf een beetje meer grip had op haar gevoelens; ze had ook nog steeds niets tegen Ian gezegd. Ze was al evenmin van plan ook maar iets los te laten over alle andere persoonlijke dingen die ze wist van de Rage-leden, al had ze daar wel voor moeten vechten. Bij de afgelopen redactievergadering hadden haar collega's, onder leiding van Edna, haar het hemd van het lijf gevraagd, maar Anne had alle discussie koppig het hoofd geboden. Ze wilde per se dat het artikel positief van toon zou zijn.

Langzaam en methodisch werkte ze zich door de proef heen. Eigenlijk was ze best tevreden met het resultaat: ze had de redactiestrijd glansrijk gewonnen. Geen moddergooierij. Geen onthulde geheimen. Alleen een met de nodige humor vertelde blik op de realiteit van on the road zijn met de grootste rockband ter wereld, een kijkje in de keuken van het dagelijks leven van vier van 's werelds grootste muzikale helden. Er waren interessante foto's, een paar testkiekjes van fotoshoots, een paar die ze met haar mobiel had genomen tijdens het ontbijt of het diner. Je zag de bandleden eten, lachen, menselijk en benaderbaar zijn.

Ze sleutelde even aan een fotobijschrift en glimlachte bij de herinnering aan het moment toen ze de foto nam. Wat had ze zich absurd verliefd op Roar gevoeld. De tournee zelf leek wel een droom, de reis die ze had gemaakt met al die geweldige, vreemde, kleurrijke mensen een onwerkelijk hersenspinsel waarbij haar gewone leven, veilig en troostrijk van pure bekendheid, verbleekte. De leren veter die om haar pols geknoopt zat was het enige wat ze er nog van over had, het enige concrete, tastbare. Iedere morgen overwoog ze hem door te knippen, maar ze deed het steeds toch niet.

Al die verwarrende gevoelens voor Roar waren ook aan het verminderen – althans, dat vertelde ze zichzelf. Misschien als ze nog even wachtte zakte het wel gewoon helemaal; als haar artikel nu maar gepubliceerd zou zijn, en als al dat nieuws over Road Rage, en dan met name over Roar en zijn gedrag, een beetje zou afnemen... Ieder keer als ze iets las over wat hij nu weer had gedaan, voor, na of tijdens een concert, voelde ze haar hart opnieuw samentrekken in haar borstkas.

Ze had nog een paar nachten in de logeerkamer geslapen, ook al was haar jetlag al vrij snel over. Ze kon zich er simpelweg niet toe zetten om terug te verhuizen naar Ians slaapkamer, tot twee nachten geleden. Hij had niet geprotesteerd tegen het idee om gescheiden te slapen, en toen ze dan eindelijk voorzichtig naast hem kroop –hij sliep al – als een nerveuze plank proberend hem niet per ongeluk aan te raken, sliep hij gewoon door, op zijn kant van het bed.

Als Ian al iets merkte van Annes emotionele teruggetrokkenheid liet hij dat niet blijken; hij had het druk met zijn werk en leek echt te geloven dat ze nog aan het bijkomen was van al haar ervaringen. Hij behandelde haar alsof ze zwaar ziek was geweest. Hij was nooit bijzonder gepassioneerd geweest, dus waarschijnlijk hoefde hij zichzelf geen geweld aan te doen om eventuele pogingen tot iets seksueels tot nader order in de ijskast te leggen, en Anne moedigde hem niet aan om van gedachten te veranderen.

Ze zei niets. Ze wachtte, zo vertelde ze zichzelf, op het juiste moment.

Iedere nacht belde ze met Rowland. Maria gebruikte Roars mobiel om haar te bellen, vlak voordat hij naar bed moest. Meestal was dat voor haar ergens tussen middernacht en één uur. Anne maakte een klein praatje met Row, vroeg hem hoe zijn dag was geweest, en ze deed het rijmpje met Hendrik voor hem.

De eerste nacht had hij heel hard gehuild. Nu snufte hij meestal een beetje, en zei hij weinig. Maria had het niet met zoveel woorden gezegd, maar Anne begreep tussen de regels door dat Rowland niet wilde eten. Ze maakte zich vreselijk zorgen, ook al wist ze heus wel dat ze er vanuit Londen helemaal niets aan kon doen.

Roar had haar na die eerste nacht niet meer gebeld en ze had geen idee waarom. Eerst deed het verschrikkelijk veel pijn, maar zodra al die vreselijke nieuwsberichten begonnen binnen te stromen vertelde Anne zichzelf keer op keer met kracht dat het waarschijnlijk maar beter was zo.

In het eerste roddelberichtje over de band zag ze Roar na een concert, drie dagen nadat ze was weggegaan, met één arm rond een mager meisje. Ze had doodgeblondeerd haar en droeg een bikinibovenstuk met luipaardprint; Roar keek bijna scheel van dronkenschap. Er volgden foto's van hoe hij met een fles whisky aan zijn mond op het podium stond, en twee van de zeven concerten die de band had gegeven na Annes vertrek werden ontzettend slecht besproken. Het eerste was op de dag dat ze naar huis was gevlogen; in alle blogs en online muziekmagazines werd gespeculeerd dat Roar de helft van de tijd geen idee had waar hij was. Het tweede was vier dagen later, toen zich ineens een flink technisch probleem met het geluid voordeed. Het gebeurde midden in het optreden en Roar had zijn microfoon op de grond gesmeten en was woedend van het podium af gestormd. Hij had geweigerd het optreden af te maken en de concertbezoekers hadden hun geld teruggekregen.

De kritieken waren niet mals geweest.

Anne probeerde zichzelf te vertellen dat het niet meer was dan overspannen roddeljournalistiek; ze wist tenslotte maar al te goed hoe dat werkte. Roar was ook de hele tijd in het nieuws geweest toen ze nog meereisde, en meestal waren de dingen die er op internet over hem werden beweerd niet eens een klein beetje waar. Ze herinnerde zich een verhaal waarbij Roar zogenaamd was gespot in een bepaalde bar, waar hij stomdronken was geworden en allerlei vrouwelijke bezoekers had lastiggevallen. Anne had op die bewuste avond naast hem gezeten terwijl hij Rowland verhaaltjes voorlas. Daarna had hij het hotel niet meer verlaten. Nee, Roar was misschien een klein beetje wild van tijd tot tijd, en zijn humeur kon soms onverwachts omslaan, maar hij was nooit onverantwoordelijk. En al helemaal niet als het om Rowland ging.

Toch?

Maar al die foto's dan?

Haar twijfel werd van harte aangewakkerd door Ian, die sinds

Annes terugkeer letterlijk ieder fliedertje nieuws dat hij kon vinden over Road Rage, en in het bijzonder Roar, onder Annes neus duwde.

Anne had zo snel mogelijk een hele waslijst aan Google Alerts aangemaakt, voor ongeveer ieder zoekwoord dat ze kon bedenken in relatie tot Road Rage of Roar, om er maar zeker van te zijn dat ze op z'n minst tegelijk met Ian zou weten wat er te weten viel.

De artikelen waar ze het meeste moeite mee had gingen natuurlijk over Roar en zijn vermeende woeste seksleven. Hij werd gespot met catwalkmodellen en soapactrices, met beginnende zangeresjes en musicalsterretjes, allemaal mooi, jong en gretig, en in de meeste gevallen werd er smeuïg bij vermeld dat hij zich ergens op de glijdende schaal bevond tussen flink aangeschoten en starnakel bezopen. En om het nog ingewikkelder te maken: nadat Roar er zelf een of twee keer iets over had gezegd, bleven de verwijzingen naar een of andere mysterieuze nieuwe liefde in zijn leven maar terugkomen.

En alsof dat allemaal nog niet genoeg was om Anne van haar gemoedsrust te beroven, was daar ook nog Maxine.

Een week na haar terugkeer in Londen had Anne Ian verteld hoe zij en Maxine min of meer een officieel einde aan hun vriendschap hadden gemaakt in Las Vegas. Anne kon natuurlijk niet al te diep ingaan op de reden voor hun ruzie, en het leek Ian een volkomen onbelangrijke affaire, typisch iets voor hysterische vrouwen die iets te lang in de zon hadden gezeten. Hij drong er bij Anne op aan Maxine te bellen.

Anne hield de boot af, maar zoals altijd wist Ian het zo te brengen dat ze zich al snel schuldig begon te voelen. Met lood in haar schoenen had ze uiteindelijk zowel Maxines vaste nummer als haar mobiel geprobeerd. Bij beide nummers werd niet opgenomen, en hoewel ze berichten had ingesproken belde Maxine ook niet terug. Anne had zelfs een belletje gewaagd naar Maxines oude werkgever, en toen kwam ze erachter dat haar voormalige vriendin waarschijnlijk helemaal niet was teruggekomen naar de

UK; iedereen ging ervan uit dat ze nog steeds met Road Rage meereisde.

En dus was de vraag van één miljoen die Anne rond en rond draaide in haar hoofd tot het haar duizelde: wie is die zogenaamde geheimzinnige nieuwe liefde van Roar? Zou het Maxine kunnen zijn? Was ze teruggekomen, had hij haar teruggenómen? Het zou wel verklaren waarom hij niet meer belde. En hoewel ze bijna niet kon geloven dat ze zich zo in hem vergist zou hebben, kreeg ze het ook niet voor elkaar om de gedachte aan hem en Maxine helemaal uit haar hoofd te bannen.

Er waren zomaar vijftien minuten verstreken, waarin ze niets anders had gedaan dan piekeren en met niet-functionerende ogen naar dezelfde pagina van het stapeltje uitgeprinte proeven van haar artikel staren. Vreemd toch, hoe aan de ene kant de tijd voorbij leek te kruipen, terwijl er aan de andere kant ineens een stuk tijd verstreken kon zijn bijna zonder dat ze het gemerkt had.

Anne schudde haar hoofd, in de hoop haar op hol geslagen gedachten over Roar en zijn geheime liefde een halt toe te roepen, en ze keek in haar e-mail.

> *Google news alert for:* ***Rory Maquary***
> *Rock star's roaring violent side*
> *Rory Maquary, better known to the world as Roar, the sexy lead singer of Road Rage, may soon find himself roaring from behind bars as he destroyed, in a fit of uncontrolled rage, a hotel room door...*
> *The STARS online http://www.thestarsonline.home...*

Plotseling zaten haar ogen vastgekit aan het scherm. Ze klikte de alert open, volgde de link en vrat het artikel zo ongeveer op, terwijl haar brein de meest vreselijke beelden produceerde. Hotelkamers waar het behang in krullen van de muur hing en de vulling uit de gaten in de stoelen puilde, de lucht vol met veertjes uit een stukgetrokken hoofdkussen, en Roar, helemaal wild, met zo'n opgejaagde blik in zijn opengesperde ogen te midden van de rokende puinhopen, politieagenten die binnenstormden, hem overmeesterden, en meesleepten naar buiten, terwijl Row, ach hemel, Row, achterbleef, in paniek en helemaal alleen...

Deur.

Hij had een deur gesloopt, niet een hele hotelkamer. Ze kon zichzelf wel een mep verkopen omdat ze van schrik zo slordig had gelezen. Haar hartkloppingen namen af, ze haalde diep adem en las verder. Het management van het hotel was woedend en overwoog gerechtelijke stappen. En verder nog wat geneuzel over hoe berucht Roar was om zijn korte lontje en hoe intens en onvoorspelbaar hij wel niet was. Ieder cliché van de Hollywood Bad Boy werd vrolijk uit de kast gerukt voor het gretige publiek, dat natuurlijk niets liever wilde dan horen dat een grote ster zich schandelijk misdroeg.

Met een frons greep ze naar haar tingelende mobiel. Op het scherm stond Terri en haar hart maakte een ongeordende sprong in haar borstkas. Het was de eerste keer dat ze van iemand van de tournee hoorde sinds ze terug was; ze wist niet of ze blij of bezorgd moest zijn.

'Terri, hé, hoi, wat is er?'

'Hoi Anne, heb je het nieuws gezien?'

'Over die deur? Ja, ik zit net een artikeltje te lezen.'

'Ik dacht, ik bel je maar meteen even, om te zeggen dat je je geen zorgen hoeft te maken, zoveel is er helemaal niet aan de hand eigenlijk, en ik wil gewoon niet dat je denkt dat...'

Anne onderbrak haar haastig: 'Wat is er in godsnaam gebeurd, en is alles wel goed met jou? Je klinkt zo...'

'Ja, natuurlijk, ik ben onverwoestbaar, dat weet je toch? En voordat je het vraagt: met Hen en mij is ook alles goed, hoewel ik hem de helft van de tijd wel achter het behang kan plakken, die grote oelewapper. Maar goed, wat er is gebeurd, is dit: we hadden een persmomentje in het hotel, en daarna ging Roar terug naar zijn suite. Hij ziet dat zijn deur dicht is, maar hij hoort die kleine huilen, dus hij doet gauw zijn kaart door dat dingetje, gaat die deur niet open! Hij begint op de deur te beuken en roept dat Maria hem van binnenuit open moet maken, maar zij klinkt paniekerig en zegt dat zij hem ook niet open krijgt. Roar pakt zijn mobiel, belt de receptie, krijgt te horen dat er meteen iemand naar boven wordt gestuurd. Hij wacht even, of, nou ja, zo goed als hij kán wachten, wat niet zo gigantisch goed is – je weet hoe hij is.'

'Ja,' zei Anne.

'Dus hij zegt op een gegeven moment tegen Maria dat ze weg moet gaan bij die deur, hij geeft hem een karatetrap en schiet er zo doorheen met zijn voet. De hele deur uit zijn scharnieren, overal splinters en piepschuim en rommel. Meteen daarna komt de manager eindelijk om de hoek zeilen met een reservesleutel, en Roar vliegt hem zowat aan, met een stuk deur nog om zijn been. Nou ja, ik hoef jou niet te vertellen hoe hij dan kan doen.'

'Nee. Ik weet het.'

'Nou, die hotelmanager zegt dat Roar de schade moet betalen of anders komt de politie eraan te pas, en je zult het altijd zien: precies op dat punt glipt een van de journalisten van die persconferentie langs de beveiliging, ik weet niet wat er met Tyrell aan de hand was. Die gast maakt zelfs een filmpje met zijn mobiel, natuurlijk precies van de scène waarin Roar staat te vloeken en te tieren.'

'Och, hemel.'

'Precies. Ondertussen is alles al lang weer opgelost; Roar betaalt een nieuwe deur, de manager heeft een persbericht gestuurd dat ze er geen werk van maken, iedereen weer blij, alleen kunnen we er nu natuurlijk op wachten dat die beelden straks de hele wereld over gaan.'

'Wanneer is dit in 's hemelsnaam allemaal gebeurd?'

'Nog geen uur geleden. Roar is er niet best aan toe sinds jij bent weggegaan, hij drinkt echt veel te veel. God, Anne, ik heb hem echt nog nooit in zo'n duistere bui gezien. En zo lang ook. Hebben jullie nog wel contact gehad?'

'Hij heeft mijn voicemail een paar keer ingesproken toen ik nog in het vliegtuig zat, maar toen stond mijn telefoon natuurlijk uit. En we hebben elkaar nog even aan de lijn gehad de eerste nacht dat ik thuis was, maar daarna heeft hij me niet meer gebeld...' Anne zuchtte en voelde zich ellendig.

'En het kwam niet bij je op om hém te bellen?'

'Nou ja, ik... ik dacht dat hij het druk zou hebben, of misschien dat hij me al lang weer vergeten was; er waren zoveel stukjes online van hem met allerlei vrouwen, en, eh... Nou, Ian wilde graag dat ik Maxine zou bellen om het weer bij te leggen, en toen ik probeerde haar te pakken te krijgen kwam ik erachter dat ze blijkbaar nog steeds met de tour meereist, dus ik dacht dat ze was teruggekomen, dat Maxine misschien die geheimzinnige vriendin van Roar is waar steeds naar verwezen wordt in al die stukjes...'

'Maxine is niet... Wacht even, Anne, luister. Maxine is niet teruggekomen, en ze zit ook niet meer bij de road crew. Ze is ongeveer vijf minuten nadat Roar haar de deur uit had gebonjourd iets begonnen met een van de roadies, daar is ze nog een tijd blijven hangen... Na dat concert met die geluidsproblemen, toen jij een paar dagen weg was... Heb je daar iets over gelezen? Ik heb die gast die ervoor verantwoordelijk was de laan uit gestuurd. Bleek dezelfde roadie te zijn als waar Maxine iets mee had. Ze zijn samen op zijn motor de zonsondergang tegemoet gereden en niemand heeft meer een woord van ze gehoord. Roar is met niemand geweest sinds jij naar huis bent gegaan; hij had het volgens mij over jou, en het was helemaal niet de bedoeling dat hij zoiets zomaar zou zeggen, want dan gaat het een eigen leven leiden, en als dát eenmaal gebeurt, dan wordt het natuurlijk groter en groter.'

'O,' zei Anne, haar hart in haar keel.

'Bel Roar, Annie. Hij heeft het nodig om je stem even te horen.

Hij is je echt niet vergeten, anders liep hij niet zo te mokken. Kom op meid, bellen die hap!'

Terri hing abrupt op en Anne zat nog zeker vijf minuten naar haar mobiel te kijken. Maar toen plotseling kwam haar lichaam in actie, nog voordat haar geest helemaal zover was. Haar duim scrolde door het adresboek en klikte op Roars nummer, haar hand bracht de mobiel naar haar oor en haar lippen kwamen van elkaar. Zodra ze hoorde dat er werd opgenomen, begon ze oncontroleerbaar snel te praten: 'Hoi eh, hé, Rory, eh, ik ben het, is alles goed met je? Ik wilde alleen even bellen om te vragen of er niks met Row en jou aan de hand is. Ik las over die deur en toen belde Terri om te zeggen dat ik me geen zorgen moest maken en ze zei dat je niet zo lekker in je vel zat en dat ik je moest bellen, en, en...'

'Annie?' Zijn stem was laag, en warm, en met een klein gruisje erop – precies zoals ze zich herinnerde. Ze hield meteen op met ratelen. Er liep een rilling over haar rug.

Hij haalde hoorbaar diep adem. 'Annie, ben jij dat?'

Was hij blij om haar stem te horen, of vond hij het maar niks? Ze was er niet gerust op. 'Ja, ik ben het... Ik, sorry dat ik niet eerder gebeld heb, ik... ik dacht dat je het misschien te druk had, of dat je misschien niet meer met me wilde praten...'

'O, verdomme, Annie, ik probeerde je tijd te geven,' zei hij met een soort zucht die meer bestond uit opluchting dan uit ergernis.

'Tijd,' zei ze stompzinnig.

'Ja, weet je wel, om alles uit te praten met Ian. Alles te... regelen. Ik, eh, zit dus, eh, te hopen dat ik je zie als ik naar Engeland kom...?' Ineens klonk hij vreselijk onzeker.

Anne sprong een meter de lucht in toen plotseling drie van haar collega's in T-shirt en yogabroek nogal lawaaierig de afdeling op kwamen. Ze rende de voorraadkamer in met de telefoon aan haar oor, hurkte achter een hoge stapel dozen met printerpapier en fluisterde: 'Ik kan nu een beetje moeilijk praten, ik ben op kantoor; niemand weet het van ons. Ik heb het zelfs nog niet eens aan Ian kunnen vertellen...'

'Niet?'

'God, nee, ik kan maar geen moment vinden, ik kom er niet uit, volgens mij probeer ik gewoon maar zo hard mogelijk te vermijden dat... nou, ja, alles te vermijden, eigenlijk. O, ik m-mis je zo, Rory...' Ze snufte ervan toen het gevoel, al die tijd strak ingedamd en onder controle gehouden, plotseling als een overweldigende vloedgolf over haar heen spoelde en de tranen haar over de wangen rolden.

'God, Annie, ik word helemaal gek,' fluisterde Roar.

Even zaten ze stil aan de telefoon, luisterend naar elkaars ademhaling, totdat Anne zichzelf weer een beetje onder controle had.

'Rory, is alles... wel goed met je?'

'Uh, nou nee.'

'Ik bedoel de, eh, deur, en alles.'

'O, dat. Nou ja, die deur is dus helemaal naar god, maar met mij niks aan de hand. Ik had wel een lel van een splinter in mijn poot; ik ging zo in één keer dwars door dat paneel. Maar wat had ik dan moeten doen? Rowie zat te brullen aan de andere kant, en dat kreng zat vast. Ik bedoel die deur, niet die kleine gast.'

Anne moest toch een klein beetje lachen.

'En jij denkt dat het leuk is?'

Ze hoorde dat hij probeerde mopperig te klinken maar dat hij er niets van meende, en hield zich stil. Ze glimlachte in de telefoon. Haar tranen droogden op haar wangen.

'Annie?' zei hij na een tijdje.

'Ja?'

'Kan ik je later vandaag nog effe bellen?'

'Ja, tuurlijk! Moet je ondertussen niet iets promotioneels gaan doen, of naar de dokter om die splinter uit je been te laten halen?' Tot Annes verbazing was die onverklaarbare samenheid er ineens weer helemaal, al na een paar zinnen. Alsof er nooit iets was gebeurd. Alsof er niet een halve wereld en een onoverkomelijk probleem tussen hen in lag.

'Nee, ben jij gek, ik heb 'm er zelf al lang uit gerukt. Niks aan de hand, het bloedde niet eens. Ik wil alleen maar weten of ik je straks nog kan bellen, mop. Of ik je kan bellen als ik zin heb om je stem te horen... of heb je dan een probleem?'

'Natuurlijk kun je me bellen... wanneer je maar wilt.'

'Mooi. En bel jij mij dan ook, als je d'r zin in hebt?'

'Ja, zal ik doen,' zei Anne verlegen.

'En... dan zien we mekaar als ik in Londen ben?'

'Ja.'

Roar blies heel langzaam zijn adem uit, en Anne voelde hoe tussen haar schouderbladen iets zich ontspande na anderhalve week van ongemerkte samentrekking.

22
Aarzelen

Lieve laptop.
Ian en ik hebben net een afschuwelijke ruzie gehad, en ik ben vréselijk boos! Denkt hij nou echt dat hij me kan vertellen met wie ik een telefoongesprek mag voeren?!

Hij zei dat ik niet meer met Rory mocht bellen, en dat ik ook moest ophouden met Rowland bellen rond zijn bedtijd. Nou, dát kan hij op zijn buik schrijven: hij rekent op me om Hendrik de Spin te doen voordat hij gaat slapen. Het is al erg genoeg dat ik niet bij hem kon blijven. Dus ik greep mijn mobiel en ik snauwde tegen hem (ja, volgens mij heb ik echt gesnauwd. Ik wist niet dat ik het in me had!) dat het hem geen donder aanging. En toen greep ik mijn tas en stormde naar de logeerkamer.

Ik voel me zo ellendig, zo opgesloten, zo klém!

Goed.

Misschien was het wel een beetje onbeleefd van me om mijn mobiel naast mijn bord te leggen. En in alle eerlijkheid: Rory belde me tijdens het eten. Twee keer.

Bij de tweede keer begon Ian ineens bewegingen te maken alsof hij zijn eigen keel doorsneed, dus ik hing maar weer snel op en vroeg hem of het wel ging. Hij eiste dat ik vertelde wie ik aan de lijn had, wie er zo belangrijk was dat de avondmaaltijd niet eenmaal maar twéémaal onderbroken moest worden; en toen ik had verteld wie het was, begon hij me uitgebreid de les te lezen over correct gedrag en hij verbood me, hij verbóód me dus, om met Rory te bellen.

Ik ontplofte bijna van woede. Hoe haalt hij het in zijn hoofd: ik heb het volste recht om met wie dan ook te telefoneren, en niemand kan mij verbieden om een ander te woord te staan.

Wat ik hem niet vertelde was dat sinds ik Rory rond lunchtijd had gesproken, hij me vier (vier!) keer had gebeld terwijl ik op mijn werk was, en vervolgens twee keer in de bus naar huis. En ik kreeg de hele tijd whatsappjes van hem. Alles vertelt hij me, elk detail van wat hij meemaakt, met een urgentie alsof hij het bijna niet verdraagt dat ik er niet echt bij ben... Ik voel me zo overspoeld, zo verward, zo, zo... Ik weet wel dat ik Ian zo snel mogelijk moet vertellen wat er tussen Rory en mij is gebeurd, dat ik schoon schip moet maken, maar ik weet gewoon maar niet waar ik moet beginnen.

Op dit moment ben ik zo woest op Ian dat ik niet met hem wil praten. Dat weet ik dan weer wel. En op een bepaalde manier voelt het allemaal zo afstandelijk, bijna alsof ik een toeschouwer ben. Alsof het een ander overkomt, deze hele idiote situatie, en niet mij. Ik ben toch niet het type vrouw dat dit soort dingen meemaakt? Een geheime affaire met een wereldberoemde acteur en rockster? En tegelijk weet ik maar al te goed dat ik bij Rory was, Rory de man, niet Roar de ster; ik heb in zijn oor gefluisterd en mijn hoofd op zijn schouder gelegd en in zijn armen geslapen; ik heb hem binnengelaten in iedere zin van het woord, ik heb hem me laten beminnen en ben alles om me heen vergeten, en ik heb hem terugbemind, al mijn reserves het raam uit, totdat hij hijgde en schudde en mijn naam kreunde en nauwelijks meer wist waar hij was. Heb ik dat gedaan? Heb ík dat gedaan? Was ik dat, gebeurde mij dat?

Een deel van mij is absoluut ontroostbaar zonder Rory, terwijl een ander deel van mij verbijsterd en geschokt is over wat ik heb gedaan. Ik weet maar niet welk deel er nu gelijk heeft. Welk deel er wint. Het lijkt wel of ik zit te wachten tot mijn emoties het met elkaar uitgevochten hebben, en in de tussentijd ben ik ongeconcentreerd, snel geïrriteerd en voel ik me eigenlijk in alle opzichten verschrikkelijk. Het is alsof ik mezelf niet meer ben, al weet ik ondertussen nauwelijks meer wie dat is.

Ik ben dus blijkbaar NIET netjes. Ik ben in ieder geval NIET Ians ideale vrouw, en... (en nu wordt het echt lastig) ik begin er nogal aan te twijfelen of ik die persoon wel echt wíl zijn. Deze hele relatie lang heb ik gedacht dat ik mijn best moest doen om Ians ideaalbeeld van een vrouw te benaderen, omdat hij mijn ideaalbeeld van een nette man zo akelig dicht benaderde. Het leek me mijn morele plicht om er mijn best voor te doen. Ians ideale vrouw had het niet in haar hoofd gehaald om naar een andere man te kijken, laat staan hem te zoenen, of – god verhoede – seks met een ander te hebben. De vrouw die Ian voor zich ziet is keurig, beheerst, ook in seksuele zin, en ze heeft alleen oog voor Ian.

Rory is zo anders. Hij is, vergeleken met Ian, zo enthousiast fysiek, er zijn bijna geen woorden voor. Hij zegt van zichzelf dat hij niet zo'n knuffeltype is, maar ik vind hem juist ontzettend teder en liefdevol, en seks met hem... Ik wist niet eens dat het kon. Zoveel gevoel, zoveel intensiteit... Ik had het kunnen weten als ik goed had gekeken naar hoe hij is als hij optreedt; hij geeft gewoon alles. Hij houdt niets achter, beheerst helemaal niets, alles moet stromen bij hem.

O, ik weet werkelijk niet meer waar ik het zoeken moet...

De volgende morgen werd Anne kort na zes uur wakker in het logeerbed, met gillende koppijn en brandende ogen. Ze had urenlang gehuild en gewoeld in het smalle bed en was pas tegen vieren in slaap gevallen. Het aanhoudende zachte getingel van haar mobiel op haar nachtkastje sleurde haar langzaam en pijnlijk terug het land van de levenden in.

'Mh?' worstelde ze eruit, nadat ze op de groene knop had gedrukt.

'Ik neem straks het vliegtuig,' zei Roar in haar oor, zijn stem wollig en zijn articulatie abominabel. 'Ik neem Rowie onder me arm en ik stap in de eerste de beste kist die Terri kan regelen.'

'Rory?' fluisterde Anne slaperig. 'Moet je geen concert geven dan?'

'Het laatste optreden in de States is net klaar. Nu is het alleen nog maar promotiebullshit en daar blijf ik echt niet voor hangen.

Ik ga naar Londen. Ben ik er ergens in de loop van morgen, of zo. Ik bel je.' En hij hing zomaar op.

Anne ging voorzichtig rechtop zitten en wreef in haar ogen. Ze schrok toen er op de deur van de logeerkamer werd geklopt.

'Anne, ben je netjes?'

De deur ging open en Ian kwam binnen met twee kleerhangers. Op de ene hing zijn beste pak en op de andere een jurk die hij een paar maanden geleden voor Anne had gekocht. Ze had de jurk één keer gedragen, met tegenzin, op een werkuitje van Ian. Het was een oncomfortabel, kriebelig, ouderwets ding dat haar het gevoel gaf in de jaren vijftig van de vorige eeuw te leven.

'Ik hoorde geluiden hierbinnen, dus ik ging ervan uit dat je wakker was,' zei Ian alsof er niets aan de hand was. Alsof ze gisteren niet zo'n ruzie hadden gehad dat Anne liever in de logeerkamer was gaan slapen. Hij hing de kledingstukken zorgvuldig aan de buizen van de centrale verwarming die vlak onder het plafond langs de muur liepen, en zei, zonder zich naar Anne te keren: 'Ik neem aan dat je de verjaardag van Andrew niet vergeten bent.'

Anne bleef zo lang stil dat hij zich uiteindelijk wél omkeerde, en met verbijstering haar blanco gezichtsuitdrukking observeerde.

'Rechter Coleman, edelachtbare... Sir Andrew...?' Hij zei het met scherpte, 'die ons voor zijn hoogst exclusieve verjaarspartijtje in de Reform Club heeft uitgenodigd. Mijn kostuum en jouw jurk moeten vandaag nog naar de stomerij; ik zou het bijzonder op prijs stellen als je ze even meeneemt op weg naar je werk, en ze weer ophaalt op weg terug naar huis. God weet dat ík er geen tijd voor heb.'

En met die woorden keerde Ian zich om en marcheerde hij de logeerkamer weer uit.

Op weg naar haar werk leverde Anne met een stalen gezicht de kledingstukken af bij een stomerij (ze moest er twee keer voor overstappen op een andere bus). Ze wilde niets liever dan Ians pak in de Theems gooien en haar jurk aan repen scheuren, ze wilde schreeuwen en aan haar haren trekken van pure frustratie. In plaats daarvan bewoog ze door de dag als in een duistere droom – alles leek op afstand, maar dreigend naderbij te komen.

Voordat ze het wist was haar werkdag afgelopen en hervond ze zich voor de balie bij de stomerij; ze kon zich nauwelijks herinneren hoe ze de dag was doorgekomen. Ze nam de jurk en het pak aan van de stomerijmedewerkster, rekende af en slaapwandelde naar de bushalte.

Haar gedachten gingen rond en rond in haar hoofd. Ze was nog geen steek dichter bij een oplossing; ze wist nog niet eens wat ze zelf wilde.

Of nee, dat was niet helemaal waar.

Ze wilde naar Roar, met een wanhopige gretigheid, maar hoe moest dat zonder al haar regels te schenden, zonder Ian vreselijk teleur te stellen – ze rilde al bij de gedachte hoe hij zou kijken, wat hij van haar zou denken als ze hem zou zeggen dat, dat...

Dat ze het uitmaakte?

Daar kwam de bus; Anne worstelde zich naar binnen met haar in ritselplastic gehulde, onwillige bagage over haar arm. Ze hield haar Oystercard tegen de kaartlezer en probeerde uit te rekenen hoe lang ze nog had, voordat Roar...

'Gaat het goed, schat?' zei de buschauffeur met een sappig Londens accent.

Ze knikte afwezig en schoenlepelde zichzelf in een zitplaats, de versgestoomde kleding als een berg op haar schoot, terwijl ze nog een keer telde in haar hoofd.

Ze wist het niet honderd procent zeker natuurlijk, maar stel dat Roar inderdaad de eerste de beste vlucht naar Londen had genomen, dan was de kans groot dat hij er morgenmiddag al zou zijn, of morgen vroeg in de avond. Dus voor die tijd moest ze tegen Ian gezegd hebben... Ze kon niet naar Roar gaan zonder gezegd te hebben... Ze kon niet naar Roar gaan en daarna weer terug naar huis... toch? Maar morgenavond was de verjaardagspartij van sir Andrew, en dat was zo belangrijk voor Ian! Ze kon het toch ook niet maken om, als hij verwachtte naar dat feest te gaan, keurig met zijn vriendin aan zijn arm, om dan, dat ze dan... Dat was toch té gemeen, té onbeschoft? Nee, ze kon het echt niet maken om het uit te maken vlak voordat Ian naar dat feestje...

Wacht eens even.

De vloeibaargefluisterde, bijna ongemerkt voorbijstromende gedachte stolde tot een solide zin, die zich na enig aarzelen liet herhalen door haar verwarde brein.

Ze ging het uitmaken met Ian.

Wanneer had ze dat besloten? Wanneer was haar gedachtegang veranderd van een misstap bekennen aan Ian naar het uitmaken met Ian?

Ja, ze was er echt zeker van. Ze ging bij hem weg.

De enige vraag was nog: wanneer?

Bijna vergat ze uit de bus te stappen, zo diep zat ze verstrikt in haar eigen gedachten. Ze sleepte zich naar huis met haar berg schoon textiel, ze kookte een weinig geïnspireerde pastaschotel en ze kauwde op haar penne met tomatensaus terwijl Ian preekte over Roar, die volgens het nieuws van vandaag plotseling was verdwenen uit New York, waarna Blade al zijn interviews had overgenomen.

'Noodgeval,' zei Ian smalend. 'Ja, ja. Nou, dan weet je het wel.' Hij herhaalde met zichtbaar plezier alle opgeklopte berichten in de roddelpers, die Roars reputatie enthousiast herbevestigden. Hij zou ervandoor zijn met een pornoactrice, hij zou zich hebben laten opnemen in een afkickkliniek, hij was in het geheim opgepakt door de politie...

Anne had natuurlijk zelf ook even snel online gekeken; onder het mom van het opzoeken van een recept had ze in de keuken geprobeerd zich voor te bereiden op wat ze aan tafel van Ian opgedist zou krijgen. Ze had vooral die foto gezien, die overal werd herhaald: Roar op de luchthaven, zonnebril op zijn voorhoofd,

Rowland op zijn arm. Op de achtergrond zag ze Tyrell, en een vrouw van wie ze dacht dat het waarschijnlijk wel Maria zou zijn. Roar zag er een beetje moe uit, maar er lag een vastberaden trek om zijn mond en ze wist honderd procent zeker dat hij niet op weg was naar een pornoster of een kliniek. Hij was op weg naar Londen.

Naar haar.

O god, wat moest ze doen? Moest ze het nu vertellen aan Ian? Hij zat te bazelen over zijn agenda, en was midden in de zoveelste opsomming van al die belangrijke gebeurtenissen in de nabije toekomst. Moest ze hem onderbreken, en het nu zeggen? Of... nu...?

Plotseling was het diner afgelopen en stond ze af te ruimen, terwijl Ian zich voor de tv had geïnstalleerd om naar het journaal te kijken, en toen de eettafel leeg was en de vaatwasser vol, toen ze werkelijk niets meer kon verzinnen om nog heen en weer te blijven lopen tussen de woonkamer en de keuken, liet ze zich langzaam zakken op haar vaste stoel aan de eettafel.

Ze staarde naar Ians rug.

Ze kon zichzelf wel slaan om haar besluiteloosheid, haar inertheid, haar angst. Haar onvermogen om haar mond open te doen en het gewoon te zeggen.

Ian, ik ga bij je weg.

Dat zou toch helemaal niet zo moeilijk moeten zijn?

Ze deed haar mond open.

Er kwam geen geluid uit, en Ians rug bleef zoals hij was: recht als een bezemsteel en even weinig uitnodigend.

Ze probeerde zich uit alle macht voor te stellen hoe het was, om bij Ian weg te gaan. Het zou een hels karwei worden om een plek te vinden om te wonen: ze kon van haar salaris in haar eentje geen appartement betalen – ook geen kleintje – en ze kon natuurlijk moeilijk een huisgenoot van de straat trekken. En ze had nu ook weer niet zoveel vriendinnen bij de hand dat ze zomaar iemand kon bellen en zeggen: 'Mag ik bij je logeren voor, zeg, een maand of zes, totdat ik mijn leven weer op de rit heb?' Ze was, en ze besefte dit eigenlijk nu pas voor het eerst in zijn volle omvang, helemaal alleen.

Voordat het nieuws op de televisie was afgelopen, stond Anne op van tafel.

'Wil je het weerbericht niet zien?' vroeg Ian zonder zich om te draaien. 'Misschien is het toch beter als je morgen wél een hoed draagt naar het partijtje van Andrew.'

Ze sloot de woonkamerdeur zo zacht als ze kon, glipte de logeerkamer in, sloot ook die deur achter zich en liet zich op het bed vallen. Om middernacht schrok ze wakker, nog helemaal gekleed. Ian was al naar bed, de woonkamer was donker. Toen ze naar de badkamer sloop vond ze een briefje op de eettafel.

Anne.
Zorg dat je morgen niet later dan om kwart over drie thuis bent van je werk. We worden om halfvijf verwacht voor een drankje, gevolgd door het diner.
We kunnen absoluut niet te laat komen.

De volgende morgen viel de nieuwe dag op haar neer als een loodplaat die geen gram lichter werd toen ze eenmaal op de redactie van *UM* was aangekomen. Ze werkte wat en om halfdrie sleepte ze zich met tegenzin de deur weer uit. De hele morgen was ze iedere keer dat haar mobiel ging een halve meter de lucht in geschoten: wat als het Roar was? Hij kon ieder moment bellen, om te zeggen dat hij er was, hier in Londen, dat hij erop rekende dat ze naar hem toe zou komen, want dat had ze beloofd, en dat wilde ze ook, ze wilde niets liever, maar, maar...

Hij belde uiteindelijk toen ze in de bus zat, verdoofd uit het raam starend. Ze was zo diep in gedachten dat ze eerst nog moest bedenken waar haar mobiel ook alweer zat toen ze hem hoorde overgaan; in haar tas, haar linker zak, haar rechter, haar binnenzak?

Ze bibberde toen ze zag wie het was en drukte op het knopje. 'H-hallo? Met Anne.'

'Annie? Waar ben je?' Roars stem raspte in haar oor.

'O... Rory... ik zit in de bus, op weg naar huis... Is alles goed met je? Heb je een goede vlucht gehad? En Rowland? Je klinkt alsof je...'

'Ik kan verdomme helemaal niet tegen dat gevlieg,' onderbrak Roar haar met een grom. 'Waarom ga je eigenlijk nu al naar huis, mop, ben je niet lekker?' Zijn stem klonk ineens warm en bezorgd.

'Nee, nou, ik... ik heb niets, er is niets, alleen... Er is... Ik bedoel, een van Ians vrienden geeft een verjaarspartij vanavond, het is allemaal heel deftig, heel exclusief, in zijn club, en het is de bedoeling dat ik dus vroeg naar huis ga om me om te kleden en... nou...'

'Is dat straks? Dat feest?' Roars stem verloor in een keer alle zachtheid.

'Ja,' fluisterde Anne.

'En je gaat erheen, en je wist dat ik eraan kwam.' Het was een constatering.

'O, Rory, ik kan Ian niet zo laten zitten, het is zo'n enorm ding voor hem, het minste wat ik kan doen is de schijn nog even ophouden. Ik bedoel... Ik, ik...'

'Heb je hem eigenlijk wel over ons verteld?' vroeg Roar, ijskoud.

'Ik heb het geprobeerd, je wilt niet weten hoe hard ik het heb geprobeerd, maar ik, ik kan het niet over mijn hart verkrijgen om hem zo plotseling te laten zitten, en...'

'Godverdomme, Annie, je moet die knoop een keer doorhakken! Kies hem of kies mij, je kan ons niet allebei sparen. Als je bij mij wilt zijn, bij mij en Rowie, kom dan naar het Dorchester, want dat is waar we zitten. Neem een uurtje of twee de tijd, zeg wat je moet zeggen, en kom naar ons toe. Of niet, dat moet je zelf weten, maar maak een keus en hou je er verdomme aan.'

Anne voelde haar ogen branden. 'O, god, Rory, ik heb het echt geprobeerd, echt waar, maar, maar... het is moeilijk om zomaar weg te gaan, en ik, weet je, ik heb gewoon helemaal niets; waar moet ik wonen? Ik kan nergens heen, ik kan niets doen...'

'Waar héb je het in godsnaam over, gek! Je bent dan toch bij óns, bij Rowie en mij? Ik zorg toch voor alles? Wat denk je nou? Jezus! Moet je horen, zodra ik kon aftaaien zonder op de een of andere manier contractbreuk te plegen ben ik dat hele kuteind hiernaartoe gevlogen omdat, nou, ik trók het gewoon niet meer, maar...' Hij zweeg abrupt. Anne hoorde hem een paar keer diep ademhalen. Met een iets rustiger stem ging hij verder: 'Annie, als ik het mis had, ik bedoel, als we niet... als je niet komt, als je... Je kunt het verdomme maar beter nu meteen tegen me zeggen.'

Anne slikte pijnlijk en kneep haar ogen dicht. Ze leunde met haar voorhoofd tegen het raam van de bus, innig dankbaar dat ze alleen in het bankje zat. Ondanks dat minimum aan privacy zat haar keel dichtgeschroefd en kreeg ze er geen geluid uit. Ze had zich nog nooit zo gevoeld; alsof ze vastzat. Ze kon zich bijna niet eens bewegen.

'Oké,' gromde Roar na een gespannen stilte. 'Oké, ik heb mijn antwoord. Ik bel je niet meer. En haal jij het verdomme ook niet in je hoofd om mij nog een keer te bellen. Godvergeten kutzooi, ik word helemaal gek, ik wil je godgloeiende godverdomme nooit meer zien en ik wil je nooit meer ho–!'

De lijn was dood.

Anne staarde naar haar mobiel en fluisterde wanhopig, op haar laatste adem: 'Rory, ik ben... Ik wil... Ik hóu...'

Ze belde terug.

Hij nam niet op.

23
Kiezen II

Anne haalde het bijna niet van de bushalte naar haar voordeur. Haar maag schokte en kneep zich samen. Ze klom bibberend de trap op met haar hand tegen haar mond gedrukt, struikelde naar binnen, holde de badkamer in en kon nog net de klep en de bril van de wc omhoog rukken voordat haar hele lunch eruit kwam.

Ian trok zonder ceremonieel – heel onkarakteristiek – de badkamerdeur open. 'Anne, je gaat me toch niet vertellen dat je voedselvergiftiging hebt, of buikgriep of zoiets.'

Annes maag had toch ergens in een donker hoekje nog een scheut maagzuur ontdekt die uitgeworpen kon worden, en deed dat dan ook onmiddellijk, zonder de beleefdheid om te wachten tot Ian was uitgesproken.

Ze spoelde alles weg, veegde haar mond af, spoelde met koud water, maar durfde het niet in te slikken, en kraakte met zure stembanden: 'Ian, mijn god, ik voel me afschuwelijk; ik moet even liggen.'

Hoewel ze stond te zwabberen op haar benen poetste ze toch nog even snel haar tanden. Toen strompelde ze langs Ian naar de logeerkamer, waar ze op het bed viel.

Hij kwam achter haar aan, greep haar arm en trok haar omhoog tot ze zat. 'Vooruit, opstaan. Je moet je jurk aan, hier, ik help je,' zei Ian ongeduldig. Hij hield haar overeind met één hand en trok met zijn andere hand de gestoomde jurk, die weer aan de verwarmingsbuis hing, van het hangertje. 'Anne, we hebben precies vijftien minuten om ons gereed te maken voordat de taxi voor de deur staat. Je weet hoe het verkeer is in de stad.'

Het was vreemd dat ze niet meer schaamte of ongemak voelde toen ze haar kantoorkleren uittrok en in haar bh, onderbroek en panty voor hem stond. Ze voelde eigenlijk helemaal niets, behalve een beangstigend soort afgestomptheid: dit was de man die ze had gekozen, doordat ze haar mond niet had opengedaan op het moment dat dat nodig was. Dit was dus het leven dat bij die man hoorde.

Ian ritste haar jurk dicht. Ze stapt in een paar nette hakken. Ze deed een beschaafd parelsnoertje om. In de badkamer rolde ze haar haar in een strakke wrong en ze deed een klein beetje mascara en lipgloss op. Ze pakte haar kleine handtasje en... daar was de taxi.

Het verkeer op weg naar Pall Mall zat muurvast en Ian tuurde gefrustreerd op zijn horloge. Punctualiteit is van het grootste belang, zei hij altijd en Anne herinnerde zich plotseling hoe ze, toen ze nog maar kort met hem omging, dat zo'n ontzettend prettige eigenschap van hem had gevonden. Ian was zo punctueel dat je je eraan open kon halen, maar op dit moment was dat overmatig rechtlijnige van hem de grootste afknapper die ze zich maar kon voorstellen.

Ze staarde uit het raam. In de file staan was niet alleen prettig voor haar nog geïrriteerde maag – ze was er nog niet uit hoe ze straks van een heel diner voldoende happen naar binnen moest zien te werken zonder uit te barsten in acuut projectielbraken – het gaf haar ook een onverwacht moment om in haar hoofd nog eens alles de revue te laten passeren. Ze had het dus door haar eigen angst en lafheid voor elkaar gekregen om te bevriezen op hét moment, het enige moment, dat ze zich uit had moeten spreken. En nu was ze de man van wie ze echt hield voor eeuwig kwijt.

Rory Maquary was de man van wie ze echt hield. Met heel haar hart. Met iedere cel in haar lijf. Met iedere splinter van haar ziel, iedere kronkel van haar gedachten. Ze zoog hoorbaar haar adem naar binnen toen de enormiteit daarvan haar plotseling duidelijk voor ogen stond.

'Anne, je gaat niet opnieuw braken.' Het klonk als een bevel.

Ze schudde haar hoofd, kon niets zeggen, voelde zich plotseling net zo gevangen als in haar gesprek met Roar, nee, nog erger gevangen, nog erger nu dan toen ze in de bus zat en geen woord uit kon brengen, o god, ze moest, ze móest gewoon...

'Ian, ik moet, ik móet eruit. Stop, alstublieft. Chauffeur, ik moet eruit!' Ze leunde naar voren en klopte op het schuifraampje achter de taxichauffeur.

'Nee,' zei Ian ijzig, 'we gaan níet stoppen, we gaan níet raar doen en we gaan níet uitstappen, Anne. We zijn er bijna! Maak toch niet van die toestanden, je kunt je straks gewoon even opfrissen in de club. We kunnen nu niet stoppen, we zijn al laat genoeg.'

'Het kan me niet schelen of we te laat komen, ik moet er nú uit! NU!' Anne morrelde aan de deur, maar die kon niet open terwijl ze reden.

'Schat, het is om de hoek, we zijn er bijna,' zei de chauffeur over zijn schouder in een duimendik Londens accent. Hij klonk bezorgd – hij was natuurlijk bang dat ze zijn taxi onder zou kotsen, maar hij durfde toch niet tegen Ians strikte orders in te gaan.

'Luister, ik ben níet gek, ik ben géén klein kind, ik ga níet over mijn nek in deze auto, alleen al omdat ik niets meer in mijn maag heb, maar IK WIL ERUIT!! Laat me ERUIT! Jezus christus, Ian, laat me ERUIT!' Anne naderde het randje van een paniekaanval.

'Stel je niet zo aan,' zei Ian op die afschuwelijk neerbuigende toon van hem.

De chauffeur remde abrupt en kwam voor de ingang van de Reform Club tot stilstand. Hij sprong eruit, rende om zijn taxi heen en rukte de deur aan Annes kant open. 'En daar zijn we dan, kom er maar uit,' zei hij hoofdschuddend, terwijl Anne snel een paar wiebelige stappen op het trottoir zette, weg van de taxi, weg van de ingang van de Reform Club en weg van Ian.

'Anne, waar ga je heen, de ingang is hier. Vooruit, we gaan naar binnen, we zijn gelukkig toch nog precies op tijd,' zei Ian, al halverwege op de stoep. Hij gebaarde ongeduldig.

'Ik ga daar níet naar binnen,' mompelde Anne tegen zichzelf. Ze schudde haar hoofd.

'Wat zei je?' vroeg Ian nijdig.

Anne stapte naar achter en herhaalde haar boodschap, harder deze keer en met meer overtuiging. 'Ik ga daar níet naar binnen!'

'O,' zei Ian, 'en wat ga je dan doen? Laat je me hier op straat staan argumenteren, voor het oog van al mijn relaties? Laat je me alléén naar binnen gaan? Stop eens even met die puberale koppigheid, Anne, en kom mee.'

'Nee.' Ze zei het kalm; ze voelde zich ook kalm nu ze het besluit eenmaal had genomen. 'Ik ga niet met je mee naar binnen, Ian. Ik ga... Ik, ik moet... Ik moet naar het Dorchester.'

Ja. Ze moest gaan, ze moest Roar zien. Misschien was er nog een kans, hoe klein ook.

'Wat is er met het Dorchester?' Ian was verbijsterd.

Een hartslag lang aarzelde ze nog, maar toen zei ze het gewoon, zomaar, hup, in één keer. 'Rory zit in het Dorchester. Met Rowland. Ze zijn vandaag aangekomen.' Het was eigenlijk minder moeilijk dan ze had gedacht.

'Wát!' zei Ian, met een abrupte ontploffing van die beangstigende, rood aangelopen woede waarvan Anne niet had geweten dat hij die kon uiten. 'Ik geloof mijn oren niet. Wat is dat toch met die man? Anne, je gaat me niet vertellen dat jij en...'

'Ja. Ik ben met hem naar bed geweest, want dat wilde je toch vragen? En het is nog veel erger. Ik ben verliefd op hem. Ian, ik hóú van Rory Maquary en ik moet nú naar hem toe, voordat het te laat is.'

Een bijna dronken makend gevoel van bevrijding nam bezit

van Annes hoofd en hart toen haar woorden de late middaglucht in vlogen: ze hield van Roar. Ze hield gewoon van hem.

Haar bekentenis schokte Ian zo dat hij even geen geluid kon maken, zijn mond ging een paar keer open en dicht, maar toen lukte het hem eindelijk om zijn stembanden weer in beweging te krijgen. Hij kraakte: 'Als je nu gaat, dan kan je nooit meer terugkomen, dan wil ik je nooit meer zien. Ik, ik... ik kan het niet geloven, ik heb je toch niet voor niets genomen? Of dacht je dat ik er blij mee was dat je een onwettig kind bent, en dan ook nog met dat háár, en die sproeten. Gelukkig heb je een goed figuur, zodat je er wel netjes uitziet als je er een beetje je best voor doet. Je hebt een behoorlijke opleiding gehad en je bent opgegroeid onder een respectabel dak; je tante heeft tenminste een titel. En is dít wat ik ervoor terugkrijg?' Zijn stem ging bijna een octaaf omhoog aan het eind van zijn zin.

Nu was het Annes beurt om stil te zijn, maar dat duurde maar even. 'Ian, heb je eigenlijk ooit iets voor me gevoeld, of is alles voor jou een stap op je carrièrepad? Heb je me genomen, genómen – het lijkt verdomme wel of je me uit het asiel hebt gehaald – omdat je dacht iets aan de connecties van mijn tante te kunnen hebben?'

'Is het nu echt noodzakelijk dat we dit hier op straat bespreken? En sinds wanneer ben je begonnen met vloeken? Je leek me onder de omstandigheden een ideale partner; een betrekkelijk nette verschijning, goede opleiding, in principe goede achtergrond, maar nu ook weer niet té goed...'

'Wacht even. Dus... jij dacht dat ik... vanwege mijn ouders... en mijn háár... maar blij moest zijn dat jij je verwaardigde met me om te gaan, zo blij dat ik mezelf voor de rest van mijn leven weg zou cijferen en als een ornament aan je arm zou blijven hangen? Ian, ben je WEL HELEMAAL GOED BIJ JE HOOFD?' De laatste woorden schreeuwde ze zo hard dat verschillende mensen bij de ingang van de Reform Club geschrokken haar kant op keken.

Plotseling voelde ze helemaal niets meer. Ze bekeek Ian nog

eens goed – wat een treurig, sneu, onaantrekkelijk mannetje was hij ook eigenlijk – en ze voelde helemaal niets.

Hij haalde twee keer diep adem en zei toen tot haar verbijstering: 'Anne, ik geef je nog één kans. Als je nu gewoon rustig met me mee naar binnen gaat en je gedraagt als een geciviliseerd mens, dan ben ik bereid deze hele episode te vergeten. Kom. We gaan naar binnen.'

Ze schudde haar hoofd. 'Nee, Ian, je gelooft toch niet dat ik nog met je samen kan zijn, na alles wat je net hebt gezegd? En daarnaast: het is echt waar. Ik hou van een ander. Ik... Het was eigenlijk al over toen ik terugkwam.'

Ian dacht heel even na. Zijn gezicht stond strak. 'Goed, als dat is wat je wilt. Ik kan eigenlijk niet eens zeggen dat het me zo erg verbaast; ik heb je afstandelijkheid heus wel gevoeld, en ik heb ook wel gemerkt dat je niet voor rede vatbaar bent. Niets van wat ik heb gezegd heeft je mening over die vreselijke man doen wankelen. Je hoeft niet meer terug naar huis te komen; als je erop staat om je als een straathond te gedragen, dan moet je de consequenties van je gedrag ook maar onder ogen zien.'

Ze knikte, inwendig trillend, keerde zich om en liep van hem weg en dacht: Als ik nou maar een taxi kan krijgen, een taxi, een taxi, mijn god, ik moet een taxi hebben, alsjeblieft...

Ze had geluk: vrijwel direct kwam er een lege taxi voorbij, die blijkbaar ook een vrachtje had afgeleverd bij de Reform Club. Ze zwaaide, hij stopte, ze stapte in.

'Het Dorchester,' zei Anne tegen de chauffeur.

Roar liep heen en weer in de slaapkamer van zijn suite met Rowland in zijn armen, in een futiele poging om zijn kind tot bedaren te brengen. Row hing slap en bleek in zijn vaders armen terwijl de tranen over zijn wangen stroomden en er af en toe een diepe snik door zijn lijfje ragde. Zijn stilte was beklemmend en Roar was ontzettend bezorgd. Het ging nu al twee uur zo, vanaf het moment dat hij had moeten zeggen dat Anne niet zou komen.

Maria kwam binnen met een bezorgde frons op haar gezicht. 'Hoe is hij nu?' vroeg ze.

'Hetzelfde,' kraakte Roar. Zijn ogen gingen even naar zijn mobiel, die hij met het scherm naar beneden op zijn bed had gegooid alsof het ding radioactief was.

'Staat die aan?' vroeg Maria, die heus wel had gezien waar hij naar keek.

'Nee.'

'Misschien belt ze wel.'

'Nee. Doet ze niet.'

'Misschien verandert ze van gedachten,' zei Maria, 'dat kan toch.' Ze liep naar hem toe om Row van hem over te nemen.

'Nou, dat is nu dan wel te laat,' mompelde Roar. 'Ik heb tegen haar zitten knetteren als een idioot, ze wil me natuurlijk nooit meer spreken, en ik heb gezegd dat ik háár nooit meer wil zien of spreken, en ik was zo godvergeten kwaad dat ze me vast nog geloofde ook.'

Maria keek naar hem op. Zijn zoon zat op haar arm alsof die ervoor gemaakt was. Ze was kort, stevig en in de vijftig; ze had dik zwart haar en een vriendelijk, rond gezicht met warme ogen vol wijsheid en mensenkennis. 'Het is nooit te laat, meneer Maquary,' zei ze kalm. 'Zet hem aan.'

In de taxi zat Anne te trillen van de zenuwen, nu de eerste euforie en opluchting begonnen te zakken en de naakte waarheid haar in de ogen staarde. Ze had natuurlijk meteen nog een keer geprobeerd om Roar te bellen, en daarna nog een keer, en daarna nog een keer, maar blijkbaar had hij zijn mobiel uitgezet. Ze had drie bibberige berichten achtergelaten, maar bij ieder bericht werd ze angstiger. Hij was overhaast de halve wereld over gereisd omdat hij haar zo graag wilde zien, en zij... Ze kon zich wel voor haar kop slaan.

Het duurde niet zo lang om bij het Dorchester te komen, maar meer dan lang genoeg om Ians woorden door haar hersenpan te horen echoën: Als je erop staat om je als een straathond te gedragen... Ze kende Ian. Hij had een ongelooflijke hekel aan dramatische toestanden; als hij iets zei, dan meende hij het ook echt. Ze twijfelde er geen seconde aan dat hij zich met even veel rigiditeit als hij tentoonspreidde in de rest van zijn leven aan zijn uitspraken zou houden; ze kon maar beter snel bedenken wat ze moest doen om vannacht niet écht op straat te moeten slapen.

Nou, ze wist alvast één ding: ze zou niet in het Dorchester overnachten. Ze raakte verstrikt in een zenuwachtige berekening van hoe lang ze het uit zou kunnen houden in een goedkoop hotelletje terwijl ze een nieuwe flat in Londen zocht. Ze had niet zo heel veel geld op haar rekening en haar baan bij *UM* leverde geen indrukwekkend maandsalaris op, maar als ze nou heel zuinig was, dan redde ze het vast wel een maand. Of twee? Maar, o god, ze moest natuurlijk ook allemaal nieuwe kleren kopen! Ze kon toch moeilijk wekenlang in die vreselijke jurk rondlopen? Ze had ondergoed nodig, en een nieuwe tandenborstel, sokken, schoenen, alles! Ze had nooit van haar leven genoeg geld!

Strak van de stress probeerde ze Roars nummer opnieuw, en tot haar enorme opluchting ging de telefoon nu gewoon over. Een keer. Twee keer. Drie keer. Vier keer. Er werd niet opgenomen. Haar opluchting verdampte, en er rolde een traan over haar wang.

Wat moest ze in godsnaam doen?

Ze gaf zichzelf een minuut of twee om zich helemaal onder te dompelen in haar verdriet en ellende. Hoe had ze het zover kunnen laten komen? Ze was altijd zo ontzettend voorzichtig, zo rationeel, omdat dat nu eenmaal het verstandigste leek als ze het in haar eentje moest zien te rooien. Voordat ze Ian ontmoette had ze nog nooit samengewoond – ze had altijd haar onafhankelijkheid in het oog gehouden. Wanneer was ze zo goed van vertrouwen geworden om dat allemaal uit handen te geven? Ian had zo betrouwbaar geleken, zo'n echte heer, en dus had ze haar waakzaamheid stukje bij beetje laten varen, ze was bij hem ingetrokken en had hem ongemerkt de regie over haar leven gegeven. Ze had het in eerste instantie heel aangenaam gevonden om belangrijke keuzes aan hem over te laten, het had iets ontspannends om dat nu eens niet zelf te moeten doen, wetend dat er iemand was die jouw welvaren voor ogen hield. Het was bijna verslavend om je zo veilig te voelen bij iemand. Maar had hij haar welvaren wel voor ogen gehad? Het leek er niet op.

Ontgoocheling was te zwak uitgedrukt voor wat Anne voelde, naast die gestaag klimmende paniek. Zou ze Roars mobiel nog één keer proberen, of was het hoe dan ook zinloos? Voordat ze een besluit kon nemen stopte de taxi al voor de deur van het chique hotel.

Ze betaalde de chauffeur, stapte uit de auto, slikte en liep toen, rug recht en met de strakste stiff upper lip die ze kon opbrengen, de hal in. Ze knikte een groet naar de deurman. Met zoveel zelfvertrouwen als ze in deze omstandigheden kon veinzen, liep ze op de receptiebalie af, en in haar achterhoofd hoorde ze de geaffecteerde stem van haar tante: Rug recht, schouders naar achteren, ene voet voor de andere en niet, nóóit, laten merken hoe je je écht voelt.

'Goedemiddag, mevrouw,' zei de smetteloze receptionist, 'wat mag ik voor u doen?'

Anne had haar mobiel in haar ene hand en haar tasje in haar andere; ze legde het tasje even op de balie, maar weigerde haar laatst mogelijke lijn naar Roar los te laten. 'Nou, eh, ik... dat wil zeggen, ik zou dus graag even spreken met, eh... de heer, eh, Hobart. Maar ik weet eigenlijk niet zeker of hij onder die naam heeft ingecheckt; het was, eh, de naam die hij altijd gebruikte in de hotels, eh, in Amerika...'

De receptionist was al op zijn computer bezig. 'Het spijt me, maar we hebben geen meneer Hobart onder onze gasten op dit moment.'

'O. Mijn hemel. Misschien moet ik...' Anne voelde de grond onder haar voeten wegvallen. Ze had geen idee wat Roar nog meer voor schuilnamen gebruikte als hij zich inschreef in een hotel; het was er nooit van gekomen om het hem te vragen. Die meneer Hobart had ze ook maar toevallig een keer gehoord.

Ze drukte nog maar een keer op de terugbelknop en met de telefoon tegen haar oor gedrukt leunde ze een beetje over de balie. Haar zenuwen gaven haar ineens onverwachte moed, en ze zei snel en zachtjes tegen de receptionist: 'Luister, ik weet dat Rory Maquary hier verblijft, met zijn zoon Rowland. Hij heeft het me zelf verteld. Ik heb een enorm artikel over Road Rage geschreven voor *UM*, ik ben een paar weken met de band meegereisd en in die tijd heb ik Rory goed leren kennen. Ik moet echt, écht even met hem praten, het is ontzettend belangrijk, ik weet niet wat voor alias hij heeft gebruikt om zich in te schrijven, maar ik móet echt...'

De receptionist gaf haar een blik die zei dat hij geen woord van geloofde en en iedere mogelijke smoes al honderd keer had gehoord. 'Het spijt me verschrikkelijk...' zei hij beleefd. De deurlivreier was voor de zekerheid alvast wat verder de hal in gelopen, en kwam nu met doelgerichte stappen op Anne af.

'Ik probeer meneer Maquary op dit moment te bellen,' zei ze haastig en nu werkelijk wanhopig, in de wetenschap dat ze eruit moest zien als een vogelverschrikker met uitlopende make-up, haar dat ongeveer van pure stress uit haar keurig opgestoken kapsel barstte en een paar wilde ogen. 'Kijk, hier, kijk dan!' Ze hield haar mobiel op naar de receptionist, maar hij schonk haar doelbewust geen aandacht meer.

En plotseling was het genoeg. Ze gaf het op. Ze keerde zich om, greep haar tasje en liep verslagen richting uitgang, haar hand met haar mobiel slap langs haar lichaam.

'Hallo?' kwam er op dijbeenhoogte uit haar mobiel. Een vrouwenstem die Anne niet herkende. 'Hallo, ben jij Annie?'

Anne stopte met lopen en bracht de telefoon aan haar oor. 'Hallo, ja, ik ben Anne. Eh... kennen we elkaar? Ik dacht... ik dacht dat ik, eh... Rory's nummer belde?'

'Hij zit in de badkamer; hij mokt. Waar ben jij precies?' De vrouw had een licht Spaans accent en een directheid waar Anne van in de lach had kunnen schieten, als ze zich niet zo miserabel had gevoeld. 'Ik ben Maria. Kleine Rowland is steeds aan het huilen, huilen, huilen; ik denk hij mist jou?'

'O, ja, Maria, natuurlijk! Hemel, Rowland, het arme kind. Ik sta in de lobby, beneden, maar ik weet niet onder welke naam Rory zich heeft ingeschreven en de receptionist wil het natuurlijk ook niet vertellen...'

'Meneer Maquary, het is Annie. Ze is beneden,' hoorde Anne zeggen, en toen hoorde ze hoe de mobiel abrupt in andere handen overging.

'Annie?'

'Rory? O, Rory.' Anne kon bijna niet blijven staan toen ze eindelijk die vertrouwde rasp van zijn stem in haar oor hoorde. Ze begon zo hard te snikken dat ze geen woord meer uit kon brengen.

'Waar ben je? Annie, jezus christus, wat is er?'

'I-ik ben in de lobby...' kreeg ze er met veel moeite uit.

'Oké. Blijf staan daar. Maria, jij blijft hier bij Rowie, ik ga haar halen. Annie?'

'Ja?'

'Effe wachten nog, mop, ik kom nú naar beneden.'

'G-goed,' mompelde Anne bibberig. Ze probeerde uit alle macht te stoppen met huilen en haar ogen te drogen zonder haar gezicht in een mascara-apocalyps te veranderen.

Roar bleef tegen haar praten. 'Die verdomde lift doet er een eeuw over, dit duurt me te lang; ik pak de trap. Ben je d'r nog?'

'Ja,' zei Anne, met een halve snuf en een halve nerveuze giechel.

De strak gestreken receptionist gaf haar een vreemde blik. Ha, dacht Anne, had je me maar moeten geloven, en toen stoof Roar de lobby in. Op zijn blote voeten, in een grijsverwassen, uitgelubberde joggingbroek en een uitgebleekt Sex Pistols-shirt met een gat erin. Zijn haar zat in de war en hij hield een mobiel tegen zijn oor.

'Annie waar ben...' zei hij in zijn mobiel terwijl hij gehaast om zich heen keek. Maar toen zag hij haar. Hij trok een sprintje, sloeg zijn armen om haar heen, tilde haar moeiteloos van de grond, hield haar in zijn armen als een baby, draaide rond en rond met haar en marcheerde toen naar de lift, terwijl zij haar gezicht in zijn nek verstopte.

24
Ophalen

'Rory, zet me neer,' zei Anne tegen de huid van zijn nek. Ze lachte en huilde tegelijk; ze wist niet eens dat ze ertoe in staat was.

'Nee,' zei Roar, leunend tegen de zijkant van de lift. Hij kuste haar oor.

'Je bezeert jezelf nog, zet me nou neer,' mompelde ze. Ze kon bijna niet geloven dat ze bij Roar was, en dat hij zo ontzettend blij was om haar te zien. Dat hij zo lief tegen haar was.

'Nee,' zei hij nog een keer, 'ik heb je te pakken en nou laat ik je niet meer los. Ik hou je.'

Anne schoot in de lach. 'Je kunt me heus wel neerzetten, hoor, ik ga er echt niet vandoor.'

De lift hield halt en Roar zette Anne langzaam en met tegenzin op haar voeten.

'Ben je niet boos op me?' fluisterde Anne in zijn oor.

Zijn vingers masseerden haar ruggengraat. 'Waarom zou ik boos op je zijn, liefie?'

'Omdat ik niets zei, toen je me belde? Je klonk razend, en je had ook gelijk. Ik bedoel, ik voelde me zo ontzettend stom, maar ik kreeg er ineens geen woord meer uit, ik...'

'Mmm,' bromde hij zachtjes. 'Ik was als de dood dat ik je nooit meer zou zien, mop, ik ging een beetje uit mijn dak. Van de schrik, denk ik, ik – god, het spijt me dat ik al die dingen tegen je heb gezegd; meende ik natuurlijk niks van, ik, het rolde er zo uit, en ik voelde me goed klote daarna. Het spijt me echt.'

Anne keek hem eens goed aan. 'Ik kan niet geloven dat jij je nu staat te verontschuldigen... Als er hier iemand is die om vergeving moet vragen, dan ben ik het wel! Ik had natuurlijk iets moeten zeggen, ik had me uit moeten spreken, ik had...'

'Nou,' zei Roar, met een gloedvolle blik en een glimlach. 'Je bent er toch? Wat kan het mij nou schelen wie wat gezegd of gedaan heeft. Het enige wat telt is dat we hier nu zijn, samen, en dat je bij me blijft.'

Anne schoot meteen weer vol en snufte tegen zijn schouder.

'Wat is er, liefie,' fluisterde Roar, 'ben je niet blij om bij me te zijn?'

'Ja, wel, ik ben ontzettend blij. Ik... O god, Rory, ik dacht gewoon dat ik alles fout had gedaan en dat ik je nooit meer...'

'Hé, kijk me 'es aan? Er is geen goed of fout.' Hij legde zijn hand tegen haar wang en keek haar diep in de ogen. 'Het enige wat telt is de uitkomst. Niet de weg ernaartoe. Je bent bij me en ik geef geen reet om de rest. Goed? En nou gaan we effe naar die kleine gast, want die zal je ook wel willen zien.' Hij kuste zachtjes haar gezicht.

'Hoe kan je zo lief tegen me zijn,' fluisterde Anne verbijsterd.

'Is niet moeilijk, hoor,' mompelde hij met een sappige grinnik. Hij opende de deur van zijn suite en begeleidde haar naar binnen met een hand op haar rug.

'Annie! Annie!' Rowland kwam meteen aanrennen. Ze hield zijn kleine, warme lijfje dicht tegen zich aan, leunde tegen Roar en voelde zich zoals ze zich nog nooit in haar leven gevoeld had.

Gewenst.

Geliefd.

Thuis.

Ze wiegde Row een beetje, hij had zijn armpjes zo strak om haar nek gewikkeld dat ze nog maar net adem kon halen.

'Zeg, Row, heb je je eten wel opgegeten, lieverd? Je voelt...' Ze wipte hem een beetje op en neer. 'Je voelt lichter.' Ze kuste zachtjes zijn donzige kinderwang. 'Ik heb je ontzettend gemist, kleine man, jou en je vader.'

'Annie, blijf je nou bij ons?' zei Rowland klaaglijk.

'Ja.'

Rowland strekte één arm uit naar zijn vader en toen stonden ze in een drievoudige knuffel, langzaam heen en weer te wiegen, totdat Maria binnenkwam met een glimlach op haar gezicht.

'Wat had ik gezegd, meneer Maquary, het is nooit te laat, hè?' riep ze tevreden uit. 'En kijk, daar is ze dan. Toch nog gekomen. Rowland, kom jij maar eens even bij mij, want het is tijd je gaat je eten opeten. En je vader en Annie hebben een beetje tijd nodig samen. Kom hier.' Ze pelde Rowland van Anne af met rustige, zachte handen en droeg hem de kamer uit.

Anne glimlachte vol liefde naar Rowland, die een beetje bezorgd over Maria's schouder gluurde. 'Geen zorgen hoor, Row, ik ben er straks ook nog, wanneer je je eten op hebt.'

Maria gaf Anne een grote glimlach over haar schouder en kuste toen Rowlands haar.

'Kom 'es hier?' zei Roar. Hij trok haar opnieuw in zijn armen en liet zijn handen over haar rug glijden. Eén hand kroop in haar haar en zocht naar de schuifjes die haar wrong op zijn plaats hielden. 'Waarom heb je verdomme je haar zo zitten? En wat heb je in godsnaam aan je lijf?'

Anne maakte gauw haar haar los. 'Nou, Ian heeft deze jurk voor me gekocht. Ik vind 'm verschrikkelijk, maar hij stond erop dat ik hem zou dragen.... O, god, Rory, kan ik vannacht hier slapen?'

Roar haalde zijn handen door haar haren totdat ze wild en krullerig alle kanten uit stonden. Hij gromde zachtjes en stak zijn neus erin. 'Waar was je anders van plan te slapen, vannacht, als het niet bij mij was?'

'Nou, het geval wil...' zei Anne, en ze klonk zo ernstig dat Roar abrupt ontnuchterde en zijn neus uit haar haar trok.

'Wat, mop, wat wil het geval?'

'Nou... Ian, hij heeft me op straat gezet. Ik mag zijn appartement niet meer in. Dus, eh, ik ben denk ik eigenlijk een soort van dakloos. God, wat klinkt dat vreselijk.' Ze zuchtte en stapte een klein eindje bij Roar vandaan.

'Echt niet! Je bent verdomme met mij, dan ben je toch niet dakloos? Laat die gast de zenuwen krijgen, als hij je er zo nodig uit wil gooien.' Hij hees zijn wenkbrauwen cynisch omhoog. 'Kom op, je moet je gewoon nergens zorgen over maken. Ik ga het allemaal regelen. Nou, trek die idiote jurk uit. ' Rory rommelde in een koffer. 'Ik heb hier toch ergens nog een schone spijkerbroek in zitten, een met bijna geen gaten... Waar de hel is dat ding... Ha. Hier, trek aan... O, kijk, mijn War of the Worlds-shirt. Moet je dat hebben? Ook geen gaten.'

Hij keerde zich om en zag hoe Anne haar panty afpelde. 'Jezus, Annie,' fluisterde hij, 'wat ben je toch mooi. Nee, die parels moet je om houden, ik vind ze hartstikke sexy staan...'

Hij raakte haar niet eens meteen aan, hij kuste haar alleen maar, langzaam en grondig, totdat haar knieën knikten en ze tegen hem aan viel. Hij grinnikte tevreden en sloeg zijn armen gretig om haar heen om haar nog een keer te kussen.

Anne kon bijna niet meer nadenken, maar ineens schoot er een gedachte als een bliksemschicht door haar hoofd, dwars door alle lustgevoelens heen.

Haar laptop. Met al haar aantekeningen voor het artikel erop. Die lag nog in Ians appartement. Ze had zo ontzettend veel meer geschreven dan ze nodig had gehad voor haar stuk in *UM*; al haar herinneringen van de tour stonden in dat bestand, iedere belangrijke gedachte, alle veranderingen die ze in de afgelopen weken had ondergaan, alles had ze beschreven. Ze beëindigde de kus en keek op in Roars ogen.

Hij staarde een beetje daas terug en vroeg: 'Wat is er, liefie, wil je niet...?'

'O...' Er kwam meteen weer een blos opzetten bij Anne. 'Ik wil, ik wil ontzettend, maar, maar... weet je, ik bedacht ineens dat mijn laptop nog bij Ian ligt. En het vervelende is dat alles erop staat. Alles wat ik de afgelopen tijd heb geschreven, toen we samen kwamen, alles wat er is gebeurd ...'

'O?' mompelde hij in haar kruin. 'Jij en ik in de douche in Maine, en dan tot in detail wat we toen deden? Mag ik het lezen? Ik wil zo weer met je de douche in, mop...'

'O, Rory... Rory! Leid me nou niet zo af! Stel, hij leest al die persoonlijke dingen? En stel hij wil kwaad en maakt het openbaar? Ik zou sterven van schaamte, en het zou vast ook niet goed zijn voor jouw carrière. Het zijn míjn herinneringen – ónze herinneringen. God, wat moet ik nou doen...'

'Hm,' zei Roar. 'Mijn carrière, daar heb ik schijt aan; ik heb wel ergere dingen overleefd, maar ik wil echt niet dat jij je zo rot voelt. Heb je je sleutel bij je?'

'Ja, in mijn handtas, hoezo?'

'We gaan 'm gewoon halen.'

'Dat kan toch niet zomaar?'

'Waarom niet? We gaan niet inbreken of zo, je hebt verdomme de sleutel.'

'Maar ik zou door de grond gaan. Als hij thuis is... Ik...'

'Kom op, moppie, geen zorgen. Ik ben toch bij je? Ik laat je heus niet in je eentje teruggaan, hoor. Misschien is het wel een goed plan om Tyrell mee te nemen, als die al uit zijn doodsslaap is bijgekomen. Ging neer als een lijk, arme kerel, zijn hele systeem raakt in de war van intercontinentale vluchten.'

Buiten de slaapkamer klonk luid en onmiskenbaar: 'Annieieieieie!' Rowlands gegil werd gevolgd door Maria's stem. De deur ging open en Row rolde naar binnen met een bleek, paniekerig gezicht en zijn spin onder zijn arm. Maria, een en al verontschuldiging, kwam erachteraan.

'O, lieverd, wat is er,' zei Anne zacht, terwijl ze over zijn bolletje aaide. 'Ik trek even iets aan, goed?' Ze gooide snel Roars T-shirt over haar hoofd en ging toen met Rowland op schoot op de rand van het bed zitten. 'Nou, vertel, wat is er aan de hand? Ik dacht dat Maria zei dat je lekker ging eten? Vond je het eten vies?'

Row kroop bij haar weg en schudde zijn hoofd. 'Ik heb geen zin.'

'O, echt niet? Maar je moet wel iets eten, hoor. Ik dacht dat jij die kleine man was die alles durfde te proeven, ook hele rare dingen, zoals... olijven, en een toastje met kaviaar, en paté, en... weet je nog, die oester? Die was niet zo lekker, hè?'

Row schudde zijn hoofd. 'Die was blèèèh,' zei hij met veel nadruk.

'Maar je hebt hem wel geproefd, omdat je zo dapper bent.' Anne kietelde hem een beetje totdat hij giechelde en wriemelde op haar schoot. Ze keek op en zag dat Roar naar haar keek, en de warme blik in zijn ogen benam haar bijna de adem.

Maria stond in de deuropening tevreden te glimlachen. 'Ze is heel goed met hem, meneer Maquary,' zei ze zonder een spoor van afgunst. 'Misschien moet ik maar een nieuwe baan gaan zoeken.'

'Doe normaal, Maria, we willen dat je blijft. Toch, Annie?'

'Ja, natuurlijk! Wil jij ook dat Maria bij ons blijft, lieverd?' vroeg Anne aan Rowland, die onder haar kin verstopt zat.

'Mawia!' zei hij, en hij strekte een armpje naar haar uit.

Maria kwam verder de kamer in en ging naast Anne en Row zitten. Ze nam zijn kleine handje in de hare. 'Wil jij ook dat ik blijf?' vroeg ze met een glimlach.

'Ja,' zei Rowland verlegen.

'Nou, dan blijf ik.'

Roar ging met een gespeelde frons voor zijn zoon op zijn hurken zitten. 'Gast. Ga nou verdomme toch een keer die r zeggen! Ik dacht dat Annie het je geleerd had!'

'O, we gaan gewoon verder met oefenen waar we gebleven waren, hè, lieverd, jij en ik samen. Misschien moeten we ook even samen je eten opeten, hoe lijkt je dat?'

Row knikte en verborg zijn gezichtje even tegen Annes schouder, tot ze hem van haar schoot liet glijden, zo in de armen van zijn vader. Ze stond op terwijl Roar en Rowland samen over de grond rolden, stapte in Roars spijkerbroek, trok hem omhoog aan de riemlussen en keek vertwijfeld. 'Zeg, Rory?' zei ze. 'Ik heb een beetje een probleem.'

Roar strekte zich uit op de grond en legde zijn hoofd in zijn hand om naar haar te kunnen kijken.

Anne liet de riemlussen van de broek los. De broek zakte naar beneden tot hij op een hoopje om haar voeten lag.

Roar schoot in de lach. 'Christus. Ik moet 'es even denken – hé, Row, rustig aan, ik ben geen klimrek, gast.' Hij zat rechtop en keek om zich heen, totdat hij de zijden gordijnenkoorden in het oog kreeg. Row klom op zijn schouders en hij stond soepel op, met kind en al. Hij haakte er eentje los, en nog een; knoopte ze aan elkaar en gaf het resultaat van zijn gefröbel aan Anne. 'Hier, mop. Dat houdt de boel wel even omhoog, dan gaan we morgen een riem voor je halen. Of een hele nieuwe broek, wat jij leuk vindt.'

Anne lachte zachtjes, hees de broek weer op, reeg het koord door de lusjes, trok het strak en knoopte het dicht. De kwasten hingen langs haar been. 'Ben je mal, Rory. Ik hou deze, hoor.'

'Ja hoor, helemaal goed. Je moet wel je kakschoenen aan, ben ik bang, want ik heb niks wat klein genoeg is voor die pootjes van jou. En je moet je parels d'r bij omhouden.' Hij klopte op Rows been – Row zat nog steeds op zijn nek – en zei: 'Dus we gaan eerst effe schaften, gastje, en dan moeten we wat van Annies zooi ophalen in haar ouwe huis. Ja?'

'Ik wil mee,' kondigde Row aan vanaf zijn grote hoogte.

Anne en Roar wisselden een blik.

'Oké,' zei Roar, 'maar als we terug zijn, ga je meteen je mandje in. Deal?'

'Deal,' zei Maquary de jongere. 'Voowuit paawd, die kant op.' En hij greep een handvol van zijn vaders haar in zijn ene hand en tikte hem op zijn hoofd met zijn andere.

Roar kreeg het voor elkaar om tegelijkertijd te grinniken en een gepijnigd gezicht te trekken.

Anne dacht dat haar hart uit haar borstkas zou springen.

De taxi was nauwelijks groot genoeg om een blije, goed gevoede Rowland en een humeurige, slaperige, onmogelijk breedgeschouderde Tyrell te omvatten. Anne en Roar zaten daarentegen zo dicht tegen elkaar aan dat ze amper plaats innamen.

Vijftien minuten later stak Anne haar sleutel in het slot van Ians deur, met het vervreemdende bewustzijn dat dit de laatste keer was dat ze er naar binnen zou gaan. Het was al niet eens meer haar appartement.

'Anne? Ben jij dat? Ik ben vroeg naar huis gegaan omdat ik wel wist dat je terug zou komen, en dan wilde ik natuurlijk wél meteen even met je praten over wat er allemaal gebeu–' Ian kwam van de woonkamer naar de hal en bevroor waar hij stond toen hij Anne zag, aan de ene kant geflankeerd door Tyrell en aan de andere kant door Roar met Row op de arm.

'Wie zijn deze mensen?' Ian keek van de een naar de ander. 'Waarom zijn zij in 's hemelsnaam hier, Anne; heb je je verstand verloren?'

Anne haalde diep adem. 'Ian,' zei ze na een paar tellen, 'sta me toe je voor te stellen aan Rory Maquary en zijn zoontje Rowland. Deze vriendelijke heer is Tyrell, Rory's bodyguard. We zijn hier om...' Ze aarzelde en keek even om zich heen, opnieuw overweldigd door die absurde vreemdheid van haar omgeving, en hoezeer ze er al niet meer hoorde. 'Ik ben hier om twee redenen. Eén, om mijn laptop op te halen, en twee, om mijn sleutels aan je terug te geven, want Ian, we gaan uit elkaar. Ik maakte geen scène toen ik zei dat ik verliefd was op Rory. Het is echt waar. Ik wil graag bij hem zijn, en hij wil graag bij mij zijn. Zo simpel is het. Het leek me beschaafd om dan hier nog even terug te komen en je te spreken, afscheid te nemen als normale mensen, en... Ian? Leef je nog? Ik zal snel mijn laptop pakken en dan laten we je verder met rust.'

Anne probeerde langs Ian te lopen, maar hij stond als versteend in de hal en ging niet opzij.

Roar fronste, en Row had een opvallend overeenkomstige uitdrukking op zijn gezicht. Tyrell voelde zich geroepen in actie te komen.

'Blijf rustig, meneer, het is zo voorbij,' zei hij tegen Ian, terwijl hij zo dicht naar hem toe stapte dat zijn overweldigende fysieke aanwezigheid Ian met geen mogelijkheid kon ontgaan. Tyrell keek naar beneden, in Ians ogen, en bleef kijken terwijl Anne naar de logeerkamer glipte en haar laptoptas van de stoel griste.

'Nou, ' zei Anne toen ze terugkwam in de gang, 'ik leg je sleutels hier op het kastje, en dan gaan we weer. Eh, pas goed op jezelf. Ik wens je veel geluk met alles – je carrière, de premier, wat je ook allemaal belangrijk vindt.'

Ian was zo zichtbaar ten prooi aan verwarring – hij hapte naar adem en kon even helemaal niets vinden om te zeggen – dat Anne toch een klein beetje medelijden met hem voelde. 'Gaat het wel?' zei ze tegen hem.

Hij dacht er even over na, maar knikte toen. 'Nu moet ik weer helemaal opnieuw beginnen,' zei hij uiteindelijk.

Roar stapte naar hem toe en legde even een hand op Ians schouder. 'Oké, gast. Nu heb je de kans om iemand te vinden die een beetje beter bij je past.'

Ian leek dat een opbeurende gedachte te vinden, want hij knikte nogmaals. 'Dag, Anne,' zei hij, zonder enig sarcasme. 'Veel succes met je keuze.'

'Dag Ian,' zei Anne. En daarna keerde ze zich om en liep zo haar oude leven uit en haar nieuwe leven in.

'Geen zorgen, liefie,' zei Roar in de auto op weg terug naar het Dorchester. 'Ik denk niet dat hij er een traan om zal laten.'

'Nee?' Anne keek uit het raam met een frons die zich niet zo makkelijk liet wegsturen.

‘Welnee. Die gast heeft geen benul. Volgens mij weet hij nog helemaal niet wat het is om van iemand te houden. Ik hoop maar voor hem dat hij er nog een keer achter komt.’ En hij sloeg een arm om Anne heen en trok haar zo dicht mogelijk tegen zich aan.

25
Onthullen

Lieve, lieve laptop.

Nog maar kort geleden dacht ik dat Rory een aantrekkelijk uitziende maar nogal egocentrische acteur/zanger met diva-neigingen was; en dat Mad, Axe en Blade, de andere leden van Road Rage, oppervlakkige, drugs gebruikende rockers met rare bijnamen waren. Ik dacht dat ik me gelukkig mocht prijzen met een keurige, beschaafde vriend in mijn leven, en dat ik over niet al te lange tijd met deze keurige en beschaafde vriend in het huwelijk zou treden om keurig en beschaafd oud te worden.

Hoe anders kijk ik er nu tegenaan. Ik schaam me bijna voor de Anne die ik toen was.

Rory is de liefste, grappigste, gekste, meest gepassioneerde, speciale en unieke man van de hele wereld. Op Rowland ben ik zo dol alsof hij mijn eigen kind is en Roger, Henning en Eugene beschouw ik als vrienden (hoewel ik moet bekennen dat ik Blade alleen Eugene noem als ik hem wil plagen).

Nu ik erop terugkijk, was Ian zo'n beetje de saaiste, meest rigide, meest carrièregedreven man in het Britse Gemenebest. Ik geloof nog steeds dat hij het allemaal niet per se slecht bedoelde, maar ondertussen was hij wel bazig, manipulatief en vrouwonvriendelijk.

Soms is de werkelijkheid niet wat-ie lijkt.

Toen we terugkwamen in het hotel, na de laatste confrontatie met Ian, moest Row meteen naar bed; hij was al veel te lang op. Natuurlijk gingen ook Rory en ik op zoek naar een bed, hoewel onze intenties op een iets ander vlak lagen. Het ging alleen niet zo soepeltjes als we gewild hadden: Row kon toch nog niet helemaal geloven dat ik er was, dus er zat niets anders op dan in het halfdonker naast hem in bed kruipen, totdat hij eindelijk in dromenland wegzakte.

Het was niet echt het toppunt van een romantisch weerzien.

Rory zat in een stoel naar me te kijken, terwijl Rowie met zijn billetjes tegen mijn bovenbeen in slaap lag te vallen. Ik kreeg het een beetje warm van die roofdierachtige grijns die op het gezicht van mijn lief getatoeëerd leek: hij keek naar me alsof hij het liefst een hapje van me wilde nemen. Uiteindelijk sliep die kleine man en kon ik uit bed glippen. We renden nog net niet naar Rory's bed, maar hij was wel al half uit zijn kleren voordat hij Rows kamer uit was. Ik legde mijn laptop op de stoel en deed mijn best Rory bij te houden.

Het staat me nog steeds verblindend helder voor de geest hoe heerlijk warm en zacht en elektrisch zijn huid voelde. Hij lijkt altijd een klein beetje onder stroom te staan, en ik voelde me zo ontzettend goed, zo ontzettend thuis; ik wist voor honderd procent zeker dat ik echt nooit, nooit, nooit van mijn leven nog weg zou gaan bij deze man. Hij was het. Hij ís het. Die ene.

Het gekke is (we hebben het er ondertussen natuurlijk wel eens over gehad samen) dat hij het ook voelde. Hij wist nog niet precies wát hij nou voelde, maar het was natuurlijk niet voor niets dat hij nou net míj vroeg om op Row te passen en mee te gaan op tournee. Het was, als je het nuchter bekijkt, best een rare actie: ik had toch helemaal geen ervaring als kindermeisje? En wat weet je nou helemaal van iemand na een ontmoeting van krap twintig minuten? En hij was op dat moment nog met Noëmi ook!

'Ik wist het gewoon,' zei hij. 'Ik voelde gewoon dat ik jou moest hebben. Al zag ik op dat moment nog niet zo helder waarvóór ik je moest hebben, ik was als de dood dat je de deur uit zou lopen en dat ik daarna weet ik veel hoe lang *on the road* zou zijn en je nooit meer zou zien. Dus toen heb ik dat artikel gauw bedacht.' Hij had Terri eerst ook nog moeten overtuigen, de arme ziel; Terri had natuurlijk niet op nog een extra gast gerekend en ze moest meteen alle hotels bellen om een suite bij te boeken; ze heeft zelfs nog twee vliegtuigen moeten omboeken omdat ik daar niet meer bij paste. Vandáár natuurlijk dat ze in het begin niet echt blij met me was!

Ik ben wel blij, zó blij met Rory. God, wat ben ik blij met die man in mijn leven, ik ben nog nooit zo gelukkig geweest en ik heb nog nooit zo het gevoel gehad alsof iemand een gordijn heeft opengetrokken. Alsof ik alles, mezelf, het leven, simpelweg álles, in een ander licht zie.

Toen we eindelijk, eindelijk samen bloot in zijn bed lagen was het eerste wat hij zei: 'Je hebt mijn touwtje nog om!' waarna ik zo'n lieve, innige, alles overspoelende kus van hem kreeg dat ik bijna ter plekke stierf van geluk.

Natuurlijk hebben we bijna de hele nacht gevreeën en nauwelijks een oog dichtgedaan. We hadden ook nogal wat in te halen. Volgens mij zijn al mijn sproeten die nacht minstens één keer geteld, en geaaid en gekust.

De volgende morgen werden we, iets te vroeg naar onze smaak gezien de uitputtende nacht, overvallen door Row, die per se naar binnen wilde om zich ervan te verzekeren dat ik er nog was. We moesten even snel iets doen met een douche en het opruimen van haastig uitgeworpen kledingstukken om het allemaal niet al te aanstootgevend te laten zijn, maar gelukkig had die kleine man helemaal niets in de gaten en was hij alleen maar blij om ons te zien.

Toen ik uit de douche kwam zat Rowie met de afstandsbediening te rommelen en Rory zat met mijn opengeklapte laptop op schoot ongegeneerd te grinniken. Hij keek me heel onschuldig aan (alle alarmbellen begonnen te rinkelen) en vroeg: 'Dus eh, als je me in de kroeg was tegengekomen, dan had je me wel een lekker ding gevonden?'

Zijn gezicht was nogal interessant om te bestuderen, terwijl hij zat te lezen. Hij grinnikte af en toe, glimlachte bijna doorlopend en heel af en toe schoot hij ineens in de lach met een bijna verbaasde HA! Hij was volledig geabsorbeerd door wat ik had geschreven. Aan het eind keek hij op en zei: 'Heeft iemand je ooit verteld hoe goed je schrijft? En ik bedoel niet een willekeurig rijtje zinnen zonder gesodemieter met grammatica en spelling, maar echt goed. Ik bedoel écht. Verdomme, mop, je bent een schrijfster!'

Ik moest nog wel van alles regelen. Eerst belde ik naar mijn werk met een halve smoes: dat mijn vriend en ik plotseling uit elkaar waren en dat ik even een paar dagen nodig had om alles weer op de rit te krijgen. Het was maar goed dat ik dat had gedaan: met al die los rondvliegende radicale passie tussen Rory en mij sliep ik geloof ik de eerste week dat ik bij hem was maximaal drie uur per nacht. Met een hoofd wattig van het slaapgebrek en zweverig van al die liefde was werken gewoon niet mogelijk.

Ik had er alleen niet op gerekend dat tegen de tijd dat ik weer een beetje helder genoeg was om aan de slag te kunnen, teruggaan naar mijn werk om andere redenen niet mogelijk was.

De eerste nacht bij Rory in The Dorchester wist nog niemand iets. Maar de volgende morgen gingen hij, Row en ik met Tyrell nieuwe kleren voor me kopen, en hoewel we een auto met chauffeur hadden en nauwelijks één voet op straat zetten, werden we toch gespot door één oplettende fotograaf. De volgende dag stond internet er vol mee dat Rory Maquary een nieuwe vriendin had, en nog een dag later waren ook de roddelbladen aangehaakt. Het duurde niet lang voordat ze doorhadden wie ik was en toen ik dus eindelijk zover was om terug te gaan naar mijn werk, bleken er paparazzi te kamperen buiten het hotel, die niet te beroerd waren om me tot in het metrostation achterna te zitten.

Het werd alleen maar gekker. Ik had mijn achtervolgers dan wel afgeschud in het ondergrondse buizenstelsel van Londen – ik kon ongehinderd van de metro naar mijn werk lopen – maar toen ik eenmaal de redactie op liep begon er een nog veel onverwachter gekkenhuis. Edna, de hoofdredactrice (voor wie ik altijd een klein beetje bang ben geweest) sleepte me mee naar haar kantoor en ik wist zeker dat me ontslag op staande voet en een enorme uitbrander te wachten stond, maar nee. Edna wilde me interviewen.

Mij! Interviewen!

Ik wist niet wat me overkwam.

Ze wilde het interview meteen in de eerstvolgende editie opnemen: eerst mijn artikel en dan daarachteraan het überromantische resultaat van mijn tijd bij Road Rage. Ze zag de verkoopcijfers al door het dak gaan. Ze bood me een bedrag waar mijn tenen ongeveer van uit mijn schoenen krulden, omdat ik volgens haar met geen mogelijkheid meer aan mijn werk kon gaan maar ze tegelijk zeker wilde stellen dat niemand er met haar exclusieve verhaal vandoor zou gaan.

Ze had helemaal gelijk, maar ik had er in eerste instantie toch een beetje verdriet van. Alles veranderde zo snel, en nu dit ook nog, zo'n beetje het enige wat ik de afgelopen jaren voor mezelf had gehad...

Nadat Edna was uitgeïnterviewd belde ik Rory, bijna in tranen, en ik vertelde hem wat er was gebeurd. Nog geen kwartier later stopte er een dikke slee met zwarte ramen voor de deur van het kantoor. En ja hoor, daar kwam hij, met opgestoken zeilen; Tyrell anderhalve pas achter hem. Hij was er helemaal klaar voor om Edna eens even het achterste van zijn tong te laten zien, en vervolgens mij onder zijn arm weer mee te nemen.

Nu ben ik ondertussen innig familiair met het achterste van zijn tong. Onder de juiste omstandigheden is er niets mis met zijn tong – sterker nog, het is van punt tot huig een heerlijk lichaamsdeel – maar wat hij er nu mee van plan was leek me, gezien zijn frons, geen prettige ervaring te worden voor Edna. Dus ik deed het enige wat ik kon bedenken op zo'n korte termijn: ik greep hem bij zijn jaren zeventig T-shirt, sloeg mijn armen om zijn nek en leidde zijn tong af met aangenamer bezigheden.

Hij klaagde niet. Hij liet zich zo goed afleiden dat niet alleen mijn maar ook zijn knieën knikten en hij me na afloop van die lasbrander van een zoen alleen maar uiig glimlachend aan kon kijken.

Ik pakte snel mijn spullen, groette iedereen voor waarschijnlijk de laatste keer en ging met Rory en Tyrell mee terug naar het hotel, niet alleen dakloos maar nu ook werkloos.

Ik zat ermee, wat Rory ook zei. Ik wist heus wel dat hij niet echt arm was, en verre van failliet. Het was ook volkomen evident dat hij zonder aarzeling bereid was alles wat hij had met mij te delen.

Toch vond ik het maar niets om geen eigen bron van inkomsten te hebben, al was het maar een klein bronnetje. Ik kon alleen niet zomaar ergens anders in het tijdschriftenwereldje aan de slag, zoveel was wel duidelijk, en andere werkervaring heb ik niet. Dus daar zat ik dan.

Intussen begonnen de overige bandleden met aanhang ook het land binnen te druppelen en moesten we ons eerst even bezighouden met waar we zouden verblijven. Het Dorchester vonden Rory en ik veel te openbaar, en daarnaast zijn de concerten in Groot-Brittannië en Europa op een iets andere manier gepland dan de optredens in de Verenigde Staten. Het verschil zit hem er voornamelijk in dat de concerten niet zo kort achter elkaar zijn. Reden daarvoor is onder andere het veel ingewikkeldere vervoer van spullen en apparatuur, met al die grenzen. Een andere reden is de gezondheid van Roger. Hij moet af en toe echt even bijkomen, en hoewel hij zich in de VS ontzettend goed heeft gehouden, is hij maar wat blij dat hij het nu iets rustiger aan kan doen.

We moesten dus inkwartieren in Londen. Van daaruit kon iedereen makkelijk korte trips maken naar verschillende landen, al dan niet met een of twee nachtjes ter plaatse logeren.

Blade en Gemma zijn gewoon in het Dorchester blijven zitten omdat het hun blijkbaar helemaal niets uitmaakt waar ze zitten; ze hebben toch alleen maar oog voor elkaar en zijn onafscheidelijk. Zij noemt hem liefhebbend *Genie*. Hoe vind je zoiets? Hij vindt het nog niet eens erg ook.

Henning en Terri zitten tijdelijk in een enorm appartement van een neef van Henning. De neef is ergens in Dubai iets onbegrijpelijks aan het doen op het gebied van wolkenkrabbers bouwen, dus het appartement stond toch leeg. Terri heeft een van de vele kamers in het appartement ingericht als Road Rage Tactisch HQ; van daaruit bestuurt ze haar troepen. De rijploeg, bewaking van de vrachtwagens en de spullen, douanecontroles en vrachtbrieven, het vervoer van de bandleden, hun hotelovernachtingen op de optreedlocaties – alles loopt soepeltjes door terwijl Henning in de keuken staat en de ene na de andere superlekkere maaltijd bereidt. Hij blijkt al net zo veel van koken als van eten te houden.

Rory heeft ondertussen een enorm stadspaleis in Belgravia gehuurd (het doet me een beetje denken aan waar mijn tante vroeger woonde) van een Arabische oliesjeik. De sjeik zit op het moment in een van zijn andere paleizen ergens op de wereld.

Het ziet er vanbinnen wel vrij exotisch uit, maar je hoort mij niet klagen. Het enige wat ik een beetje vervelend vind van dit absurde huis is dat het zo groot is dat ik de hele tijd iedereen loop te zoeken. Echt waar; Rory en ik bellen elkaar af en toe op om te vertellen waar in huis we ongeveer zijn.

Wat er dan weer wel heel geweldig aan is, zijn de prachtige tuin, het zwembad in de kelder, de immense bibliotheek en de perfecte beveiliging. En dat er meer dan genoeg plaats is om Roger en Harmony er ook te laten verblijven.

Rory vroeg me voorzichtig of ik dat erg zou vinden, als hij ze zou vragen bij ons in te trekken. 'Ze hebben al niet zo veel geld,' legde hij uit, 'en als ze dan ook nog iets moeten huren in Londen, houden ze helemaal niets meer over.'

Ik vond het natuurlijk een geweldig idee en ontzettend lief van hem om eraan te denken, en tot mijn verbazing was híj dus weer verbaasd toen ik dat allemaal tegen hem zei. Bleek toch dat hij bezorgd was dat ik boos zou worden als hij ze zomaar zou uitnodigen! Hij verzekerde me ervan dat hij het Noëmi of Meilane niet had hoeven voorstellen; dan was het huis te klein geweest.

'Het huis is juist veel te groot,' had ik lachend gezegd, 'haal ze in vredesnaam zo snel mogelijk hier, en beloof me alsjeblieft dat je nooit meer van me zult denken dat ik zoiets vervelend zou vinden.'

We hebben de afgelopen dagen wel meer van dat soort interessante leermomentjes gehad, Rory en ik. Bijvoorbeeld: ik heb gemerkt dat hij heel open van geest en flexibel is. Precies het tegenovergestelde van Ian, die pas gelukkig kon zijn met een uitkomst als de uitvoering tot in de puntjes zo was verlopen als hij het zich had voorgesteld. Rory interesseert dat allemaal niets. Hij heeft een groot en vergevingsgezind hart en het maakt hem niet uit hóe iets lukt, áls het maar lukt.

Rory op zijn beurt is verbaasd om te merken dat ik geen dure smaak heb. Hij moest bijna huilen van het lachen toen ik optelde wat hij allemaal aan me had uitgegeven op onze eerste dag, toen we kleren voor mij gingen kopen. Ik ben helemaal niet geïnteresseerd in merken of ontwerpers. Ik omring me liever met vrienden thuis dan dat we steeds maar de deur uit moeten om in het openbaar gezien te worden.

We houden allebei erg van lezen. De bibliotheek in dit huis is onze lievelingsplek, en wat is er nu heerlijker dan een avond lezend doorbrengen in een prachtige ruimte vol boeken met de openhaard aan en in de andere stoel bij de haard de mooiste en liefste en grappigste en... nou ja, Rory dus, die ook lekker zit te lezen, met zijn blote tenen krullend in de schapenvacht voor de haard.

Misschien is vrijen met die man voor dezelfde haard op dezelfde vacht nog net iets lekkerder, maar ook daarover hebben we een innige overeenstemming ontdekt. (Nou, daar zit ik dan met rode wangen, achter mijn laptop.)

Waar was ik ook alweer?

O ja, het enige probleem dat nog opgelost diende te worden was mijn werkloosheid. En laat die oplossing nu uit een volkomen onverwachte hoek komen?

Toen ik bij het ontbijt weer eens zat te mekkeren dat ik alleen maar geld kostte en niets bijdroeg, opperde Harmony dat ik schrijfster moest worden. Rory vond het een geweldig idee; hij had mijn aantekeningen tenslotte gelezen en begon er meteen de loftrompet over te steken. Ik wist het zo net nog niet; hij vond mijn geschrijf vast goed omdat hij dol op me is, en daarnaast, schrijver worden, dat is niet iets wat je zomaar doet.

Rory en Harmony werden het razendsnel eens: ik moest met een uitgever gaan praten. En ik mocht van Rory geen schaamte hebben; dat hij en ik als stel nieuwswaarde hebben moest ik vooral ongegeneerd uitbuiten.

'Je moet eerst een voet tussen de deur krijgen, mop,' zei hij, 'en het kan me niet schelen hoe je dat doet. Als ik te bescheiden was geweest, hadden we hier ook niet gezeten. Vooruit.'

Ik wist niet waar ik over moest schrijven; hij stelde voor dat ik mijn aantekeningen als beginpunt zou nemen, omdat ze volgens hem 'om je rot te lachen' waren. Hij zei dat hij aan hoe ik schreef precies zag hoe mijn hoofd werkte; een idee waar ik stiekem wel een beetje verlegen van werd. Zou hij weten hoe hij me opwond, alleen al als hij zo naar me keek, over zijn ontbijtbordje? Vast niet. Toch?

(Hop, daar gaan mijn wangen weer.)

Hoe dan ook, na nog wat heen en weer gepraat harkte ik al mijn moed bijeen en belde ik een uitgever, die tot mijn stomme verbazing nog met me wilde praten ook.

Na twee of drie gesprekken had ik een beetje een idee hoe ik het aan wilde pakken, en er was me een verbazend goed voorschot aangeboden.

Ik ging voorzichtig aan de slag op mijn laptop.

Gelukkig hoefde ik niet de hele dag aan het schrijven te wijden, en had, en heb, ik dus lekker veel tijd voor Rowland. Die is weer helemaal blij en gelukkig en stout en lief; hij speelt, we zijn aan het oefenen met zwemmen, en letters leren, en we oefenen elke dag zijn r. Nog even en hij is er helemaal klaar voor om naar school te gaan.

Sinds ik weer bij Rory ben heeft Row nog maar vier angstaanvallen gehad, met steeds langere intervallen. Hij eet goed en hij gaat steeds vaker zoet slapen, in zijn eigen kamer. Rory is zo ontzettend opgelucht! Hij is zelfs aan het nadenken over waar we zouden kunnen gaan wonen als de tournee helemaal achter de rug is. Een permanente plek. Een echt thuis. Waar Row naar school kan, en vriendjes kan krijgen, en kan opgroeien en gelukkig kan zijn. Rory is er niet meer bang voor; het lijkt zelfs wel of hij ernaar uitkijkt.

Ik word nog veel gelukkiger dan ik al ben, alleen al van de gedachte!

Nou goed. Lang verhaal kort: mijn hele leven is ondersteboven gehaald door één artikel, over één reünietournee van één wereldberoemde rockband. Erger ondersteboven dan ik voor mogelijk had gehouden, en ik heb er ontzettend veel van geleerd. Vooral over mezelf, maar ook over andere mensen.

Ik blijk dus van vreemde, creatieve, wilde mensen te houden, mensen die conventies aan hun laars lappen en die zich niet in een hokje laten stoppen. Ik wil zelf ook helemaal niet in een hokje, ik wil af en toe gek doen, ik wil naar loeiharde muziek luisteren en de spijkerbroek van mijn lief dragen, ook al is-ie veel te groot en zit het ding vol gaten. Ik hou van mijn lief, en mijn lief houdt van mij. Zonder restricties. We kussen en knuffelen en lachen en vrijen, en ik ben echt zo, zo vreselijk gelukkig! Zo gelukkig dat ik regelmatig het gevoel heb dat ik zomaar spontaan zou kunnen ontploffen, als ik mijn nieuwe baan niet had om me een beetje te kunnen uiten. Wie had ooit gedacht dat er een baan zou bestaan die me nog beter paste dan werken op de redactie van een tijdschrift?

Want, lieve, lieve laptop, hou je moederbord goed vast...

Dit is de allerlaatste zin van mijn debuutroman.

LEES MEER VAN

Jackie van Laren

Anne Millers hart is gebroken. Na een stormachtig jaar met haar grote liefde, de wereldberoemde rockster Rory Maquary, is hun relatie gestrand. Nadat ze uitgehuild was, heeft ze zich herpakt en nu leidt ze een rustig, teruggetrokken leven op St. Mary's, het hoofdeiland van de Britse Scilly-eilanden, waar ze samen met een vriendin een restaurantje runt en Rory probeert te vergeten.

Rory wil Anne helemaal niet vergeten. Hij snapt nog altijd niet waarom het misging, en wil niets liever dan haar vinden en het goedmaken. Maar Anne heeft alle contact met hem voorgoed verbroken en wil niet gevonden worden. Met de moed der wanhoop probeert Rory er dan maar samen met zijn zoontje het beste van te maken.

Tot Rory de flamboyante tv-kok Woz leert kennen, met wie hij dikke maatjes wordt. Woz nodigt hem uit om een keer langs te komen op zijn nieuwste kooklocatie, een restaurantje van twee vrouwen op St. Mary's. Een klein reisje met onverwacht grote gevolgen...

Verkrijgbaar als
e-book
& papieren boek